EDITION M

Das Buch

Ein unerwarteter Fund auf dem Friedhof: In einem Grab wird ein Toter entdeckt, der dort nicht hingehört. Die Ermittlungen führen Kommissarin Sheridan Holler von der Mordkommission Liverpool zu einem Cold Case. Vor sieben Jahren wurden zwei Frauen niedergeschossen, eine starb, eine überlebte knapp. Der einzige Verdächtige war ein Kleinkrimineller – der Tote im Grab. Hat man ihn aus Rache für die beiden Frauen ermordet und verscharrt?
Die Zusammenhänge stellen sich als viel komplexer heraus als angenommen. Aber Aufgeben ist für Sheridan keine Option. Ist es nie. Denn seit ihr Bruder als Kind getötet und nie ein Täter überführt wurde, ist sie besessen von der Suche nach Wahrheit und getrieben, Gerechtigkeit zu schaffen. Doch diesmal begeht die erfahrene Ermittlerin einen gefährlichen Fehler – sie ignoriert ihren warnenden Instinkt . . .

Die Autorin

T. M. Payne wurde in Hampshire geboren und lebt heute mit ihrer wunderbaren Partnerin im englischen Wirral. Achtzehn Jahre lang hat sie in der Strafjustiz gearbeitet, unter anderem als Ermittlerin in der Abteilung für häusliche Gewalt. Jetzt konzentriert sie sich auf ihre Leidenschaft, das Schreiben von Kriminalromanen. Sie ist verrückt nach Tieren, und wenn Sie mit Ihrem Hund an ihr vorbeigehen, wird sie wahrscheinlich fragen, ob sie ihm den Kopf streicheln oder ihn mit nach Hause nehmen darf. Oder beides. Sie lacht gern, liebt Weihnachten, Golf spielen (schlecht), Spaziergänge am Strand von New Brighton (nicht mit ihrem Hund, denn sie hat keinen), Schnee, Sonnenschein, Sonnenuntergänge, Familie, Freundinnen und Freunde. Rote Beete mag sie nicht.

T. M. PAYNE

SCHON LANGE TOT

THRILLER

EIN FALL FÜR SHERIDAN HOLLER

Aus dem Englischen von Astrid Becker

EDITION M

Die englische Ausgabe erschien 2024 unter dem Titel »Long Time Dead« bei
Thomas & Mercer, Seattle.

Deutsche Erstveröffentlichung bei
Edition M, Amazon Media EU S.à r.l.
38, avenue John F. Kennedy, L-1855 Luxembourg
April 2024

Die Übersetzung dieses Buches wurde durch Amazon Crossing ermöglicht.

Umschlaggestaltung: semper smile, München, www.sempersmile.de
Umschlagmotiv: © Rekha Garton / ArcAngel; © Alexander Spatari / Getty
Lektorat: Rotkel Textwerkstatt
Gedruckt durch:
Amazon Distribution GmbH, Amazonstraße 1, 04347 Leipzig /
Canon Deutschland Business Services GmbH, Ferdinand-Jühlke-Str. 7,
99095 Erfurt /
CPI books GmbH, Birkstraße 10, 25917 Leck

ISBN 978-2-49671-435-7
e-ISBN 978-2-49671-434-0

www.edition-m-verlag.de

Für Susie
Immer an meiner Seite

Warum begräbst du mich in einer Fremden Grab?
Ohne Kerze, die mir den Weg weisen könnte.
Vergeblich das Versteckspiel mit dem Teufel,
Er kommt doch zum Spielen.

Sucht denn niemand nach meinen Gebeinen?
Spurlos bin ich aus dem Leben verschwunden.
Du hast mich hergebracht, und ich fürchte,
Ich werde lange tot sein.

Prolog

Samstag, 13. Dezember 1997

Sally Doneghy fuhr gerade auf den Supermarktparkplatz, als ihre Benzinanzeige aufleuchtete. »Scheiße«, sagte sie etwas zu laut.

Ihre Tochter Abby wies sie mit erhobenem Zeigefinger zurecht. »Das ist ein schlimmes Wort, Mami. Das sage ich Daddy.«

Sally fuhr grinsend in eine Parklücke. »Oder ... wie wäre es, wenn du Daddy nichts erzählst und stattdessen schon vorher ein Geschenk aufmachen darfst?«

Das müsste verlockend genug für eine Siebenjährige sein, dachte sie, während sie darauf wartete, dass Abby ihren Sicherheitsgurt löste und Gerald aufhob. Ihre Großmutter hatte ihr die Stoffgiraffe zur Geburt gemacht und die Kleine trennte sich nie von ihr.

»Dann kann ich am Weihnachtstag noch sechs Geschenke auspacken.« Abby wischte Gerald über das schmutzige Gesicht.

Sally drehte sich um und sah ihre Tochter an. »Woher weißt du, wie viele Geschenke du bekommst?«

»Sie liegen unter deinem Bett. Gerald hat sie gefunden und es mir gesagt.«

Sally schüttelte den Kopf. »Der Weihnachtsmann weiß, wenn du lügst«, sagte sie und blickte an Abby vorbei auf das

Gewimmel von Menschen, die in den Supermarkt hineineilten oder randvolle Einkaufswagen herausschoben. Der übliche Trubel vor Weihnachten.

»Du meinst Gott, nicht den Weihnachtsmann«, verkündete Abby und ließ Gerald auf ihrem Knie auf und ab hüpfen.

Warum ist sie bloß so neunmalklug? Sally ging um das Auto herum zur Beifahrerseite. Sie streckte die Hand nach Abby aus. Vor dem Supermarkt wurde Weihnachtsmusik gespielt.

»Ist der Weihnachtsmann auch da, Mami?«, fragte ihre Tochter aufgeregt und schlenkerte Gerald an seinem dünnen Hals durch die Luft.

»Ich bin mir nicht sicher, Liebling.« *Der letztjährige ist hochkant rausgeworfen worden, weil er beim Geschenkeverteilen nach Alkohol gestunken hat.* Sally konnte sich bei der Erinnerung an die Schlagzeile »Weihnachtsmann im Vollrausch« in der Lokalzeitung ein Lächeln nicht verkneifen.

Abby zeigte auf ein kleines Mädchen, das mit einem Elfenhut an ihnen vorbeiging. »Kann ich auch so einen haben?«

»Schauen wir mal.« Sally warf einen Blick auf den stellenweise vereisten Boden vor dem Ladeneingang. »Woran sollst du Mami erinnern, wenn wir nach Hause kommen?«

»Gerald muss baden.«

»Stimmt. Braves Mädchen«, antwortete Sally. Geralds ›Bad‹ bestand aus einer halben Stunde in der Waschmaschine, in der sein abgewetzter und ramponierter Körper misshandelt wurde. Sally befürchtete jedes Mal, dass er den Schleudergang nicht überleben würde. Normalerweise protestierte Abby stundenlang, dass Gerald kein Bad brauchte, aber das Weihnachtsfest schien sie abzulenken.

»Und was noch?«, fragte Sally.

»Du musst dir die Beine rasieren.« Abby legte den Kopf in den Nacken und sah zu ihrer Mutter auf. »Das hast du Daddy jedenfalls heute Morgen gesagt.«

Sally warf den Kopf zurück und brach in Gelächter aus. Hoffentlich hatten die beiden Frauen, die vor ihnen gingen, das nicht gehört. Die blonde Frau sah sich kurz um, während die größere dunkelhaarige einfach weiterging. Eine Sekunde später sah Sally, wie die größere Frau abwehrend die Hände ausstreckte und schrie: »Nein, Lively!« Es folgte ein lauter Knall, dann ein zweiter und ein dritter. Eine dicke warme Flüssigkeit spritzte Sally ins Gesicht. Sie schmeckte bitter und nach Eisen. In dem kurzen Moment, in dem ihr klar wurde, dass das Blut sein musste, sackten die beiden Frauen vor ihr zusammen.

Direkt vor sich sah Sally einen Mann auf einem Motorrad, der mit einer Pistole auf die Stelle zielte, an der die beiden Frauen gestanden hatten. Er gab Gas, hantierte mit der Waffe herum, die ihm aus der Hand auf die Straße fiel. Er zögerte kurz, bevor er davonraste. Sally stand wie versteinert da.

Aus den Lautsprechern schallte ein Weihnachtslied über den Parkplatz. Sonst war nichts zu hören. Dann stoppte es abrupt. Alle erstarrten. Und dann brach die Hölle los.

Die Leute flohen in alle Richtungen. Einige rannten in den Laden, um dort Deckung zu suchen, andere duckten sich hinter ihren Einkaufswagen. Eltern schnappten sich ihre Kinder und flüchteten zu ihren Autos. Einige blieben einfach stehen und starrten fassungslos und verwirrt um sich.

Sally wischte sich hastig mit dem Mantelärmel das Blut vom Gesicht, bevor sie auf die Knie sank, um Abby vor der entsetzlichen Szene abzuschirmen, die sich ihnen bot. Ein dunkler Blutstrom floss langsam aus dem Kopf der blonden Frau auf den vereisten Boden. Die dunkelhaarige Frau lag vollkommen verdreht da, die Beine unter dem Körper, die Arme ausgestreckt. Aus einer Schusswunde an ihrem Hals sickerte Blut.

Sally schloss die Augen. *O mein Gott, sie sind tot. Sie sind beide tot.*

KAPITEL 1

SIEBEN JAHRE SPÄTER

Dienstag, 14. Dezember 2004 – Liverpool Crown Court

Anwalt Simon Calvin-Jones rollte seinen Stift zwischen den Fingern und runzelte die Stirn. »Detective Inspector Holler, haben Sie dem Angeklagten zu irgendeinem Zeitpunkt außerhalb des Vernehmungsraums Fragen in Bezug auf den angeblichen Übergriff gestellt?« Er beäugte den Richter über seine Brille hinweg, bevor er seine Aufmerksamkeit der Zeugin zuwandte.

Detective Inspector Sheridan Holler schüttelte den Kopf. »Nein.« Sie hob eine Augenbraue. *Doch, allerdings habe ich das getan*, dachte sie. Sie bemühte sich, nicht zu lächeln.

Nach einem Blick auf die Geschworenen fragte Calvin-Jones: »Sie haben ihm auf dem Gang vor den Zellen keine Fragen zu dem Fall gestellt?« Er grinste, und Sheridan verspürte den Drang, sich seine alberne Perücke zu schnappen und sie ihm in seinen aufgeblasenen Arsch zu stecken.

»Nein.« Sheridan schüttelte den Kopf.

»Sie haben den Angeklagten mehrere Male befragt. Sind Sie ganz sicher, dass Sie zu keinem Zeitpunkt ein Gespräch mit ihm über den Angriff – den angeblichen Angriff – geführt haben, das nicht im Rahmen des aufgezeichneten Interviews stattfand, bei dem ich anwesend war?«

»Ja, ich bin ganz sicher.« Sheridan legte den Kopf zur Seite. Sie spürte, wie die Geschworenen sie musterten. Die Frau in der ersten Reihe beugte sich vor.

Sheridan verließ sich darauf, dass ihre Kollegin, Detective Anna Markinson, die in der Reihe hinter ihr saß, mit keiner Wimper zucken und sich auch sonst keine Regung anmerken lassen würde. Anna wusste, dass Sheridan den Angeklagten bei zwei Gelegenheiten gefragt hatte, ob es ihm Spaß mache, Frauen und Tiere anzugreifen. Sie hatte ihm auch gedroht, dafür zu sorgen, dass er es im Gefängnis sehr schwer haben würde, wenn er ihr nicht sofort sagte, wo er die Waffe versteckt hatte. So etwas in dieser Richtung.

Die Lebensgefährtin des Angeklagten, Donna Hunter, hatte sechsundzwanzig Mal wegen häuslicher Gewalt die Polizei gerufen. Aber wenn die Beamten bei ihr eintrafen, hatte sie entweder keine Anzeige erstattet oder ihre Aussage zurückgezogen, bevor der Fall vor Gericht kam.

Ihre beiden Kinder wurden engmaschig vom Jugendamt betreut. Trotz der fortwährenden Drohung, dass sie ihr weggenommen werden könnten, hatte Donna immer wieder zu ihrem Partner gehalten. Sie sagte: »Er ist so lieb, wenn er nüchtern ist.« Oder: »Er würde den Kindern nie etwas antun, er liebt sie.« Oder: »Er wurde als Kind misshandelt, und sein Vater hat seine Mutter geschlagen, es ist nicht seine Schuld.« Jedes Mal das Gleiche. Die gleichen Worte, die gleichen Entschuldigungen.

Aber beim letzten Mal hatte er ihr mit einem Schraubenzieher die Wange aufgeschlitzt und den Familienhund getötet. Und danach hatte sie eine Aussage gemacht und sie nicht zurückgezogen.

Sheridan hatte sich stundenlang Zeit für sie genommen, war sehr behutsam mit ihr umgegangen und hatte sie all die früheren Übergriffe schildern lassen. All die Male, die er sie vergewaltigt, geschlagen und getreten hatte, bis sie auf die Knie gegangen war. All die Male, die er sie angespuckt und beschimpft hatte, sie sei fett und hässlich, sie ziehe sich an wie ein verdammtes Flittchen, sie solle dankbar sein, dass er überhaupt mit ihr zusammen sein wolle, kein anderer Mann würde sie zweimal ansehen.

So waren elf Jahre häuslicher Gewalt ans Licht gekommen und in der Aussage festgehalten worden, die die Geschworenen nun gehört hatten. Sheridan hatte das Opfer jede Woche angerufen, und jedes Mal hatte sie beim Wählen der Nummer gebetet, dass Donna ihre Meinung nicht geändert hatte, dass sie weiterhin vor Gericht aussagen wollte. In den Monaten vor der Verhandlung hatte Sheridan zusehen können, wie die gebrochene Frau langsam, aber sicher wieder zu sich kam.

Sheridan hatte im Laufe der Jahre mit vielen Opfern zu tun gehabt. Sie war mit Leib und Seele bei jeder Ermittlung dabei und unterstützte die Opfer von dem Moment an, in dem sie den Mut fanden, die Polizei zu rufen. Sie brannte für ihre Arbeit. Für jeden einzelnen Fall. Es gab Verbrechen, unter denen die Familien auch nach Jahren noch entsetzlich litten. Sie wollte alles wieder in Ordnung bringen, die zerbrochenen Teile wieder zusammensetzen.

Wie bei ihrer eigenen Familie nach der Ermordung ihres Bruders.

Und ja, als Donna Hunter sich schließlich durchgerungen hatte, gegen ihren Partner auszusagen, war Sheridan entschlossen gewesen, den Fall vor Gericht zu bringen, koste es, was es wolle. Das Einzige, was noch fehlte, war die Tatwaffe. Deswegen hatte Sheridan den Täter tatsächlich bedroht. Sie war ihm bedrohlich nah gekommen und hatte ihm zugeflüstert, dass sein Leben im Gefängnis sehr schwer werden würde. Vor allem, wenn versehentlich herauskam, wofür er einsaß. Im Gefängnis hätte er nichts zu lachen, wenn bekannt würde, dass er Frauen schlug. Er hatte nur fies gegrinst und gesagt, er müsse sowieso nicht ins Gefängnis, weil seine Partnerin niemals vor Gericht gegen ihn aussagen würde. In dem Moment wusste Sheridan, dass Stuart Conner verurteilt werden musste.

Alles, was Sheridan jetzt tun musste, war, im Zeugenstand noch ein bisschen länger die Ruhe zu bewahren.

Calvin-Jones hob den Blick zur Decke. »Ich behaupte, dass Sie ein solches Gespräch geführt haben, Detective Inspector.« Er spuckte die Worte regelrecht aus, als ob die Erwähnung ihres Dienstgrades einen schlechten Geschmack in seinem Mund hinterlassen hätte.

Sheridan hasste dieses kleine Wiesel. Sie war von ihm schon in vielen Fällen als leitende Ermittlerin ins Kreuzverhör genommen worden, und jedes Mal hatte er sie unglaublich genervt. Er brauchte ewig, um auf den Punkt zu kommen, mochte offensichtlich keine starken erfolgreichen Frauen und ließ keine Gelegenheit aus, um Polizeibeamte zu demütigen.

Sheridan seufzte. »Nein, ich habe kein solches Gespräch geführt.« Sie warf einen Blick auf den Richter, der ebenfalls das Interesse an der Befragung verloren zu haben schien. Der Teufel auf ihrer Schulter flüsterte Sheridan etwas ein und sie zögerte nur kurz, bevor sie sagte: »Ich nehme an, Ihr Mandant hat Ihnen erzählt, dass wir den Fall auf dem Weg zum Verhörraum besprochen haben? Es stimmt schon, dass wir uns unterhalten haben, aber das tut hier nichts zur Sache.«

Calvin-Jones hob die Augenbrauen. »Oh! Die Entscheidung darüber sollten wir dem Gericht überlassen.«

»Ich versichere Ihnen, dass es nicht relevant ist.« Sheridan wandte sich an den Richter. »Vielleicht unter Ausschluss der Öffentlichkeit, Euer Ehren?«

Anna Markinson beobachtete die Reaktion der Geschworenen. Der Richter stimmte zu, und als der Gerichtssaal geräumt wurde, nahm er seine Perücke ab und rieb sich die Schläfen. »Detective Sergeant Markinson kann bleiben«, sagte er und nickte Anna zu, die schon am Gehen war.

Nachdem sich der Gerichtssaal geleert hatte, wandte sich der Richter an Sheridan. »Also, Detective Inspector Holler, was war das für ein Gespräch mit dem Angeklagten?«, fragte er.

Sheridan biss sich auf die Unterlippe. »Einmal, als ich ihn in seine Zelle zurückgebracht habe, hat er mich gefragt, ob wir konkrete Beweise für den tätlichen Angriff hätten.« Sie hielt inne. »Ich habe ihm gesagt, dass ich das nur während des Verhörs mit ihm besprechen kann.«

»Ist das alles?«, fragte der Richter, sichtlich empört darüber, dass die Verhandlung wegen dieser Nichtigkeit unterbrochen worden war.

»Mein Mandant«, schaltete sich Calvin-Jones ein, »hat mir berichtet, dass Sie ihm gedroht haben für den Fall, dass er Ihnen nicht sagt, wo die vorgebliche Waffe ist.«

»Was? Nein.« Sheridan schüttelte den Kopf. *Ja, allerdings.*

»Das war's, das ist alles, was zwischen Ihnen gesagt wurde?« Der Richter trommelte mit den Fingerspitzen auf die Tischplatte.

»Na ja, eins noch.« Sheridan fixierte den Anwalt.

»Ja, bitte?«, fragte Calvin-Jones grinsend. Er hoffte auf einen Verstoß gegen das Polizei- und Strafverfolgungsgesetz.

»Er hat gesagt, dass er …« Sie zögerte. »Muss ich das wirklich sagen?« Sie sah zum Richter, während sie den Moment auskostete. Das machte Spaß.

»Ja, müssen Sie«, antwortete der Richter.

Sheridan sah Calvin-Jones direkt in die Augen. »Er hat gesagt, dass er Sie für ein totales Arschloch hält und dass er wahrscheinlich einfährt, weil Sie nichts können.«

Anna Markinson schluckte, um das Lachen zu unterdrücken, das aus ihr herauszuplatzen drohte.

»Das wollte ich vor den Geschworenen nicht sagen.« Sheridan verschränkte die Hände hinter dem Rücken und streckte den Mittelfinger aus. Nur für Annas Augen.

***

Eine Stunde später machten sie sich auf den Rückweg zur Hale Street Police Station. »Du hast dir ja schon ordentliche Klopper geleistet, Sheridan, aber das war wirklich der Hammer.« Anna warf den Kopf zurück und lachte.

Sheridan hielt an einer Ampel an. »Ich konnte einfach nicht widerstehen. Was für ein widerlicher Sack!« Sie schlug mit der flachen Hand aufs Lenkrad.

»Hast du das Gesicht des Richters gesehen? Ich glaube, er hätte am liebsten geklatscht.«

Sheridans Telefon klingelte in dem Moment, in dem die Ampel auf Grün umsprang. Sie gab Anna das Handy. »Kannst du für mich rangehen?«

Anna sah aufs Display. »Es ist deine Mum.«

»Okay, dann nicht rangehen. Ich rufe sie später zurück.«

Anna hielt das klingelnde Handy in der Hand. »Wollen wir unterwegs irgendwo einen Kaffee trinken? Um zu feiern, dass wir es dem widerlichen Calvin-Jones gezeigt haben?«

»Ich kann nicht. Ich muss noch schnell etwas erledigen. Ich setze dich ab, aber ich verspreche, später für alle Kuchen zu kaufen.«

»Hört sich gut an. Was musst du denn erledigen? Kann ich dir helfen?«

»Nein, ist schon in Ordnung.«

Nachdem sie Anna im Hof des Hale-Street-Reviers abgesetzt hatte, fuhr Sheridan zum Haus. Ihr war flau.

KAPITEL 2

Sheridan konnte nicht an der üblichen Stelle parken und musste sich einen Platz weiter unten an der Straße suchen, von dem aus sie sein Haus gerade noch sehen konnte. Sie stellte den Motor ab. Würde sie heute an die Tür klopfen? Irgendwann musste sie es tun. Ihre Eltern wurden nicht jünger und sie verdienten es, die Wahrheit zu erfahren. Die Wahrheit über ihren Sohn. Über Sheridans Bruder Matthew.

Sie hatte vielleicht nur eine Chance. Eine Chance, an seine Tür zu klopfen und ihm zu sagen, wer sie war. Wie oft hatte sie in all den Jahren vor dem Haus von Andrew Longford im Auto gesessen? Und nie hatte sie den Mut aufgebracht, die letzten Schritte zurückzulegen.

Er war der Letzte, der Matthew lebend gesehen hatte, abgesehen von dessen Mörder. Andrew Longford war Matthews bester Freund gewesen, der Freund, mit dem er an dem Tag, an dem er ermordet wurde, Fußball gespielt hatte. Andrew war vierzehn gewesen, Matthew zwölf. Natürlich war Andrews Aussage protokolliert worden. Aber die Ermittlungen waren im Sande verlaufen. Es hatten sich keine Zeugen gemeldet, und all die Jahre später war der Mord an Matthew Holler immer noch nicht aufgeklärt.

Aber Sheridan würde ihre Suche nach der Wahrheit niemals aufgeben. Sie brauchte nur an Andrew Longfords Tür zu klopfen, sich vorzustellen und zu beten, dass er sie hereinlassen würde. Vielleicht würde er sich an etwas erinnern, das ihm damals nicht eingefallen war. Ihre Eltern hatten direkt nach dem Mord mit Andrew und seiner Familie gesprochen, aber seitdem nicht mehr. Es war zu schmerzhaft.

Aber jedes Mal, wenn Sheridan vor seinem Haus saß, kamen ihr Zweifel.

Was, wenn er mir die Tür vor der Nase zuschlägt? Was, wenn er mir sagt, ich solle ihn in Ruhe lassen, und mir verbietet, je wieder Kontakt aufzunehmen? Ich habe nur die eine Chance.

Als sie jetzt in ihrem Auto saß, stand ihr plötzlich Matthews Gesicht ganz klar vor Augen. Normalerweise waren seine Gesichtszüge in ihrer Erinnerung verschwommen. Sie spürte die vertraute Enge in ihrer Brust, die ihr jedes Mal die Luft nahm, wenn sie an ihn dachte. Und dann, ohne Vorwarnung, liefen ihr dicke, salzige Tränen übers Gesicht. Das Gefühl überwältigte sie, ließ sie verzweifeln. Sie hatte ihn fast achtundzwanzig Jahre nicht mehr im Arm gehalten, ihm so lange nicht mehr die Haare zerzaust oder ihm gesagt, er solle sein Zimmer aufräumen, bevor ihre Mutter die Unordnung sah.

Plötzlich fasste sie den Entschluss, aus dem Auto auszusteigen und hinüberzugehen, aber so schnell, wie sie die Autotür geöffnet hatte, warf sie sie auch wieder zu. Frustriert schlug sie auf das Lenkrad. Ihre Zweifel waren übermächtig. *Wie oft werde ich noch hier sitzen und auf seine Haustür starren? Wie oft, bis ich endlich den kurzen Weg gehe und klingele?*

Sie schloss die Augen. Und plötzlich klingelte ihr Handy.

»Hallo Mum. Tut mir leid, dass ich deinen Anruf vorhin verpasst habe. Geht's dir gut?«

»Uns geht es gut, Liebes. Ich wollte nur hören, wie es dir geht.«

Sie unterhielten sich ein paar Minuten, bevor ihre Mutter die Frage stellte. »Gibt es irgendetwas Neues über Matthew? Ich weiß, dass du viel zu tun hast, aber ich wollte nur mal nachfragen. Irgendwelche Informationen?«

Sheridan starrte auf Andrew Longfords Tür und schluckte. »Ich bin dran, Mum. Ich bin immer auf der Suche nach Spuren, und du weißt, dass ich nie aufgeben werde. Ich verspreche dir, dass ich dir Bescheid gebe, wenn ich etwas herausfinde.«

»Okay, mein Schatz, ich will dich nicht aufhalten. Wir lieben dich.«

»Ich liebe euch auch.«

Sie beendete das Gespräch, startete den Motor und warf einen letzten Blick auf das Haus. Dann fuhr sie zurück zur Hale Street.

KAPITEL 3

Detective Constable Rob Wills hob den Kopf, als Sheridan das Büro der Kripo betrat. »Und? Wie war Mr Calvin-Jones heute drauf?«, fragte er. »Wieder als Vollidiot unterwegs?«

»Definitiv.« Sheridan nickte ihm zu und durchquerte den Raum, wobei sie ihr ganzes Team mit dem Blick streifte, um sicherzustellen, dass niemand am Telefon war.

»Also, Leute«, sagte sie laut, »ich brauche eure volle und ungeteilte Aufmerksamkeit.« Sie setzte sich auf die Kante eines Schreibtisches. »Weihnachten steht vor der Tür. Einige von euch haben mich in den letzten Wochen mit skrupellosen Methoden dazu gebracht, ihre Urlaubsanträge zu unterschreiben.« Sie deutete mit dem Finger auf mehrere Ermittler. »Ihr wisst, ob ihr gemeint seid.« Sie versuchte, sich ein Grinsen zu verkneifen.

»An alle, die das Glück haben, die Feiertage mit ihrer Familie und ihren Freunden zu verbringen: Passt auf, dass ihr nicht an der Geflügelfüllung erstickt!«

Alle grinsten. Auch Sheridan hatte Mühe, einen neutralen Gesichtsausdruck zu wahren.

»Gestern habe ich mir eure Arbeitsstände angeschaut. Es ist wirklich toll, ihr seid alle mit euren Fällen auf dem Laufenden.« Sie legte die Handflächen wie zu einem Gebet zusammen.

»Lasst uns beten, dass uns die Weihnachtsgötter in den nächsten beiden Wochen gewogen bleiben.«

Auf Rob Wills' Schreibtisch klingelte das Telefon, und als er abnahm, presste er den Finger auf sein Ohr, um Geplapper und Gelächter im Büro auszublenden. Er hörte aufmerksam mit gesenktem Kopf zu, wobei sich seine Stirn in Falten legte. Er beendete das Gespräch, blies die Wangen auf und sah Sheridan an. »Tut mir leid, Chefin.«

»Was ist?« Sheridan legte den Kopf schief und sah ihn scheel an.

»Arbeit für uns. Ein Mord.«

»Willst du mich auf den Arm nehmen?« Sie stand auf.

»Wie kommst du darauf? Da ist jemand ermordet worden. Wir sollen den Fall natürlich noch vor Weihnachten lösen.« Rob biss sich auf die Unterlippe.

»Du Witzbold.« Sheridan warf einen Stift nach ihm. »Warum glaube ich dir eigentlich überhaupt noch was?« Sie ging mit ausgestrecktem Arm auf ihn zu. »Gib mir sofort meinen Stift zurück.«

Rob Wills grinste, bückte sich, um den Stift unter seinem Schreibtisch hervorzuholen, und stieß sich beim Hochkommen prompt den Kopf.

»Au! Verdammt!« Er rieb sich den Kopf und reichte Sheridan ihren Stift.

»Das war die Strafe Gottes«, sagte Sheridan. »Okay. Wie ich gerade gesagt habe, seid ihr alle mit euren Fällen auf dem Laufenden und da ihr in diesem Jahr so gute Arbeit geleistet habt, gehe ich jetzt Kuchen kaufen.« Sie machte sich auf den Weg zur Tür. »Nur Rob kriegt nichts.« Sie warf ihm einen gespielt bösen Blick zu.

KAPITEL 4

Gary Lee nahm eine Thermoskanne aus seiner großen Tasche und goss sich eine Tasse Tee ein. Er streckte sich und ließ den Blick über den Friedhof schweifen. Seit vier Jahren hob er hier Gräber aus und er liebte seinen Job. Er hatte seinen Beruf als Lehrer an den Nagel gehängt, nachdem ihm bewusst geworden war, dass er keine Kinder mochte. Sie waren böse. Sie waren nur auf der Welt, um ihm das Leben zur Hölle zu machen. Das hatte er drei Jahre ertragen. Doch nachdem ein Gör einen Stuhl nach ihm geworfen hatte, der ihn voll gegen die Brust getroffen hatte, hatte er gekündigt. Er hatte genug.

Jetzt lag das alles hinter ihm. Er arbeitete bei jedem Wetter draußen, fror in der Winterkälte und schwitzte in der Sommersonne. Und er liebte es. Tote Menschen lachten einen nicht aus. Er kannte den Friedhof wie seine Westentasche. Er liebte es, allein zu arbeiten, ohne dass man ihn störte.

Er blickte auf das Grab hinunter, das er ausheben sollte. Bei dem Verstorbenen handelte es sich um einen einundachtzigjährigen Mann – Brian Walters –, der seiner geliebten Frau Heather folgte, die sieben Jahre zuvor im Alter von siebenundsiebzig Jahren gestorben war.

Gary Lee stellte den Tee beiseite und nahm die Schaufel. Es machte ihm nichts aus, dass er von Hand graben musste. Er ließ sich Zeit. Er ließ sich immer Zeit, vor allem, wenn er ein Grab öffnete. Diesen Respekt war er der bestatteten Person schuldig. Er arbeitete langsam und gleichmäßig und summte dabei vor sich hin.

Nach einem guten Meter stieß sein Spaten auf etwas Hartes. Sehr seltsam.

Er kniete nieder und schob die Erde mit den Händen beiseite. »Was, zum Teufel …?«

Ungläubig starrte er auf den harten Knochen zwischen seinen Fingern. Er hatte noch nicht so tief gegraben, um auf die Gebeine der verstorbenen Heather zu stoßen. Außerdem fehlte der Sarg. Er spürte, wie sein Herz schneller schlug, als ihm klar wurde, was er da ertastet hatte.

Die Erde war kalt und hart. Mit der Spitze seines Spatens brach er sie vorsichtig auf und legte langsam einen Schädel frei, der ihn aus leeren Augenhöhlen anstarrte. Er arbeitete sich weiter vor, Rippen, Arme, Beine. Dann richtete er sich langsam auf und starrte auf die notdürftig bekleideten Überreste. »O Gott«, keuchte er. »O Gott.«

KAPITEL 5

Sheridan trug vorsichtig zwei große Pappschachteln Kuchen die Treppe hinauf, eine Hand fest auf der oberen. Sie ging zügig und versuchte, keine Aufmerksamkeit zu erregen, bis sie das sichere Kripobüro erreichte. Kuchen hatte im Polizeirevier keine Chance, länger als ein paar Minuten zu überdauern. Um in die obere Etage zu gelangen, musste sie einen Spießrutenlauf an vielen Uniformierten vorbei hinter sich bringen.

»Für uns?«, fragte einer von ihnen frech. »Das wäre doch nicht nötig gewesen, Ma'am.«

»Ihr könnt mich alle mal!«, rief sie kopfschüttelnd. Pfiffe und Gelächter erklangen hinter ihr. Dann schritt sie siegreich ins Großraumbüro, die Kuchenschachteln hoch über dem Kopf. »Haut rein, Kriegerinnen und Krieger. Ich bringe …« Sie unterbrach sich. Um sie herum nur niedergeschlagene Gesichter. »Was ist los?«, fragte sie und stellte den Kuchen auf den Tisch.

Rob Wills holte tief Luft. »Eben ist ein Job reingekommen. Auf dem Friedhof von Bordersfield wurde eine Leiche gefunden.«

Sheridan musste grinsen. Zweimal würde sie nicht auf die gleiche Masche reinfallen. »Ach, wirklich? Eine Leiche auf einem Friedhof? Das ist natürlich höchst verdächtig.« Sie hob den Deckel von der oberen Kuchenschachtel. »Netter Versuch, Rob. Haut rein, Leute.«

Keiner rührte sich. Sheridan kaufte ihnen das nicht ab. Sie suchte ein Sahnehörnchen aus und fragte sich amüsiert, wie lange ihr Team das durchhalten wollte. Sie leckte die Sahne ab und stieß ein übertriebenes »Hmmm, lecker« aus, bevor sie das Blätterteiggebäck anknabberte. »Dann esse ich eben alles alleine auf. Worauf ihr euch verlassen könnt.« Sie hob das Sahnehörnchen hoch und schob es sich in den Mund. Dicke weiße Creme quoll heraus und verschmierte ihr Nase und Kinn.

»Sheridan?« Sie drehte sich überrascht um und sah Detective Chief Inspector Max Hall in der Tür stehen.

»Ja, Chef?« Sheridan wischte sich Blätterteigkrümel von der Wange.

»Du hast von dem Leichenfund auf dem Friedhof von Bordersfield gehört?«

»Äh, ja. Rob brieft mich gerade.« Sie nickte, woraufhin ein dicker Klumpen Sahnecreme von ihrem Kinn auf den Teppich fiel. Max runzelte die Stirn.

KAPITEL 6

Mittwoch, 15. Dezember

Es klopfte. »Herein«, sagte Sheridan und blickte von ihrem Computer auf.

Anna Markinson steckte ihren Kopf durch die Tür. »Der Chef sagt, wir sollen alle ins Kripobüro kommen.«

Sheridan stand auf und folgte Anna den Korridor hinunter. Als sie den Raum betraten, stand DCI Max Hall mit hochgekrempelten Ärmeln und gelockerter Krawatte da. Er sah nicht mehr ganz so ordentlich aus wie vor Kurzem im Fernsehen, als er so wenig wie möglich preisgegeben hatte. Er hasste Journalisten.

»Guten Morgen, Leute.« Hall ließ seinen Blick durch den Raum schweifen. »Ich wollte alle zusammenrufen, damit ich durchgehen kann, was wir bis jetzt haben und wer was macht.« Er hustete und trank einen Schluck Tee.

Er drehte sich zum Whiteboard um und begann. »Wie Sie alle wissen, wurden gestern auf dem Friedhof von Bordersfield die teilweise bekleideten Überreste eines vermutlich männlichen Opfers gefunden. Die Leiche lag etwa einen Meter tief und damit etwa einen Meter über dem Sarg einer Heather Walters, die am 1. Dezember 1997 gestorben ist. Das Grab sollte geöffnet werden, weil ihr Ehemann Brian Walters, der vor ein paar Tagen verstorben ist, neben ihr beigesetzt werden sollte. Die männliche Leiche wurde zwecks Identifizierung, Todesursache, DNA-Analyse und so weiter geborgen. Im Moment ist das Grab noch versiegelt, aber ich hoffe, dass die Spurensicherung bald abgeschlossen sein wird. Sobald wir wissen, wer der Mann ist und wie er gestorben ist, können wir weitermachen.« Er blickte auf. »Sheridan, können wir herausfinden, wann Heather Walters beerdigt wurde? Wie sie gestorben ist, familiäres Umfeld und all das, nur für den Fall, dass es eine Verbindung zwischen ihr und der männlichen Leiche gibt, sobald wir wissen, wer es ist. Die Vermisstenmeldungen um 1997 müssen überprüft werden.«

Sheridan sagte: »Kein Problem.« Sie hatte sich bereits eine entsprechende Notiz gemacht.

Sie musterte ihr Team und überlegte, wen sie mit welchen Aufgaben betrauen würde. Gemurmel brach aus, als Chief Inspector Max Hall sich kurz darauf verabschiedete, um die Presse in Schach zu halten.

Anna Markinson ließ sich auf den Stuhl gegenüber von Sheridan fallen. »Du siehst müde aus. Geht's dir gut?«, fragte sie.

»Ja, alles gut.«

»Irgendwo eine schöne Frau am Horizont?«, fragte Anna mit einem schiefen Grinsen.

»Nein.«

»Wir könnten dir ein Online-Profil einrichten …«

»Kommt überhaupt nicht infrage.«

Anna zuckte mit den Schultern. »Ich sage ja nur, dass du eine Frau brauchst. Ich meine, wie lange ist es her, dass du …«

»Du denkst doch nicht im Ernst, dass wir hier und jetzt rumsitzen und über mein nicht vorhandenes Liebesleben reden werden, oder?« Sheridan sah sich kurz um, um sich zu vergewissern, dass niemand zugehört hatte. »Apropos, wie geht's Steve?«

»Gut. Manchmal ist er sauer, dass ich so viel arbeite, aber so ist das Leben einer Polizistin nun mal, stimmt's?«

»Stimmt. Man muss schon besonders drauf sein, um zu verstehen, dass wir nicht um fünf den Stift fallen lassen können. Glaub mir, wenn das Steve erst nach sieben Jahren nervt, dann ist bei euch alles im grünen Bereich.« Sheridan stand auf. »Lass uns weitermachen. Setzt du wen an die vermissten Personen um 1997?«

»Ja, mache ich«, sagte Anna und ging hinaus.

Sheridans Telefon klingelte: Hall rief sie in sein Büro. Er winkte sie herein, als sie zur Tür hereinspähte.

»Das ist fantastisch«, sagte er am Telefon. »Danke für alles. Detective Holler ist gerade reingekommen, sie wird sich auch freuen.« Er legte mit einem breiten Lächeln auf.

»Die Geschworenen haben Stuart Conner in allen elf Anklagepunkten für schuldig befunden. Er hat sechzehn Jahre bekommen.«

Sheridan biss sich auf die Unterlippe. Sie spürte, wie ihr die Tränen in die Augen stiegen, und senkte den Kopf. »Die Strafe hätte höher ausfallen müssen, aber es ist auch so ein großartiger Erfolg. Ich rufe Donna an und gebe ihr Bescheid.«

Max ging um seinen Schreibtisch herum und nahm ihr Gesicht in seine riesigen Hände. »Na, wer hätte das gedacht? Sheridan Holler ist nicht aus Stein. Sind das etwa Tränen?«

Sheridan packte seine Handgelenke und grinste. »Finger weg.«

Max quetschte sich lachend wieder hinter seinen Schreibtisch.

Sheridan fiel auf, dass ihm Schweißperlen auf der Stirn standen. Max Hall war einundfünfzig Jahre alt, zwei Meter groß und schwer. Sein dicker Bauch hing über den Hosengürtel und meistens glühten seine Wangen. Er war der beste Chef, den Sheridan je gehabt hatte. Er war von der alten Schule, betrachtete sein Team als Familie und stand voll und ganz hinter seinen Leuten. Sheridan vergötterte ihn. Auch wenn sie ihm das nie sagen würde.

»Geht's dir gut, Chef? Du wirkst etwas erhitzt«, fragte sie beiläufig, fläzte sich auf den Stuhl und legte die Beine auf seinen Schreibtisch.

Er beäugte sie über seine Brille hinweg. »Alles gut, ich hab nur zu viel um die Ohren.«

Sheridan wusste, was er meinte. Die Hochzeit seiner Tochter stand an. Seine Frau Sheila – die Sheridan schon einige Male getroffen hatte und von der sie wusste, dass sie ihren Mann liebte und alles für ihn tun würde – konnte es nicht abwarten, Großmutter zu werden. Sie bedrängte ihre Tochter fast, schwanger zu werden. Die hatte es natürlich nicht so eilig, und Max war in der Zwickmühle zwischen den beiden Frauen gefangen.

»Ich möchte, dass meine Tochter stolz auf mich ist, wenn ich sie zum Altar führe«, sagte Max. Er musste niesen, putzte sich die Nase und warf das Taschentuch in den Mülleimer unter seinem Schreibtisch.

»Natürlich ist sie stolz auf dich, worüber machst du dir Sorgen?«

»Darüber, dass ich nicht mehr in meinen Anzug passe«, sagte er und klopfte sich auf den Bauch. »Ich habe ihn vor einiger Zeit mit Sheila gekauft, aber seitdem habe ich zugenommen. Der Bund ist zu eng, und wenn ich so weitermache, sind meine Füße bald zu dick für die verdammten Schuhe. Ich habe es Sheila noch nicht gesagt.« Er schüttelte den Kopf. »Ich habe schon öfter versucht, ihr zu stecken, dass ich eine Diät machen sollte, aber sie sagt immer, dass sie mich liebt, egal wie dick ich bin, und stellt mir dann einen leckeren Braten vor die Nase.

Versteh mich nicht falsch, sie ist eine wunderbare Frau, aber ich muss wirklich runter mit dem Gewicht.«

Sheridan hatte über die Jahre oft von den erstaunlichen Kochkünsten seiner Frau gehört, die ihrem hart arbeitenden Mann deftige Mahlzeiten zubereitete. Deftige Mahlzeiten, die seinen Taillenumfang vergrößerten und das Risiko eines Herzinfarkts erhöhten.

Sheridan nahm die Füße vom Schreibtisch ihres Chefs. »Bring den Gürtel morgen mit.«

»Wozu?«

Sheridan stand auf und ging zur Tür. »Bring ihn einfach mit.«

KAPITEL 7

Pflegeheim Drei Linden, Crosby, Merseyside

»Guten Morgen!« Joni Summers schritt leichtfüßig durch die Türen des Pflegeheims und lächelte Mrs Overson zu, die wieder einmal der Enge ihres Zimmers im ersten Stock entkommen war, um mit dem Aufzug auf- und abzufahren. Jetzt stand sie etwas verloren am Empfang.

»Hallo Mrs Overson, was machen Sie denn hier?« Joni nahm sie sanft am Arm.

»Mein Sohn hat mir ein Taxi gerufen. Ich fahre nach Hause.« Mrs Overson lächelte zahnlos. Das Gebiss hatte sie offensichtlich in ihrem Zimmer vergessen.

»Wie wäre es, wenn wir in Ihrem Zimmer auf ihn warten? Ich bringe Sie so lange nach oben.« Joni steuerte Mrs Overson zurück zum Aufzug. Sie hatte keinen Sohn und sie hatte auch kein Haus. Das war verkauft worden, um die Pflege zu finanzieren. Was sie hatte, war Demenz. An einem guten Tag wusste sie noch, wo sie war und warum sie hier war. An schlechten Tagen spielte ihr der Verstand alle möglichen Streiche, dann glaubte sie manchmal, wieder fünfundzwanzig zu sein und

Hand in Hand mit ihrem Verlobten am Strand spazieren zu gehen.

Joni brachte sie zurück in ihr Zimmer und versprach ihr eine gute Tasse Tee. Mrs Overson starrte ausdruckslos auf die kahlen Äste des Baumes vor ihrem Fenster.

***

Im Personalraum schaltete Joni den Wasserkocher ein und genoss den ruhigen Moment, bevor die Kolleginnen der Tagesschicht eintrafen.

Kurz darauf platzte Mo Chase herein. »Mann, was für eine Eiseskälte!« Sie stellte sich mit ihrem beachtlichen Hintern gegen den Heizkörper und pustete in ihre Hände. »Oh, gut, dass du schon Wasser aufgesetzt hast!« Sie rieb die Hände aneinander.

Mo Chase war vierunddreißig, laut und nervtötend und sie hatte die verblüffende Gabe, alle durch ihre bloße Anwesenheit gegen sich aufzubringen.

Joni nahm zwei Tassen aus dem Schrank und stellte die beschädigte vor Mo. Joni war genauso alt wie ihre Kollegin, und sie arbeitete erst seit einem Jahr im Drei Linden – während Mo so tat, als wäre sie schon ewig hier. Joni liebte ihre Arbeit. Sie war mitfühlend und freundlich, hatte strahlend blaue Augen und kurzes blondes Haar.

»Und wie geht's deinem Loverboy?« Joni zog die Augenbrauen hoch und grinste. Es machte ihr Spaß, Mo aufzuziehen.

»Gut. Oder eigentlich doch nicht so gut. Ich denke darüber nach, ihn fallen zu lassen.« Mo seufzte.

»Ich dachte, das wolltest du letzte Woche schon machen, als er dich versetzt hat?«

»Er hat mich nicht versetzt. Ihm ist was auf der Arbeit dazwischengekommen«, erwiderte Mo. Die ständigen Sticheleien der

Kolleginnen wegen ihrer Beziehung zu Harry Minton gingen ihr auf die Nerven.

Im Laufe des letzten Jahres hatte Mo mit allen irgendwann mal über Harry Minton geredet. Entweder sie prahlte mit ihm oder sie beklagte sich über ihn. Sie hatten sich vor einem Jahr kennengelernt, als er sich Drei Linden auf der Suche nach einem geeigneten Heim für seine Mutter angesehen hatte. Mo erzählte allen, dass Harry Vertriebsleiter war und beruflich durch die Welt jettete, ob sie es nun wissen wollten oder nicht. Sie war nie bei ihm zu Hause gewesen und kannte weder seine Freunde noch seine Familie. Die Kolleginnen vermuteten deswegen, dass Harry Minton verheiratet war und vielleicht sogar Kinder hatte. Und seine Mutter war auch nicht im Drei Linden eingezogen.

»Ich habe keine Zeit zum Quatschen. Wir sehen uns.« Mo nahm ihren Kaffee und ging. Sie begann den Tag mit schlechter Laune.

Joni zog sich einen Pullover über. Der Winter war gekommen. Ein eisiger Wind pfiff um das Gebäude, als sie ihre Runde begann. Ellie Sands schlief bei Jonis Eintreten tief und fest. Als sie um das Bett herumging, um die Vorhänge zu öffnen, öffnete die Patientin plötzlich die Augen und stieß einen lauten Schrei aus. Obwohl Joni daran gewöhnt war, zuckte sie unwillkürlich zusammen.

»Guten Morgen, Ellie! Wie geht es Ihnen heute? Möchten Sie was frühstücken?«

So abrupt, wie Ellie aufgewacht war, so abrupt schlief sie auch wieder ein.

Joni füllte eine Schüssel mit Wasser, nahm einen Waschlappen aus dem Schrank, tauchte ihn in das warme Wasser und strich damit sanft über Ellies Gesicht. Als Ellies Augen sich wieder öffneten, lächelte Joni sie an. »Ist das schön?«, fragte sie. »Wir duschen später und dann setzen wir Sie in Ihren Stuhl.«

»Guten Morgen, wie geht's?« Joni drehte sich um. In der Tür stand die Besitzerin des Pflegeheims, Yvonne Lopes.

»Mir geht's gut.«

»Und Ellie?« Yvonne kam ans Bett.

»Auch gut, selbst wenn sie manchmal nicht richtig merkt, dass ich hier bin.«

»Oh, sie weiß, dass du da bist. Glaub mir.« Yvonne Lopes war groß und hatte kurz geschnittenes graues Haar, das sie nicht färbte. Sie hatte ein freundliches Gesicht mit ersten Falten. Ihren warmen haselnussbraunen Augen entging kein Detail. Sie war streng, aber fair, und Drei Linden war ihr Ein und Alles. Vor rund zehn Jahren hatte sie die Seiten gewechselt und war von der Pflegerin zur Leiterin geworden. Sie hatte das Heim nach einem äußerst kritischen Bericht über mangelhafte Betreuung übernommen, den Ruf des Hauses wiederhergestellt und widmete ihr Leben dem Heim und seinen Bewohnern.

Joni war noch dabei, Ellie das Gesicht zu waschen. »Und, hast du ein großes Fest mit der ganzen Familie geplant?«, fragte sie, ohne aufzusehen.

»Ja, mein Sohn kommt mit seiner Familie zum Essen.« Yvonne strich die Decke auf Ellies Bett glatt. »Und du?«

»Ich feiere mit meiner Freundin Sam. Sie wohnt für eine Weile bei mir. Es wird bestimmt wild.« Joni grinste.

Ellie stieß einen Schrei aus. Joni zuckte wieder zusammen. »Ist schon gut, Ellie.«

»Pissi, aua, guck!«, schrie Elli. Das war eine ihrer üblichen Äußerungen, unabhängig davon, ob ihr ein Malheur passiert war oder nicht. Es schien sie sehr zu beunruhigen.

»Ich sehe mal nach.« Joni zog sanft die Decke zurück und prüfte die Lage. »Alles gut, Ellie, Sie sind ganz trocken.«

Yvonne sah zu, wie behutsam Joni Ellie pflegte und wie leise sie mit ihr sprach, um sie zu beruhigen und zu trösten.

»Darf ich dich etwas fragen?«, flüsterte Joni.

»Natürlich.«

»Ich würde gerne wissen, ob Ellie Besuch von Freunden oder Angehörigen bekommen hat, bevor ich hier angefangen habe zu arbeiten.«

»Ja, anfangs noch.« Yvonne sprach mit leiser Stimme. »Sie hat keine Kinder, aber ab und zu kamen Familienmitglieder oder Freunde vorbei.«

Joni bemerkte, dass Ellie ihre Augen geschlossen hatte. »Warum kommen sie nicht mehr?«

»Ich glaube, es war einfach zu schwer für sie. Sie ist nicht die Ellie, die sie kannten.«

Joni nickte. »Das kann ich verstehen. Manche Leute können so etwas nicht verkraften.« Sie seufzte. »Wenigstens kommt ihr Neffe ab und zu.«

»Ja, wenigstens das. Ich lass dich mal weitermachen.« Yvonne warf Ellie einen bedrückten Blick zu, bevor sie den Raum verließ.

Joni kannte den Gesichtsausdruck. Auf der Miene von Ellies Neffen spiegelten sich ähnliche Gefühle, wenn er zu Besuch kam. Er setzte sich an Ellies Bett und sprach freundlich mit ihr, aber wenn er ging, dann war er immer sehr niedergeschlagen, weil sie wieder nicht auf ihn reagiert hatte.

KAPITEL 8

Joni Summers war seit einer Stunde zu Hause, als das Telefon klingelte. »Hallo Mum«, sagte sie und holte tief Luft.

»Hallo Schatz, wie geht es dir? Was macht die Arbeit? Wann kommt Sam an?« Ihre Mutter stellte ihre Fragen immer in Dreiergruppen. Manchmal waren es auch mehr.

»Mir geht es gut. Bei der Arbeit ist alles gut. Und Sam sollte jeden Moment hier sein. Geht es dir gut?«

»Abgesehen davon, dass meine Haare ihr eigenes Ding machen, geht es mir gut. Jedenfalls will ich dich nicht aufhalten. Arbeite nicht zu hart. Liebe Grüße an Sam.«

»Okay, tschüss, Mum.« Joni lächelte und erhob sich vom Sofa. Sie trank ihren Kaffee aus, zündete sich eine Zigarette an und drückte sie sofort wieder aus. Sie wollte nicht in die übliche Tradition der Neujahrsvorsätze verfallen. Sie wollte ihre schlechten Angewohnheiten vorher aufgeben, sich von der Masse abheben, anders sein.

Das Leben war schön. Sie hatte ihre eigene Wohnung mit einem fantastischen Blick auf den Crosby Beach und den Fluss Mersey. Eine Wohnung, die sie sich niemals hätte leisten können, wenn ihre geliebte Großmutter sie ihr nicht vererbt hätte. Sie hatte einen Job, den sie liebte, und ihre beste Freundin Sam zog vorübergehend bei ihr ein. Sam war Lehrerin und hatte an einer Schule in Manchester gearbeitet, vor Kurzem aber eine neue Stelle in Liverpool angenommen. Eigentlich hatte sie eine Wohnung in Bootle gefunden; doch unmittelbar vor Sams Einzug hatte sich der Besitzer plötzlich entschieden, sie zu verkaufen. Jetzt hing Sam in der Luft.

Joni und Sam kannten sich aus der Schule, seit sie sieben waren. Damals war Sam dazwischengefahren, als Joni von drei Achtjährigen verprügelt wurde. Sam war zuerst auf das große, schlaksige Mädchen losgegangen und dann auf deren kleinere Freundin. So hatte ihre Freundschaft begonnen. Das war vor sechsundzwanzig Jahren gewesen, und sie hingen immer noch aneinander. Ja, das Leben war gut. Joni nahm die Zigarette aus dem Aschenbecher und zündete sie erneut an. Morgen würde sie das Rauchen aufgeben. Ganz bestimmt.

Zehn Minuten später öffnete sie die Haustür und stürzte sich auf ihre beste Freundin. »Oh, wie schön! Komm rein!«

Sam Sloan blies die Backen auf und zerrte ihren schweren Koffer über die Schwelle. »Danke.« Sie umarmte Joni. »Ich freue mich auch total.«

»Ist das alles?«, fragte Joni und runzelte die Stirn.

»Nein. Ein paar Sachen sind noch im Auto.« Sam küsste Joni auf die Wange und schob den Koffer in den Flur. »Danke, dass wir hier wohnen dürfen, du bist unsere Rettung.«

»Moment mal. Wir? Wer ist wir?«, fragte Joni.

»Maud und ich.«

»O Gott, die hatte ich ganz vergessen. Du weißt, dass deine Katze mich hasst.«

»Stimmt doch gar nicht. Eigentlich … Aber warte mal, ich hole sie lieber aus dem Auto, bevor sie auf die Sitze kotzt. Autofahren bekommt ihr nicht.« Sam bemerkte den Ausdruck auf Jonis Gesicht. »Aber sie ist stubenrein.«

»Das ist ja wunderbar«, sagte Joni sarkastisch.

***

Während sich Joni und Sam unterhielten, strich Maud durch die Wohnung und nahm ihre neue Umgebung in Augenschein. Sie sprang auf den Fenstersims, beobachtete mit großen Augen, wie der Regen gegen die beschlagene Scheibe prasselte, und tippte mit ihrer Pfote an das kalte Glas.

»Und, wie läuft's mit dem Job?« Sam nahm einen Schluck von ihrem Jack Daniel's und ließ sich in den Sessel sinken.

»Gut. Anstrengend, aber das gefällt mir.« Joni lehnte den Kopf gegen das Sofakissen. »Es ist aber doch eine Schande, dass man sein ganzes Leben lang arbeitet, nur um in einem Pflegeheim zu landen, wo einen Fremde waschen und füttern.« Joni seufzte. Ellie Sands' Gesicht stand ihr vor Augen. Ganz kurz fühlte sie sich schuldig, weil sie sich so freute, dass ihre beste Freundin da war.

Sie wechselte das Thema. »Komm, lass uns auf glückliche Zeiten anstoßen«, sagte sie, hob ihr Glas und sah Sam an.

Sie tranken die Flasche Bourbon aus und danach fielen sie in ihre Betten. Maud erkundete weiter ihr vorübergehendes Zuhause, bis sie sich schließlich auf der Sofalehne niederließ. Aber erst nachdem sie auf den Küchenboden gepinkelt hatte. Zweimal.

KAPITEL 9

Donnerstag, 16. Dezember

Sheridan begegnete Anna auf dem Gang. »Alles in Ordnung?«, fragte sie.

Ihre Kollegin nickte und betrachtete ihren riesigen Apfel. »Ja, alles in Ordnung. Ich habe die Infos zu den Vermissten aus den späten Neunzigern für dich.«

»Ah, gut«, antwortete Sheridan, während sie in Richtung ihres Büros gingen.

Anna warf einen Blick auf das Blatt in ihrer Hand.

»Okay, es gibt zwei, die infrage kommen. Der eine verschwand 1996. Martin Samms, dreiundzwanzig Jahre alt. Er wurde mehrfach vermisst gemeldet und hatte psychische Probleme. Seine Familie glaubt, dass er auch ins Ausland gezogen sein könnte, möglicherweise irgendwo nach Afrika. Seit seinem Verschwinden hatten sie keinen Kontakt mehr zu ihm.« Sie hielt inne. »Der Zweite ist technisch gesehen kein Vermisster, aber er wird seit sieben Jahren gesucht. Und diejenigen von uns, die schon länger hier arbeiten, erinnern sich nur zu gut an ihn. John Lively. Der Hauptverdächtige im Fall der Erschießung von Kate Armitage, einer Polizistin aus diesem Revier. Sie wurde am 13. Dezember 1997 außer Dienst auf einem Supermarktparkplatz erschossen. Er hat auch die Frau angeschossen, die neben PC Armitage herging, aber sie hat überlebt. Nach der Tat ist Lively abgetaucht. Er wird immer noch als Hauptverdächtiger gesucht.«

Sheridan ließ die Informationen sacken. »Ich erinnere mich an den Fall. Damals war ich bei der Polizei in Hampshire. Es war überall in den Nachrichten. Kanntest du Kate Armitage?«

»Ja, aber nicht gut.« Anna biss in ihren Riesenapfel.

»Kannst du mir die Originalakte über ihre Erschießung besorgen?«

»Glaubst du, die Überreste sind von John Lively?«

»Kann schon sein«, antwortete Sheridan.

»Ich schicke dir die Akte«, sagte Anna beim Hinausgehen.

Einen Moment später lugte sie durch den Türspalt. »Tut mir leid, der Chef ruft zur Lagebesprechung.«

Sheridan nickte. »Okay.« Sie stand auf und folgte Anna.

***

DCI Max Hall bahnte sich japsend einen Weg nach vorne und stellte sich ans Whiteboard.

»Okay. Also, wir wissen jetzt mehr über die Leiche.« Er schnäuzte sich. »Tut mir leid, ich habe eine fiese Erkältung.«

Er hustete und putzte sich erneut die Nase. »Also … die Leiche wurde als John Lively identifiziert, geboren am 11. November 1972. Die Todesursache ist eine Schusswunde in der Brust. Die Kugel wurde sichergestellt. Wir warten noch auf Nachricht, ob an seinen Überresten und seiner Kleidung Fremd-DNA gefunden wurde. Allerdings trug er nur Boxershorts, als er vergraben wurde. Ich bin mir sicher, dass Sie alle wissen, wer John Lively war. Der Verdächtige im Fall der tödlichen Schüsse auf Kate Armitage, eine Polizeibeamtin, die den Großteil ihres Polizeidienstes hier in Hale Street verbracht hat. Sie wurde am 13. Dezember 1997 auf dem Parkplatz des Mason's-Supermarktes von Lively erschossen. Er fuhr mit seinem Motorrad auf sie zu und feuerte fünf Kugeln in schneller Folge ab. Zwei Kugeln trafen Kate Armitage. Zwei verfehlten ihr Ziel, und die fünfte traf eine Frau nahebei, die glücklicherweise überlebte. John Lively war seit der Schießerei verschwunden. Er war ein ortsansässiger Drogenhändler, mit dem Kate Armitage vor ihrer Ermordung oft zu tun hatte. Er hat sie auch bedroht, bevor er sie erschossen hat. Jetzt müssen wir natürlich Mordermittlungen im Fall John Lively einleiten.«

Max Hall zeigte auf Detective Rob Wills. »Rob, was haben Sie über die Frau, in deren Grab Lively gefunden wurde?«

Rob Wills sah auf seine Notizen. »Heather Walters war siebenundsiebzig Jahre alt, als sie am 1. Dezember 1997 an Brustkrebs starb. Am 12. Dezember war die Beerdigung. Sie war Buchhalterin im Ruhestand. Die Familie ist nicht aktenkundig, keinerlei Einträge irgendeiner Art. Ihr Mann Brian starb im Alter von einundachtzig Jahren an Herzversagen.«

Max Hall nickte. »Okay. Bitte finden Sie heraus, ob es eine Verbindung zwischen Heather Walters' Familie und John Lively gibt.«

»Wird gemacht.« Rob klopfte mit seinem Stift auf den Schreibtisch.

Max Hall trank einen Schluck Wasser. »Der Zustand von John Livelys Überresten deutet darauf hin, dass er seit etwa sieben Jahren tot ist. Vor sieben Jahren wurde Heather Walters begraben und Kate Armitage ermordet. Vermutlich hat die Leiche seither in der Erde gelegen. Lively könnte Kate also erschossen haben, kurz darauf aber selbst getötet worden sein. Möglicherweise ist ein Drogendeal schiefgegangen.«

Ein Detective hob die Hand. »Ich nehme an, wir können auch nicht ausschließen, dass es sich um einen Racheakt für den Tod von Kate Armitage handelt?« Peinliche Stille legte sich auf den Raum.

Sheridan schaltete sich ein. »Wir schließen gar nichts aus. Wir müssen die Akte über Kate Armitages Erschießung noch einmal gründlich durchgehen, um festzustellen, ob beim letzten Mal etwas übersehen wurde.«

Max nickte zustimmend.

Anna zwinkerte Sheridan kurz zu. Wieder einmal war ihre Kollegin einen Schritt voraus.

Max wischte sich mit dem Handrücken über die Stirn. »Die Presse schnüffelt in dieser Sache wie wild herum, also seien Sie vorsichtig. Sie kennen die Regeln.« Er hustete. Es war ein tiefer, festsitzender Husten. »Ich gehe jetzt in mein Büro zum Sterben.« Er sah Sheridan an. »Ich gebe dir freie Hand.«

Sheridan kehrte in ihr eigenes Büro zurück. Anna folgte ihr auf den Fersen. »Und, was denkst du?« Sie grinste.

»Was meinst du?«

»Normalerweise hast du einen Fall schon gelöst, bevor wir überhaupt mit den Ermittlungen beginnen. Ich habe mehr oder weniger gehofft, wir könnten gleich alle nach Hause gehen.«

Sheridan lehnte sich zurück und verschränkte die Hände hinter dem Kopf. »Wie war Kate Armitage denn so?«

»Eine ziemliche Granate.«

»Wie meinst du das?«

»Soweit ich mich erinnern kann, hat sie kein Blatt vor den Mund genommen, sich nichts gefallen gelassen und stand im Ruf, mit jedem zu schlafen. Als sie ermordet wurde, hatte sie eine Affäre mit ihrem Partner PC Howard Cooke.«

»Ist ja interessant.« Sheridan schrieb den Namen auf. »War Kate verheiratet? Hatte sie Kinder?«

»Nein, sie war Single. Aber Howard Cooke war verheiratet. Zwei Kinder.«

»Hast du damals an dem Fall gearbeitet?«

»Nein, da war ich noch nicht bei der Kripo.«

Sheridan trommelte auf die Schreibtischplatte. »Okay, dann freue ich mich darauf, mich durch die Originalakte zu wühlen.«

»Ich bringe sie dir so schnell wie möglich.« Und damit war Anna weg.

Sheridan ging hinaus. Auf dem Gang traf sie Max Hall, der gerade aus der Herrentoilette kam.

»Hast du ihn mitgebracht?«, flüsterte sie.

»Ja.« Er ging zurück in sein Büro. Sheridan folgte ihm und schloss die Tür hinter sich.

Max zog den Gürtel aus seiner Schreibtischschublade und versuchte, ihn um seine Taille zu legen.

Sheridan trat ein paar Schritte zurück. »Du hältst die Luft an.« Sie gab ihm einen Klaps auf den Arm. »Los, ausatmen.«

Max rollte die Augen und entspannte seinen Bauch widerwillig.

Sheridan warf einen Blick auf den Gürtel. »Du musst mindestens fünf Zentimeter abnehmen, wenn die Schnalle ins letzte Loche passen soll.«

»Das hätte ich dir auch vorher sagen können, Mann.« Er warf den Gürtel auf seinen Schreibtisch. »Mit der Hose ist es genauso. Sie ist so eng, dass meine Eingeweide flüchten wollen.«

Sheridan versuchte nicht zu lachen. »Okay, hier ist der Plan …«

Sheridan stellte ihm eine Diät zusammen und gab ihm einfache Übungen auf, die ihm helfen sollten, seinen Taillenumfang zu reduzieren. Sie waren sich einig, dass es zu Hause schwierig werden würde, aber bei der Arbeit konnte er sein übliches Junkfood durch Obst ersetzen und viel Wasser trinken.

»Woher weißt du all das Zeug über Diäten?«, fragte Max.

»Ich bin eine Frau, Max, wir wissen diese Dinge einfach.«
»Und du meinst, wenn ich das alles mache, passe ich zur Hochzeit in meinen Anzug?«
»Natürlich.« Sie lächelte, faltete das Blatt Papier zusammen und reichte es ihm.
»Und du sagst es niemandem?«
»Nein, natürlich nicht.«
»Versprochen?«
»Hoch und heilig.«

KAPITEL 10

Howard Cooke stand an der Haustür und wollte gerade etwas sagen, da hob seine Ex-Frau Carly die Hand. »Ich will keinen Streit, Howard. Ich möchte nur zivilisiert mit dir sprechen.«

Howard wurde lauter. »Dann darfst du mich nicht anrufen und mir sagen, dass du mir meine Kinder wegnimmst.«

»Darf ich reinkommen?« Carly trat auf ihn zu. »Oder willst du das hier draußen besprechen?« Sie zog die Augenbrauen hoch und folgte ihm hinein, wobei sie über den Zustand des Flures den Kopf schüttelte.

Howard ging ins Wohnzimmer und drehte sich mit verschränkten Armen zu ihr um.

»Und?«

»Ich ziehe nach Norfolk zu meinen Eltern.« Carly seufzte. »Sie werden alt. Mum müht sich mit Dad ab; er ist wegen seiner Arthritis immer weniger mobil. Ich habe dir schon vor langer Zeit gesagt, dass ich daran denke umzuziehen. Ich will dich nicht davon abhalten, die Kinder zu sehen.«

»Nein, natürlich nicht … Du gehst nur so weit weg, dass es für mich schwer wird, sie zu sehen.« Er setzte sich auf den Couchtisch und stützte den Kopf in die Hände.

»Norfolk ist nicht am anderen Ende der Welt, es sind fünf Stunden mit dem Auto dahin. Und dieses bescheuerte Gejammer, was für ein armer Kerl du bist, das zieht bei mir nicht. Dir waren die Kinder scheißegal, als wir noch zusammen waren, und du unternimmst jetzt auch nichts mit ihnen, weil du die letzten sieben Jahre damit verbracht hast, in deinem eigenen Selbstmitleid zu versinken.« Carly holte tief Luft. »Hör zu, ich weiß, dass das, was passiert ist, wirklich schrecklich war, und ich weiß auch, dass du dich deswegen schuldig fühlst. Aber vergiss nicht, dass du mir untreu warst, dass du sie gevögelt hast, während ich unsere Kinder großgezogen habe.«

Er hob den Kopf und sah sie an. »Ich habe alles verloren, und jetzt nimmst du mir auch noch die Kinder weg.«

»Du hast alles verloren, weil du deinen Schwanz nicht in der Hose behalten konntest!« Sie seufzte, sie hatte dieses Gespräch satt. Wie oft hatten sie diese Unterhaltung in den letzten sieben Jahren wohl geführt?

»Lass es gut sein, Carly. Ich habe mich tausendmal entschuldigt. Wenn ich alles ändern könnte, würde ich es tun, aber ich kann es nicht. Bitte nimm mir nicht auch noch meine Kinder weg.«

»Ich nehme sie dir nicht weg, Howard, du hast deine Kinder schon vor Ewigkeiten verloren. Herrgott, du hast letztes Jahr Amys Geburtstag vergessen! Du hast keine Ahnung, wie mies es ihr damit ging! Also lass dieses blöde Spielchen. Was mit dir, mir und deinen Kindern passiert ist, dafür bist du selbst verantwortlich.«

Howard stand auf und kam Carlys Gesicht mit seinem bedrohlich nahe. »Du hast sie gegen mich beeinflusst.« Seine Stimme bebte vor Wut.

»Du bist ein verdammter Loser, Howard. Ich habe kein Mitleid mit dir. Ich gehe jetzt.«

»Das war's? Das ist alles, was du zu sagen hast? Mein Gott.« Er sah ihr direkt in die Augen. »Bitte hass mich nicht, Carly.«

»Lass das.« Carly blieb dicht vor ihm stehen. Sie erinnerte sich an den Schmerz, den ihr seine Affäre verursacht hatte. An die Nächte, in denen sie wach gelegen und in ihr Kissen geweint hatte. In denen sie gebetet hatte, dass ihre Instinkte sie täuschten. Sie hatte sich eingeredet, dass ihr Mann, der ehrenwerte Polizist, bestimmt nicht alles für ein bisschen Sex mit einer Kollegin aufs Spiel setzen würde. Aber ihre Intuition hatte sie nicht getäuscht. Und nachdem die Wahrheit endlich ans Licht gekommen war, konnte sie die qualvollen Gefühle nicht mehr vergessen.

»Wir reisen in ein paar Tagen ab.« Ein unangenehmer Moment verging, in dem sie einfach nur dastanden. »Ich gehe jetzt.« Carly nahm die Hand von Howards Schulter und wandte sich zum Gehen.

Er sackte in sich zusammen, als er hörte, wie sich die Haustür hinter ihr schloss.

KAPITEL 11

»Was denkst du?« Sam hob die Arme und drehte sich, um ihre hellblaue Jeans vorzuführen, die sich an ihre schlanke Figur schmiegte. Der Kragen ihrer frisch gewaschenen weißen Bluse war aufgestellt und ihre braunen Stiefel knarzten leicht. Neue Stiefel, die sie noch einlaufen musste.

Joni blickte hoch. »Du siehst süß aus.«

»Nicht zu butch?« Sam betrachtete sich im Spiegel und fuhr sich mit den Fingern durch ihr langes braunes Haar. Sie sah schön aus mit ihrer olivfarbenen Haut und ihren haselnussbraunen Augen.

»Nein, nicht zu männlich. Wer ist diese geheimnisvolle Frau noch mal?«, fragte Joni, öffnete die Ofentür und wedelte den hervorquellenden schwarzen Qualm weg. »Mist!«

»Was *ist* das?« Sam beugte sich hinunter, um die Sachlage genauer in Augenschein zu nehmen.

»Das *war* Hühnchen in irgendeiner Fertigmarinade.« Joni schaltete den Ofen aus und holte das verbrannte Gericht heraus.

Maud kam an und ging mit den Vorderpfoten am Küchenschrank hoch.

»Maud sagt, dass sie es essen würde.«

»Das kann ich ihr nicht antun. Allerdings hat sie neulich sogar meine Zeitschrift angeknabbert.« Joni öffnete den Küchenschrank und suchte nach etwas, das sie kochen konnte, ohne es dabei ungenießbar zu machen. »Du schuldest mir noch eine Antwort. Wer ist diese mysteriöse Frau?«

»Sie heißt Harriet und ist bei der Feuerwehr.« Sam überprüfte ihr Spiegelbild. »Und sie ist verdammt fit.«

»Hattest du nicht vor einer Ewigkeit ein Date mit ihr, das sie abgesagt hat?« Joni holte eine Packung Jaffa Cakes aus dem Schrank und legte einen vor Maud auf den Boden.

Sam sah zu, wie ihre Katze mit dem Keks im Maul aus der Küche spazierte. »Ja, genau die. Aber ich bin bereit, ihr eine zweite Chance zu geben. Habe ich schon erwähnt, wie fit sie ist? Dürfen Katzen eigentlich Schokolade essen?«

»Ich glaube nicht. Aber sie isst sowieso nur das Biskuit.«

»Gut, dann gehe ich jetzt.« Sam ging auf die Tür zu. »Wartet nicht auf mich!«

***

Eine Stunde später war Sam wieder da.

»Huch? Wieso bist du schon zurück?«, rief Joni.

»In dem Moment, in dem ich den Pub betreten habe, hat sie mich angerufen. Sie hätte unsere Verabredung vergessen und könnte nicht kommen, weil sie mit jemandem unterwegs wäre und in Manchester übernachten würde.« Sam setzte sich auf die Armlehne des Sofas und zerrte an ihren Stiefeln. »Das war das zweite Mal. Verarschen kann ich mich selber. Und diese blöden Stiefel bringen mich um.«

»Tut mir leid. Du hast doch bestimmt auf Sex gehofft.« Joni gähnte.

»Wofür hältst du mich? Apropos Sex: Wie lange ist es her, dass du das letzte Mal Sex hattest?«

»Wir reden nicht über mich.« Joni zählte die Monate an ihren Fingern ab. »Vor acht Monaten.«

»Mein Gott, das trocknet doch aus!« Sam hob warnend den Zeigefinger.

»Ich bin erst vierunddreißig. Außerdem hebe ich mich für den Richtigen auf.«

Sam ließ sich in den Sessel fallen und rieb sich die Füße. »Wir werden beide wen Perfektes finden. Du heiratest einen gut aussehenden blonden Holzfäller und ich tue mich mit einer umwerfenden dunkelhaarigen Schönheit zusammen.« Sie klopfte sich auf die Oberschenkel. Maud sprang auf ihren Schoß und machte es sich bequem.

»Okay, beschreib doch mal deine perfekte Frau.« Joni streckte sich aus und stellte den Becher auf ihren Bauch.

»Groß, schlanker oder normaler Körperbau, schöne Augen, nettes Lächeln, dunkle, nicht zu kurze Haare, schulterlang vielleicht. Sie ist gebildet, berufstätig und hat Sinn für Humor.« Sam nickte. »Außerdem mag sie Tiere und hat etwas Geheimnisvolles.«

»Ist das alles?« Joni nippte an ihrem Kaffee.

»Und sie ist nicht so besitzergreifend und verquer und eifersüchtig. Glaub mir, da draußen gibt es viele von der Sorte.«

»Ist das alles?«

»Und sie fühlt sich mit ihrer Sexualität wohl und kann kochen. Oder warte mal, das kannst du streichen. Mir ist es egal, ob sie kochen kann.«

»Ist das alles?«

»Ja, das ist doch nicht zu viel verlangt, oder?«

KAPITEL 12

Freitag, 17. Dezember

Sheridan saß an ihrem Schreibtisch und atmete den Duft des Kaffees ein, den sie auf dem Weg zur Arbeit gekauft hatte.

Anna hatte ihr die Originalakte auf den Tisch gelegt, die Kopien von Kate Armitages Notizbuch enthielten. Sie nahm einen Schluck dampfenden Kaffee und begann zu lesen.

> Freitag, 11. Juli 1997
> 09.15 Kingston Road. Durchsuchung John LIVELY 11/11/72. Die Durchsuchung wird von PC 214 Cooke durchgeführt.
>
> Weißes Pulver in Frischhaltefolie in LIVELYs Tasche. Festgenommen um 09.20 Uhr. Transport zur Hale Street.
>
> Freitag, 19. September 1997
> 14.30 Yale Cross Road. Durchsuchung von John LIVELY 11/11/72. Durchsuchung durch PC 214 Cooke negativ. Transport zur

Hale Street. Körperliche Untersuchung. Kein Drogenfund.

Sheridan notierte sich, dass PC Armitage und PC Cooke John Lively vor der Schießerei noch zweimal auf der Straße angehalten und durchsucht hatten, ohne etwas zu finden.

Freitag, 12. Dezember 1997
PC Kate Armitage berichtet Sergeant Alan Harman über Bedrohung durch John Lively außer Dienst. Laut Notizbucheintrag von Sergeant Harman habe John Lively Armitage in einem Café gesehen und gesagt, sie müsse »auf sich aufpassen«. PC Armitage erklärt Sergeant Harman, sie wolle den Vorfall nur zu Protokoll geben. Sie nehme die Drohung nicht ernst.

Freitag, 12. Dezember 1997, später
Der Pkw von Kate Armitage ist ausgebrannt. Standort: Garagenhof hinter ihrer Wohnung. Sie glaubt, dass John Lively dafür verantwortlich ist. Es gibt keine Beweise, die ihn mit der Tat in Verbindung bringen. Auf die Frage, warum sie ihren Pkw auf dem Garagenhof und nicht wie sonst vor ihrem Haus geparkt hätte, erklärte Armitage, sie habe sich Sorgen gemacht, dass Lively sie nach der Arbeit in ihr Auto einsteigen sehen und sie verfolgen könnte. Wenn es dann vor ihrer Wohnung geparkt wäre, wüsste er, wo sie wohnte.

Samstag, 13. Dezember 1997
Schießerei
Zusammenfassung und Augenzeugenberichte
Kate Armitage ist nicht im Dienst. Am Morgen mietet sie einen Wagen in Liverpool. Man nimmt an, dass sie den Tag zu Hause verbracht und die Wohnung gegen 17.30 Uhr verlassen hat. Die Fahrt zum Supermarkt dauert etwa fünfzehn Minuten.

Sie parkt den Leihwagen etwas vom Eingang des Supermarktes entfernt, der aufgrund der Jahreszeit stark frequentiert ist. Sie geht auf den Haupteingang zu. Eine Person, bei der es sich vermutlich um einen Mann handelt, fährt auf einem Motorrad auf sie zu, hält an, zieht eine Handfeuerwaffe und gibt fünf Schüsse in schneller Folge ab. Zwei Kugeln treffen Kate Armitage, die letzten drei verfehlen sie, eine trifft die Frau, die neben ihr geht. Mehrere Zeugen berichteten, dass sie Kate kurz vor dem Schuss noch »Nein, Lively!« rufen hörten. Der Verdächtige lässt die Waffe fallen und fährt mit hoher Geschwindigkeit weg. Auf der Waffe werden nur John Livelys Fingerabdrücke gefunden.

Die Zeugen sagen aus, dass sie den Motorradfahrer für einen weißen Mann halten. Nur einer gab an, dass es eine Frau gewesen sein könnte. Die Zeugen machten unterschiedliche Aussagen zu seiner Größe; zwischen 170 und 180 Zentimeter. Alle sagen, er sei schlank. Die meisten schätzten den Verdächtigen auf zwanzig bis vierzig Jahre. Fast alle Zeugen gaben an, er habe dunkle Kleidung und einen offenen Motorradhelm ohne Visier getragen. Nur einer erkannte John Lively auf einem Foto. Es gab unterschiedliche Aussagen über den Zeitraum, in dem der Mann das Motorrad anhielt, die Schüsse abfeuerte und davonfuhr. Mehrere glaubten, es seien zwischen fünf und zehn Sekunden gewesen, zwei sagten, sieben bis vierzehn Sekunden, und einer sagte, etwa vier Sekunden.

Zwei Zeugen, die sich in der Nähe von Kate Armitage aufgehalten hatten, gaben an, dass sie den Motorradfahrer vom Parkplatz in Richtung Hollyhock Road fahren sahen. Sie sahen nicht, in welche Richtung er abbog.

Eine Zeugin, Sally Doneghy, 33, Verkäuferin, sagte aus, dass sie drei Schüsse gehört habe, aber einen Moment brauchte, um zu realisieren, was es war. Sie sei nicht sicher, ob es nicht auch mehr Schüsse hätten gewesen sein können. Der Täter hantierte mit der Waffe, bevor er sie fallen ließ. Er schien zu überlegen, ob er sie aufheben sollte, doch er »wollte offensichtlich einfach nur weg«. Die rechte Hand des Mannes sah »irgendwie seltsam« aus, inwiefern, konnte sie nicht genauer beschreiben. Sie war zu geschockt und hatte Angst um ihre kleine Tochter Abby.

Der Parkplatz des Supermarktes war relativ hell für 18 Uhr im Dezember. Vor dem Geschäft gibt es keine Überwachungskameras.

Nur ein Zeuge gab an, das Nummernschild

des Motorrads gesehen zu haben, konnte sich aber nur an die ersten drei Buchstaben erinnern, die mit dem Nummernschild von John Livelys Motorrad übereinstimmten.

Die Aufnahmen der Überwachungskameras auf den Straßen, die zur Wohnung von John Lively und zum Supermarkt führen, wurden überprüft. Trotz der schlechten Qualität erkennt man ein Motorrad auf der Hauptstraße auf dem Weg zum Supermarkt sowie eines, vermutlich dasselbe, auf dem Weg vom Supermarkt auf der Hollyhock Road. Dann biegt es nach links in die Montrose Avenue ab, wo die Videoüberwachung endet.

Das Motorrad von John Lively wurde später in der Nacht vor seiner Wohnung sichergestellt.

Sheridan fiel auf, dass John Lively auf anderen Rückwegen eher von Überwachungskameras erfasst worden wäre.

Kate Armitage wurde mit dem Leihwagen an verschiedenen Stellen zwischen ihrer Wohnung und dem Supermarkt aufgenommen. Livelys Motorrad wurde erst beim Einbiegen auf den Supermarktparkplatz kurz vor Kate Armitages Pkw erfasst.

Drei Zeugen blieben bei Kate Armitage, bis der Krankenwagen eintraf. Sie sagte nichts mehr. Alle drei Zeugen glauben, dass sie bereits tot war, als die Sanitäter die Behandlung begannen. Im Krankenhaus wurde sie für tot erklärt.

Vier Zeugen blieben bei der Frau, die neben Kate Armitage hergelaufen war. Sie gaben an, dass sie die ganze Zeit über bewusstlos war.

Sie wurde ebenfalls noch am Tatort behandelt und dann ins St. Anne's Hospital in Liverpool gebracht. Sie überlebte die Schusswunde am Kopf, trug aber eine schwere Hirnverletzung davon und verbrachte fast ein Jahr im Krankenhaus.

Sheridan blätterte um. Bei der Frau mit der Hirnverletzung handelte es sich um eine einundfünfzigjährige Redakteurin der Lokalzeitung namens Ellie Sands.

KAPITEL 13

Als Joni zu Arbeitsbeginn in den engen Personalraum kam, waren ihre Kolleginnen schon beim Wichteln und verschlangen selbst gebackenen Kuchen und Weihnachtsgebäck. Joni lachte mit ihnen über die nutzlosen und scheußlichen Kleinigkeiten, die zu diesen Anlässen verschenkt wurden.

Nach dem Wichteln begann Joni mit ihrer Runde. Zuerst schaute sie nach Ellie Sands. »Hey Ellie, wie geht es Ihnen heute?« Keine Antwort. Die dunklen Augen starrten durch sie hindurch. »Es ist kurz vor Weihnachten, Ellie. Hoffentlich hatten Sie schöne Weihnachtsfeste, bevor … na ja, Sie wissen schon, bevor Sie hierhergekommen sind.«

»Pissi, guck!« Ellies Stimme war verwaschen und sie sprach undeutlich.

»Ich schau mal nach.« Joni zog die Decke von Ellies zartem Körper und hob ihr Nachthemd an. »Nein, alles gut, Ellie. Sie sind sauber.«

Ellie stieß ein kreischendes Geräusch aus. Sie ballte die Fäuste und hielt sie vors Gesicht. »Pissi, aua, guck!«, rief sie.

»Bitte regen Sie sich nicht so auf!« Joni setzte sich auf das Bett und hielt Ellies Hand, bis diese sich entspannte und die Augen schloss.

»Hi.« Joni drehte sich um. Ellies Neffe stand in der Tür.

»Hi, Miles. Wie geht es Ihnen?«

»Gut, danke. Und wie geht es meiner Tante heute?«

»Auch gut.« Joni wandte sich an Ellie. »Sie haben Besuch, Miles ist hier.«

Ellie drehte ihren Kopf zum Fenster.

Miles ging auf Ellie zu und küsste sie auf die Stirn. Er war schlaksig und linkisch und schien sich im Heim immer unwohl zu fühlen.

»Ich setze sie nur noch in den Sessel.« Joni zog den großen Sessel zum Fenster und Miles half ihr, Ellies gebrechlichen Körper hineinzuheben. Joni nahm eine Wolldecke vom Bett und legte sie über Ellies Beine. »Kann ich Ihnen etwas bringen?«, fragte sie Miles mit einem Lächeln.

»Nein, danke, ich kann nicht lange bleiben, meine Frau und ich besuchen später noch Freunde«, antwortete er.

»Gut, dann lasse ich Sie jetzt in Ruhe. Falls wir uns nicht mehr sehen, wünsche ich Ihnen ein schönes Weihnachtsfest.« Joni sah Ellie kurz an und bemerkte, dass ihre Augen geschlossen waren.

»Ihnen auch«, antwortete Miles.

KAPITEL 14

Sheridan war hungrig und stibitzte eine Packung Chips aus Max' nicht ganz so geheimem Vorrat. Das war das Mindeste, was sie tun konnte, um ihn bei seiner Diät zu unterstützen. Dann widmete sie sich wieder der Akte von PC Kate Armitage.

Armitage war zweiundvierzig Jahre alt geworden. Geschieden. Keine Kinder. Sie war mit zweiundzwanzig Jahren in den Polizeidienst eingetreten und hatte den Ruf einer Draufgängerin gehabt. Sie war zwar zweimal an der Prüfung zur Sergeantin gescheitert, hatte aber eine vorbildliche Akte vorzuweisen und wurde offensichtlich als Bereicherung für die Polizei gesehen.

Dann vertiefte Sheridan sich in die Akte von PC Howard Cooke. Zum Zeitpunkt der Schießerei war er neununddreißig Jahre alt gewesen, verheiratet mit zwei Kindern. Er war mit neunundzwanzig in den Polizeidienst eingetreten. Seine Leistungen waren vorbildlich, und seine Vorgesetzten bewerteten ihn positiv. Ein Jahr vor der Schießerei war er PC Kate Armitage als Partner zugeteilt worden. Mehrere Kollegen hatten das Verhältnis der beiden als sehr vertraut beschrieben, andere als Dauerflirt. Die meisten wussten, dass sie eine Affäre hatten.

Sheridan rieb sich die Augen und lehnte sich zurück. Sie sah auf die Uhr und stellte fest, dass sie wirklich nach Hause musste. Trotzdem zog sie gähnend den nächsten Aktenstapel heran.

Die Akte enthielt Berichte von Polizeibeamten zu den Geschehnissen, nachdem sie erfahren hatten, dass Kate »Nein, Lively« gerufen hatte. Alle waren sich einig, dass sie John Lively als den Schützen erkannt hatte. Bewaffnete Beamte waren zu seiner Bleibe gefahren.

John Lively hatte in einer Erdgeschosswohnung in der Kingsway Road in Toxteth gewohnt. Als das Einsatzkommando eingetroffen war, hatte das Motorrad vor dem Haus gestanden. Die Polizisten verschafften sich Zugang zur Wohnung und stellten fest, dass Lively nicht da war und Brieftasche, Sturzhelm und Schlüssel fehlten. An seinem Motorrad fanden sich nur die Fingerabdrücke von Lively und einem Freund namens Stewart Hunt, der bestätigte, dass er vor einer Weile Livelys Motorrad repariert hatte. Die Nachbarn berichteten, dass Lively zu allen Tages- und Nachtzeiten kam und ging und dass sie kaum Besucher gesehen hätten. Am Abend der Schießerei glaubte ein Nachbar, Livelys Motorrad gehört zu haben. Er hatte ihn aber nicht gesehen, ihn auch nicht in seiner Wohnung gehört und ihn danach auch nicht mehr gesehen.

Sheridan wandte sich der Akte von John Lively zu.

Er war ein Einzelkind gewesen und am 11. November 1972 in Toxteth geboren worden. Seine Mutter Angela Lively war 1985 im Alter von neununddreißig Jahren an Leukämie gestorben, als er dreizehn Jahre alt war. Sein Vater war unbekannt. Nach dem Tod seiner Mutter wurde Lively vorübergehend in ein Heim gegeben, bis er bei einer Pflegefamilie in Childwall, Liverpool, untergebracht wurde. Seine Pflegeeltern, Alan und Judy Martin, wurden nach Livelys Verschwinden befragt. Lively war vierzehnjährig zu ihnen gekommen; sie beschrieben ihn als einen schwierigen Teenager, der oft weglief. Er trank und rauchte und sie vermuteten, dass er während der Zeit, in der er bei ihnen lebte, Drogen genommen hatte. Er wurde zweimal wegen Ladendiebstahls und einmal wegen Einbruchs aufgegriffen, bevor er siebzehn war und auszog. Danach hatten sie keinen Kontakt mehr mit ihm gehabt.

Schließlich stieß Sheridan auf zwei Berichte über Ellie Sands, beide von Kathryn Pullman, einer Spezialistin für Sprache und Kommunikation.

In ihrem ersten Bericht stand, dass Ellie Sands im St. Anne's Hospital in Liverpool behandelt worden war. Er war auf den 18. März 1998 datiert:

> Untersuchung von Patientin Ellie Sands im Auftrag von DCI Broad hinsichtlich ihrer aktuellen Kommunikationsfähigkeiten unter der Fragestellung, ob Hoffnung besteht, Informationen über eine Schießerei vor drei Monaten zu erhalten, bei der Ellie Sands eine Schussverletzung am Kopf erlitt. Aufgrund der Tatsache, dass sie in den vergangenen Monaten nur gelegentlich das Bewusstsein wiedererlangte, ist dies die erste Gelegenheit, eine Beurteilung vorzunehmen.
>
> Zusammenfassung:
> Verständnis von Fragen, Erklärungen und Anweisungen:
>
> Ich konnte nicht feststellen, dass Ellie Sands widerspruchsfrei eine Entscheidung anzeigen kann. Weder das Deuten auf einzelne Wörter oder Bilder noch Gesten (Nicken,

Kopfschütteln, Blinzeln oder Handzeichen wie ein Händedruck zum Bezeichnen von Ja oder Nein) waren zuverlässige Indikatoren. Insofern ist die Einschätzung, ob Ellie Sands die gestellten Fragen und Anweisungen versteht und angemessen darauf reagieren kann, schwierig.

Sprachlicher Ausdruck:
Ellie Sands äußert einige wenige Worte, jedoch verwaschen und undeutlich. Es fällt Außenstehenden schwer zu erkennen, was genau gemeint ist (ohne zu raten), auch wenn die Worte jedes Mal, wenn sie sich äußert, ähnlich klingen. Sie scheinen nicht mit bestimmten Aktivitäten oder Bitten zusammenzuhängen, obwohl sie häufig erregt und verstört hervorgestoßen werden. Das Krankenhauspersonal berichtet, dass Ellie Sands diese Worte oft äußert, insbesondere wenn die Schießerei zur Sprache kommt.

(Hinweis: Wiederholte Äußerungen wie diese sind nach schweren Kopfverletzungen jeglicher Art häufig zu beobachten. Es kann sich um Begriffe handeln, die für den Sprecher eine persönliche Bedeutung haben, oder um zufällige Worte, die keinen Bezug zur aktuellen Situation oder zu den eigenen Bedürfnissen haben.)

Einschränkung der Bewegungsfähigkeit: Ellie Sands verfügt derzeit nicht über die notwendige Motorik, um Gesten wie Zeigen oder Nachahmen auszuführen. Aufgrund ihrer

Beeinträchtigung ist es ihr nicht möglich, eigenständig zu essen, zu trinken oder sich zum Beispiel die Haare zu kämmen.

Fazit
Zum gegenwärtigen Zeitpunkt kann ich aus den genannten Gründen keine Strategien zur Validierung von Aussagen empfehlen, die während einer Vernehmung gemacht werden, da nicht feststellbar ist, ob irgendwelche wie auch immer gearteten Äußerungen von ihr der Wahrheit entsprechen.

Ich empfehle, Ellie Sands vor ihrer Entlassung aus dem Krankenhaus erneut zu untersuchen. Angesichts der Schwere ihrer Verletzung ist es wahrscheinlich, dass sie auf eine Vollzeitpflege angewiesen sein wird. Eine weitere Begutachtung ist erforderlich, um die geeignete Pflegeeinrichtung für sie zu bestimmen.

Sheridan las den zweiten Bericht von Kathryn Pullman vom 11. Januar 1999:

Diese Begutachtung dient dem Zweck, eine mögliche Entwicklung von Ellie Sands' Zustand festzustellen. Sands liegt seit dreizehn Monaten im Krankenhaus, nachdem sie eine schwere Kopfverletzung durch eine Schusswunde erlitten hat. Ich habe in den letzten Tagen mehrere Stunden mit Ellie Sands gearbeitet. Ihr Zustand hat sich nicht verändert. Ihre Kommunikationsfähigkeit hat sich in keiner Weise verbessert. Sie zeigt dieselbe Gestik und dieselbe Sprache, die in meinem Erstbericht dokumentiert ist. Ich empfehle, dass sie in einer geeigneten Pflegeeinrichtung untergebracht wird. Es sollte sichergestellt werden, dass sie eine für ihren Zustand geeignete Pflege erhält.

Kathryn Pullman

Logopädin und Sprachtherapeutin

Spezialistin für Kopfverletzungen

Eingetragene Gutachterin für Strafgerichte

Sheridan stellte fest, dass es zwischen 1999 und 2003 vier weitere Begutachtungen durch Kathryn Pullman im Beisein der Polizei im Pflegeheim Drei Linden gegeben hatte. Ellie Sands' Kommunikationsfähigkeiten waren unverändert.

Sheridan schloss die Akte und warf einen Blick auf ihre eigenen Notizen.

Pflegeeltern ausfindig machen – prüfen, ob Lively nach der Schießerei Kontakt mit ihnen aufgenommen hat.

Ellie Sands besuchen – brauche ein Update über den aktuellen Zustand – Familie/ Freunde wegen möglicher Rachemotive für die Schießerei prüfen.

KAPITEL 15

Sonntag, 19. Dezember

Howard Cooke bremste so stark vor dem Haus seiner Eltern, dass der Wagen auf dem Kies ganz leicht ins Rutschen kam. Er betrachtete das Haus, in dem wie üblich fast alle Lichter an waren. Seine Mutter liebte dieses Haus, obwohl sie davon überzeugt war, dass es dort spukte. Sobald es dämmerte, bestand sie darauf, alle Zimmer hell zu erleuchten. Sein Vater hatte es aufgegeben, mit ihr über die Kosten zu streiten. Howard wollte gerade wieder abfahren, als die Haustür aufging und seine Mutter auf ihn zukam. Er schenkte ihr ein falsches Lächeln und winkte. Es blieb ihm wohl nichts anderes übrig, als mit reinzukommen.

»Hallo, komm rein! Dein Vater ist gerade am Telefon. Ich setze Wasser auf. Willst du Tee oder Kaffee? Ich habe gerade eine Kanne Tee gekocht, aber ich kann auch Kaffee machen, wenn du willst.« Seine Mutter holte Luft.

»Hallo Mum.« Howard stieg aus dem Auto und küsste sie auf die Wange, bevor er ihr zum Haus folgte und sich pflichtbewusst die Schuhe auf der Flurmatte abstreifte.

Eine halbe Stunde später kam Howards Vater dazu. »Tut mir leid, ein geschäftlicher Anruf. Alles in Ordnung, mein Sohn?« Er klopfte Howard auf die Schulter und setzte sich an den riesigen Holztisch, der viel zu groß für die Küche war.

»Ja, mir geht's gut, Dad. Wie läuft das Geschäft?«, fragte Howard ohne wirkliches Interesse.

»Nicht schlecht. Ich kann mich nicht beklagen.«

»Du solltest darüber nachdenken, dich zur Ruhe zu setzen, Dad.« Howard sah seine Mutter an, die augenblicklich die Augenbrauen hochzog.

»Er verspricht mir schon so lange einen Urlaub, stimmt's, Bill?« Sie reichte ihrem Mann eine Tasse Tee. »Schon seit Jahren.« Deirdre Cooke schüttelte den Kopf. Sie war eine zierliche Frau mit harten Gesichtszügen. Unglücklich. Zu Howard war sie immer streng gewesen und hatte ihm nur selten Zuneigung entgegengebracht. Im Gegensatz zu seinem Vater, der sein einziges Kind vergöttert hatte.

Vor vier Jahren hatte sein Vater einen Schlaganfall erlitten, sodass Howard gezwungen gewesen war, sich um das Familienunternehmen zu kümmern, während sein Vater sich erholte. Howard hatte sich anfangs dagegen gesträubt, aber sein Vater hatte ihn so eindringlich gebeten, dass er es ihm nicht hatte abschlagen können.

Bill Cooke hatte ein kleines Transportunternehmen gegründet, nachdem er vor etwa dreißig Jahren arbeitslos geworden worden war. Mit seiner Abfindung hatte er einen alten Transit gekauft und Bestellungen ausgeliefert, und nach einer Weile hatte er fünf Mitarbeiter und einen größeren Fuhrpark. Steigende Kosten und der harte Wettbewerb durch größere, billigere Transportunternehmen hatten ihn mehrmals fast in den Ruin getrieben. Jetzt hatte er nur noch zwei Fahrer, aber er hielt die Firma über Wasser und versorgte seine Familie. Howard hatte kein Interesse daran, die Firma zu übernehmen. Wann immer das Thema aufgekommen war, hatte er das klar zum Ausdruck gebracht.

Sein Vater rieb sich das Kinn. »Ich würde ja darüber nachdenken, mich zur Ruhe zu setzen, wenn du das Geschäft übernehmen würdest.«

»Dad, ich …« Howard senkte den Kopf.

»Mir ist schon klar, dass du das nicht willst. Ich wünsche mir nur, dass jemand, dem ich vertrauen kann, die Leitung übernimmt. Das ist alles.«

»Ja, ich weiß.« Howard fuhr sich mit der Hand durchs Haar. »Aber ich kann's einfach nicht.«

Bill stellte die Teetasse ab und legte die Hände auf die Knie. »Ich mache mir Sorgen um dich, Howard. Wir machen uns beide Sorgen. Du scheinst nicht loslassen zu können und …«

Howard unterbrach ihn. »Mir geht es gut, Dad.«

»Dir geht es nicht gut. Das ist offensichtlich«, fuhr Bill fort. Deirdre stand an der Spüle und wusch Geschirr ab. »Du gehst nirgendwo hin. Du hast kein Interesse an irgendetwas oder irgendjemandem. In deinem Leben passiert nichts. Weder beruflich noch privat. Du musst loslassen. Genug getrauert, es lässt sich nicht rückgängig machen.«

Howard atmete laut aus und stand auf. »Ich kriege das schon hin. Und ich bin auch immer gerne bereit, gelegentlich einzuspringen, Dad. Aber ehrlich gesagt habe ich darüber nachgedacht, eine Weile wegzugehen.«

»Gute Idee. Mal weg von allem. Und wie sieht es Weihnachten aus? Wir würden uns natürlich sehr freuen, wenn du zu uns kommst.« Sein Vater stand auf, um Deirdre zu helfen, und nahm ein Geschirrtuch in die Hand.

»Ich kann leider nicht. Ich bin mit ein paar Freunden verabredet«, log Howard, während er seinen Eltern beim gemeinsamen Abwasch zusah. Sie waren seit über fünfzig Jahren zusammen, aber Howard konnte sich nicht erinnern, sie jemals Händchen haltend gesehen zu haben oder gar bei einem Wangenkuss. Sie mussten sich doch einmal geliebt haben.

KAPITEL 16

Montag, 20. Dezember

Anna öffnete Sheridans Tür und stellte fest, dass ihr Büro leer war.

»Suchst du mich?«, rief Sheridan von der Toilettentür her.

»Ja, der Chef hat sich krankgemeldet. Er möchte, dass du heute Morgen die Teambesprechung übernimmst.«

»Hat er gesagt, was er hat?«

»Eine tierische Erkältung. Ich habe die Ergebnisse der Untersuchung von Livelys Überresten und seinen Boxershorts. Es wurde keine fremde DNA an ihm gefunden.«

»Okay.« Sheridan folgte Anna ins Kripobüro, wo sich alle rege unterhielten. »Guten Morgen, alle zusammen«, sagte sie und ging nach vorne. Die Gespräche verstummten nach und nach; die Gesichter wandten sich ihr zu. »Okay, der Chef ist krank und hat mich mit der Lagebesprechung beauftragt.«

Sie drehte sich um und warf einen Blick auf das Whiteboard. Aber da standen nur veraltete Informationen. »Wie ihr wisst, wurde die Leiche des Mannes, der auf dem Friedhof von Bordersfield gefunden wurde, offiziell als die von John Lively identifiziert. Von Anna habe ich eben erfahren, dass an seinen Überresten und seiner Kleidung keine fremden DNA-Spuren gefunden wurden.« Sie räusperte sich und sah sich im Raum um. »Dipesh, du bist doch dabei, Livelys damalige Kontakte zu überprüfen. Gibt es schon etwas?«

»Ich bin noch dran«, antwortete er. Dipesh Mois war fleißig, immer tadellos gekleidet mit entsprechenden Manieren. Er hatte eine sehr hohe Meinung von Sheridan und war bei seinen Kollegen beliebt.

»Okay.« Sheridan deutete auf Rob Wills. »Rob, du hast nach Verbindungen zu der Frau gesucht, in deren Grab John Lively gefunden wurde, Heather Walters. Irgendetwas?«

»Nichts. Wir haben sie und ihre Familie überprüft. Wir konnten keine Verbindung zu Lively entdecken.«

»Okay, danke Rob. Wir dürfen auch nicht vergessen, dass es sich um einen Rachemord für Kate Armitage oder für Ellie Sands handeln könnte. Wir müssen deren Familien, Freunde und Kollegen überprüfen. Allerdings ist es wahrscheinlicher, dass Lively von jemandem getötet wurde, den er kannte. Vielleicht ist irgendein Drogendeal schiefgegangen.« Sie sah auf. »Rob, hakst du mal bei unserem Pressesprecher nach? Es ist mit Sicherheit eine große Geschichte. Ellie Sands war schließlich Redakteurin der Lokalzeitung, als sie angeschossen wurde. Kannst du dich auch mit Kates Eltern in Verbindung setzen? Am besten vielleicht mit einer Opferschutzbeauftragten? Einer von deinen Leuten sollte Livelys Pflegeeltern ausfindig machen. Die Kontaktdaten stehen in der Akte. Sie müssen informiert werden, dass seine Überreste gefunden wurden. Aber bitte sprich zuerst mit Ellie Sands' Familie. Lass sie wissen, dass man Lively gefunden hat. Wir müssen überprüfen, ob sie noch im Pflegeheim Drei Linden ist. Ich möchte mit ihr sprechen. Finde so viel über Sands' Familie und Freunde heraus wie möglich.

Vielleicht gibt es jemanden, der sie rächen wollte. Ich möchte niemanden und nichts ausschließen.«

Sheridan sah Anna an. »Kannst du Howard Cooke bitten, ins Revier zu kommen?«

»Kein Problem.«

Sie wandte sich an alle. »Okay, machen wir weiter. Und gebt mir Bescheid, sobald ihr etwas habt.«

Sheridan ging zurück in ihr Büro und dachte über John Lively nach. Ein kleiner Drogendealer, der eine Polizeibeamtin erschossen hatte. Eine von ihnen. Sie fragte sich, wie sich die Leute aus ihrem Team bei den Ermittlungen fühlen mochten. Würden sie den Fall genauso behandeln wie jeden anderen? Sie verwarf den Gedanken schnell. Sie kannte ihr Team. Trotzdem würde sie ihnen nicht mitteilen, wen sie im Verdacht hatte, John Lively getötet zu haben. Das würde sie vorerst für sich behalten.

KAPITEL 17

Als Joni das Personalzimmer betrat, stand Mo Chase telefonierend mit dem Rücken zu ihr am Fenster. »Okay, dann sehen wir uns, wenn du wieder da bist.« Mo strich mit dem Finger über das Fensterbrett, Joni bemerkte sie nicht. »Alles klar. Gute Reise.«

Sie beendete das Gespräch, drehte sich um und zuckte zusammen, als sie Joni sah. »Mann, hast du mich erschreckt! Wie lange stehst du schon da rum?«, zischte sie.

»Bin gerade reingekommen. Ärger im Paradies?« Joni nahm ihren Becher aus dem Schrank. Ein verfrühtes Weihnachtsgeschenk von Sam mit dem Aufdruck ICH LIEBE MAUD.

»Nein, eigentlich ist alles in Ordnung. Harry ist nur gerade auf einer Geschäftsreise.« Mo setzte sich schwerfällig auf die knarrende Armlehne des schäbigen alten Sessels in der Ecke.

»Was macht er noch mal?«, fragte Joni.

»Er arbeitet im Vertrieb, irgendwas mit Werbeflächen. Er muss für ein paar Tage nach Deutschland.«

»Verdammt! Ist das nicht belastend für eure Beziehung, wenn ihr so oft getrennt seid?«, fragte Joni, während sie darauf wartete, dass das Wasser kochte.

»Nein, das passt schon. Ich bin nicht so der klammerige Typ. Mir gefällt es, dass wir uns nicht so oft sehen, weil ich gerne Zeit für mich habe. Außerdem sind wir ja auch nicht verheiratet oder so.« Sie sah Joni an. »Und was ist mit dir? Du hast noch nie auch nur ein Wort über einen Mann verloren«, sagte Mo sarkastisch, knibbelte einen Schaumstoffklumpen aus der Sessellehne und schnippte ihn auf den Boden. »Du bist doch keine Schwulette, oder? Wäre schon in Ordnung, falls du eine bist, ich habe kein Problem mit denen.«

»Nein. Ich bin keine Schwulette. Aber schlag du lieber mal noch ein paar mehr Schimpfwörter für Lesben nach, als Erweiterung für deinen abstoßenden Wortschatz.« Bevor Mo etwas erwidern konnte, piepte Jonis Handy. Es war eine Textnachricht von Sam:

Das Auto ist kaputt, kannst du mich nach der Arbeit abholen, so gegen 4?

Kein Problem. Dein Auto ist scheiße

Ich würde ein neues kaufen, aber dann könnte ich dir keine Miete zahlen

Joni lächelte.

Wann ziehst du eigentlich aus?

Wenn ich die Frau meiner Träume gefunden habe

Joni schickte ihr einen Kussmund.

»Na, dann mal los.« Joni nickte Mo zu, die neugierig auf Jonis Becher linste und sich wahrscheinlich fragte, wer diese Maud wohl sein mochte.

KAPITEL 18

Am Nachmittag parkte Joni vor der Avery-Grundschule, um Sam abzuholen.

Sie waren beide hier zur Schule gegangen, und allein der Anblick des Gebäudes weckte Erinnerungen, gute und schlechte. Sie ging zum Pförtnerfenster, wo sie von einer winzigen jungen Frau mit rosa Strähnchen im Haar begrüßt wurde. »Kann ich Ihnen helfen?« Sehr höflich, breit lächelnd, sehr rosa. Joni fragte sich einen Moment, ob es sich bei der rosafarbenen Frau um eine Mitarbeiterin oder nur um eine hilfsbereite Schülerin handelte.

»Ich möchte Sam Sloan abholen. Ihr Auto ist kaputtgegangen.«

»Ah ja, das hat sie mir gesagt. Die Stunde ist gleich zu Ende, bitte nehmen Sie noch kurz Platz.« Die rosafarbene Frau drehte sich um und nahm den Hörer ab.

Als Joni sich hinsetzte, hörte sie, wie Kinder in einem Klassenzimmer das Alphabet aufsagten. Dann rief eine Lehrerin: »Henry, hörst du jetzt bitte damit auf?«

Joni sah sich um. An den Wänden hingen Bilder mit Gesichtern, die an Picasso erinnerten. Auf einem Baum, der wie ein Atompilz aussah, stand ein Mann, der eine seltsame schildkrötenähnliche Kreatur hielt. Quer über der anderen Wand prangte das Alphabet in verschiedenen Farben, wobei jeder Buchstabe anders gestaltet war.

Joni starrte einen Moment lang auf das Alphabet und erinnerte sich daran, wie sie in der Schule die Buchstaben laut aufsagen mussten. Und dann hatte sie eine Idee. Vielleicht konnte sie Ellie Sands doch dabei helfen zu kommunizieren.

KAPITEL 19

Anna steckte den Kopf in Sheridans Büro. »Lust auf einen Drink?«

Sheridan sah von ihrem Bildschirm auf. »Auf alle Fälle! Gib mir noch zehn Minuten, ja?«

»Übrigens, ich habe Howard Cooke erreicht, er kommt am Mittwoch um zwei«, sagte Anna und kam herein.

»Gut, danke. Wie hat er auf dich gewirkt?«

»Ziemlich emotional. Er hatte in den Nachrichten gesehen, dass man Lively gefunden hat.«

»Emotional? Wie genau?«, fragte Sheridan.

»Er klang irgendwie zittrig, falls du weißt, was ich meine. Einmal dachte ich schon, er würde in Tränen ausbrechen. Er wurde ganz still.«

Sheridan ließ Annas Bemerkung sacken. Sie kannte Howard Cooke nicht und würde dafür sorgen, dass jemand Vertrautes bei dem Gespräch dabei war, jemand, mit dem Howard zusammengearbeitet hatte und in dessen Gegenwart er sich wohlfühlte. Und dann würde sie anfangen, Fragen zu stellen.

Eine halbe Stunde später betraten sie das Black Cat Pub in einer kopfsteingepflasterten Straße hinter der Polizeistation. Eine Hälfte der Wände war übersät mit gerahmten Bildern von Everton-Fußballern, die andere mit Fotos von wechselnden Liverpooler Mannschaften. Es war ein alter Witz unter den Stammgästen, dass der Wirt, der »Blue« genannt wurde, nur FC-Everton-Fans bediente. Seine Frau, bekannt als »Red«, war eine lebenslange Liverpool-Anhängerin und bediente nur deren Fans. So bekam jeder einen Drink.

Anna und Sheridan suchten sich eine ruhige Ecke.

»Ich hole die Drinks«, sagte Anna, stellte die Tasche ab und ging zur Bar. Das Lokal war ziemlich leer; nur zwei junge Männer saßen laut lachend am Fenster und ein älteres Paar nippte schweigend an der Bar an seinen Drinks.

Sheridan seufzte, sie hatte Kopfschmerzen. Sie liebte es, sich in schwierige Fälle zu verbeißen, liebte die Herausforderung. Aber sie ließ sich mit Haut und Haar auf sie ein, setzte sich konstant unter Druck, hinterfragte Beweise, suchte nach dem einen Hinweis, den andere vielleicht übersehen hatten. Oder für unwichtig gehalten hatten. Sie war zur Polizei gegangen, um die Straßen sicherer zu machen, sicherer, als sie es zu der Zeit gewesen waren, als ihr kleiner Bruder ermordet wurde. Dass sein Mörder immer noch da draußen herumlief, nagte fortwährend an ihr. Dass er vielleicht immer noch Kinder tötete. Sie wollte die Welt vom Bösen befreien. Einen Fall nach dem anderen.

Anna kam mit den Getränken zurück und ließ sich Sheridan gegenüber auf den Stuhl fallen. »Irgendetwas bedrückt dich. Arbeit oder Privatleben?« Anna stellte ihren Drink auf den Tisch, nahm den Bierdeckel und faltete ihn in der Mitte. Nachdem sie es endlich geschafft hatte, das Rauchen aufzugeben, hatte sie sich angewöhnt, Bierdeckel zu misshandeln.

»Geht's noch direkter?«

»Ich bin Polizistin, ich kann nicht anders.« Anna zupfte an der Ecke des Bierdeckels.

»Mit meinem Privatleben kann es nichts zu tun haben, weil ich im Moment keines habe. Ich bin ununterbrochen am Arbeiten.«

»Bleibt also nur ein Problem bei der Arbeit.«

»Eigentlich nicht, mir schwirrt nur der Kopf von diesem Fall. Du weißt ja, wie ich bin. Ich will alles selbst machen, um sicherzustellen, dass nichts übersehen wird.« Sheridan sah sich um, ob nicht irgendwo in einer Ecke des Pubs jemand lauschte.

»Du hast ein gutes Team hinter dir, Sheridan. Wir respektieren dich und sind bereit, alles für dich zu tun. Aber jetzt will ich deine Theorie hören. Ich weiß doch, dass du eine hast.« Anna nahm einen Schluck von ihrem Drink.

»Woher?« Sheridan runzelte die Stirn.

»Weil du an jedem Fall rund um die Uhr arbeitest. Außerdem kenne ich dich einfach.«

Sheridan seufzte. »Na gut. Ja, ich habe eine.« Sie beugte sich vor und sagte leise: »Ich glaube, Howard Cooke könnte etwas mit John Livelys Tod zu tun haben.«

»Wirklich?« Anna sah sich instinktiv um. Dann konzentrierte sie sich auf Sheridan. »Im Ernst?«

»Ja, im Ernst.«

»Warum?«

Sheridan nahm einen Schluck und fuhr sich durch die langen Haare. »Ich habe mich mit der Vorgeschichte beschäftigt … Wir wissen, dass Howard Cooke verheiratet war und zwei Kinder hat. Kate Armitage war geschieden und … wie hast du sie genannt? Ach ja, sie war eine ziemliche Granate. Die beiden sind zusammen Streife gefahren und hatten eine Affäre. Es gibt auch eine lange Vorgeschichte zwischen Kate, Howard und John Lively. Sie haben ihn mehrfach angehalten und ihn auch mehrfach wegen Drogen hochgenommen.« Sie hielt inne und nippte an ihrem Drink. »Lively muss die beiden gehasst haben. Aber aus irgendeinem Grund hatte er vor allem was gegen Kate. Er hat sie einen Tag, bevor sie erschossen wurde, bedroht. Und er hat ihr Auto in Brand gesetzt. Okay, es konnte nicht nachgewiesen werden, dass Lively der Brandstifter war, aber es ist ziemlich offensichtlich. Am nächsten Tag geht Kate in den Supermarkt und Lively erschießt sie. Howard ist am Boden zerstört. Er hat Kate verloren, die Affäre ist aufgeflogen, seine Ehe geht in die Brüche, und er kündigt den Job, weil er es nicht mehr aushält. Ich vermute, er hat Lively entweder auf den Friedhof gelockt und erschossen, oder er hat jemanden beauftragt, ihn zu erschießen. Lively könnte kurz nach Heather Walters Beerdigung getötet worden sein. Ihr Grab war frisch, die Erde noch locker. Howard muss Lively begraben haben oder er hat jemanden damit beauftragt. Und dann hat er sein trauriges kleines Leben weitergeführt.« Sie atmete tief ein und biss sich auf die Unterlippe. »Aber da ist etwas, das ich nicht verstehe.«

»Ja?« Anna sah sie gespannt an.

»Warum hat Lively Kate auf einem belebten Supermarktparkplatz erschossen? Warum nicht einfach vor ihrem Haus? Er wusste, wo sie wohnte, wenn er ihr Auto angesteckt hat. Warum sollte er das Risiko eingehen, sie an einem so belebten Ort zu töten?« Sheridan strich mit dem Finger über den Rand ihres Glases. »Vielleicht war es ja gar nicht geplant. Vielleicht war er auf seinem Motorrad unterwegs, hat sie zufällig gesehen und ist ausgerastet. Allerdings ist sie mit dem Leihwagen gefahren, und er hätte sie nur verfolgen können, wenn er sie vor ihrem Haus abgepasst hätte. Es gibt punktuelle Überwachungsaufnahmen von ihm vor der Schießerei. Er hat nicht den direkten Weg zum Supermarkt genommen. Sein Motorrad wird an verschiedenen Orten erfasst, ein großer Teil seiner Fahrt ist aber nicht dokumentiert. Die Videoqualität ist schlecht, es war dunkel.«

»Vielleicht kannte er die Standorte der Kameras. Du weißt ja, wie diese Scheißkerle sind. So was haben die auf dem Schirm«, sagte Anna.

»Ja, das stimmt, aber warum sollte er sich die Mühe machen, die Überwachungskameras zu umgehen, um sie dann in aller Öffentlichkeit zu erschießen?«

Anna nickte. Einen Moment lang saßen sie schweigend da. »Glaubst du wirklich, dass Howard Cooke etwas damit zu tun haben könnte?«

»Möglicherweise. Wer auch immer Lively getötet hat, hat ihn bis auf die Boxershorts ausgezogen, wahrscheinlich weil er wusste, dass an der Kleidung DNA-Spuren nachweisbar sind. Andererseits wird das ja in jedem dritten Krimi verraten.« Sie seufzte. »Ich bin gespannt, was für ein Typ dieser Howard Cooke ist.« Sie trank ihr Glas leer. »Noch einen?«

»Ja, warum nicht?« Anna reichte Sheridan ihr leeres Glas. »Willst du das dem Team sagen?«

»Nein, noch nicht.«

Als Sheridan mit den Getränken zurückkam, war Anna wieder damit beschäftigt, den Bierdeckel zu malträtieren. »Ich überlege, ob ich die Prüfung zur Kommissarin machen soll. Was meinst du?«

»Auf alle Fälle. Du bist super. Aber natürlich nicht so gut wie ich«, antwortete Sheridan, grinste und hob ihr Glas.

»Ich zweifle dauernd an mir. Ich hätte sie schon längst machen können … aber ich kriege jedes Mal kalte Füße.«

»Wir zweifeln alle an uns. Du musst es versuchen!«

»Ja, das glaube ich mittlerweile auch«, antwortete Anna. Sie versuchte, den Gedanken an die Prüfung mit einem abrupten Themawechsel zu verdrängen. »Nichts Neues, was deinen Bruder angeht?«

»Nein, nichts. Und wie geht es Steve?« Sheridan wollte wirklich nicht über ihren Bruder sprechen.

»Gut. Auch wenn ich ständig den Klositz runterklappen und seine Barthaare aus dem Waschbecken klauben muss.« Anna verzog das Gesicht. »Du hast Glück, dass du solche Probleme nicht hast.«

»Da hast du allerdings recht. Keine meiner Ex-Freundinnen hat jemals Barthaare im Waschbecken hinterlassen. Eher schon Beinhaare in der Badewanne.« Sie lachten. »Aber wenn mein Liebesleben so weitergeht, ende ich einsam und verbittert.«

»Ach, hör auf! Außerdem … hast du nicht gesagt, du hättest keine Zeit für eine Beziehung?«

»Na ja, wenn mir die richtige Frau über den Weg laufen würde … Aber sie sind immer so unglaublich anspruchsvoll. Ich wünsche mir eine Frau, die nicht verdreht ist und nicht besitzergreifend, die mich versteht und eine Vorstellung von meinem Job hat. Eine, auf die ich mich am Ende des Arbeitstages freue und die es nicht stört, wenn ich morgens aus dem Mund stinke.«

»Ist das alles?« Anna grinste.

»Sie sollte lustig und fürsorglich und intelligent sein, wunderschöne Augen und einen knackigen Hintern haben.«

KAPITEL 20

Dienstag, 21. Dezember

Joni sah auf, als Sam hereinkam. Maud lag auf mehreren Blättern auf dem Boden. Sie schien helfen zu wollen.

»Wie süß! Ihr spielt zusammen mit euren Buntstiften.«

»Ist dein Auto wieder in Ordnung?« Joni streckte das Bein aus, auf dem sie gesessen hatte, und rieb sich den kribbelnden Unterschenkel.

»Ja, sie haben den Anlasser ausgetauscht und noch irgendwas anderes, das ich nicht aussprechen kann.« Sam stellte ihre Tasche ab. »Was macht ihr beiden da eigentlich?«

»Wir schreiben alle Buchstaben auf.«

»Na, viel Glück! Ich habe schon so oft versucht, Maud das Alphabet beizubringen, aber sie kommt nie über das C hinaus.« Sam setzte sich auf die Armlehne und lachte über ihren eigenen Scherz.

Joni sah sie an. »Es ist für Ellie Sands, du Komikerin.«

»Ist das die, die angeschossen wurde?«

»Ja, genau. Ich hatte eine Idee, als ich dich von der Schule abgeholt habe. Ich versuche, sie dazu zu bringen, auf einzelne

Buchstaben zu zeigen. Vielleicht kann sie ja buchstabieren, was sie sagen will.«

»Kannst du das nicht mit einer Tastatur ausprobieren?«

»Ich glaube nicht, dass das funktionieren würde. Sie hat Probleme mit der Feinmotorik und kann ihre Finger nicht so gut kontrollieren. Mir ist klar, dass das alles schon ausprobiert wurde. Ich habe Ellie ja von Mo Chase als Hauptbetreuerin übernommen, und da hat mir Yvonne erzählt, dass die Polizei und eine Sprachexpertin mehrmals versucht haben, Ellie zum Kommunizieren zu bewegen. Seit sie im Drei Linden ist, hat sie aber überhaupt keine Fortschritte gemacht. Nur manchmal sieht Ellie mich auf so eine Art und Weise an, als wollte sie mir etwas mitteilen.«

»Vielleicht liegt es daran, dass du mehr Zeit mit ihr verbringst, sodass sie dich erkennt und auf dich reagiert. In meiner letzten Schule gab es ein Kind, das kaum auf die anderen Lehrer hörte, aber mit mir war er wie ausgewechselt. Vielleicht gibt es keinen *bestimmten* Grund, warum Ellie auf dich reagiert, nur eure Vertrautheit. Aber wenn du glaubst, sie könnte auf diese Art vielleicht mit dir kommunizieren, dann ist das großartig. Und wenn du es mit dem Alphabet einfach machst, könnte es funktionieren.«

»Ich hoffe es. Wie schön wäre es für Ellie, endlich mit der Welt kommunizieren zu können.« Der Gedanke beschäftigte Joni noch eine Weile. Sie wusste, wie hart die Ärzte und die Expertin daran gearbeitet hatten, Ellie zum Sprechen zu bringen. Könnte ihr etwas gelingen, woran so viele andere gescheitert waren?

KAPITEL 21

Mittwoch, 22. Dezember

Howard Cooke spürte, wie sich ihm der Magen umdrehte, als er auf den Hinterhof des Polizeireviers einbog. Einen Moment lang saß er da und starrte bedrückt auf das Gebäude, das neben so vielen guten Erinnerungen auch so viele schmerzhafte beherbergte. Jahrelang hatte er sich gefragt, zu welchem Anlass er wohl wieder herkommen würde. Und jetzt wusste er es. Die Ereignisse von vor sieben Jahren würden ihn nie mehr loslassen.

Er ging zum Empfangstresen, wo er von zwei Kollegen, die sich an ihn erinnerten, mit einem Lächeln begrüßt wurde.

»Ich bringe dich nach oben, Howard«, sagte Sergeant Parry – der in sieben Jahren um zwanzig Jahre gealtert zu sein schien – und legte ihm eine Hand auf die Schulter. »Schön, dich mal wiederzusehen. Geht's dir gut?«

»Ja, gar nicht so schlecht.« Howard schluckte. Die langen Flure waren jetzt etwas einschüchternd, aber der Geruch war ihm noch vertraut. Und überall flüsterten die Echos der vielen Jahre, die er hier verbracht hatte.

»Du kommst wegen Lively?«, fragte Sergeant Parry.

Howard nickte. »Ja. Er wurde auf dem Friedhof von Bordersfield gefunden?«

Sergeant Parry antwortete mit leiser Stimme. »Da gehört er auch hin. Scheiß Polizistenmörder.«

Howard nickte erneut. »Und wie lange lag er da schon?« Als er den Fuß auf die erste Stufe setzte, spürte er, wie seine Knie weich wurden. Die Erinnerungen übermannten ihn. Ihm wurde übel.

»Eine ganze Weile, wie ich höre. Wie auch immer, die Chefin wird dir alles erzählen.« Er klopfte Howard noch einmal auf die Schulter.

»Wer leitet die Ermittlungen denn?«, fragte Howard.

»Sheridan Holler. Du kennst sie wahrscheinlich nicht. Aber Mike Jacobs ist auch dabei. Dann kennst du wenigstens einen.«

Parry führte Howard in einen Raum, den er als das alte, beengte Großraumbüro der Kripo wiedererkannte. Inspector Mike Jacobs stand auf und schüttelte ihm die Hand. »Howard, schön, dich zu sehen. Danke, dass du gekommen bist.«

Howard holte tief Luft. »Kein Problem.«

»Das ist Detective Inspector Sheridan Holler.«

Er schüttelte ihr die Hand. »Ma'am.«

»Hallo Howard. Bitte setzen Sie sich.«

Howard setzte sich, schlug die Beine übereinander, stellte sie wieder nebeneinander.

»Zunächst einmal möchte ich Ihnen sagen, dass ich verstehe, dass dies für Sie sehr schwierig sein könnte«, sagte Sheridan in mitfühlendem Ton. Sie hatte ein eindrucksvolles Gesicht mit perfekt geformten Zügen und war ziemlich schön. Ihr braunes Haar fiel ihr auf die Schultern, und sie trug einen teuren grauen Anzug. Ihre Stimme war sanft und doch voller Autorität.

Es war absolut unverkennbar, dass sie ein Cop war.

»Wie meinen Sie das?« Howard rutschte hin und her und starrte sie an.

»Ich weiß, dass die Erschießung von PC Kate Armitage einen großen Einfluss auf Ihr Leben hatte. Schließlich waren Sie ja Partner und so.« Sie wartete nicht auf eine Antwort. »Sie wissen, dass die Leiche von John Lively gefunden worden ist?« Diesmal ließ sie ihm Zeit für eine Antwort.

Howard schluckte. Sein Herz pochte wie wild. »Ja.« Er blies die Luft aus und kämpfte gegen den bitteren Geschmack an, der ihm in die Kehle stieg.

Sheridan fuhr fort: »Von einem Totengräber auf dem Friedhof von Bordersfield. Etwa einen Meter tief im Grab einer alten Frau. Ihr Mann ist vor Kurzem verstorben und der Totengräber hat Livelys Überreste gefunden, als er das Grab geöffnet hat.« Sie sah Howard an, in dessen Augen Tränen standen.

»Geht es Ihnen nicht gut?«, fragte sie. »Wahrscheinlich reißt das alte Wunden bei Ihnen auf. Aber wenigstens haben Sie jetzt die Gewissheit, dass er nicht mehr da draußen rumläuft.« Sie griff nach ihrem Kaffeebecher. »Die Obduktion hat ergeben, dass er in die Brust geschossen wurde. Das heißt, wir ermitteln in einer Mordsache.«

Howard stand auf. »Tut mir leid, mir ist übel. Ich muss kurz zur Toilette.« Er verließ eilig den Raum.

Sheridan sah Mike Jacobs stirnrunzelnd an.

»Er ist nie drüber weggekommen.« Mike Jacobs lehnte sich zurück. »Es war bekannt, dass Howard und Kate eine Affäre hatten, und als Kate erschossen wurde, war's das für ihn. Du wirst ja in den Akten gesehen haben, dass Kate am Tag vor ihrer Ermordung gemeldet hat, dass Lively sie bedrohte. Wahrscheinlich weil er ihretwegen eingebuchtet worden ist. Howard hätte sie am liebsten Tag und Nacht bewacht. Um ehrlich zu sein, glaubte niemand, dass Lively eine Bedrohung für irgendwen darstellte. Er war nicht gerade der Hellste und nie gewalttätig gewesen. Er wäre gerne eine große Nummer gewesen, so ein richtig mächtiger Drogenboss, aber er war ein Niemand.«

»Bis er auf einem überfüllten Supermarktparkplatz eine Polizistin erschossen hat«, sagte Sheridan.

»Zugegeben.« Mike Jacobs sah Sheridan an. »Danach hat Howard alles verloren. Er hat gekündigt, seine Ehe ist in die Brüche gegangen und er lebt wie ein Einsiedler.«

Sheridan wusste das, hörte ihm aber trotzdem höflich zu.

Ein paar Minuten später betrat Howard Cooke den Raum wieder. »Entschuldigung«, sagte er und setzte sich wieder.

»Macht nichts. Geht es dir jetzt besser?«, fragte Mike Jacobs mit echter Anteilnahme.

»Ja, weißt du, ich habe sieben Jahre lang versucht zu vergessen, was passiert ist. Und jetzt ist alles mit einem Schlag wieder da.«

»Das tut mir leid. Ich weiß, dass ihr euch nahegestanden habt, Kate und du«, antwortete Mike.

»Jeder weiß, dass wir eine Affäre hatten, Mike«, schnauzte Howard ihn an, schlug die Beine übereinander und wischte sich schnell eine Träne aus dem Gesicht. »Du musst nicht drum herumreden, verdammt. Das ist doch alles bei den Mordermittlungen rausgekommen.«

Sheridan stellte ihren Kaffeebecher ab. »Ich arbeite zusammen mit Chief Inspector Max Hall an dem Fall. So schwer es auch sein mag, ich muss ein paar Dinge mit Ihnen besprechen. Ich hoffe, das ist für Sie in Ordnung.«

Howard nickte. »Ja, natürlich ist das in Ordnung.«

»Kate und Sie waren ein Jahr Partner im Streifendienst, bevor sie erschossen wurde, und Sie hatten viel mit John Lively zu tun. Sie müssen gewusst haben, mit wem er zusammengearbeitet hat. Fällt Ihnen jemand ein, der ihn gerne tot gesehen hätte?« Sie schaute Howard in die Augen.

Der atmete laut aus. »Lively hat mit irgendwelchen Drogensüchtigen abgehangen. Er war ein bisschen doof. Keiner von den Strippenziehern, wenn Sie wissen, was ich meine. Ein kleiner Fisch. Nicht der Typ, der jemanden gegen sich aufbringt.« Er hielt inne. »Sie haben gesagt, er wurde erschossen.« Er schaute erst zu Mike Jacobs und dann zu Sheridan.

»Ja«, antwortete Sheridan.

»Weiß man, wie lange er schon tot ist?«, fragte Howard.

»Rund sieben Jahre. Wahrscheinlich ist er nicht allzu lange, nachdem er Kate umgebracht hat, selbst erschossen worden.« Sheridan beobachtete seine Reaktion. Sie beobachtete seine Körpersprache, wie er sich bei der Erwähnung von Kates Erschießung anspannte, wie sich seine Augen mit Tränen füllten, gegen die er ständig anzukämpfen schien. Je mehr sie ihn beobachtete, desto mehr war sie davon überzeugt, dass er John Lively getötet hatte. Aus Rache dafür, dass er ihm Kate weggenommen hatte.

Nach einem langen Schweigen sagte Howard schließlich: »Meinen Sie, es könnte Rache für Kate gewesen sein? Vielleicht war es gar nicht einer seiner miesen Kumpels. Ich sage es nur ungern, aber Kate war sehr beliebt. Vielleicht hat es Lively jemand, der *ihr* nahestand, heimgezahlt?«

Sheridan sagte eine Weile nichts. Sie hatte nicht erwartet, dass Howard sie auf die Idee eines Rachemordes stoßen würde. Er musste ja wissen, dass er damit als Mörder infrage kam. Aber vielleicht hatte das Wühlen in der Vergangenheit einen Nerv bei ihm getroffen. Vielleicht drückte er nur aus, was er damals gerne getan hätte.

»Möglicherweise«, erwiderte sie schließlich. »Wir wollen nichts ausschließen.«

Howard nickte. »Ich nehme an, Sie halten mich für einen Verdächtigen? Ich leugne nicht, dass ich sie geliebt habe und dass ich am Boden zerstört war, als sie getötet wurde. Die Affäre kam raus und meine Ehe ist zerbrochen. Ich habe alles verloren. Ich kann verstehen, wenn Sie denken, ich hätte Lively getötet.« Er sah Sheridan direkt an. »Aber ich habe ihn nicht umgebracht. Wenn Sie mich fragen, ob ich froh bin, dass er tot ist, würde ich, ohne zu zögern, Ja sagen. Das würde ich nicht abstreiten. Er hat mir Kate genommen, und nach ihrem Tod wurde mein Leben zu einer einzigen Katastrophe, aber ich habe ihn nicht umgebracht. Selbst wenn ich es gewollt hätte, hätte ich es nicht gekonnt. Ich kann so etwas nicht.« Er rieb sich das Gesicht. Tränen stiegen ihm in die Augen und er schluckte. »Wäre das alles nie passiert! Hätte ich meiner Familie nie so wehgetan! Hätte Lively nie existiert! Hätte ich mich doch nicht in Kate verliebt!« Er schluckte und versuchte vergeblich, seine Tränen zurückzuhalten. »Es tut mir leid. Es wühlt mich einfach so auf.«

»Schon gut. Ich kann mir vorstellen, was Sie durchgemacht haben müssen, Howard.« Sheridan versuchte, Mitgefühl in ihre Stimme zu legen. Schließlich war er kein Gefangener. Es war kein Verhör eines Verdächtigen oder einer Person von besonderem polizeilichem Interesse. Außerdem sollte er nicht merken, dass sie ihn verdächtigte.

»Wenn ich Ihnen bei dieser Untersuchung irgendwie helfen kann, fragen Sie mich einfach.« Er sah Sheridan in die Augen. »Ich meine es ernst. Ich nehme an, dass Sie Zweifel haben, was mich angeht. Trotzdem möchte ich helfen, wenn ich kann.«

»Danke, Howard. Ich weiß das zu schätzen«, versicherte Sheridan ihm lächelnd. »Ich melde mich bei Ihnen.« Sie stand auf und streckte die Hand aus. »Wir geben im Moment so wenig wie möglich an die Presse weiter, deshalb muss ich Sie bitten, mit niemandem über den Fall zu sprechen.«

»Ja, natürlich.« Howard schüttelte ihr die Hand.

Sheridan beobachtete vom Fenster aus, wie Mike Jacobs den Mann zu seinem Auto begleitete. Als er wegfuhr, ging sie zurück in ihr Büro. Einen Moment später erschien ihr Kollege wieder. »Armer Kerl. Ich weiß, dass er sich nicht richtig verhalten hat, die Affäre meine ich, aber er ist einer von den Guten, und er war auch ein guter Polizist.«

»Wirklich?«

»Ja, er war ruhig, aber er blieb an den Sachen dran, bis sie erledigt waren.« Mike Jacobs steckte die Hände in die Taschen. »Du glaubst doch nicht, dass er Lively erschossen hat, oder?«

Sheridan schüttelte den Kopf. »Nein.« Sie fand den Mann nach wie vor verdächtig, aber sie wollte nicht, dass das im Revier die Runde machte. Die Tatsache, dass Howard Cooke sich selbst zum Kreis der Verdächtigen gezählt hatte, war in ihren Augen ein Bluff, ein guter alter Psychotrick.

»Das ist gut. Ich kann mir absolut nicht vorstellen, dass er es getan hat. Man hat einfach ein Gefühl für jemanden, und ich kenne Howard fast so lange, wie er hier gearbeitet hat. Ich glaube keine Sekunde, dass er zu so etwas fähig ist.«

Sheridan nickte. »Ja, er wirkt aufrichtig.«

KAPITEL 22

Joni stand am Fußende von Ellie Sands' Bett, die tief und fest schlief, und warf einen Blick auf das Blatt, auf das sie das Alphabet geschrieben hatte.

Ellie wachte auf, sah sie an und hob den Arm. Es war eher eine unwillkürliche Bewegung als eine bewusst gesteuerte. Jedenfalls hätten das alle anderen gedacht.

»Hey Ellie, wie geht's Ihnen?« Als Ellie sich aufgesetzt hatte, nahm Joni sanft ihre Hand und legte sie auf das Papier. »Können Sie auf das zeigen, was Sie sagen wollen, Ellie? Auf die Buchstaben?« Ellie zog ihre Hand weg und dann zeigte sie auf den Buchstaben P. C, H und C folgten. Joni seufzte. »Gut gemacht, Ellie, wunderbar.« *Mist! Das ist doch kein Wort*, dachte Joni und hinterfragte ihre Idee. Warum hatte sie geglaubt, dass sie Ellie dazu bringen konnte, mit ihr zu kommunizieren, nachdem alle anderen gescheitert waren? Vielleicht musste sie sich der Tatsache stellen, dass Ellie dazu nie wieder in der Lage sein würde.

Einen Moment lang war Joni entmutigt. Aber bald gewann ihre Entschlossenheit wieder überhand und sie fuhr fort. »Ellie, zeigen Sie einfach auf einen Buchstaben und ich schreibe ihn auf. Dann sagen Sie mir, ob das so richtig ist, okay?«

Wieder führte Joni Ellies Hand zum Blatt, wieder zeigte Ellie auf den Buchstaben P. Dann fiel ihr Kopf zur Seite und sie schloss die Augen. »Pissi.« Ellies Stimme verklang im Raum.

»Was ist denn hier los?« Mo kam mit einem Arm voller Handtücher herein.

Joni blickte nicht auf. »Ich versuche etwas.«

Mo legte die Handtücher auf den Sessel und trat ans Bett. »Was ist das denn? Das Alphabet?«, fragte sie in sarkastischem Ton.

»Ich will nur sehen, ob Ellie uns durch Fingerzeige etwas sagen kann.« Joni merkte, wie sie errötete, teils aus Verlegenheit, teils aus Verärgerung über Mos spöttischen Ton.

»Was hat sie denn schon gesagt? ›Pissi, aua!‹ vielleicht?« Mo kicherte. »Das ist doch alles schon x-mal versucht worden. Du verschwendest deine Zeit. Ich kenne sie, seit sie hierhergekommen ist, und glaub mir, sie wird nicht plötzlich auf die Buchstaben zeigen und uns mitteilen, dass sie ihren Toast gerne etwas dunkler möchte.«

»Wenigstens versuche ich, mit ihr zu kommunizieren, anstatt mich über sie lustig zu machen«, schnauzte Joni Mo an.

»Schon gut, beruhige dich, das war doch nur ein Scherz«, erwiderte Mo. »Aber du wirst bei ihr nicht weiterkommen, glaub mir. Sie ist komplett plemplem.« Sie verschränkte die Arme.

»Vielen Dank für Ihre Expertenmeinung, Frau Dr. Genial«, sagte Joni wütend.

»Man muss keine Expertin sein, um zu erkennen, dass das nicht funktionieren wird. Du verschwendest deine Zeit.«

»Alles in Ordnung?« Sie drehten sich um und sahen Yvonne Lopes in der Tür stehen.

»Ja, alles in Ordnung. Joni versucht nur, mit der ollen Ellie zu kommunizieren.« Mo ging kichernd hinaus.

»Wie läuft's?« Yvonne sah Joni an.

»Na ja.« Joni seufzte. »Aber ich habe ja auch gerade erst angefangen.«

Yvonne nickte und folgte Mo in den Korridor. »Mo, haben Sie einen Moment Zeit?«

»Klar.« Mo verschränkte die Arme.

»Es ist mir ein Anliegen, dass unsere Bewohnerinnen und Bewohner aufmerksam und respektvoll behandelt und nicht als ›olle Ellie‹ oder ›Pissnelke‹ bezeichnet werden.« Yvonnes Stimme war leise und bestimmt.

»Ich habe nur herumgealbert …«

»Dies ist ein Pflegeheim für hilfsbedürftige Menschen. Wir machen uns nicht über die Bewohner lustig und wir fördern die Kommunikation. Es macht nichts, wenn alle denken, dass Ellie nicht kommunizieren kann, Joni versucht es wenigstens. Auch wenn Sie persönlich das Ganze für aussichtslos halten, wünsche ich mir, dass mein Personal Initiative zeigt. Vielleicht können Sie noch was dazulernen. Merken Sie sich das. Und jetzt können Sie weitermachen.«

»Alles klar.« Mo zog ab. Sie sah sauer aus, stinksauer.

KAPITEL 23

Howard wählte Carlys Nummer.

»Hallo?« Sie klang atemlos.

»Hallo, ich bin's. Ich wollte mal hören, wie ihr euch eingelebt habt.« Howard betrachtete sich beim Sprechen im Flurspiegel.

»Uns geht es gut, danke. Die Kinder sind begeistert.« Sie holte tief Luft: »Tut mir leid, ich bin ein bisschen außer Puste. Ich war gerade joggen.«

»Ah.«

Es entstand eine peinliche Stille. Howard hörte Carly laut atmen. Er schloss die Augen und stellte sich vor, sie stände neben ihm. »Es tut mir leid, Carly. Alles. Ich wollte dich nie verletzen.« Er spürte, wie ihm Tränen in den Augen brannten.

»Was soll das jetzt plötzlich?«, fragte Carly und versuchte, nicht entnervt zu klingen.

»Ich wollte nur, dass du es weißt, das ist alles.«

»Was ist los, Howard?«

»Die Leiche von John Lively wurde gefunden.«

»Ist er also tot«, sagte Carly. »Deshalb hast du angerufen. Ich wusste doch, dass es einen Grund geben musste.« Sie atmete tief ein, bevor sie fortfuhr. »Hör zu Howard, es tut mir leid. Ich weiß, wie schlimm das damals für dich war. Und dass Lively alles ruiniert hat … Aber du hast mit dieser Frau geschlafen, und das hat uns unsere Ehe gekostet.« Sie holte tief Luft. »Vielleicht gelingt es dir jetzt nach seinem Tod, damit abzuschließen. Lass es los. Hol dir dein verdammtes Leben zurück.«

»Ich wurde aufs Revier bestellt. Es kommt alles wieder hoch, und ich weiß nicht, ob ich das alles noch einmal durchstehen kann.« Er raufte sich die Haare.

»Was soll ich dazu sagen, Howard?«

»Nichts. Ich wollte nur mit jemandem sprechen, der dabei war, der weiß, wie es damals war. Ich wollte nur deine Stimme hören.«

»Sonst alles in Ordnung mit dir?« Carly hatte gehört, wie seine Stimme brach.

»Ja, ich komme schon klar. Ich lass dich jetzt in Ruhe. Sag den Kindern, dass ich sie liebe.«

»Howard, du willst doch nichts Dummes tun, oder? Dir etwas antun?«

»O Gott, nein, natürlich nicht. Ich bin im Moment vielleicht etwas niedergeschlagen, aber so etwas würde ich nie tun.«

»Okay. Du weißt, dass ich dich nicht hasse. Ich kann dir nur nicht verzeihen, was du uns angetan hast. Deiner Familie.«

»Wenn ich die Uhr zurückdrehen und alles ändern könnte, dann würde ich es tun. Ich würde sie auf die Zeit stellen, als wir glücklich waren und alles normal war.« Er hielt den Hörer dicht an sein Ohr. »Es tut mir so leid, Carly, wirklich.«

»Das weiß ich, Howard.«

»Haben die Kinder meine Weihnachtskarten bekommen? Da ist auch etwas Geld drin.«

»Ja, die sind angekommen. Danke.«

»Ich wusste nicht, was ich ihnen schenken sollte, und habe mir gedacht, dass sie sich vielleicht lieber selbst etwas kaufen wollen.«

»Ja, gut«, antwortete Carly. *Du hast ihnen nichts gekauft, weil du deine eigenen Kinder nicht kennst,* dachte sie.

Nachdem sie sich verabschiedet hatten, ließ Howard das Telefon klappernd auf den Boden fallen. Dann saß er eine Stunde bewegungslos auf dem Sofa und dachte nach. Kates Gesicht stand ihm vor Augen, dann das von John Lively. Er wollte vor allen und allem weglaufen.

Das Gespräch mit DI Holler hatte ihm klargemacht, wie real alles war. Kate war tot, und jetzt hatte man John Livelys Leiche gefunden. Verdächtigte die Polizei ihn? Oder hatte er sich jetzt selbst zum Verdächtigen gemacht?

KAPITEL 24

Joni ging durch die Eingangstür. Sie hatte zwei halbe Schichten und wollte ihre zweistündige Pause zu Hause verbringen.

Als sie das Wohnzimmer betrat, hob Sam entschuldigend die Hände. »Ich muss dir etwas beichten. Oder eigentlich muss Maud dir etwas beichten … Aber ich vertrete sie sozusagen.« Sam drehte die Musik leiser. Um sie herum türmten sich Stapel von Lehrbüchern.

»Schieß los.« Joni setzte sich und verschränkte die Arme. »Ich nehme dir die Beichte ab.«

Sam holte tief Luft. »Maud hat drei Fotos gefressen.« Sie verzog das Gesicht und schaute Maud an, der das völlig egal zu sein schien.

»Was für Fotos?« Joni runzelte die Stirn.

»Die, die du für deine Mutter zu Weihnachten herausgesucht hast, die alten Familienfotos.«

»Was hat sie denn genau gemacht?«

»Genau weiß ich es nicht, ich habe sie im Flur auf dem Boden gefunden. Ich glaube, sie hat die Gesichter abgeleckt und dann darauf herumgekaut. Es scheint ihr gut zu gehen, ich glaube nicht, dass sie sich vergiftet hat oder so.« Sam sah Maud finster an. »Es tut ihr *sehr* leid.«

Joni warf Maud einen prüfenden Blick zu. Sie sah überhaupt nicht so aus, als täte es ihr leid.

»Ist schon in Ordnung, ich lasse sie noch mal drucken.« Joni lächelte. »Hast du Lust auf einen Kaffee?« Sie stand auf.

»Ja, total.« Sam blieb auf dem Boden sitzen. »Wie war's bei der Arbeit?«, rief sie Joni hinterher.

»So weit okay. Ich habe das mit dem Alphabet ausprobiert.« Joni bückte sich, um zwei Becher aus dem Schrank zu holen.

»Hat es geklappt?«

»Nein. Sie hat immer wieder auf den Buchstaben P gezeigt. Und danach auf irgendwelche Buchstaben, die keinen Sinn ergeben.« Joni schaltete den Wasserkocher ein und öffnete eine Packung Kekse.

»Aufs P?«

»Ja, jedes Mal, und danach auf ein C oder ein H oder ein C. Und die blöde Mo kommt rein und verarscht mich. Manchmal nervt sie mich wirklich.« Joni lehnte sich mit dem Rücken gegen die Arbeitsplatte.

»Ist das die, die mit dem Vertriebler vögelt, von dem ihr alle denkt, er sei verheiratet?«

»Ja, genau. Sie ist so unglücklich! Und wenn man sie nach ihm fragt, macht sie gleich zu. Harry Munchkin oder so ähnlich.« Maud betrat majestätisch die Küche.

In diesem Moment bemerkte Joni etwas auf dem Küchenboden, kniete sich hin und tippte den seltsamen Gegenstand einmal vorsichtig an. Er sah wie ein winziges pelziges Tier aus, das versehentlich in der Wäsche mitgewaschen worden war.

»Was ist das denn?« Sie zog ein Blatt Küchenpapier ab und hob das unbekannte Etwas vorsichtig auf. Nachdem sie von Weitem daran geschnuppert hatte, ging sie ins Wohnzimmer und hielt es Sam unter die Nase. »Hast du eine Ahnung, was das sein könnte?«

Sam blinzelte. »Ein Haarballen.«

»Ein was?«

»Ein Haarballen. Du weißt schon, diese Dinger, die Katzen auskotzen.«

»Wie schön.« Joni sah ihn wieder an. »Es soll Leute geben, die behaupten, dass es keinen Spaß macht, Haustiere zu halten.« Sie trug den Haarballen wieder in die Küche und warf ihn in den Mülleimer. Alles unter Mauds wachsamen Augen. »Du bist eklig.« Sie deutete auf Maud, die das Maul langsam zum Gähnen öffnete.

»Mir ist was zu der Sache mit dem Alphabet eingefallen«, rief Sam aus dem Wohnzimmer.

»Warte mal.« Joni ging zurück ins Wohnzimmer. »Was denn?«

»Ich habe mir überlegt, dass es für Ellie vielleicht einfacher wäre, wenn du alle Buchstaben einzeln auf je ein Blatt Papier schreiben würdest statt das ganze Alphabet auf ein Blatt. Unter Umständen fällt es ihr dann leichter, auf den gemeinten zu zeigen.« Sie reichte Joni Blätter, auf denen jeweils ein Buchstabe stand. »Bitte sehr, du kannst es gleich ausprobieren.«

Joni tätschelte Sams Kopf. »Das ist eine sehr gute Idee, meine queere Freundin.«

»Vielen Dank, aber wo bleibt mein verdammter Kaffee?«

»Oh, tut mir leid! Den habe ich wegen dieser Haarballen-Sache komplett vergessen.«

***

Joni ging nach dem Drama mit dem Haarballen wieder zur Arbeit, und als sie mit ihrer Schicht durch war, machte sie sich einen Kaffee und ging in Ellies Zimmer. Ellie saß am Fenster und starrte ausdruckslos hinaus. Joni zog einen Stuhl heran und setzte sich ihr gegenüber. »Hi, Ellie.«

Ihre Patientin antwortete nicht.

Joni zog die Blätter mit dem Alphabet aus ihrer Tasche. »Ich zeige Ihnen jetzt einen Buchstaben nach dem anderen. Und wenn es der richtige ist, dann sagen Sie es mir, okay?«

Ellie sah sie an und öffnete den Mund. »Pie.«

Joni hielt zuerst den Buchstaben A hoch. Ellie wandte den Kopf ab. Dann B, C, D. Nichts. Joni übersprang die anderen Buchstaben und nahm das P in die Hand. Ellie stieß einen Schrei aus, Tränen stiegen ihr in die Augen, und sie schlug mehrfach mit der flachen Hand auf die Armlehne ihres Stuhles. »Okay, Ellie, ist ja gut.« Joni nahm ihre Hand und wartete darauf, dass sie sich beruhigte. Alle gingen davon aus, dass Ellies Bewegungen nichts zu bedeuten hatten. Aber im letzten Jahr hatte Joni begriffen, dass Ellie ihrer Frustration durch solche Ausbrüche Luft machte.

Als Ellie wieder ruhig dasaß, machte Joni weiter. »Der Buchstabe P ist der erste Buchstabe von dem, was Sie sagen wollen?« Sie lächelte, als Ellie nickte. Es war ein klares, eindeutiges Nicken. »Na, das ist ein super Anfang.« Joni hob den Daumen. »Haben Sie Lust, eine Weile im Garten zu sitzen?«, fragte sie und erkannte die leiseste Spur eines Lächelns.

Mit Yvonnes Hilfe setzte sie Ellie in den Rollstuhl. Kurz vor dem Aufzug kam ihnen Ellies Neffe Miles entgegen. »Hi.«

»Hi, Miles.« Joni drückte den Aufzugknopf. »Ich wollte Ellie gerade in den Garten schieben.«

»Ich will nicht stören, ich will nur kurz nach ihr sehen.« Miles trat auf Ellie zu und küsste sie auf die Wange. »Yvonne hat mir erzählt, dass Sie versuchen, meine Tante zum Kommunizieren zu bringen. Wie läuft es denn?«

»Etwas mühselig. Aber sie mag den Buchstaben P.«

Miles runzelte die Stirn. »Das P?« Er sah Ellie an, die mit geschlossenen Augen dasaß. »Glauben Sie, dass sie wirklich in der Lage ist, zu kommunizieren? In den letzten sieben Jahren scheint niemand Erfolg damit gehabt zu haben.«

»Ehrlich gesagt, weiß ich es auch nicht. Aber einen Versuch ist es doch wert. Schließlich kann man so etwas nie wissen.« Joni wartete, bis sich die Fahrstuhltüren öffneten, schob den Rollstuhl vorsichtig hinein und drehte sich zu Miles um. »Darf ich Sie etwas fragen?«

»Natürlich.« Miles trat in den Fahrstuhl und drückte auf den Knopf für das Erdgeschoss.

»Wie war Ellie, bevor es passiert ist?«

»Sie hatte eine starke Persönlichkeit. Sie war unglaublich!«

Sie setzten sich auf eine Bank im Garten des Pflegeheims. Joni hörte Miles aufmerksam zu. Seine Tante war ihr Leben lang sehr karriereorientiert gewesen und hatte schon zu Schulzeiten gewusst, dass sie Journalistin werden wollte. Sie hatte mit Eifer studiert und nie ihren Traum, für eine der ganz großen Zeitungen zu arbeiten und die Welt zu bereisen, aus den Augen verloren. Zu heiraten und Kinder zu haben, wäre in ihren Augen nur eine Ablenkung gewesen.

Als Miles noch klein gewesen war, hatte sie ihn einmal gefragt, was er werden wollte, wenn er groß war. Bis zu einem gewissen Alter hatte er immer das Gleiche geantwortet: Lastwagenfahrer. Ellie hatte gelächelt und gesagt: »Dann sorg dafür, dass du der beste Lastwagenfahrer der Welt wirst.«

Miles sah Ellie an. »Sie hat immer gesagt, dass man seine Träume nie aufgeben soll, egal wie groß oder klein sie sind. Man sollte versuchen, glücklich zu sein, immer hart zu arbeiten und ein guter Mensch zu sein.« Er sah Joni an. »Sie wäre eine großartige Mutter gewesen.«

Er erzählte Joni von seinen Kindheitserinnerungen an Übernachtungen bei Ellie. Seine Eltern waren streng und bestanden darauf, dass er auch bei Ellie nie Junkfood aß.

Außerdem sollte er um sieben im Bett sein und durfte nur Kindersendungen im Fernsehen sehen.

Ellie versprach es. Aber in dem Moment, in dem ihr Bruder und seine Frau gegangen waren, war alles vergessen.

»Wir kuschelten auf dem Boden auf Kissen, vor uns ein riesiges Bonbonglas, und schauten allen möglichen Blödsinn im Fernsehen an, bis einer von uns einschlief. Meistens war es Ellie.« Miles lächelte unwillkürlich. »Wir hatten die Abmachung, dass ich es Mum und Dad nicht verrate.« Er grinste Joni schief an. »Daran halte ich mich bis heute.«

Sein Blick ruhte auf Ellie, die still mit geschlossenen Augen atmete. Sie sah sehr friedlich aus.

»Irgendwann in ihren Vierzigern musste sie die Tatsache akzeptieren, dass sie nie die erfolgreiche Journalistin ihrer Träume geworden ist. Und dass sie eine eigene Familie hätte haben können. Aber dazu war es zu spät.« Miles biss sich auf die Unterlippe. »Sie hat mir immer gesagt, dass ich der Sohn bin, den sie nie hatte.« Er blies die Luft aus. »Ich vermisse sie so.«

Joni bemerkte, wie ihm Tränen über das Gesicht liefen, kramte nach ihren Taschentüchern und hielt ihm die Packung hin.

»Tut mir leid.« Er räusperte sich. »Ich muss jetzt los. Am ersten Weihnachtstag kann ich nicht kommen, aber ich schaue über die Feiertage vorbei. Vielen Dank, dass Sie versuchen, meine Tante zu verstehen, Joni.« Er stand auf und strich Ellie sanft über die Wange, bevor er sich zum Gehen wandte.

»Ich habe noch eine letzte Frage«, sagte Joni.

»Ja?«

»Sind Sie Lastwagenfahrer geworden?« Sie grinste.

»Nein. Ich bin IT-Berater.« Er lächelte. »Aber ich *bin* der beste IT-Berater der Welt.«

KAPITEL 25

Donnerstag, 23. Dezember

Sheridan stieg aus dem Auto.

»Guten Morgen, Ma'am«, grüßte sie ein junger Beamter lächelnd aus dem offenen Autofenster, der aus dem Hinterhof fuhr.

»Guten Morgen«, antwortete Sheridan. Der Junge konnte doch nicht älter als sechzehn sein! Himmel, wie alt sie war!

Anna war nicht in ihrem Zimmer. Das Großraumbüro war ebenfalls leer. Sie konnte nur hoffen, dass alle fleißig Indizien sicherten. Sie las ihre E-Mails, dann nahm sie sich ihr Notizbuch vor. Ihr Telefon klingelte. »DI Holler.«

»Ich bin's, Anna. Ich habe mit dem Neffen von Ellie Sands gesprochen. Sie ist immer noch im Pflegeheim Drei Linden in Crosby. Ich habe gerade angerufen und mit der Besitzerin, Yvonne Lopes, gesprochen. Sie hat gesagt, wir könnten Ellie jetzt besuchen.«

»Wo bist du? Ich komme mit.« Sheridan stand auf und zog ihre Jacke von der Stuhllehne.

»Ich fahre gerade auf den Hinterhof. Wir sehen uns in einer Sekunde.«

Anna stand schon an der Hintertür des Polizeireviers.

»Geht es dir gut?«, fragte sie.

»Ja, und dir?«

»Auch gut. Wie ist es mit Howard Cooke gelaufen?« Anna wendete und reihte sich hinter einen abfahrbereiten Streifenwagen ein, dessen Blaulicht flackerndes Licht an die Wände warf.

»Er war sehr überzeugend.« Sheridan legte den Sicherheitsgurt an.

»Inwiefern?«

»Als wir darüber sprachen, dass wir Livelys Überreste gefunden hatten, sagte er, dass wir ihn wahrscheinlich verdächtigen. Er gestand, dass er Kate geliebt und dass ihr Tod sein Leben zerstörte hatte. Aber er beteuerte, Lively nicht getötet zu haben und dass er uns helfen wolle.«

»Du glaubst trotzdem, dass er etwas damit zu tun haben könnte?«

»Ja, allerdings«, antwortete Sheridan.

»Warum?«

»Er ist derjenige mit dem stärksten Motiv. Er leidet darunter, was mit Kate passiert ist, und er hätte Lively damals finden können. Nachdem Lively Kate erschossen hat, ist er abgetaucht. Aber wie weit konnte er kommen? Howard hatte vor Kates Tod viel mit Lively zu tun, wahrscheinlich kannte er seine Treffpunkte und wusste, wo seine Partner wohnten und wo gedealt wurde. Ich denke, Cooke hat sich auf eigene Faust auf die Jagd nach Lively gemacht, ihn gefunden und getötet. Und wenn jemand genau weiß, wie man eine Leiche beseitigt, ohne Beweise zu hinterlassen, dann ein Polizist. Als wir uns gestern unterhalten haben, hatte ich die ganze Zeit ein sehr ungutes Gefühl. Und ich muss mich auf mein Bauchgefühl verlassen.«

»Woher sollte er die Waffe haben?«

»Er war Polizeibeamter. Er wird genug zwielichtige Gestalten gekannt haben, die ihm eine Waffe verkauft hätten.«

»Aber hätten sie den Mund gehalten?«

»Keine Ahnung.« Sheridan wandte sich zu Anna. »Wie auch immer, jetzt schauen wir mal, was Ellie Sands uns sagen kann.«

KAPITEL 26

Joni parkte ihr Auto vor dem Haupteingang des Drei Linden und ging durch die Glastür hinein.

»Kommst du bitte kurz in mein Büro?«, rief Yvonne ihr von der Treppe her entgegen.

»Lässt nichts Gutes ahnen«, antwortete Joni und folgte ihr.

»Die Polizei ist gleich da. Sie wollen mit mir über Ellie Sands sprechen«, sagte Yvonne und schloss ihre Tür.

»Wirklich? Wieso denn das?« Ein plötzlicher Adrenalinstoß fuhr Joni durch den Körper. Sie wusste zwar, was mit Ellie geschehen war, aber sie hatte dieses Wissen mehr oder weniger von ihrer täglichen Pflegeroutine entkoppelt. Jetzt wurde ihr wieder bewusst, dass Ellie Opfer eines schrecklichen Verbrechens war.

»Ich habe mit einer Anna Irgendwas gesprochen. Sie hat nicht viel gesagt, außer dass sie etwas über den Mann wissen, der sie angeschossen hat, und dass sie mit ihr sprechen wollen. Ich habe ihr erklärt, dass sie nicht sprechen kann, aber dass du als ihre Hauptbetreuungsperson mit ihr zu kommunizieren versuchst. Und jetzt wollen sie natürlich auch gerne kurz mit dir reden.«

»Kein Problem. Obwohl ich ihnen nicht viel sagen kann.«

»Bring deine Sachen ins Personalzimmer, ich sage dir Bescheid, wenn sie hier sind.«

Als sie am Eingang vorbeikam, sah Joni Sam an der Glastür stehen und den Summer drücken. »Was machst du denn hier?«

»Du hattest dein Handy zu Hause vergessen … Und als gute Freundin dachte ich, ich bringe es dir vorbei.« Sam deutete einen Knicks an und reichte Joni ihr Handy.

»Ah … danke! Eine echte Freundin.« Joni schaute an ihr vorbei auf den Parkplatz, wo ein Auto hielt. Zwei Frauen stiegen aus und kamen auf sie zu.

Sam drehte sich um. Die Größere fiel ihr auf, die sie ihrerseits genau zu betrachten schien. Sie sahen sich einen Moment lang an. Sam lächelte, die andere Frau lächelte zurück. »Nach Ihnen«, sagte sie.

»Oh, ich gehe nicht hinein, ich bringe nur etwas vorbei.« Sam spürte, wie sich ihr Magen zusammenzog. »Okay, Joni, wir sehen uns später!«, sagte sie dann und nickte Sheridan zu. Als sie am Auto ankam, sah sie, wie die Frau Joni einen Ausweis zeigte und hineingelassen wurde. Bevor sich die Glastür schloss, drehte Sheridan sich noch einmal zu Sam um, die grinste und in ihr Auto stieg.

***

»Kann ich Ihnen etwas zu trinken anbieten?«, fragte Yvonne und schloss ihre Bürotür.

»Nein, vielen Dank.« Sheridan sah zu Anna, die ebenfalls ablehnte.

»Das ist Joni«, sagte Yvonne. »Ellie Sands' Hauptbetreuerin. Sie haben am Telefon gesagt, es gäbe Neuigkeiten über den Mann, der Ellie angeschossen hat?« Yvonne setzte sich hinter ihren Schreibtisch.

»Ja, aber wir behalten das im Moment noch für uns. Deswegen müssen wir Sie darum bitten, dass nichts von dem, was wir hier besprechen, den Raum verlässt. Die Presse ist an der Sache dran, weil Ellie eine von ihnen war. Außerdem hat dieser Fall damals sehr viel Aufmerksamkeit erregt.« Sheridan räusperte sich. »Sie haben wahrscheinlich in den Lokalnachrichten gesehen, dass kürzlich eine Leiche auf dem Friedhof von Bordersfield gefunden wurde?« Sie sah erst Yvonne, dann Joni an.

»Ja«, sagte Yvonne nur und stand auf, um die Akte von Ellie Sands aus dem verschlossenen Schrank hinter ihrem Schreibtisch zu ziehen.

Joni schüttelte den Kopf. »Nein, das habe ich nicht gesehen«, sagte sie und dachte, dass sie wirklich mehr fernsehen sollte.

»Die Leiche wurde als John Lively identifiziert, von dem wir glauben, dass er vor sieben Jahren auf PC Kate Armitage und Ellie Sands geschossen hat. PC Armitage war sofort tot.«

»Weiß Ellies Familie Bescheid? Sie hat einen Neffen namens Miles«, fragte Yvonne.

»Ja, wir haben mit ihm gesprochen und ihn darüber informiert, dass wir seine Tante befragen wollen. Aus den Akten ist mir bekannt, dass sie früher bei Besuchen von der Polizei und von Kathryn Pullman so gut wie nichts sagen konnte und dass sich ihre kommunikativen Fähigkeiten im Laufe der Jahre nicht verbessert haben. Aber wir würden sie trotzdem gerne sehen.« Sheridan wandte sich an Joni: »Versteht sie, was man zu ihr sagt?«

»Ich glaube, manchmal schon. Mal ja, mal nein, würde ich sagen. Ich habe versucht, sie dazu zu bringen, auf Buchstaben zu zeigen, um sich verständlich zu machen, aber ich bin noch nicht sehr weit gekommen. Sie mag den Buchstaben P.«

»P?« Sheridan schlug die Beine übereinander.

»Ja, immer wenn ich mit ihr das Alphabet durchgehe, zeigt sie zuerst auf den Buchstaben P. Aber dann sucht sie irgendwelche Buchstaben aus. Mir kommt das dann wahllos vor, weil es nicht viel Sinn zu ergeben scheint.«

»Haben Sie eine Veränderung in ihrer Kommunikationsfähigkeit festgestellt?«, fragte Sheridan.

Yvonne blätterte in Ellies Akte. »Nein, eigentlich nicht. Ich nehme an, Sie haben Kathryn Pullmans Berichte gelesen?«

»Ja, sie waren in der Akte. Können wir Ellie Sands sehen?«, fragte Sheridan.

»Selbstverständlich. Wollen Sie versuchen, ihr mitzuteilen, dass John Lively tot ist?« Yvonne stand auf.

»Ja. Was glauben Sie? Wird sie es verstehen? Wird es sie aufregen, weil dann alles wieder da ist?« Sheridan sah Joni an.

»Ich weiß es nicht. Vielleicht bringt es ihr etwas Frieden«, antwortete Joni und hielt den beiden Polizistinnen die Tür auf.

Sie betraten Ellies Zimmer, und Joni setzte sich auf die Bettkante. Ellie öffnete die Augen und wandte sofort den Kopf ab.

»Ellie, diese beiden Kommissarinnen sind hier, um mit Ihnen zu reden, können Sie sie kurz ansehen?« Joni nahm Ellies Hand.

Ellie warf ihren Kopf hin und her, dann fuhr ihre Hand hoch und fiel wieder auf das Kissen zurück. Sheridan ging langsam auf sie zu. »Hallo Ellie, ich bin Detective Inspector Sheridan Holler.« Ihre Stimme war leise und freundlich. »Wir sind gekommen, um Ihnen etwas über den Mann zu sagen, der Sie angeschossen hat.«

Ellie stieß einen Schrei aus und blinzelte ein paarmal, dann rief sie: »Ammmmmm!«

Joni drückte ihre Hand.

»Die Polizei hat den Mann gefunden, der auf Sie geschossen hat.« Joni fand die Situation etwas schwierig. »Haben Sie mich verstanden, Ellie?«

Ellies Kopf bewegte sich vor und zurück. Sie öffnete den Mund, aber es kam kein Ton heraus.

Joni wandte sich Hilfe suchend an Sheridan. »Darf ich den Namen nennen?«

Sheridan nickte.

Joni drückte sanft Ellies Hand. »Der Mann, der auf Sie geschossen hat, John Lively, ist tot. Er ist tot.« Joni spürte, wie sich Ellies Hand anspannte und sah, dass sich ihre Augen mit Tränen füllten.

»Naaaaa!« Ellies Mundwinkel hing leicht herab. Dann schrie sie: »Pissi, Pissi.«

»Gut, Ellie. Versuchen Sie, sich jetzt auszuruhen.« Joni stand auf.

»Ändert sich Ellies Sprache von Tag zu Tag?«, fragte Sheridan im Flüsterton. Sie hatte großes Mitgefühl mit der Frau. Aber ihr wurde bewusst, dass ihre Hoffnung wahrscheinlich vergeblich war. Ellie würde ihnen nichts über das, was mit ihr geschehen war, erzählen können.

»Irgendwie schon.« Joni sah wieder zu Ellie.

»Okay, ich denke, wir belassen es dabei«, sagte Sheridan. Anna nickte zustimmend, und die vier verließen das Zimmer.

Sie blieben einen Moment lang vor ihrer Tür stehen. »Danke, dass wir sie besuchen durften.« Sheridan lächelte Yvonne und Joni an. »Wir kontaktieren die Sprachexpertin Kathryn Pullman. Ich will veranlassen, dass sie oder jemand anderes aus ihrem Fachgebiet noch einmal mit Ellie spricht. Wir müssen herausfinden, ob es nicht wenigstens die Möglichkeit einer Kommunikation mit ihr gibt.«

»Kein Problem«, antwortete Yvonne.

»Leider werden die Medien bald Wind von der Sache bekommen. Können Sie mit Ihren Mitarbeitenden darüber sprechen, dass hier wahrscheinlich bald irgendwelche Leute herumschleichen werden? Die können ziemlich hinterhältig sein, wenn sie eine Story wollen. Jemand könnte zum Beispiel vorgeben, mit einem Ihrer Bewohner verwandt zu sein. Sprechen Sie also bitte mit niemandem außerhalb des Hauses über die ganze Sache, und geben Sie mir Bescheid, wenn die Presseleute Ihnen Probleme machen.« Sheridan gab Yvonne ihre Visitenkarte.

»Danke.«

***

»Ich fahre«, sagte Sheridan. Anna reichte ihr die Schlüssel und sie stiegen ein.

Als sie auf dem Fahrersitz saß, stützte sich Sheridan auf das Lenkrad. »Was für eine schreckliche Tragödie! Die Ärmste.«

»Ja, es ist furchtbar. Und nach all den Jahren kann man wahrscheinlich davon ausgehen, dass es nie mehr besser wird.«

Sie saßen einen Moment schweigend da, bevor Anna grinste. »Ich weiß, woran du denkst.«

»Ach ja?«

»Du fragst dich, wer die umwerfende Frau an der Eingangstür war.«

Sheridan lächelte. »Die sah schon ganz gut aus, oder?«

»Nicht gerade mein Typ, aber eure Blicke waren nicht zu übersehen. Sieh dich doch mal an! Du siehst aus wie eine Grinsekatze. Die Frau hat gesagt, sie wollte nur etwas vorbeibringen, also wird sie einen Verwandten im Heim haben.«

»Na ja, vielleicht war unser Besuch doch nicht ganz umsonst.« Sheridan ließ den Motor an, immer noch lächelnd.

KAPITEL 27

Joni schaltete den Fernseher ein und zappte sich durch die Kanäle. Gleich waren die Nachrichten dran, und sie wollte sehen, ob etwas über John Lively gesendet wurde.

Die Wohnungstür öffnete sich und Sam kam hereinspaziert. »Hallo Süße! Ich bin wieder da!« Sie ging in die Küche und stellte die Einkaufstasche auf die Arbeitsfläche, bevor sie zu Joni ins Wohnzimmer ging. »Wie war dein Tag?«

»Du bist aber fröhlich. Mein Tag war seltsam.«

»Seltsam? Inwiefern?« Sam hockte sich auf eine Armlehne. »Wo ist Maud?«

»Im Bad.«

»Wie bitte?«

»Sie sitzt in der Badewanne und starrt die Wasserhähne an.« Joni drehte den Fernseher leiser.

»Alles klar.« Sam schürzte die Lippen. »Und warum war dein Tag seltsam?«

»Zwei Polizistinnen waren im Pflegeheim. Die Leiche, die sie auf dem Friedhof von Bordersfield gefunden haben, das ist der Mann, der Ellie angeschossen hat.« Sam wirkte verwirrt. »Du solltest wirklich anfangen fernzusehen.«

»Ich hasse Fernsehen. Nur Mist und schlechte Nachrichten.« Sam zog ihre Stiefel aus. »Und was bedeutet das? Der Fall ist abgeschlossen. Oder was?«

»Ja, wahrscheinlich. Wir haben versucht, Ellie das mitzuteilen, aber ich glaube, sie hat es nicht verstanden.«

»Das waren die beiden Frauen, die reingegangen sind, als ich dir das Handy gebracht habe?«, fragte Sam. So sehr sie sich auch bemühte, es gelang ihr nicht, beiläufig zu klingen.

»Ja.« Joni ahnte, worauf das hinauslaufen würde.

»Und … Was meinst du, werden sie noch mal wiederkommen?«, fragte Sam.

»Ich weiß es nicht.« Joni tat so, als würde sie sich für etwas im Fernsehen interessieren, um das Grinsen zu verbergen, das sich auf ihr Gesicht schlich.

»Mann.« Sam stand auf und bückte sich nach ihren Stiefeln und brachte sie zur Tür. »Komm schon.«

»Ihr Name ist Sheridan Holler. Sie ist Kommissarin bei der Kripo.« Joni sah sich nicht um.

»Danke.« Sam ging lächelnd ins Bad, um nach Maud zu sehen. Die starrte auf die Wasserhähne.

»Dein Telefon klingelt!«, rief Joni ihr hinterher.

Sam kam zurück. »Hallo?« Ihre Augen weiteten sich, als sie die Stimme am anderen Ende der Leitung erkannte. »Oh, hallo Harriet.«

Joni sah sie an und formte »die Feuerwehrfrau?« mit den Lippen.

Sam nickte und starrte auf den Boden. »Ich kann nicht. Ich bin im Moment beschäftigt, aber ich habe ja deine Nummer. Vielleicht rufe ich dich mal an und wir gehen was trinken oder so.« Sie schüttelte den Kopf und sah Joni an.

»Nächste Woche?« Sie ließ Joni nicht aus den Augen. »Tut mir leid, ich kann nicht, meine exzentrische Tante Maud wohnt bei mir.« Sam schüttelte den Kopf. »Warum sie exzentrisch ist?

Ach, sie hat so komische Angewohnheiten. Sie ernährt sich von Jaffa Cakes und sitzt stundenlang im Badezimmer und starrt die Wasserhähne an.«

Joni brach in Gelächter aus. Sam warf ihr ein Kissen an den Kopf. »Ich rufe dich an. Okay, mach's gut. Tschüss.« Sie beendete das Gespräch. »Die hat Nerven! Klar, sie ist fit, aber von der lasse ich mich nicht mehr verarschen. Sie hat mich zweimal versetzt.«

»Warum machst du es nicht mit ihr? Damit sie das mal am eigenen Leib erfährt?«, fragte Joni.

»Weil ich kein Arschloch bin.«

Sam legte ihr Handy auf den Tisch und ging sich umziehen. »Ruf mich, wenn das in den Nachrichten kommt!«, rief sie aus ihrem Zimmer.

»Für den Fall, dass die heiße Ermittlerin zu sehen ist?« Joni drehte die Lautstärke auf.

»Nein, ich bin ausschließlich an der Geschichte interessiert.«

»Lügnerin.«

KAPITEL 28

Heiligabend

Sheridan saß neben Joni und beobachtete, wie Kathryn Pullman geduldig mit Ellie Sands arbeitete. Kathryn hatte Ellie eine Stunde lang einfache Fragen gestellt, ihr Bilder gezeigt und versucht, etwas aus ihr herauszubringen.

Nach einer Stunde stand Kathryn auf. »Okay, ich glaube, ich lasse es erst einmal dabei.«

Sheridan und Joni begleiteten sie zu Yvonnes Büro.

»Wie ist es gelaufen?« Yvonne stellte drei Stühle im Halbkreis auf.

»Kurz gesagt hat sich Ellies Kommunikation seit meiner letzten Beurteilung nicht gebessert. Ich bezweifle auch, dass das je geschehen wird. Ich habe verschiedene Techniken mit ihr ausprobiert, darunter auch die Eyetracking-Methode.« Kathryn Pullman sah Yvonne an. »Wenn eine Person aus körperlichen Gründen nicht auf einen Buchstaben oder ein Bild zeigen kann, kann sie es eine Zeit lang ansehen. Normalerweise ist dann klar, dass sie tatsächlich anzeigt, was sie sagen will.« Sie hielt inne. »Dazu ist Ellie nicht in der Lage.«

»Glauben Sie, sie begreift, was man sagt?«, fragte Sheridan.

»Ja. Aber nicht durchgängig.« Kathryn setzte sich, schlug die Beine übereinander und legte ihre Notizen in ihren Schoß. »Sie reagiert ziemlich deutlich, wenn die Schießerei erwähnt wird. Sie wird dann viel lebhafter. Was nur natürlich ist. Sie erinnert sich wahrscheinlich daran, und es war ein extrem traumatisches Ereignis. Allerdings wurde sie manchmal auch unruhig, wenn ich nicht über die Schießerei sprach. Das könnte aber auch Resultat ihrer Frustration sein, weil sie nicht mit uns kommunizieren kann. Ellies Antworten kommen mir oft willkürlich vor. Es ist nicht zweifelsfrei festzustellen, was sie versteht oder was sie möglicherweise sagen will.«

»Meinen Sie, es lohnt sich, wenn Joni die Sache mit dem Alphabet weiterführt?«, fragte Sheridan.

»Auf jeden Fall.« Kathryn sah Joni an. »Sie sagten, dass Ellie fast immer zuerst auf den Buchstaben P zeigt. Vielleicht ist das der erste Buchstabe des Wortes, das sie uns mitzuteilen versucht. Als ich es mit ihr ausprobiert habe, hat sie zwar zuerst auf andere Buchstaben gezeigt. Aber Sie haben eine Beziehung zu ihr aufgebaut, Joni ... Also ja, machen Sie auf jeden Fall weiter.«

»Sie scheint auch oft Wörter sagen zu wollen, die mit P beginnen«, sagte Joni, ermutigt durch die Tatsache, dass man ihr zuhörte und ihre Idee mit dem Alphabet nicht gleich abtat.

»Das ist interessant. Wie ich gerade gesagt habe: Machen Sie weiter, Joni! Ellie reagiert auf Sie. Es lohnt sich, wenn Sie es weiter versuchen.«

Sheridan stand auf und streckte ihre Hand aus. »Danke, Kathryn. Ich weiß Ihre Zeit wirklich zu schätzen. Besonders vor den Feiertagen.«

Kathryn schüttelte Sheridans Hand. »Überhaupt kein Problem. Sie bekommen meinen Bericht per E-Mail. Und wenn Sie mich brauchen, rufen Sie mich einfach an.«

»Vielen Dank. Mache ich.« Sheridan und Yvonne begleiteten sie zum Haupteingang.

»Glauben Sie, Ellie wird je wieder so kommunizieren können, dass man sie verstehen kann?«, fragte Yvonne.

»Wenn ich ehrlich bin, habe ich da wenig Hoffnung. Aber unmöglich ist es nicht«, antwortete Kathryn und trat hinaus. »Ich habe Fälle gesehen, in denen sich die Situation sogar nach mehreren Jahren verbessert hat.«

Yvonne nickte. Kathryn Pullman drehte sich zu Sheridan um. »Eins kann ich aber sagen: Ellie versucht *definitiv*, Ihnen etwas mitzuteilen. Dessen bin ich mir absolut sicher.«

KAPITEL 29

Howard nahm den Anruf an und schaltete den Fernseher aus. »Hallo?«

»Hallo Howard, hier ist deine Mutter.«

»Hi, alles in Ordnung?« Er gab sich Mühe, munter zu klingen.

»Ich habe vorhin mit Carly gesprochen.« Sie schniefte; ein sicheres Zeichen, dass sie gleich zum Angriff übergehen würde. »Sie sagte, du hättest den Kindern Geld zu Weihnachten geschickt. Ich will ja nicht meckern, aber ich finde Geld so unpersönlich. Rufst du sie morgen wenigstens an, um ihnen ein frohes Weihnachtsfest zu wünschen?«

Howard spürte ein Kribbeln im Nacken. »Ja, mache ich.« Er gab sich Mühe, seine Irritation zu verbergen.

»Gut. Vergiss es nicht. Carly hat mir erzählt, dass sie den Mann gefunden haben, der deine Kollegin erschossen hat.« Ihre Stimme war eiskalt.

Howard seufzte und spürte, wie sich sein Magen zusammenzog. »Ja, stimmt.«

»Ich nehme an, dass es für dich eine Erleichterung ist. Jetzt hast du die Gewissheit, dass er tot ist. Außerdem kann er dem

Steuerzahler im Gefängnis nicht auf der Tasche liegen. Zum Glück.«

»Genau.« Howard hätte das Telefon am liebsten aus dem Fenster geworfen.

»Du hast den Preis für das bezahlt, was du getan hast. Und Carly ist weggezogen. Aber ich möchte nicht, dass du den Kontakt zu deinen Kindern verlierst, also ruf sie unbedingt an, hörst du? Oder besser noch, du fährst sie besuchen?«

»Ich habe doch gesagt, ich rufe sie an, Mum. Ich muss eine Weile hierbleiben. Die Polizei hat die Ermittlungen in dem Mordfall aufgenommen, und ich soll mich zur Verfügung halten.«

»Warum müssen sie mit dir sprechen?«

»Das ist reine Routine. Ich hatte ein paarmal mit John Lively zu tun, und sie klopfen sein Umfeld ab, das ist alles.«

»Na gut. Ruf die Kinder an.«

»Mache ich.« Seine Mutter beendete das Gespräch abrupt. Howard ging in die Küche, um sich einen großen Scotch einzuschenken. Er spürte, dass er am ganzen Leib zitterte, stützte sich mit einer Hand auf der Arbeitsfläche ab und versuchte, sich zu beruhigen. Wie sollte er das durchstehen?

KAPITEL 30

Rosie und Brian Holler saßen im Wohnzimmer, als Sheridan in die Einfahrt bog. Die Lichter des Weihnachtsbaums im Fenster funkelten tröstlich.

In den ersten Jahren nach der Ermordung ihres Bruders war es ihren Eltern schwergefallen, überhaupt an Weihnachten zu denken, aber wegen Sheridan schmückten sie das Haus.

Matthew und Sheridan hatten Weihnachten geliebt, so wie die meisten Kinder. In der Nacht vor dem ersten Weihnachtstag schlichen sie sich immer hinunter, um heimlich einen Blick auf ihre Geschenke zu werfen. Und jedes Jahr erwartete ihr Vater sie schon und sprang aus einer dunklen Ecke hervor, wenn sie versuchten, sich wieder nach oben zu schleichen. Ihre Mutter verfolgte das von der Treppe her und lachte vor Freude.

Nach Matthews Tod hatten die Eltern Sheridan zuliebe versucht, ihr Leben so normal wie möglich zu leben. In Wirklichkeit war ihre Welt aus den Fugen geraten, und es war die damals vierzehn Jahre alte Sheridan gewesen, die sie zusammenhielt. Wenigstens war ihre Ehe nicht zu Bruch gegangen. Im Gegenteil, der Verlust ihres Sohnes hatte die beiden noch enger zusammengeschweißt. Doch der Kummer drohte sie aufzuzehren. Sheridan war die Stärkste von ihnen.

Als das Ermittlungsverfahren abgeschlossen wurde, löste das eine neue Welle von Schmerz aus. Warum hatte niemand gesehen, was passiert war? Wer hatte ihren kleinen Matthew getötet? Waren die anderen Kinder sicher?

Ihre Eltern hatten Sheridan gebeten, nicht zum Birkenhead Park zu gehen, wo Matthews Leiche gefunden worden war. Aber sie hatte sich widersetzt. Sie hatte dort viel Zeit verbracht und detaillierte Beschreibungen von allen Personen, die an ihr vorbeigingen, in ein Notizbuch eingetragen. Sie notierte Uhrzeit und Datum, was sie anhatten und ob sie sie schon einmal gesehen hatte. Jeder war verdächtig. Mit vierzehn Jahren wusste sie, dass sie zur Polizei gehen würde. Sie wollte alles tun, um zu verhindern, dass andere Familien das Gleiche durchmachen mussten wie ihre.

Einen Sohn oder einen Bruder zu verlieren, war entsetzlich genug. Aber mit dem Wissen zu leben, dass sein Mörder immer noch frei herumlief, das war unerträglich.

Und jetzt, fast achtundzwanzig Jahre später, gab es immer noch keine Antworten. Sheridan hatte oft das Gefühl, ihre Eltern im Stich gelassen zu haben, vor allem, weil sie auch nach ihrem Eintritt in den Polizeidienst keine Fortschritte gemacht hatte. Jedes Mal, wenn ihre Eltern sie fragten, ob es etwas Neues gäbe, irgendeinen noch so kleinen Hinweis, der sie der Wahrheit näherbringen könnte, traf es sie ins Herz.

Sie konnte ihnen nicht sagen, wie oft sie schon vor Andrew Longfords Haus gesessen hatte, ohne sich zu trauen, bei ihm anzuklopfen. Wenn Andrew Longford ihr die Tür vor der Nase zuschlug, dann würde sie damit fertigwerden. Sie würde einen anderen Weg finden, aber solange sie nicht wusste, wie er darauf reagieren würde, sie nach all den Jahren wiederzusehen, konnte sie ihren Eltern nichts davon sagen.

***

Sie schloss die Tür auf und rief munter: »Frohe Weihnachten!«

Rosie kam ihr im Flur entgegen, während Brian in die Küche ging, um Wasser aufzusetzen.

Sie saßen am Küchentisch und machten sich über das Gebäck her, das Rosie am Nachmittag gebacken hatte. Irgendwann war Bescherung, dann machten sie es sich im Wohnzimmer gemütlich, bis Sheridan aufstand.

»Musst du schon los?«, fragte Rosie und wischte sich ein paar Krümel vom Kinn.

»Ja, tut mir leid, ich muss morgen früh raus.« Sheridan nahm sie in den Arm. »Ich komme bald wieder vorbei.« Sie stieg ins Auto und fuhr rückwärts aus der Auffahrt heraus.

Zehn Minuten später parkte sie gegenüber dem Haus von Andrew Longford. Die Vorhänge waren geschlossen, das Haus lag im Dunkeln. Sie wartete eine Stunde, dann fuhr sie nach Hause.

KAPITEL 31

1. Weihnachtstag

Howard Cooke öffnete die Haustür und blinzelte. Es hatte etwas geschneit, und es dauerte einen Moment, bis sich seine Augen nach dem Halbdunkel im Haus an die Helligkeit gewöhnten.

»Hallo Kumpel.« Tom Hudson wischte sich die Füße ab und ging an Howard vorbei in den Flur. »Mein Gott, hier drin ist es wie in einer Gruft!« Tom spähte in die Küche, nahm den Helm vom Kopf und wuschelte sich durch die Haare.

»Komm rein«, sagte Howard sarkastisch und zog die Haustür hinter ihm zu.

Tom Hudson war der einzige Kollege, der nach Howards Ausscheiden aus dem Polizeidienst noch Kontakt zu ihm hatte. Sie waren befreundet, seit Tom bei der Polizei angefangen hatte, und er war Howards *einziger* Vertrauter während seiner Affäre mit Kate Armitage gewesen. Er hatte seiner Frau Carly oft weisgemacht, mit Tom verabredet zu sein, obwohl er in Wirklichkeit bei Kate gewesen war.

Nach Kates Tod hatte Tom vergeblich versucht, Howard zu trösten. Er war für ihn da gewesen, als Carly ihn hinauswarf, und er war auch jetzt noch für ihn da.

»Ein paar von den Jungs gehen heute Abend ein Bier trinken. Hast du auch Lust?«

»Nein, danke.« Howard seufzte.

»Komm schon, Howard. Es wird dir guttun, rauszukommen und ein paar von den Jungs wiederzusehen. Heute ist der erste Weihnachtstag.«

»Ich will nicht. Ich bleibe lieber hier.«

»Wann hört das endlich auf?«

»Lass mich, bitte.« Howard stützte die Hände in die Hüften, ließ den Kopf sinken und schloss die Augen. »Bitte, Tom. Ich möchte, dass du gehst.«

Sein Freund seufzte. »Okay, aber ruf mich an, wenn du was brauchst. Hast du mit Carly gesprochen?« Er legte Howard die Hand auf die Schulter.

»Ja, heute Morgen.«

»Geht es den Kindern gut?«

»Ja.«

»Wie läuft es mit den Ermittlungen in Sachen John Lively? Ich habe gehört, dass sie dich vorgeladen haben.«

»Ja, aber das war easy. Sie wollten nur wissen, ob mir jemand einfällt, der ihn gerne tot gesehen hätte.«

»Was hast du gesagt?«

»Dass mir niemand einfällt.«

»Na gut. Halt mich auf dem Laufenden. Und denk dran, dass ich für dich da bin, wenn du reden willst. Ich meine es ernst.«

»Danke, Tom.«

»Du bist ein guter Kerl, Howard.«

Tom Hudson ging zur Tür. Howard beobachtete, wie er sich den Helm aufsetzte, auf das Motorrad stieg und langsam davonfuhr.

Er ging in die Küche und goss sich einen Whisky ein. Dann wischte er das Kondenswasser vom Wohnzimmerfenster mit dem Ärmel weg und starrte hinaus.

Seine Nachbarn gegenüber begrüßten Angehörige, die über die Weihnachtstage bleiben würden. Sie luden kistenweise Geschenke aus dem Kofferraum und eilten aufgeregt ins Haus.

Er wandte sich ab, nahm eine Zigarette aus dem Päckchen, zündete sie an und zog den Rauch tief in die Lunge. Dann schnappte er sich seine Jacke von der Stuhllehne und schlug die Eingangstür hinter sich zu.

Mit gesenktem Kopf ging er durch die menschenleeren Straßen von Liverpool. Ein beißender Wind ließ seine Augen tränen, und er vergrub die Hände in den Taschen. Er irrte ziellos durch die Stadt, ohne das geringste Interesse an den historischen Gebäuden, die um ihn herum aufragten.

Auf der Castle Street spähte er in die Fenster von geschlossenen Cafés und Restaurants. Am Rathaus bog er in eine Seitenstraße und lief an einem Gebäude vorbei, dessen Fassade noch immer die Narben des Krieges trug. Sie waren deutlich sichtbar, wurden aber von denen, die täglich daran vorbeieilten, kaum wahrgenommen.

Schließlich kam er an das Exchange-Flags-Gebäude, wo das Nelson-Denkmal stand. Normalerweise wimmelte es hier nur so von Büroangestellten, die aus dem Bahnhof Moorfields kamen, doch jetzt war der Platz gespenstisch leer, still und kalt. Howard steckte sich eine Zigarette an, setzte sich auf eine Bank und betrachtete die Lamettastreifen in den Fenstern der Bürogebäude. Auf einem Fenstersims stand ein kleiner Weihnachtsbaum, dessen Lichter über die Weihnachtsfeiertage ausgeschaltet waren und der darauf wartete, weggepackt zu werden.

Howard streckte die Beine, bevor er aufstand und in Richtung des Western Approaches Museum weiterlief, das sich in den damals streng geheimen Kriegsbunkern aus dem Zweiten Weltkrieg befand und eine beliebte Touristenattraktion war.

Er schlenderte ohne Ziel, vorbei an Hauseingängen voller Blätter, Bonbonpapier und anderem Verpackungsmüll, die der Wind umherwirbelte und zu Haufen auftürmte. Schließlich gelangte er zum Liver Building.

In ihm stieg die Erinnerung auf, wie sein Vater ihm als Kind von der Legende erzählt hatte, dass Liverpool aufhören würde zu existieren, wenn sich die beiden Vögel auf der Spitze des Gebäudes jemals einander zuwenden würden. Als Junge hatte ihn diese Legende beunruhigt, und er hatte im Vorbeigehen immer hochgeschaut, um sich zu vergewissern, dass der eine immer noch Richtung Stadt und der andere Richtung Meer blickte.

Heute sah er hinauf und wünschte sich einen Augenblick, sie würden einander ansehen. Er spürte, wie ihn eine schmerzhafte Einsamkeit umfing. In einer Stadt, die er liebte, einer Stadt, die Zuneigung und Wärme ausstrahlte, trotz der traurigen Geschichte eines Krieges, der ihre prächtigen Fassaden versenkt hatte.

Im Zweiten Weltkrieg war Liverpool die Stadt Englands gewesen, auf die nach London am meisten Bomben abgeworfen worden waren. Aber wie andere Städte auch war sie aus ihrer eigenen Asche auferstanden, stolz und groß. Als Geburtsort der Beatles, deren Gesichter auf viel verkauften Souvenirs prangten, hatte sie Weltruhm erlangt. Die stolzen Liverpooler taten ihren ungerechtfertigten Ruf, alles mitgehen zu lassen, was nicht niet- und nagelfest war, mit einem Achselzucken ab. In Wahrheit gaben sie einem Notleidenden eher ihre letzten Pennys.

Es war die Stadt, in der Howard geboren und aufgewachsen war, in der er sich geborgen gefühlt hatte. Er hatte ihren Atem gespürt, ihren Trubel und ihre Geschäftigkeit. Als er jetzt weiterging, peitschte ihm ein eisiger Wind vom Fluss her ins Gesicht, das langsam taub wurde. Vielleicht würde er einen Pub finden und trinken, bis alles taub war. Seine Gedanken wanderten zurück zu der Zeit, in der sein Leben noch in Ordnung gewesen war, und er bemühte sich verzweifelt, sich nicht zu übergeben. Die Übelkeit verebbte langsam, und er machte sich auf den Rückweg. Als er an einem geöffneten Pub vorbeikam, warf er einen Blick hinein. Doch dann beschloss er, nach Hause zu gehen. Zurück in sein leeres Haus.

KAPITEL 32

Anna ging die Treppe hinunter und zögerte kurz, bevor sie die Wohnzimmertür öffnete. Nach dem nächtlichen Streit mit Steve hatte sie kein Auge zugetan. Sie betrachtete ihn, wie er dort ausgestreckt auf dem Sofa lag, den Kopf halb unter einem Kissen vergraben. Er musste ihren Blick gespürt haben, denn er öffnete schlaftrunken die Augen, bevor er sich aufsetzte und sich durchs Gesicht wischte. Er klopfte neben sich auf das Sofa. »Komm her, Babe.«

Anna setzte sich neben ihn. Als er sie in den Arm nahm und den Kopf auf ihre Brust legte, verkrampfte sie sich.

»Es tut mir so leid. Ich kann es nicht ausstehen, wenn wir uns streiten.« Er hob sein Gesicht und küsste sie auf die Wange. »Ich mache es wieder gut, ich verspreche es dir.« Steve stand auf, streckte und rekelte sich gähnend. »Jetzt mache ich uns ein festliches englisches Weihnachtsfrühstück.« Anna rang sich mit Mühe ein Lächeln ab.

Er war schon fast in der Küche, als sie tief einatmete. »Steve.«

Er drehte sich um. »Ja, Babe?«

»Wenn du mich noch einmal schlägst, lasse ich dich schneller festnehmen, als du gucken kannst.«

Er hätte gerne etwas dazu gesagt, aber ihr Telefon klingelte. Sie stand auf und nahm ab.

»Frohe Weihnachten!« Als sie Sheridans Stimme hörte, wäre Anna fast in Tränen ausgebrochen, aber sie hielt sich zurück. Sie schluckte.

»Dir auch frohe Weihnachten!« Steve drückte sich an der Küchentür herum.

»Habt ihr eure Geschenke schon ausgepackt?«

»Noch nicht. Steve macht gerade ein großes englisches Frühstück.«

»Du Glückspilz. Er macht es dir aber schön!«

»Ja, er verwöhnt mich.« Auch ohne aufzublicken, wusste sie, dass er zuhörte.

»Glück gehabt. Ich muss zur Arbeit. Macht euch einen schönen Tag.«

»Du dir auch.« Als sie das Gespräch beendete, spürte sie, wie er seine Arme von hinten um ihre Taille schloss. Er holte tief Luft und brach in Tränen aus.

»Ich liebe dich mehr als alles auf der Welt«, schluchzte er. »Ich schwöre bei meinem Leben, dass ich dich nie wieder schlagen werde.«

Anna drehte sich zu ihm um. Sie waren seit sieben Jahren zusammen. Wie alle anderen Paare – so nahm sie an – stritten sie sich manchmal. Ab und an wurden sie auch laut dabei, und ab und an gab es einen Tag, an dem sie nicht miteinander sprachen. Aber es hatte nie auch nur das geringste Anzeichen von Gewalt gegeben. Bis gestern Abend. Und als sie seinen Faustschlag im Gesicht gespürt hatte, war sie zu schockiert gewesen, um sofort zu reagieren. Während er sich augenblicklich entschuldigt hatte. Er hatte sie eng an sich gedrückt und sich immer und immer wieder entschuldigt, bis das Wort keine Bedeutung mehr zu haben schien. Sie hatten nicht darüber gesprochen. Anna hatte ihm nur gesagt, er solle sie in Ruhe lassen.

Als sie ihm jetzt in die Augen sah, erkannte sie, wie sehr er litt. Sie liebte ihn. Sie liebte ihn seit sieben Jahren. Sie sagten es sich jeden Tag, weil sie sich jeden Tag liebten.

»Erzählst du Sheridan, was passiert ist?«, fragte er.

»Nein.« Anna nahm sein Gesicht in ihre Hände. »Aber ich meine es ernst, Steve. Wenn du mich noch einmal schlägst, *sage* ich es ihr. Und glaub mir, sie *nimmt dich sofort fest.*«

»Und gibt mir obendrein einen Arschtritt.« Er sah verlegen aus.

»So sieht's aus.«

Während Steve das Frühstück machte, ging Anna duschen. Ein paar Augenblicke lang starrte sie abwesend in den Spiegel. Der rote Fleck von seinem Fausthieb war bereits verblasst. Sie steckte einen Finger in den Mund und spürte, dass ein Backenzahn wackelte.

Ihr schossen tausend Gedanken durch den Kopf: *Du bist Polizeibeamtin. Du hast mit Opfern von Verbrechen zu tun. Opfern von häuslicher Gewalt. Du hörst zu, wenn sie dir erzählen, wie alles angefangen hat. Der Streit, die Versuche, Kontrolle auszuüben, die anschließende Gewalt.*

Die Worte von ungezählten Opfern hallten ihr in den Ohren: *Die vielen Male, die er dich geschlagen hat und dann auf den Knien um Vergebung bat. Und du ihm geglaubt hast. Du hast es niemandem erzählt, weil du nicht schwach erscheinen wolltest. Deine Freunde sagen, du müsstest ihn verlassen. Und als du es nicht gemacht hast, haben sie dich irgendwann aus Frustration darüber, dass du nicht auf sie gehört hast, aufgegeben. Am Ende musstest du feststellen, dass du allein bist. Allein mit deinem Peiniger. Er hat dich von allen isoliert und dir weisgemacht, dass du deine Familie und deine Freunde nicht brauchst.*

So läuft das.

Anna kannte die Statistiken. Sie konnte sich hören, wie sie die Opfer warnte, dass jede Woche zwei Frauen von ihrem derzeitigen oder ehemaligen Partner getötet werden. Wie oft hatte sie den Frauen gesagt: *Es wird schlimmer. Wenn er dich einmal geschlagen hat, wird er dich wieder schlagen. Auch wenn er beim Leben seiner Mutter schwört, dass er es nicht tut.*

Sie fuhr mit der Zunge über den wackeligen Zahn und blinzelte eine Träne weg.

KAPITEL 33

Silvester

Max Hall spähte grinsend durch Sheridans Tür. »Hast du mich vermisst?«

Sie schüttelte den Kopf. »Nö.«

Max hob seinen Gürtel hoch. Sheridan sprang auf, um ihn sich zu schnappen. Dann folgte sie ihm in sein Büro, schloss die Tür und baute sich vor ihm auf. »Denk dran, dass die meisten Menschen über Weihnachten zunehmen, also werde nicht gleich sauer, wenn du nicht abgenommen hast.«

Er hob die Arme, als sie den Gürtel um seine Taille legte.

»Nicht einziehen.«

»Mach ich nicht.« Er ließ die Arme sinken.

Sheridan bückte sich und führte den Lederriemen durch die Schnalle, wobei sie sorgfältig prüfte, ob der Gürtel auch richtig saß.

»Na, was sagt man dazu? Er passt dir wieder.« Sheridan strahlte. »Ich kann nicht glauben, dass du so schnell so viel abgenommen hast.«

Max lächelte. »Ich habe über Weihnachten buchstäblich nix gegessen.«

Sheridan rollte den Gürtel auf und gab ihn zurück. »Du kannst stolz auf dich sein. Halt dich weiter an die Diät, dann packst du dir nicht alles wieder drauf.« Sie legte ihm die Hand auf die Schulter. »Super gemacht.«

»Neues Jahr, neues Ich. Oder so ähnlich. Und? Was machst du heute Abend? Gehst du auf eine Party?«

»Nö. Ruhiger Abend. Und du?«

»Wir treffen uns mit Freunden. Ich habe ein paar Tage frei. Aber ruf mich an, wenn was Wichtiges passiert.« Er streckte die Arme aus, und Sheridan umarmte ihn fest.

»Komm gut rüber.«

»Du auch.« Sheridan küsste ihn auf die Wange und tätschelte ihm den Bauch.

Lächelnd ging sie den Korridor hinunter, setzte sich an ihren Schreibtisch und loggte sich wieder in ihren Computer ein.

Im nächsten Moment sprang sie auf und marschierte in Max' Büro, wo sie sich mit verschränkten Armen aufbaute.

»Du Ratte.« Sie schürzte die Lippen. »Du hast einen längeren Gürtel gekauft, nicht wahr?«

Max rutschte so tief in seinem Stuhl hinunter, wie es nur ging. Als würde er so unsichtbar.

KAPITEL 34

Joni bürstete sich die Haare und gab sich große Mühe, Maud zu ignorieren, die sich hingebungsvoll zwischen den Hinterbeinen leckte.

»Mathew Street.« Sam kam in Jonis Zimmer. »Wir könnten in der Mathew Street anfangen und uns von da durch die Stadt arbeiten. Wir besaufen uns und fassen Neujahrsvorsätze.«

»Deine Katze leckt ihr Geschlechtsteil auf meinem Bett.« Joni deutete mit der Haarbürste auf Maud.

»Sie hat sich wirklich gut eingelebt. Gut für sie. Also, was denkst du?«

»Mathew Street ist in Ordnung. Ich will mich einfach nur betrinken und Spaß haben. Es ist mir egal, wohin wir gehen.« Joni sah von Sam zu Maud. »Im Ernst, kannst du sie dazu bringen, das woanders zu tun?«

Sam starrte Maud an. Maud starrte zurück. »Oh, okay. Maud, könntest du bitte ins Bad gehen, die Tür schließen und dich dort in Ruhe lecken? Du verärgerst unsere allzu gütige Gastgeberin.«

Maud faltete alle vier Pfoten unter sich und schloss die Augen. Die Katzenversion von »Leck mich am Arsch«. Nur eben auf die Art einer kultivierten älteren Katzendame.

***

Das neue Jahr brach mit einem Feuerwerk über dem Mersey an, das das Wasser bis hinüber nach Wirral glitzern ließ. Überall funkelte die Hoffnung auf einen Neuanfang, Fremde fielen sich in die Arme und Liebende küssten sich und wünschten einander ein frohes neues Jahr.

Joni und Sam umarmten sich um Mitternacht, bevor sie sich durch einen überfüllten Irish Pub auf die Straßen von Liverpool drängten, die von Partygästen bevölkert waren. Eine Gruppe von Mädchen mit weichem Liverpooler Akzent taumelte auf High Heels und in ultrakurzen Röcken mitten auf der Straße und sang »Auld Lang Syne«. Sie waren zu betrunken, um einen Gedanken daran zu verschwenden, dass sie dem eisigen Wetter kaum Kleidungsstücke entgegenzusetzen hatten.

Aus allen Kneipen und allen Clubs dröhnte Musik. Von überall hörte man die Liverpooler Fußballhymne »You'll Never Walk Alone«, die in der Ferne heulende Sirenen übertönte. Ein junges Paar küsste sich leidenschaftlich in einer Nische, ohne sich von dem Pfeifen vorübergehender Feiernder stören zu lassen. In einem Hauseingang hob ein junger, in einen schäbigen Schlafsack gehüllter Mann dankbar mit kalten Fingern die Münzen auf, die ihm ein gut gekleidetes Paar vor die Füße gelegt hatte.

Sam und Joni schlenderten Arm in Arm durch die Straßen und genossen die Atmosphäre: »Ich liebe diese Stadt … aber so was von«, lallte Sam, als sie auf die Taxischlange zusteuerten.

»Die beste Stadt der Welt«, antwortete Joni und rutschte auf einem weggeworfenen Döner aus. Sam kriegte sich nicht ein vor Lachen.

***

Am nächsten Morgen wachte Joni stöhnend auf. Ihr Kopf pochte, als sie vorsichtig die Augen öffnete und versuchte, sich auf die unbekannte Gestalt neben sich zu konzentrieren.

»Ach, wie süß.« Sam erschien mit zwei Tassen Kaffee an Jonis Zimmertür. »Siehst du? Sie mag dich wirklich.« Sie ließ sich auf das Bett plumpsen. Maud öffnete kurz ein Auge und schlief weiter.

»Was für eine Nacht!« Sam reichte Joni eine Tasse Kaffee.

»Wir haben uns betrunken. Und dann sind wir wieder nach Hause gegangen«, sagte Joni schnörkellos und rieb sich das Gesicht.

»Ja, aber es war trotzdem ein toller Abend«, sagte Sam begeistert.

»Ich wiederhole … Wir haben uns betrunken. Und dann sind wir wieder nach Hause gegangen.« Joni nippte an ihrem Kaffee.

Sam seufzte. »Was wollen wir heute machen?«

Joni nieste und griff nach einem Taschentuch vom Nachttisch. »Ich glaube, ich bin allergisch gegen deine Katze.« Sie schnäuzte sich kräftig und ärgerte sich, als sie dabei Kaffee auf die Bettdecke verschüttete.

»Nein, bist du nicht.«

»Ich habe aber ein paar Allergien.«

»Nein, hast du nicht.«

»Ich bin allergisch gegen Bananen.«

»Okay, dann passe ich auf, dass Maud in deiner Anwesenheit keine Banane isst.« Sam grinste über ihre schlagfertige Antwort.

Joni musste wider Willen lächeln. Sie drehte sich zu Maud, die es sich sehr bequem gemacht und ihren Kopf halb unter der Bettdecke vergraben hatte. »Man könnte sie fast niedlich finden, wenn sie nicht immer so ein missgelauntes Gesicht machen würde.«

»Werden wir langsam warm mit Maud? Hm?« Sam runzelte die Stirn. »Seit wann bist du eigentlich gegen Bananen allergisch?«

»Seit letztem Sommer. Da hatte ich eine heftige Reaktion. In Paddy's Bar.«

»Das war doch keine allergische Reaktion! Du hast vier Bananen-Daiquiris runtergekippt und musstest sie draußen genauso schnell wieder loswerden.«

»Das ist doch dasselbe.« Joni zwinkerte.

Sam schüttelte den Kopf. »Und was willst du heute machen? Ich habe noch ein paar Tage frei. Und ich will das Beste aus jedem einzelnen Tag rausholen.«

»Ich muss morgen wieder arbeiten. Ich würde gerne weiterschlafen.« Joni bemerkte ein Katzenhaar in ihrem Kaffee.

»Gut, aber wie wäre es, wenn wir nach dem Aufstehen einen langen Strandspaziergang machten, um einen klaren Kopf zu bekommen?«, fragte Sam.

»Okay, aber keine Kneipen.« Joni reichte Sam ihren Kaffee. »Da ist ein Katzenhaar drin.«

»Oder wie wär's, wenn ich dich zu einem Lunch im Pub einlade, aber ohne Alkohol?« Sam nahm den Kaffeebecher und fischte das Haar heraus, bevor sie ihn Joni zurückgab.

»Das kann ich doch nicht mehr trinken!« Joni sah Sam angewidert an.

»Es war nur ein Katzenhaar. Es wird dich nicht umbringen.«

»Es sind nicht die Katzenhaare, um die ich mir Sorgen mache. Du hast gerade den Finger in meinen Kaffee gesteckt.«

»Meine Finger sind sauber.« Sam untersuchte ihre eigene Hand. »Mann, bist du pingelig.«

Joni legte sich wieder hin und zog sich das Kissen über den Kopf. »Hau ab, du Spinnerin. Weck mich in einer Stunde.«

Sam salutierte, verließ den Raum und ließ die leise schnarchende Maud neben Joni zurück.

KAPITEL 35

Montag, 3. Januar 2005

Sheridan warf den Rest ihres Sandwiches in den Mülleimer und trank ihren Kaffee aus. Sie ging ihre E-Mails durch, als Anna hereinkam. »Ich habe gerade mit Rob gesprochen. Er fungiert als Opferschutzbeamter für die Eltern von Kate Armitage und hält sie auf dem Laufenden. Wir sind immer noch dabei, ihre und Ellie Sands' Familie und Freunde zu überprüfen. Ellie hat einen Bruder, der in Kanada lebt, ihre Eltern sind tot, und es sieht so aus, als wäre ihr einziger Angehöriger weit und breit ihr Neffe Miles. Von ihm gibt es weder bei PNC noch in irgendeiner anderen Datenbank auch nur die leiseste Spur. Von seiner Frau ebenso wenig.«

»Okay, halt mich auf dem Laufenden.« Sheridan wischte sich den Mund mit einem Taschentuch ab.

Anna setzte sich. »Wir haben ein paar von Livelys Geschäftspartnern gefunden, aber keiner macht den Mund auf. Sie sagen alle nur, dass sie ihn nicht so gut gekannt haben und sich kaum an ihn erinnern können. Einer von ihnen, ein

Typ namens Josh White, ist gerade im Knast. Ich habe Jules Mayfield damit beauftragt, ihn zu verhören.«

»Du warst fleißig.«

»Und jetzt ist Jules bei Livelys Pflegeeltern.« Anna trommelte auf den Schreibtisch. »Ich muss heute ein bisschen früher los, wenn das okay ist.«

»Ja, kein Problem. Alles in Ordnung?«

»Ich habe Zahnschmerzen und konnte gleich einen Termin bekommen.«

»Du siehst müde aus. Ist sonst alles in Ordnung, abgesehen von dem Zahn?«

»Ja, alles gut.«

»Okay. Ich habe dir Kathryn Pullmans Bericht per E-Mail geschickt, hast du ihn gesehen?«

»Ja, interessante Lektüre. Schade, dass Ellie Sands nichts sagen kann.«

»Schauen wir mal.« Sheridan atmete kräftig aus. »Sonst noch etwas?«

»Max hat sich gemeldet. Er ist morgen wieder da und will einen vollständigen Bericht.« Anna sah, wie sich Sheridans Gesicht verdüsterte. »Alles okay?«, fragte sie.

»Wir brauchen einen Durchbruch. Irgendetwas, woran wir uns wirklich festbeißen können.«

Sheridans Handy klingelte. »DI Holler.« Sie lehnte sich zurück. »Hey, Jules, wie geht's?« Sheridan schaute Anna an, während sie zuhörte. »Wie ist sein vollständiger Name und sein Geburtsdatum?« Sheridan griff nach ihrem Stift und schrieb die Daten auf. »Okay, ich gebe ihn bei PNC ein. Bist du jetzt auf dem Rückweg?« Sie klopfte mit ihrem Stift auf den Schreibtisch. »Gut, wir sehen uns gleich.«

Sie biss sich auf die Unterlippe und beendete das Gespräch. »Jules war bei Livelys Pflegeeltern. Vielleicht ist das der Durchbruch.«

KAPITEL 36

Sheridan atmete ein, bevor sie die Informationen an Anna weitergab. »Jules sagt, Alan Martin – John Livelys Pflegevater – hat die ganze Zeit über Lively hergezogen. Was für ein kleiner Scheißer das gewesen sei, als er bei ihnen lebte, dass er getrunken, Drogen genommen und geklaut habe. Aber Martin hat das auch über die anderen Kinder gesagt, die sie in Pflege hatten. Es seien alles Lügner gewesen, denen man nicht trauen konnte. Er und seine Frau hätten das mit der Pflege deswegen aufgegeben.«

»Ich nehme an, sie haben Lively nicht mehr gesehen, seit er von ihnen weggegangen ist?«, fragte Anna.

»Stimmt. Aber Jules glaubt, dass an Alan Martins Geschichte mehr dran ist.«

»Ich gebe ihn bei PNC ein.« Anna stand auf und ging zurück ins Großraumbüro.

Eine Stunde später war sie mit einem Ausdruck zurück. Sie setzte sich und sagte: »Ich habe ein wenig recherchiert. Alan Martin wurde am 15. Juni 1992 festgenommen. Verdacht des sexuellen Übergriffs auf einen Zwölfjährigen, eines seiner Pflegekinder. Ein Junge namens Richard Halford.«

Sheridan notierte sich etwas. »Ist es zu einem Prozess gekommen?«

»Nein, er wurde nie angeklagt. Der Junge zog seine Aussage zurück und Alan Martin stritt alles ab. Das war seine einzige Festnahme.«

»Was ist mit der Frau?«, fragte Sheridan.

»Ich dachte mir, dass du das fragen würdest. Nicht aktenkundig.«

Sheridan notierte sich wieder etwas. »Deshalb hat Alan Martin also gesagt, dass die Kinder allesamt Lügner waren. Und dass sie aus dem Grund keine Pflegekinder mehr aufgenommen hätten.« Sheridan ließ den Stift zwischen ihren Fingern hin und her gleiten. »Das macht ihn zu einem potenziellen Verdächtigen.« Sie bemerkte, dass Anna die Stirn runzelte. »Nehmen wir an, er hat John Lively sexuell missbraucht und Lively ist wieder bei ihm aufgetaucht und hat gesagt, dass er Anzeige erstattet. Vielleicht ist Alan Martin irgendwie in den Besitz einer Waffe gekommen, hat Lively erschossen, begraben und fertig.« Sheridan starrte auf die Notizen, die sie sich gemacht hatte. »Was denkst du?«

»Möglich wäre es. Er hätte zumindest ein Motiv gehabt.«

»Ja, aber das Ganze ist wackelig. Lass uns trotzdem alles über Alan Martin und seine Frau Judy herausfinden. Überprüf auch, ob Lively je einen sexuellen Übergriff gemeldet hat. Vielleicht hat er Anzeige erstattet, aber Alan Martin wurde nicht verurteilt oder nicht mal festgenommen. Ich bin mir zwar sicher, dass wir das inzwischen herausgefunden hätten, wenn es so gewesen wäre, aber kannst du es bitte trotzdem überprüfen? Ich will sichergehen, dass wir nichts übersehen.« Sheridan holte tief Luft. »Kannst du auch diesen Richard Halford ausfindig machen? Vielleicht verrät er uns, warum er seine Aussage damals zurückgezogen hat. Vielleicht hat Alan Martin ihn bedroht.« Sie setzte sich aufrecht hin. »Wenigstens habe ich Max dann morgen etwas zu erzählen.«

»Mache ich.«

»Danke, Anna.« Anna stand auf. »Ach, eins noch. Kannst du bitte auch Howard Cooke kontaktieren und ihn fragen, ob wir morgen bei ihm vorbeikommen können? Ich möchte wissen, ob Lively ihm und Kate gegenüber jemals erwähnt hat, dass er missbraucht wurde. Vielleicht hat er etwas gesagt, die beiden haben sich aber nicht weiter darum gekümmert. Das könnte ein Motiv für Lively gewesen sein, Kate zu erschießen. Vielleicht war er wütend auf sie, weil sie ihn nicht ernst genommen hat.«

»Ich kann ihn doch einfach am Telefon fragen.«

Sheridan schüttelte den Kopf. »Nein, ich möchte ihn sehen.«

Anna nickte. »Okay. Ich rufe ihn an, und dann gehe ich zum Zahnarzt, wenn das in Ordnung ist.«

»Natürlich. Wir sehen uns dann morgen früh.«

»Okay.« Anna klopfte gegen den Türrahmen und ging.

Sheridan überflog ihre Notizen und unterstrich Alan Martins Namen.

KAPITEL 37

Joni hatte Nachtschicht und war dabei, die Bewohner zu Bett zu bringen. Sie löschte das Licht im Zimmer von Mrs Overson und machte sich auf den Weg zur nächsten Bewohnerin, Alice Frank. Als sie an Ellie Sands' Zimmer vorbeikam, sah sie, wie sich Yvonne über Ellies Bett beugte und leise mit ihr sprach, während sie ihre Wange streichelte.

Alice saß auf ihrem Stuhl am Fenster. »Hey, Alice, wie sieht's aus? Zeit zum Schlafengehen?«

Alice stand auf. »Ich habe noch nicht zu Abend gegessen.« Sie ergriff Jonis Arm. »Ich hätte gerne Kartoffelpüree.« Alice lächelte. »Kartoffelpüree.«

»Sie haben um sechs zu Abend gegessen, Alice. Es gab Fischpasteten und die haben Ihnen sehr gut geschmeckt.« Joni legte die Hand auf Alices Schulter.

»Tatsächlich?« Alice tippte sich an die Stirn. »Matsch, ich hab Matsch im Kopf.« Joni half ihr beim Ausziehen. »Wie alt bist du?«, fragte Alice.

»Ich bin vierunddreißig.«

»Bin ich auch vierunddreißig?« Alice setzte sich aufs Bett. »Ich habe keine Ahnung.«

Joni half ihr unter die Decke und schaltete das Licht aus.

»Gute Nacht, Alice.«

»Gute Nacht«, antwortete Alice. »Mach keinen Pfeffer an mein Kartoffelpüree, ich mag Pfeffer nicht.«

Joni antwortete: »Das werde ich mir merken.« Sie schloss leise die Tür und ging den Korridor entlang, als sie plötzlich einen lauten Schrei hörte. Die Stimme kannte sie.

Joni eilte in Ellies Zimmer. Yvonne hatte sich über die Frau gebeugt, Mo stand neben dem Bett.

»Was ist los?« Joni ging zum Bett. Ellie weinte und schlug mit geballten Fäusten um sich.

»Sie ist schon den ganzen Tag so. Sie scheint verzweifelt zu sein.« Yvonne trat zurück, als Joni Ellies Hand ergriff.

»Hey, Ellie, ich bin's. Kommen Sie, beruhigen Sie sich.« Joni setzte sich auf das Bett und strich ihrem Schützling die Haare aus dem Gesicht.

Ellie ließ den Kopf zur Seite fallen. »Hooo, ho leid.« Die Mundwinkel fielen hinab und sie schloss die Augen.

»Was tut Ihnen leid, Ellie?« Joni sah Yvonne an. »Ich bleibe eine Weile bei ihr, sie wird schon wieder.«

»Bist du sicher? Ich kann ihr sonst auch ein Beruhigungsmittel geben«, sagte Yvonne.

»Nein, es ist in Ordnung, ehrlich. Es geht ihr bestimmt bald wieder besser«, antwortete Joni.

»Ich mag es nicht, wenn sie so verzweifelt ist. Ein leichtes Beruhigungsmittel wird ihr helfen.«

»Kann ich es erst mal versuchen? Und wenn das nicht funktioniert, geben wir ihr etwas zur Beruhigung, ja?«

»In Ordnung. Ich komme noch mal rein, bevor ich nach Hause gehe. Wen soll Mo für dich ins Bett bringen?«, fragte Yvonne, wohl wissend, dass Mo wahrscheinlich protestieren würde.

»Nur noch Margaret und Pauline, die anderen sind alle fertig.«

»Mo, können Sie die beiden bitte für Joni übernehmen?«

Mo nickte sichtlich genervt. Jetzt musste sie auch noch Jonis Arbeit übernehmen, weil die mal wieder Babysitterin bei der alten »Pissnelke« spielte.

»Ich komme noch mal hoch.« Nachdem Yvonne und Mo gegangen waren, nahm Joni den Notizblock aus Ellies Nachttisch. Sie schrieb das Datum und die Uhrzeit und dann die Worte, die Ellie geschrien hatte, hinein. *Hooo, ho leid.*

Ellie legte ihre Hand auf Jonis und dann auf den Block. Joni sah sie an. »Was soll ich schreiben, Ellie?«

»SCHEISSE, ICH NEIN, SCHIESSEN.« Ellies Stimme wurde lauter, als Joni die Worte niederschrieb.

»Was schießen?«

»PISS, PISST SCHIESSEN. SCHOSSEN.«

Joni schrieb es auf. Und dann sah sie es plötzlich. »Pistole«, wiederholte Joni. »Pistole und schießen.«

Ellie schlug mit dem Kopf auf das Kissen und schrie: »Jaaa, Pist, schießen.« Sie legte ihre Hand wieder auf den Notizblock.

»Ja, Sie wurden angeschossen. Und der Mann, der auf Sie geschossen hat, der ist tot.« Joni legte den Block neben Ellie.

»Neiiiin, Jooon, neiiiin.« Ellie verzog das Gesicht. Joni sah den Schmerz in ihren Augen, die entsetzliche Frustration darüber, dass sie die Worte, die sie sagen wollte, nicht artikulieren konnte.

»Ist schon gut, Ellie, ich verstehe Sie. Ich denke, das reicht erst mal, Sie müssen sich etwas ausruhen.« Joni legte den Block in die Schublade. Sie überlegte, ob sie das Alphabet mit Ellie ausprobieren sollte, aber die hatte die Augen geschlossen. Joni deckte sie zu und streichelte sanft ihren Arm, bis sie einschlief.

Dann ging sie in Yvonnes Büro.

»Ellie hat sich beruhigt. Sie ist eingeschlafen.« Joni lehnte sich gegen den Türrahmen. »Ich glaube, sie hat die Worte ›Pistole‹ und ›schießen‹ gesagt. Ich habe es aufgeschrieben.«

»Bist du sicher?«

»Ich glaube schon, ich hätte auch gerne noch das Alphabet ausprobiert, aber sie ist eingeschlafen.«

»Okay. Vielen Dank, Joni. Sie war vorhin sehr verzweifelt. Zum Glück reagiert sie auf dich.« Yvonne stand auf und schaute auf die Uhr. »Ich muss nach Hause, es war ein langer Tag. Kommst du zurecht?«

»Ja, natürlich, ich liebe die Nachtschicht.« Joni grinste.

»Hoffentlich bleibt es ruhig. Ruf mich an, wenn was ist.«

»Ich komme schon klar, geh nach Hause und schlaf ein bisschen.«

Joni begleitete Yvonne zur Tür und zündete sich draußen eine Zigarette an. »Gute Nacht«, rief sie Yvonne hinterher.

Sie sah zu, wie ihre Chefin vom Parkplatz fuhr, bevor sie in den Himmel blickte und Zigarettenrauch in die kalte Luft blies. Sie dachte an Ellie und wünschte sich, verstehen zu können, was sie zu sagen versuchte. Sie dachte darüber nach, was ihr passiert war. Zur falschen Zeit am falschen Ort. Sie hatte nur einkaufen wollen und war von einer verirrten Kugel getroffen worden. *So etwas kann man sich gar nicht ausdenken*, dachte Joni. *Wie wahrscheinlich ist das?* Sie zog den Rauch tief in die Lunge. Morgen würde sie mit dem Rauchen aufhören. Definitiv.

KAPITEL 38

Dienstag, 4. Januar

Max Hall ging mit seinem Kaffee den Korridor entlang, an Sheridans leerem Zimmer vorbei und weiter zum Großraumbüro. Dort arbeitete eine Handvoll Detectives, einige waren am Telefon, andere am Computer.

Sheridan sah auf und nickte Max zu. »Morgen, Boss. Geht's dir gut?«

»Nein, ich fühle mich beschissen. Ich werde diese grässliche Erkältung einfach nicht los. Wie läuft's?«

»Ganz gut. Wir haben einen Verdächtigen.« Sheridan nahm ihre Notizen und setzte sich ihm gegenüber.

»Okay, gut. Bring mich auf den neuesten Stand.« Max nippte an seinem Kaffee.

»Erst haben wir eine Reihe von Livelys Partnern ausfindig gemacht. Keiner von ihnen hat den Mund aufgemacht. Einer ist im Gefängnis, der wird heute befragt.« Sie überprüfte ihre Notizen. »Jules Mayfield hat Livelys Pflegeeltern, Alan und Judy Martin, aufgesucht. Alan Martin schimpfte in einer Tour über die Pflegekinder. Die meisten seien Lügner gewesen. Lively habe nichts als Ärger gemacht, getrunken, Drogen genommen, geklaut und so weiter und so fort. Wie sich bei unseren Nachforschungen herausgestellt hat, wurde Alan Martin 1992 festgenommen, weil er ein Pflegekind sexuell missbraucht haben soll. Das Opfer war ein zwölfjähriger Junge namens Richard Halford, der später seine Aussage zurückzog. Martin stritt alles ab. Es kam nie zu einer Anklage. Offensichtlich hat das Ehepaar danach keine Kinder mehr in Pflege genommen. Sie sind immer noch verheiratet und leben zusammen. Judy Martin ist sauber.«

»Okay, ihr haltet es für möglich, dass Lively von Alan Martin sexuell missbraucht worden sein könnte? Und dass er ihm vielleicht Jahre später mit einer Anzeige gedroht hat?«

»Ja. Wir versuchen gerade, Richard Halford aufzustöbern, um herauszufinden, warum er damals die Anzeige zurückgezogen hat. Außerdem lasse ich prüfen, ob Lively jemals einen sexuellen Übergriff gemeldet hat. Vielleicht hat er es getan und es dann aber nicht durchgezogen. Anna und ich fahren gleich zu Howard Cooke, weil wir wissen wollen, ob Lively ihm gegenüber jemals erwähnt hat, dass er in seiner Pflegefamilie missbraucht worden ist.«

»Alan Martin käme also als Mörder von Lively in Betracht. Vielleicht hat der Kerl Kate erzählt, dass Alan Martin ihn missbraucht hat, aber sie hat nie etwas deshalb unternommen? Etwas in der Art.« Max rieb sich die Schläfen. Sheridan fand, er hätte zu Hause bleiben sollen.

»Ja, genau das haben wir auch gedacht, und deshalb fahre ich gleich mit Anna zu Howard Cooke«, antwortete Sheridan.

»Gut. Klingt, als hättest du alles im Griff.« Max stand auf. »Ich bin in meinem Büro, halt mich auf dem Laufenden.«

»Max?« Sheridan stand ebenfalls auf.

Ihr Chef drehte sich um. »Ja?«

»Geht es dir gut?«

»Ja. Kümmere dich nicht um mich. Ich fühle mich einfach nicht so prall.« Er nahm seinen Kaffee und ging zurück in sein Büro.

Sheridan sah sich im Raum um und betrachtete ihre fleißigen Kolleginnen und Kollegen, die an x Details ackerten. Sie liebte ihre Arbeit.

Etwas später kam Anna in Sheridans Büro. Eine Gesichtshälfte war geschwollen.

»O Mann, du siehst schlimm aus!«, sagte Sheridan mitfühlend.

»Danke, ich musste mir einen Zahn ziehen lassen. Es hat eine Stunde gedauert und es tut höllisch weh. Hast du mit dem DCI gesprochen?« Anna berührte ihre Wange mit dem Zeigefinger.

»Ja, ich habe ihm berichtet, wo wir stehen und was wir vorhaben. Hast du Schmerzmittel dabei?« Sheridan öffnete ihre Schreibtischschublade.

Anna hob abwehrend die Hand. »Nein, mir geht's gut, ehrlich. Ich habe eine hohe Schmerztoleranz. Und es tut nur weh, wenn ich lächle.« Sie zuckte zusammen.

»Kannst du denn mit zu Howard Cooke kommen?«

»Ja, kein Problem. Ich muss vorher nur noch schnell aufs Klo.«

KAPITEL 39

Howard holte tief Luft, bevor er seine Haustür öffnete. »Guten Morgen, Ma'am. Guten Morgen, Sergeant. Bitte kommen Sie herein.«

»Alte Gewohnheiten lassen sich schwer ablegen, stimmt's?« Sheridan wischte sich die Schuhe ab und trat in den Flur.

»Wie meinen Sie das?« Howard schloss die Tür hinter Anna.

»Sie müssen mich nicht ›Ma'am‹ nennen. Das ist nicht nötig. Sie können mich Inspector oder Sheridan nennen, wie Sie wollen.«

Howard führte sie ins Wohnzimmer. »Ich glaube, das käme mir respektlos vor. Bitte kommen Sie herein. Setzen Sie sich. Kann ich Ihnen etwas zu trinken bringen? Tee, Kaffee?«

»Für mich nicht, danke.« Anna setzte sich in den Sessel am Fenster. Ein heißes Getränk schien ihr zu riskant. Sie hatte schreckliche Schmerzen.

»Für mich auch nicht, danke.« Sheridan zog ihren Notizblock aus der Tasche und setzte sich auf das Sofa.

Howard ließ sich in dem Sessel neben dem Kamin nieder. »Also, wie kann ich Ihnen helfen?«

»Wir haben uns bei John Livelys alten Geschäftspartnern umgehört«, begann Sheridan. »Wie Sie sich vorstellen können, sind die nicht sehr gesprächig. Die meisten behaupten, dass sie sich nicht an ihn erinnern können oder ihn schon Jahre vor seinem Tod nicht mehr gesehen haben. Wir haben auch mit Livelys Pflegeeltern, Alan und Judy Martin, gesprochen. Hat er sie Ihnen gegenüber jemals erwähnt?«

»Nicht, dass ich wüsste. Ich kann mich vage daran erinnern, dass er in einer Pflegefamilie war oder adoptiert wurde, aber ich glaube nicht, dass er darüber gesprochen hat. Das ist schon so lange her«, sagte Howard.

»Alan Martin wurde 1992 wegen eines sexuellen Übergriffs auf eines seiner Pflegekinder verhaftet. Auf einen Jungen. Aber der Fall wurde nicht weiterverfolgt. Wir werden mit ihm sprechen, aber ich frage mich, ob Lively mal angedeutet hat, in seiner Pflegefamilie missbraucht worden zu sein.«

»Nein, an so was kann ich mich nicht erinnern.« Howard schüttelte den Kopf.

»Wir wollen nur herausfinden, ob er es Kate erzählt haben könnte. Und ob sie es vielleicht aus irgendeinem Grund nicht weiterverfolgt hat. Dann könnte das ein Mordmotiv gewesen sein. Ich weiß, dass er einen Groll gegen sie hegte, aber mir ist nicht klar, woher dieser kam.« Sheridan achtete auf Howards Reaktion, auf irgendwas, womit er sich verraten könnte, wenn sie Kates Erschießung erwähnte. Aber diesmal ließ er sich nichts anmerken. Aber er verteidigte Kate sofort.

»Auf keinen Fall. Wenn er einem von uns gesagt hätte, dass er sexuell missbraucht worden ist, hätten wir die Sache weiterverfolgt. Kate war immer sehr proaktiv, wenn es um solche Dinge ging. Oder eigentlich bei allen Dingen, mit denen sie zu tun hatte.«

»Verstehen Sie mich nicht falsch, Howard. Ich stelle weder Kates noch Ihre Integrität infrage.« Sheridan schlug die Beine übereinander. »Ich muss nur wissen, ob Lively jemals etwas über seine Pflegeeltern gesagt hat. Und wenn es nur eine Andeutung gewesen ist.«

»Nein, ich kann mich wirklich nicht daran erinnern, dass er uns etwas in der Art gesagt hätte. Aber er hat Kate gehasst, und deswegen wäre sie wahrscheinlich die Letzte gewesen, der er so etwas erzählt hätte.«

»Warum hat er sie gehasst?«, fragte Anna und wünschte sich im selben Moment, sie hätte den Mund gehalten oder zumindest Sheridans Angebot eines Schmerzmittels angenommen.

»Kate hat ihn zweimal wegen Dealerei ins Gefängnis gebracht. Er hat ihr die Schuld daran gegeben, dass es ihm im Knast so dreckig gegangen ist. Ich weiß nicht warum, denn viele von uns hatten mit ihm zu tun, und wir hatten alle einen Anteil daran, dass er im Gefängnis gelandet ist. Aber er hat es nur an ihr ausgelassen.« Howard spürte, wie sich seine Brust zusammenzog. Tränen stiegen ihm in die Augen und er stand eilig auf. »Entschuldigen Sie mich einen Moment.« Er ging ins Badezimmer und musste sich auf dem Waschbecken abstützen, während ihn seine Gefühle übermannten.

Anna beugte sich vor und flüsterte Sheridan zu: »Er sieht so anders aus, als ich ihn in Erinnerung habe. Er ist *unglaublich* gealtert.«

Sheridan dachte einen Moment lang nach. »Ich traue ihm immer noch nicht.«

»Wirklich nicht?« Anna behielt die Tür im Auge.

Howard putzte sich die Nase und spritzte sich Wasser ins Gesicht. Nach einem Kontrollblick in den Spiegel ging er ins Wohnzimmer und setzte sich. »Tut mir leid.«

»Keine Ursache. Ich verstehe, wie schwer das für Sie ist, Howard, ehrlich. Waren Sie je in Therapie?«, fragte Anna.

»Ja, ein paar Stunden nach Kates Tod. Aber um ehrlich zu sein, war ich damals noch nicht in der Lage, darüber zu sprechen.« Er wischte sich übers Gesicht.

»Und jetzt?«, fragte Sheridan.

»Jetzt komme ich damit klar.« Er sah sie an. »Aber trotzdem danke.«

»Wir haben Ihre Zeit lange genug in Anspruch genommen.« Sheridan stand auf. »Bitte rufen Sie mich an, wenn Ihnen noch etwas einfällt.« Sie folgte ihm in den Flur.

»Passen Sie auf sich auf, Howard«, sagte Anna, als sie zur Tür hinausgingen.

»Ja, mache ich. Und wie ich schon gesagt habe, wenn ich Ihnen irgendwie helfen kann, lassen Sie es mich bitte wissen.«

»Mein Gott, sieht der mitgenommen aus.« Anna sah zurück zum Haus.

Sheridan seufzte. »Wie wirkt er auf dich?«

»Wie ein gebrochener Mann. Ich halte ihn für aufrichtig. Und so ungern ich dir widerspreche, aber ich glaube nicht, dass er etwas mit Livelys Tod zu tun hat«, sagte Anna. Sie hatte bei jedem Wort Schmerzen.

Sheridan ließ den Motor an. »Es ist erlaubt, mir zu widersprechen, weißt du.« Sie lächelte, und als Anna zurücklächelte, sagte sie: »Aber lass es nicht einreißen.«

KAPITEL 40

Sam stellte Mauds Schüssel auf den Küchenboden und sah zu, wie die Katze ihr Abendessen verschlang. *Zartes Rindfleisch in saftigem Gelee.*

»Ich bezweifle, dass da viel Rindfleisch drin ist«, murmelte Sam.

Joni kam herein, noch in Schlafanzughose und T-Shirt.

»Na, wie war deine Nachtschicht?«, fragte Sam und füllte den Wasserkocher.

»Lang.« Joni gähnte. »Ellie war sehr aufgeregt, als ich ankam. Ich musste sie beruhigen.«

»Worüber hat sie sich denn so aufgeregt?«

»Wer weiß das schon. Vielleicht ist sie frustriert, weil sie nicht mit uns kommunizieren kann. Wir verstehen sie einfach nicht, obwohl ich ziemlich sicher bin, dass sie ›schießen‹ gesagt hat.«

»Hast du es noch einmal mit dem Alphabet versucht?«

»Nein, ich wollte sie nicht überstrapazieren. Vielleicht versuche ich es heute Abend wieder. Ich mache mir Sorgen, dass Ellie wieder durchlebt, was ihr passiert ist. Ich mag den Gedanken nicht, dass ich sie mit alldem vielleicht nur vergeblich aufrege. Aber manchmal sieht sie mich so an, als wollte sie mir etwas sagen.«

Sam hob die Augenbrauen. »Glaubst du, Ellie wird jemals richtig sprechen können?«

»Nein. Ich bin keine Expertin, aber sie ist jetzt schon so lange in diesem Zustand und ihr Redevermögen wird nicht besser.«

»Aber sie spricht die Worte ›pisst‹ und ›schießen‹ deutlich aus?«

»Fast. Aber ich kann keinen Zusammenhang erkennen.«

»Weißt du, ich würde dir gerne helfen. Ich könnte mit dir zur Arbeit kommen, und dann schauen wir mal, wie sie auf mich reagiert. Natürlich ist es etwas ganz anderes, aber ich bringe Kindern Lesen und Schreiben bei. Vielleicht finde ich einen Weg, mit dem sie sich dir verständlich machen kann.«

»Das würdest du für mich tun?«

»Ja, klar. Du bist meine beste Freundin. Und so was tut man nun mal für seine beste Freundin. Ich kreise nicht den ganzen Tag um mich selbst, auch wenn du das vielleicht denkst. Außerdem bin ich immer dafür, der Polizei bei ihren Ermittlungen zu helfen.«

»Du bist wirklich große Klasse.«

»Also … wann soll ich reinkommen?«

»Lass mich nachdenken. Ehm, überhaupt nicht.«

»Was?«

»Du hoffst doch nur, dass die heiße Kommissarin da ist.«

»Welche heiße Kommissarin?« Sam hob die Hände.

»Sheridan Holler.«

»Deine Unterstellung verletzt mich zutiefst. Da versuche ich völlig uneigennützig, meinen Beitrag zur Lösung dieses Falls zu leisten, will meine kostbare Zeit opfern und meine jahrelange Erfahrung einbringen und was machst du? Beschuldigst mich, mit der heißen Kommissarin anbandeln zu wollen. Ich bin zutiefst schockiert. Schockiert, jawohl.«

Joni begann, langsam zu klatschen. »Bravo! Was für eine gelungene Vorstellung!«

Sam machte einen übertrieben tiefen Knicks. »Danke.«

KAPITEL 41

Freitag, 7. Januar

Sheridan sah auf, als Anna ihr Büro betrat mit den Worten: »Bereit für schlechte Nachrichten?«

Sheridan seufzte. »Leg los.«

»Richard Halford, das ist der, der Alan Martin als Zwölfjähriger beschuldigt hat, ihn sexuell missbraucht zu haben, hat vor vier Jahren Selbstmord begangen.« Anna setzte sich. »Er lebte auf einer Farm in Schottland und erhängte sich an einem Baum. Er hat keinen Abschiedsbrief hinterlassen. Anscheinend hatte er psychische Probleme, eine Vorgeschichte, was Selbstverletzungen angeht, und war ein Einzelgänger.«

»Mist.« Sheridan verschränkte die Hände hinter dem Kopf. »Okay, was noch?« Sie seufzte.

Anna fuhr fort. »Jules war im Gefängnis bei Josh White. Er hat nur gesagt, dass er Lively aus der Nachbarschaft kannte und wusste, dass er drogensüchtig war. Er fand, dass er, ich zitiere, ›ein beschissener Loser war, aber wenigstens hat er eine korrupte Bullensau getötet, also war er nicht nur schlecht‹.«

»Korrupt?«

»Du weißt doch, wie diese Scheißkerle sind. Die halten uns alle für korrupt.«

»Ja, stimmt. Wir machen mit den anderen Spuren weiter, mal schauen, was wir noch finden.«

KAPITEL 42

Samstag, 8. Januar

Joni schaute auf ihre Uhr. Es war zwei Uhr morgens, und sie war hellwach. Alle Bewohner schliefen, und sie hatte ihren gesamten Papierkram erledigt. Als sie sich einen Kaffee einschenkte, hörte sie Mo in den Pausenraum kommen.

»Ich hasse Nachtschichten.« Joni sah auf, als Mo sich in den Sessel plumpsen ließ. »Willst du einen Keks?«

»Nein, danke«, sagte Joni. »Willst du einen Kaffee?«

»Ja, warum nicht?« Mo kramte in ihrer Tasche und holte ihre Brotdose heraus.

»Wie geht es Harry?«, fragte Joni, während sie das Wasser wieder erhitzte.

»Gut.«

»Denkt ihr daran zusammenzuziehen?«

»Bloß nicht, ich brauche meine eigene Wohnung.«

»Wo wohnt er?«

»In Chester, glaube ich.«

»Lebt er allein?«

»Nein, er wohnt mit ein paar Kumpels zusammen.«

»Wie sieht seine Wohnung aus?«

»Ich weiß es nicht. Ich war noch nie dort. Er kommt immer zu mir.«

Joni musste daran denken, dass alle davon ausgingen, dass Harry Minton verheiratet war. Angesichts dessen, was Mo erzählte, war Joni überrascht, dass ihre Kollegin das nicht auch sehen konnte. Es war so offensichtlich.

»War er jemals verheiratet?«, fragte Joni.

»Er ist geschieden. Und überhaupt, was sollen die ganzen Fragen?« Mo nahm den Kaffee an, den Joni ihr reichte, und tunkte einen Keks hinein.

»Reines Interesse. Wir haben noch nie so richtig über ihn gesprochen. Ihr versteht euch wohl echt gut?«

»Ja, das stimmt. Er ist nicht wie die meisten meiner Verflossenen, die nur an sich selbst interessiert waren. Er erkundigt sich immer nach allem. Und er erträgt mein Gejammer über diese blöde Arbeit.«

Joni setzte sich wieder. »Warum suchst du dir nicht etwas anderes, wenn du es hier so blöd findest?«

»Mache ich vielleicht. Aber man gewöhnt sich einfach an einen Job und weiß, wie alles gemacht wird, und hat keine Lust mehr, zu Vorstellungsgesprächen zu gehen und Bewerbungsformulare auszufüllen und so.« Mo bemühte sich, den eingetauchten Keks herauszufischen, der in ihren Kaffee gefallen war. »Scheiße, verdammt.«

Joni sagte nichts, und sie saßen eine Weile schweigend da.

»Was ist eigentlich aus Harrys Mutter geworden?«, fragte Joni schließlich.

»Wie meinst du das?«

»Er ist doch damals hergekommen, weil er ein Heim für seine Mutter gesucht hat, oder?«

»Keine Ahnung. Ich glaube, sie ist gestorben«, sagte Mo. »Und? Was ist mit dir? Kein Mann in Sicht?« Mo leckte sich Kaffee und Kekskrümel von den Fingern.

»Nein, noch nicht. Ich bin auch als Single glücklich.« Joni lehnte den Kopf zurück.

»Lebst du nicht mit einer Lesbe zusammen?«

»Ja, mit meiner Schulfreundin Sam.«

»Steht sie denn nicht auf dich?«

»Nein, so ist es nicht. Wir kennen uns, seit wir klein sind. Sie ist meine beste Freundin.«

Mo hob die Augenbrauen. »Ach, ja?«

Joni hatte Lust, Mo den Mittelfinger zu zeigen. Aber sie besann sich eines Besseren. »Ich drehe eine Runde und gucke, ob es allen gut geht.«

»Wie du willst. Ich mache mich über meine Sandwiches her«, antwortete Mo und legte Chips zwischen zwei Scheiben Weißbrot.

Joni ging ohne ein weiteres Wort hinaus. *Was für eine dumme Kuh!*

Sie ging von Zimmer zu Zimmer. Das Knarren der Dielen unter ihren Füßen war nicht laut genug, um jemanden zu wecken. Als Joni Ellies Tür öffnete, fiel das Flurlicht auf deren Gesicht. Ellie war wach. »Alles okay, Ellie?«

»Naaaaa«, rasselte Ellies Stimme.

Joni ging zu ihr. »Was ist los?«

»Joooo nich schieß.« Ellie hob den Kopf aus dem Kissen und ließ ihn wieder fallen.

Joni holte den Notizblock aus dem Nachtschrank und schrieb die Worte auf. Ihr fiel auf, dass Ellie in den letzten paar Nächten etwas Ähnliches gesagt hatte.

»Schießen, ist es das, was du sagen willst?« Joni beugte sich zu ihr hinunter.

»Johhhhhn … nich schieß mich.«

Joni runzelte die Stirn. »Willst du damit sagen: John hat auf mich geschossen?« Joni war überrascht, dass Ellie sich noch an den Namen »John« erinnerte.

»Naaaiiiiinnn.« Ellie schlug ihren Kopf wieder auf das Kissen. »Naaiinn, John Live nich schieß mich.«

Joni schrieb die Worte schnell auf. Sie musste sie sofort aufschreiben, denn sie würde sich später mit Sicherheit nicht an den genauen Wortlaut erinnern können. Dann sah sie auf die Worte hinunter. »Ellie.« Sie war nur ein paar Zentimeter vom Gesicht der alten Frau entfernt. »Willst du damit sagen, dass John Lively dich *nicht* angeschossen hat?« Joni wartete.

»Jaaaaa. Saageeen.« Ellie drehte ihren Kopf zur Seite, und Joni bemerkte, dass ihr Tränen über das Gesicht liefen.

»Das willst du wirklich sagen?«, fragte Joni noch einmal.

»Jaaaa.« Ellies Mundwinkel sanken hinab und sie schloss die Augen.

Joni lehnte sich zurück und starrte sie an. Sie legte den Notizblock auf ihren Schoß und las die Worte noch einmal.

»Himmel noch mal!«

KAPITEL 43

Als Yvonne an diesem Morgen um sieben Uhr durch die Glastür trat, war sie überrascht, dass Joni noch da war.

»Alles in Ordnung?«, fragte sie. Joni folgte ihr ins Büro.

»Ich war gestern Nacht bei Ellie, und ich glaube, sie wollte mir sagen, dass John Lively sie nicht angeschossen hat.« Joni schaute auf ihren Notizblock. »Sie sagte so etwas wie: ›Naaiinn, John Live nich schieß mich.‹ Und als ich sie fragte, ob sie meinte, dass John Lively nicht auf sie geschossen hat, sagte sie Ja. Es war kein klares Ja, aber ich bin mir ziemlich sicher, dass sie das gemeint hat.«

Yvonne öffnete ihre Schreibtischschublade und nahm die Karte von Sheridan Holler heraus. »Dann solltest du wohl die Kommissarin anrufen.« Sie reichte Joni die Karte.

»Es ist Samstag. Vielleicht ist sie nicht im Dienst.«

»Sie ist Polizeibeamtin. Ich bin sicher, sie ist immer im Dienst. Du kannst sie von hier aus anrufen, wenn du willst.« Yvonne drehte ihr Tischtelefon zu Joni.

»Es ist noch ein bisschen früh. Ich rufe sie später von zu Hause an.«

»Okay.« Yvonne hielt Joni die Karte hin, sodass sie Sheridans Handynummer abschreiben konnte.

»Jetzt mach Schluss, du musst erschöpft sein.«

»Ja, ich bin ziemlich geschafft.« Joni drehte sich um und ging aus der Tür.

»Joni?«

»Ja?«

»Bitte informiere mich über alles, was Sheridan Holler sagt.«

KAPITEL 44

Sheridan stieg aus der Dusche und wickelte sich ein Handtuch um die Taille. Sie betrachtete ihr Spiegelbild und bemerkte, dass sie sehr müde aussah. Sie trocknete sich ab und zog sich eine Jeans und ein weißes Granddad-Hemd an. Nachdem sie einen Zettel an den Kühlschrank geklebt hatte, auf dem stand, dass sie Klamotten aus der Reinigung abholen musste, goss sie sich ein Glas Orangensaft ein. Ihr Diensthandy klingelte. »DI Holler.«

»Oh, hallo. Hier ist Joni Summers vom Pflegeheim Drei Linden.«

»Hi, Joni. Ist alles in Ordnung?«

»Ja. Ich hoffe, es ist nicht schlimm, dass ich Sie am Samstag anrufe. Es geht darum, dass Ellie etwas gesagt hat, was Sie wissen müssen. Ich habe es alles aufgeschrieben.«

»Okay … was hat sie denn gesagt?«, fragte Sheridan.

Joni erzählte ihr von dem Gespräch mit Ellie.

»Wann kann ich zu Ihnen kommen?«, fragte Sheridan, die sich unbedingt Jonis Notizen ansehen wollte. Joni versicherte ihr, dass sie gleich kommen könne, obwohl sie gerade ihre Nachtschicht beendet hätte.

Sheridan notierte sich Jonis Adresse und schnappte sich ihren Mantel.

KAPITEL 45

Joni hatte die letzte halbe Stunde damit verbracht, die Wohnung aufzuräumen, die Kissen auf dem Sofa in Form zu klopfen, das Badezimmer sauber zu machen und blauen Toilettenreiniger in die Schüssel zu spritzen. Dann legte sie den Notizblock auf den Couchtisch, wo Maud ihn etwas herablassend beschnupperte.

Sie wischte das Display ihres Handys an ihrem Oberteil ab. Gerade als sie Sam schreiben wollte, klopfte es an der Tür.

Sheridan stand davor. »Hallo. Bitte kommen Sie rein.« Joni zog die Tür weit auf und warf noch einen Blick nach draußen, um zu sehen, ob Sam vom Einkaufen zurückkam.

»Hallo. Vielen Dank, dass Sie mich angerufen haben.« Sheridan betrat den Flur und folgte Joni ins Wohnzimmer. »Hallo Katze.« Sie streichelte Maud über den Kopf und hatte auf Anhieb eine neue Freundin.

»Das ist Maud, die Katze meiner Mitbewohnerin«, sagte Joni. »Kann ich Ihnen etwas zu trinken anbieten?«

»Kaffee wäre gut, aber ich will Sie nicht aufhalten.«

»Oh, ist völlig okay. Ich gehe etwas später schlafen.« Joni reichte Sheridan ihren Notizblock, die sich damit auf das Sofa setzte. »Das sind die Notizen, die ich mir gemacht habe. Ich hole den Kaffee. Mit Zucker?«

»Nein, danke. Nur mit Milch.« Sheridan begann, die scheinbar zufälligen Worte zu lesen, die Joni während ihrer Gespräche mit Ellie aufgeschrieben hatte. Nur wenige ergaben einen Sinn, obwohl Joni in Klammern daneben geschrieben hatte, was Ellie ihrer Meinung nach hatte sagen wollen. Sheridan blätterte die Seiten langsam um.

Die Haustür öffnete sich, und Sam ging schnurstracks in die Küche, offensichtlich ohne zu bemerken, dass Sheridan im Wohnzimmer war. »Das ist doch Wahnsinn! Fünf verdammte Pfund für ein Glas Kaffee.« Sie stellte die Tüte auf der Arbeitsplatte ab. »Die verarschen uns doch!«

Joni deutete Richtung Wohnzimmer: »Detective Holler ist hier«, flüsterte sie.

»Was?« Sam lugte durch den Spalt in der Wohnzimmertür. Ihre Augen weiteten sich. »Ist was passiert?«

»Nein, nichts Schlimmes. Nur dass Ellie gestern Abend ein paar Worte gesagt hat, und Detective Holler will sie mit mir durchgehen.« Sie bedeutete Sam, schon mal ins Wohnzimmer vorzugehen. »Willst du auch einen Kaffee?«

»Total gerne.« Sam grinste Joni an und strich sich die Haare zurück, bevor sie die Bühne betrat.

»Hallo, ich bin Sam. Jonis Mitbewohnerin.« Sheridan stand auf, und die beiden Frauen gaben sich die Hand.

»Hallo ... Wir kennen uns doch schon?« Sheridan brauchte einen Moment, um einordnen zu können, woher Sam ihr bekannt vorkam. »Aus dem Pflegeheim.«

»Ja, ich habe Joni ihr vergessenes Handy gebracht.«

Sheridan setzte sich wieder. Maud nutzte die Gelegenheit, um ihren Kopf gegen ihre Hand zu schmiegen.

»Tut mir leid. Maud, bitte ... Sie ist manchmal etwas aufdringlich.« Sam ging hin, um die Katze wegzunehmen, aber Sheridan stoppte sie.

»Ist vollkommen okay. Ich liebe Katzen.« Sheridan streichelte Maud. Die fand den Schoß der Fremden so verlockend, dass sie hochsprang und sich schnurrend zusammenrollte.

Joni kam herein, stellte die Kaffeetassen vor die beiden Frauen, holte sich ein Glas Wasser und setzte sich.

»Sie glauben, dass Ellie versucht zu sagen, dass John Lively sie nicht angeschossen hat?« Sheridan angelte Jonis Notizblock vom Couchtisch, ohne Maud zu verscheuchen.

»Ja. Wenn Sie sich den letzten Eintrag ansehen, da habe ich etwas wie ›John Live nich schieß mich‹ aufgeschrieben. Ich habe sie gefragt, ob sie meinte, dass John Lively sie nicht angeschossen hat, und sie hat Ja gesagt.« Sie warf Sam einen Blick zu, die angesichts dieser neuen Enthüllung überrascht die Augenbrauen hochzog.

Joni fuhr fort. »Ellie ist seit Ihrem Besuch sehr aufgeregt, ihre Sprache ist lebhafter und sie weint viel.«

»Sie kennen Ellie besser als alle anderen. Glauben Sie wirklich, dass sie das gemeint hat?« Sheridan streichelte Mauds Kopf.

»Ja, ich bin mir sicher. Na ja, nicht hundertprozentig. In der einen Minute klingt es irgendwie verständlich, was sie sagt, und in der nächsten schreit sie etwas, das absolut keinen Sinn ergibt. Das haben Sie ja selbst erlebt.«

Sheridan nickte und vertiefte sich in Jonis Notizen. »Die Sache ist die: Ellie Sands wurde von einer verirrten Kugel erwischt. John Livelys Ziel war Kate Armitage, und Ellie ging zufällig auf dem Supermarktparkplatz neben ihr her.« Sie hielt inne. »Hat Ellie jemals den Namen von John Lively erwähnt, bevor wir da waren?«

»Nein, letzte Nacht zum ersten Mal.« Joni gähnte unwillkürlich.

»Okay. Als wir ihr gegenüber seinen Namen erwähnten, scheint sie sich an alles erinnert zu haben. Vielleicht wollte sie einen Satz sagen wie: *John Lively hat nicht auf mich geschossen.*« Sie sah Joni an: »Könnte das sein?«

»Ja, könnte sein. Sie wissen ja, wie zusammenhanglos ihre Sätze scheinen«, antwortete Joni plötzlich ernüchtert. Sie fragte sich verlegen, ob sie Sheridan vielleicht umsonst angerufen hatte.

Die Polizistin trank einen Schluck Kaffee. Sie ließ das erst mal sacken und dachte darüber nach.

»Darf ich Sie etwas fragen?« Joni war etwas befangen und zog die Beine unter sich.

»Klar.« Sheridan nickte.

»Ich weiß, dass Sie mir keine Einzelheiten mitteilen können. Aber gibt es Zweifel, ob John Lively auf die Polizistin und Ellie Sands geschossen hat?«

»Alle Beweise deuteten damals auf ihn hin. Andererseits besteht immer das Risiko, dass etwas nicht zusammenpasst oder etwas übersehen wird. Aber um ehrlich zu sein, sind wir in diesem Fall ziemlich sicher, dass er es war. Haben Sie was dagegen, wenn ich das abfotografiere?« Sie hielt den Block hoch, sodass Maud den Kopf hob.

»Nein, natürlich nicht.«

»Danke.«

Als Sam merkte, dass Sheridan mit Fotografieren beschäftigt war, schaute sie Joni an und machte eine kaum wahrnehmbare Kopfbewegung Richtung Tür. Die Geste war unmissverständlich: *Geh ins Bett.*

Joni gähnte ausgiebig und stand auf. »Wenn Sie mich nicht mehr brauchen, gehe ich jetzt schlafen. Ich habe heute Abend wieder Nachtschicht.«

»Oh, ja, ich wollte sowieso gerade gehen. Ich habe Sie schon zu lange wachgehalten.« Sheridan kraulte sanft Mauds Kopf. Die schloss die Augen, offensichtlich mit dem Gefühl, sich im Katzenhimmel zu befinden.

»Aber trinken Sie wenigstens noch in Ruhe Ihren Kaffee aus. Und dann viel Glück, wenn Sie Maud sagen müssen, dass sie aufstehen soll. War das jetzt Zeitverschwendung für Sie?«

»Auf keinen Fall, so etwas ist immer sehr hilfreich. Wenn Ellie noch etwas sagt, das Sie für wichtig halten, zögern Sie nicht, mich anzurufen. Jederzeit. Tag und Nacht.«

»Danke … Na dann, gute Nacht.« Joni zwinkerte Sam zu und verließ den Raum.

»Gute Nacht«, antworteten Sam und Sheridan unisono.

Maud streckte sich und schlief wieder ein. »Eure Katze hat einen coolen Namen.« Sheridan verdrehte den Kopf, um Mauds Gesicht zu betrachten.

»Sie ist nach meiner verstorbenen Tante Maud benannt. Wegen der Schnurrhaare.«

Sheridan lachte laut auf und hielt sich dann die Hand vor den Mund. »Tut mir leid.« Sie sah zur Tür. Joni musste ja eine Chance bekommen einzuschlafen.

»Möchten Sie noch einen Kaffee?« Sam hoffte, dass Sheridan noch ein wenig länger bleiben würde.

»Gerne. Aber nur, wenn wir uns dann auch duzen.«

Während Sam in der Küche verschwand, ließ Sheridan den Blick durch den Raum schweifen. Auf der Anrichte standen gerahmte Fotografien. Joni und Sam als Wonder Woman und Catwoman verkleidet in einem Club. Ein Bild von Maud zwischen den Überresten eines Jaffa Cakes. Eines von Sam schlafend auf dem Sofa mit Maud unter dem Arm. Sheridan kicherte bei dem Anblick.

Sam kam mit dem Kaffee zurück. »Möchtest du was dazu? Wir haben allerdings nur Jaffa Cakes. Joni und Maud haben eine Schwäche für das Zeug.«

»Nein, danke, ich versuche, auf mein Gewicht zu achten.« Sheridan klopfte sich auf den Bauch.

»Wirklich? Und warum? Du hast doch eine …« Sam verhaspelte sich. »Das hast du doch nicht nötig.«

»Und was machst du beruflich?«, wechselte Sheridan das Thema, obwohl sie das eigentlich gar nicht wollte.

»Ich bin Lehrerin an der Avery-Grundschule.«

»Wirklich?«

»Das klingt so überrascht.«

»Du siehst einfach nicht wie eine Lehrerin aus. Meine sahen eher so aus, wie ich mir deine Tante Maud vorstelle.«

Sam grinste. »Und ich habe mir alle Kommissare wie Columbo mit seinem Lolli vorgestellt.«

»Das ist Kojak.«

»Ach so. Welcher ist Columbo noch mal?«

»Weiter beiger Mantel, Glasauge.«

»Der mit der Glatze?«

»Nein, das ist auch wieder Kojak.«

Sam schwirrte der Kopf. »Ah, okay, jedenfalls siehst du keinem von beiden ähnlich.«

Sheridan lachte. »Ich nehme das jetzt mal als Kompliment.«

»Wie lange bist du denn schon bei der Kripo?«

Sie sprachen über Sheridans dreiundzwanzigjährige Dienstzeit, darüber, wie sie mit achtzehn Jahren bei der Polizei von Merseyside angefangen hatte und dass sie immer Kommissarin hatte werden wollen. 1996 war sie zur Polizei von Hampshire gewechselt, fünf Jahre später aber wieder nach Merseyside zurückgekehrt.

»Warum bist du nach Hampshire gezogen?«, fragte Sam sie.

»Ich hatte jemanden kennengelernt.« Sheridan hielt inne. »Es hat nicht geklappt, deswegen bin ich zurückgekommen. Am schwersten war es, von meinen Eltern getrennt zu sein. Wir sind uns sehr nah. Es war furchtbar, so weit von ihnen entfernt zu leben.«

»Wohnen sie in jetzt in deiner Nähe?«

»Ja, sie leben auch in Wirral. Genauer gesagt in New Brighton, etwa fünf Minuten mit dem Auto von mir entfernt auf dem Bidston Hill.«

»Hast du noch Geschwister?« Sam bemerkte, wie sich Sheridans Kiefer anspannte, bevor sie antwortete.

»Nein.« Sheridan bewegte vorsichtig ihre Beine, weil sie spürte, wie es in ihren Füßen zu kribbeln begann. Maud schlief fest und schnarchte ganz leise vor sich hin. »Genug von mir. Warum bist du Lehrerin geworden?«

»Weil ich dann immer mit Knete spielen darf.« Sam grinste wieder. »Stört es deine Partnerin, dass du Polizistin bist?«

»Ich habe keine Partnerin«, antwortete Sheridan etwas schneller als beabsichtigt. »Du?«

»Auch nicht«, antwortete Sam ein wenig schneller als beabsichtigt.

In diesem Moment wachte Maud auf, streckte sich auf Sheridans Schoß und sprang auf den Boden.

»Sie hat ja recht. Ich sollte gehen.«

»Bestimmt hast du was Besseres zu tun, als den ganzen Tag hier herumzusitzen.«

Nicht wirklich, dachte Sheridan. »Einkaufen und Putzen«, sagte sie, stand auf und folgte Sam mit ihrer Tasse in die Küche. »In die Spüle?«

»Stell sie einfach da vorne ab«, antwortete Sam.

Sheridan packte ihr Notizbuch ein und streichelte der Katze über den Kopf. »Mach's gut, Maud.« Sie sah Sam an. »Danke für den Kaffee.«

»Gerne mal wieder«, antwortete Sam.

Sheridan ging zur Tür und hielt inne, bevor sie sie öffnete, weil sie Sam hinter sich spürte. Sie wollte nicht gehen. Als sie sich umdrehte, sahen sie sich einen langen Moment an. Sie sagten nichts. Sheridan war fasziniert von Sams ebenmäßigem

Gesicht, ihrer makellosen Haut, ihren Augen, ihrem sinnlichen Mund.

Plötzlich stand Maud zu Sams Füßen und stieß ein mörderisches »Miau« aus. Sie mussten lachen, dann zwinkerte Sheridan Sam zu und ging mit einem »Mach's gut« hinaus.

»Du auch«, sagte Sam und sah Sheridan nach, die auf ihr Auto zuging.

KAPITEL 46

Sheridan schaltete den Staubsauger aus und nahm den Anruf entgegen. »Hallo.«

»Wie geht es dir, Liebes?«

»Hey, Mum. Mir geht's gut, danke. Wie geht es Dad und dir?«

»Dad hat sich hingelegt, er hat wieder Kopfweh. Was macht die Arbeit?«

»Viel zu tun, aber alles im grünen Bereich. Was ist mit Dad?«

»Ach, alles okay, er ist nur manchmal müde. Wir werden einfach alt. Hoffentlich arbeitest du nicht zu viel?«

»Du kennst mich ja, ich habe mich in den Fall John Lively verbissen.«

»Das muss so schwer für dich sein. Dieser junge Mann hat deine Kollegin getötet, trotzdem musst du *seinen* Mörder finden. Wie kommst du damit zurecht?«

»Das ist mein Job, Mum.«

»Ich mache mir Sorgen um dich, Liebes. Darüber, ob du deinen Job verkraftest.« Rosie hielt einen Moment inne, bevor sie fortfuhr. »Dein Vater und ich haben gestern Abend über Matthew gesprochen und dabei ist uns klar geworden, wie oft ich dich frage, ob es eine Spur gibt. Wahrscheinlich setze ich dich viel zu sehr unter Druck. Ich weiß, du hast so viel zu tun, und ich rufe dich alle fünf Minuten an und frage dich nach Matthew. Es ist achtundzwanzig Jahre her und …«

»Du setzt mich nicht unter Druck, Mum. Ich denke sowieso die ganze Zeit an Matthew. Ich gehe jeder Information nach, und glaub mir, wenn sich etwas ergibt, werdet ihr es als Erste erfahren. Mach dir keine Sorgen. Fragen ist völlig in Ordnung.«

»Wir sind so stolz auf dich, Sheridan. Du bist ein wunderbarer Mensch. Ich hoffe, du triffst eines Tages eine Frau, die erkennt, wie besonders du bist. Und wer auch immer sie sein mag, hoffentlich weiß sie dann auch, was für ein Glück sie hat.« Rosie hielt einen Moment inne. Dann hob sich ihre Stimme und sie fuhr fort. »Apropos, tut sich was in der Hinsicht?«

Sams Name lag Sheridan auf der Zunge, aber sie bremste sich. »Nicht wirklich, aber irgendwann lerne ich die richtige Frau kennen. Und was macht ihr heute noch?«

Ihre Mutter erzählte ihr aufgeregt, wie sich ihr Golfspiel verbessert hatte. Sie war besessen von Minigolf und sprach über ihr Handicap, als wäre sie eine Profigolferin, die auf echten 18-Loch-Plätzen spielte. Sheridan liebte das Geplapper ihrer Mutter. Zu wissen, dass ihre Eltern ein gutes Leben hatten, auch wenn die Gedanken an Matthew immer da waren, erfüllte sie mit Frieden.

Ein paar Minuten später verabschiedete sich ihre Mutter. »Gut, ich will dich nicht länger aufhalten, pass auf dich auf, Liebes, und arbeite nicht zu viel.«

»Ich komme bald auf eine Tasse Tee vorbei. Grüß Dad von mir.«

Sheridan musste sich gegen die Wohnzimmerwand lehnen, übermannt von Schuldgefühlen. Dann ging sie in die Küche, starrte das Foto von Matthew an und legte ihre Handfläche gegen sein Gesicht.

»Ich vermisse dich so«, flüsterte sie. »Es tut mir leid, wenn ich dich enttäuscht habe.«

KAPITEL 47

Mittwoch, 12. Januar

Er hatte länger als gewöhnlich dort gestanden. Das nasse Gras durchfeuchtete seine Schuhe, und seine Füße wurden kalt und taub. Mit jedem Atemzug sog er eiskalte Luft in die Lungenflügel und seine Brust zog sich zusammen. Das, was hier geschehen war, war so lebendig wie eh und je.

Er schloss die Augen und sah sich rennen, hörte, wie er ihn anbrüllte und auf die Bäume zutrieb. Er erinnerte sich an den Knall, den lauten Knall, bevor sein Körper zu Boden fiel. Der Boden, auf dem er kalt und allein in einem flachen Grab gelegen hatte. Der Schauplatz des Verbrechens. Des schrecklichen Verbrechens, das er begangen hatte. Wenn er jetzt zu Boden starrte, erinnerte er sich an den Ausdruck auf seinem Gesicht, auf dem Gesicht des Toten. Er hatte ihn umgebracht. Er wusste, dass er ihn umgebracht hatte, aber er wusste auch, dass es nichts gab, was ihn mit dem Mord in Verbindung brachte. Es gab keine Zeugen. Wenn es welche gegeben hätte, hätten sie sich längst gemeldet. Es gab keine forensischen Beweise. Die

Kleidung, die er getragen hatte, als er getötet wurde, war längst verschwunden.

Weit und breit war keine Menschenseele zu sehen, und die Geräusche der vereinzelten Autos, die hinter der Mauer vorbeifuhren, wurden vom Wind übertönt, der durch die kahlen Äste der Bäume blies.

Er zog den Ärmel zurück und sah auf die Uhr. »Verdammt.« Er war zu spät. Er hatte die Zeit aus den Augen verloren, er musste gehen. Er eilte zu seinem Auto.

KAPITEL 48

Sheridan sah auf, als sie das Klopfen hörte. »Herein.«

»Ma'am, nur ein kurzes Update zu unserer Überprüfung, ob Lively jemals einen sexuellen Übergriff gemeldet hat«, begann Detective Dipesh Mois, nachdem er eingetreten war. »Wir haben beide Datenbanken zweimal überprüft, wir haben die Notizbücher der Beamten aus der Zeit durchgesehen … Und wir haben mit der zuständigen Geheimdienstabteilung gesprochen. Aber wir können nichts finden.« Er hob die Hände zum Zeichen der Kapitulation.

»Okay, danke, Dipesh. Hast du das dem Chef schon mitgeteilt?«

»Er ist noch nicht da.«

»Was?« Sheridan runzelte die Stirn und schaute auf die Wanduhr. »Okay. Oh, bevor du gehst, schickst du Jules zu mir? Sie war bei den Martins, und ich muss noch was mit ihr klären.«

»Jules ist nicht da. Ich sorge dafür, dass sie zu dir kommt, sobald sie zurück ist … Oder wäre es dir lieber, wenn ich sie gleich anrufe?«

»Nein, ist schon in Ordnung. So eilig ist es auch wieder nicht.« Sheridan zwinkerte ihm zu. Dipesh war der höflichste und respektvollste Polizist, den sie kannte, und er bestand darauf, sie *Ma'am* zu nennen. Und er war der mit Abstand bestangezogene Beamte auf dem Revier.

»Und? Was hältst du von meinem neuen Anzug?« Er drehte sich im Kreis, schnippte mit den Fingern und posierte dann wie zum Fotoshooting für ein Modemagazin.

»Klasse. Wirklich klasse.«

»Ich habe meiner Frau noch nicht gebeichtet, wie viel er gekostet hat«, sagte Dipesh breit grinsend.

Als Anna plötzlich in der Tür stand, zuckte er leicht zusammen. Sie wartete, bis er gegangen war, bevor sie das Büro betrat.

»Du kannst dir nicht vorstellen, was wir rausgefunden haben!«

»Was denn?«

»Im Ernst, du wirst es nicht glauben. Es stellt alles auf den Kopf.«

KAPITEL 49

Anna holte tief Luft.

»John Lively wurde mit der gleichen Waffe erschossen wie Kate Armitage.«

Sie wartete, bis Sheridan das verarbeitet hatte.

»Was?« Sheridans Gedanken rasten. »Bist du sicher?«

»Absolut. Die Ergebnisse sind gerade reingekommen. Nicht nur das gleiche Kaliber und die gleiche Marke. Die Kugeln stammen aus ein und derselben Waffe.«

Sheridan lehnte sich zurück und dachte nach. Wie immer sprach sie ihre Gedanken laut aus. »John Lively schoss auf Kate und Ellie Sands, ließ die Waffe am Tatort fallen und raste davon. Die Waffe lag noch am Tatort, als die Polizei eintraf und … verdammte Scheiße! John Lively muss da schon tot gewesen sein. Er kann Kate nicht erschossen haben. Er kann nicht der Schütze gewesen sein.« Sie starrten sich einen Moment lang an, beide begriffen, was das bedeutete.

Sheridan schüttelte den Kopf. »Dann müssen wir jetzt rausfinden, wer John Lively *und* Kate erschossen hat.« Sie klopfte ein paarmal mit dem Stift auf ihren Schreibtisch. »Habe ich Howard Cooke falsch eingeschätzt? Wenn Lively bereits tot und begraben war, kann es ja kein Racheakt gewesen sein.« Sie blickte an die Decke. »Ich frage mich, ob Alan Martin nicht als Hauptverdächtiger in Betracht kommt. Dipesh hat noch mal überprüft, ob Lively wirklich nie Anzeige gegen Alan Martin erstattet hat, es gibt tatsächlich nichts Aktenkundiges. Vielleicht hat Lively Martin mit einer Anzeige gedroht und behauptet, er habe Kate Armitage davon erzählt. Vielleicht hat Alan Martin sie beide getötet.« Sie sah Anna an. »Das sind verdammt viele ›Vielleichts‹.« Sie seufzte.

Sheridan rief die Fotos von Jonis Notizbuch auf. »Joni Summers spricht viel mit Ellie Sands und schreibt alles in ein Notizbuch. Anscheinend hat Ellie gesagt, dass John Lively sie nicht angeschossen hat. Ich weiß, dass ihre Worte völlig wahllos scheinen, aber wenn sie das wirklich gesagt haben sollte, dann könnten wir sie auch danach fragen, ob sie weiß, wer auf sie geschossen *hat.*« Sheridan biss sich auf die Oberlippe. Anna schwieg, um ihr Zeit zum Nachdenken zu geben.

»Ellie Sands war ein unschuldiges Opfer. Sie war zur falschen Zeit am falschen Ort und wurde von einer verirrten Kugel erwischt. Nichts deutet darauf hin, dass sie das Ziel gewesen sein könnte. Was, wenn doch? Warum sagt sie, dass John Lively sie nicht angeschossen hat? Woher sollte sie wissen, dass er es nicht gewesen ist?«

Anna antwortete: »Aber vergiss nicht: Soweit wir wissen, hat Ellie Sands John Lively nie erwähnt, bevor wir sie über seinen Tod benachrichtigt haben. Alles, was sie von sich gegeben hat, waren sinnlose Worte. Dann sagen wir ihr, dass der Kerl, der auf sie geschossen hat, tot ist, und wir sagen ihr, wie er hieß. Und dann fängt sie an, den Namen vor sich hinzusagen. Sie hat eine schwere Hirnverletzung, Sheridan, wer weiß, wie es in ihrem Kopf aussieht?«

»Ich bin sicher, dass man Ellie gegenüber von John Lively gesprochen hat, bevor wir sie besucht haben. Vielleicht erinnert sie sich nur an den *Namen*, obwohl sie Lively tatsächlich gar nicht kennt.« Sheridan schloss die Augen. »Lass mich nachdenken.«

Anna wartete; sie wusste, wie Sheridans Verstand arbeitete, wie sie jedes Szenario, jede Möglichkeit überdachte. Sie war eine außergewöhnliche Kommissarin, und Anna wünschte sich oft, sie hätte auch so eine Kombinationsgabe wie ihre Vorgesetzte.

»Okay, es gibt eine Verbindung zwischen Lively und Armitage. Sie kannte ihn und hat ihn mehrmals festgenommen. Er hegte einen Groll gegen sie. Sie meldet, dass er sie bedroht, kurz darauf brennt ihr Auto aus und einen Tag später wird sie erschossen. Sie sieht jemanden auf Livelys Motorrad auf sich zukommen, denkt, er wäre es und ruft: ›Nein, Lively!‹ Der unbekannte Schütze feuert fünf Schüsse ab und tötet Kate. Eine verirrte Kugel trifft Ellie Sands. Auf der Waffe, die er am Tatort fallen lässt, sind nur Livelys Fingerabdrücke. Lively kann nicht der Schütze gewesen sein, weil er mit derselben Waffe erschossen und in Heather Walters Grab verscharrt worden ist. Aber Lively muss irgendwann im Besitz der Waffe gewesen sein.« Sheridan nickte mit Nachdruck, als wolle sie sich von der Richtigkeit ihrer Schlussfolgerung überzeugen.

»Okay, wir müssen das Team informieren«, fuhr sie fort. »Und dann sollten wir noch einmal versuchen, mit Ellie Sands zu sprechen. Ich kontaktiere Kathryn Pullman. Vielleicht gelingt es ihr, etwas mehr aus Ellie herauszulocken. Wir müssen mit Ellie Sands' Familie und mit der von Kate Armitage sowie mit Howard Cooke sprechen, um herauszufinden, ob es eine Verbindung zwischen John Lively und Ellie Sands gibt.« Sie hielt inne. »Kannst du auch jemanden damit beauftragen, die damaligen Zeugen der Schießerei zu kontaktieren? Ich möchte wissen, ob sich jemand heute an etwas erinnert, das damals vergessen wurde.«

»Gerne.«

Sheridan schlug sich plötzlich die Hand vor die Stirn. »Mist!«

»Was ist los?«

»Ich hab was vergessen. Es gab eine Zeugin namens Sally Doneghy. Sie hat ausgesagt, dass der Schütze irgendwas mit der Hand hatte. Wir müssen sie befragen. Vielleicht kann sie das etwas genauer beschreiben.«

»Okay.« Anna machte sich Notizen, während Sheridan sprach.

»Ich rufe Yvonne Lopes im Pflegeheim an.«

»Glaubst du wirklich, dass es eine Verbindung zwischen John Lively und Ellie Sands geben könnte?«, fragte Anna.

»Ich weiß es nicht, aber ich will es nicht ausschließen.« Sheridan nahm ihr Handy und rief Yvonne Lopes an.

Die teilte ihr mit, dass Joni frei habe, und vergewisserte sich, dass Sheridan ihre Handynummer hatte.

»Gut. Und jetzt gucken wir mal, ob der Chef da ist.« Sheridan und Anna traten aus dem Büro. Sie wollten sich gerade auf den Weg zu Max Halls Zimmer machen, als sie laute Schreie hörten.

»Hilfe! Helft mir doch!«

KAPITEL 50

Sheridan und Anna drehten sich abrupt um und sahen einen Auszubildenden aus der Herrentoilette stürzen. »Ma'am, wir brauchen einen Krankenwagen, da drin ist jemand zusammengebrochen.« Der junge Polizist verhaspelte sich und wirkte panisch.

»Wo ist Ihr Funkgerät?«, fragte Sheridan und eilte auf die Toiletten zu.

»Im Schließfach. Ich bin nicht im Dienst.«

Sheridan stieß die Toilettentür auf. »Okay, ich rufe einen Krankenwagen, Sie holen Hilfe. Dann warten Sie draußen im Hof auf die Sanitäter und führen sie hierher.« Sie wählte den Notruf.

»Ja, Ma'am.« Der junge Beamte lief den Korridor hinunter in Richtung Großraumbüro.

Während Sheridan mit dem Rettungsdienst telefonierte, ging sie in die Knie, um unter der Kabinentür durchzuschauen. Der Mann war unglücklich gefallen. Seine Beine lagen angewinkelt unter seiner massigen Gestalt, sein Gesicht war seitlich gegen die Kabinenwand gepresst. Sie erkannte ihn sofort.

»Um Himmels willen!« Sheridan drehte sich zu Anna um, die direkt hinter ihr stand. »Es ist Max.«

»Mein Gott.« Zwei Kollegen platzten atemlos in den Toilettenraum. Anna ließ Rob Wills an sich vorbei, der in der benachbarten Kabine auf den Toilettensitz sprang, sich oben an der Trennwand festhielt, irgendwie hinüberkletterte und die Tür entriegelte. Sheridan berührte Max' Gesicht. »Er atmet. Aber nur schwach.« Sie sah Anna ungläubig an. Sie warteten auf die Sanitäter, während sich immer mehr besorgte Kollegen und Kolleginnen auf dem Korridor einfanden.

Anna legte ihre Hand auf Sheridans Schulter. »Wie geht es dir?«

»Ich komme klar … Ich hoffe nur, dass es Max nicht schlimm erwischt hat.« Sheridan spürte, wie sie zitterte. »Ich muss seine Frau anrufen.«

KAPITEL 51

Sheridan saß auf dem Krankenhausflur und sah Anna vom Getränkeautomaten zurückkommen. »Seine Frau ist hier«, sagte Anna und reichte ihr einen Styroporbecher mit Kaffee.

Sheila Hall bog um die Ecke und kam auf Sheridan zu. Sie konnte die Anspannung auf Sheridans Gesicht sehen.

»Es geht ihm gut«, sagte Sheila. »Er hatte einen Herzinfarkt, aber sein Zustand ist stabil. Es liegt in der Familie, sein Vater und sein Onkel sind an Herzgeschichten gestorben.« Sheila Hall brach in Tränen aus. Sheridan nahm sie in den Arm und drückte sie.

»Ist schon gut, ist schon gut.« Sheridan spürte, wie ihr Tränen in die Augen stiegen.

»Ich habe ihm gesagt, er soll einen Gang zurückschalten. Nicht nur einmal, Sheridan, aber er hört nicht auf mich.« Sheila trat einen Schritt zurück und tupfte sich mit einem Taschentuch die Augen ab. »Dieser verdammte Job.« Sie versuchte zu lächeln.

»Haben sie gesagt, dass er wieder gesund wird?«

»Dazu ist es noch zu früh. Er wird noch eine Weile hierbleiben müssen, aber sie scheinen recht zuversichtlich zu sein, dass er sich gut erholen wird.«

»Sollen wir jemanden anrufen?«, fragte Sheridan.

»Nein, unsere Tochter ist schon mit ihrem Verlobten auf dem Weg von Wales. Sie müssten jeden Moment ankommen. Ihr braucht nicht zu bleiben, ehrlich nicht.« Sheila tätschelte ihr den Arm.

»Bestimmt nicht?«

»Nein, ich komme schon klar. Ich gehe wieder rein und setze mich zu ihm.«

»Okay, wir geben den Leuten auf dem Revier Bescheid. Ruf mich an, wenn du irgendetwas brauchst. Und das meine ich so. Hier ist meine Handynummer.«

»Danke Sheridan, danke für alles. Und Ihnen auch, Anna.« Sheila Hall atmete tief durch, bevor sie sich umdrehte und auf Max' Zimmer zuging.

***

Sie verließen das Krankenhaus und fuhren schweigend zur Hale Street.

»Man weiß es einfach nicht.« Anna starrte aus dem Autofenster. »Was hinter der nächsten Ecke los ist, meine ich. Wie sich dein Leben entwickelt oder was mit dir passiert. In einer Minute machst du hier so dein Ding und in der nächsten … peng.« Sie atmete schwer aus.

»Er wird schon wieder.« Sheridan sah auf die Uhr am Armaturenbrett. Es war sechs. »Wir überbringen die Nachricht, und dann gehst du nach Hause. Wir machen morgen weiter.«

»Gehst du dann noch ins Pflegeheim?«

»Nein. Heute Abend nicht mehr. Aber vielleicht gehe ich zu Joni Summers.«

Sheridan war nicht überrascht, dass im Büro der Kripo alle noch an ihren Arbeitsplätzen saßen, obwohl die Hälfte der Leute schon Dienstschluss hatte. Sie berichtete, wie es Max Hall ging, und versuchte, so positiv zu klingen wie seine Frau.

Erleichterung machte sich auf den Gesichtern breit. Max Hall war allseits respektiert, er war direkt und sachlich und machte seinen Job gut. Sheridan informierte das Team außerdem darüber, dass John Lively und Kate Armitage mit ein und derselben Waffe ermordet worden waren. Im Raum wurde es unruhig.

»Wir müssen den Mordfall Kate Armitage wieder aufrollen. Max ist nicht da, also spreche ich mit dem Staatsanwalt. Vielleicht teilt er uns noch ein paar Leute zu. Haltet die Sache unter Verschluss. Wir machen morgen weiter. Geht nach Hause. Es war ein langer Tag.«

Als Sheridan hinausgehen wollte, stand Jules Mayfield auf. »Sheridan, du wolltest doch mit mir über Alan und Judy Martin sprechen, bevor du gehst.«

Jules Mayfield wirkte stets auf merkwürdige Weise desinteressiert an dem, was sie sagte oder gesagt bekam. Sheridan hatte wenig für sie übrig.

»Richtig, du warst ja bei ihnen. Wie ist Alan Martin gebaut?«

»Wie ein Schrank.«

»Genauer?«, fragte Sheridan ungeduldig.

»Er ist sehr groß, etwas über einen Meter neunzig. Ich schätze ihn auf rund hundertdreißig Kilo. Hässlich, großer Kopf.«

»Großer Kopf?«

»Ja, sein Kopf ist riesig.«

»Ist dir was an seinen Händen aufgefallen?«

»Nein, eigentlich nicht, warum?«

»Es ist nur, weil eine der ersten Zeuginnen gesagt hat, dass irgendwas mit der Hand des Schützen merkwürdig war.«

»Ich glaube, da war nichts Auffälliges.«

»Er passt nicht zur Beschreibung des Schützen auf dem Motorrad«, sagte Sheridan. »Was ist mit seiner Frau? Was für eine Figur hat sie?«

»Sie ist winzig, das komplette Gegenteil von ihm. Wie eine kleine Maus. Vielleicht einen Meter fünfzig und sie ist dünn wie ein Strich.«

»Okay, danke«, antwortete Sheridan knapp, bevor sie sich zum Gehen wandte. Sie machte sich auf den Weg zum Auto, wo sie einfach nur dasaß und auf ihr Handy starrte. Als sie zu Joni Summers Nummer scrollte, überkam sie auf einmal eine Lawine von Gefühlen. Tränen liefen ihr über die Wangen. Sie stützte das Gesicht in die Hände und schluchzte laut. Den ganzen Tag hatte sie sich zusammengerissen – sie ließ sich nie gehen –, aber jetzt wurde sie von ihren Emotionen überwältigt. Ein Gefühl völliger Hilflosigkeit überkam sie. Ihre Brust fühlte sich eng an. Sie atmete durch die Nase ein und langsam durch den Mund aus, während sie an Max Hall dachte und daran, wie er so merkwürdig verrenkt auf dem Boden gelegen hatte. Sie dachte an die plötzliche Kehrtwende, die der Fall genommen hatte.

Das Gesicht von Ellie Sands stand ihr vor den geschlossenen Augen. Dann das Gesicht ihrer Mutter. Und dann, wie sie es erwartet hatte, sah sie das Gesicht ihres Bruders. Jeder brauchte etwas von ihr. Alle zerrten an ihr. Schließlich schüttelte sie den Kopf, wischte sich über die Augen, startete den Motor und fuhr langsam und zielstrebig zu Jonis Wohnung.

KAPITEL 52

Sheridan parkte gegenüber von Jonis Wohnung und schaute, ob Licht brannte. Vom Mersey wehte eine steife Brise, als sie aus dem Auto stieg und die Straße überquerte. Sie holte tief Luft und klopfte.

Sam öffnete die Tür und war sichtlich überrascht. »Hallo«, sagte sie lächelnd.

»Ist Joni da?«, fragte Sheridan und bemühte sich verzweifelt, nicht in Tränen auszubrechen.

»Nein, sie ist zu ihrer Mutter gefahren. Ist alles in Ordnung?«, fragte Sam besorgt.

»Ja, ich muss nur mit ihr über eine neue Entwicklung in diesem Fall sprechen. Na, dann rufe ich sie morgen an.« Sheridan setzte ein Lächeln auf, während ihr die Tränen in den Augen brannten.

Als sie sich zum Gehen wandte, spürte sie Sams Hand auf ihrem Arm. »Hey, bist du sicher, dass alles in Ordnung ist?« Sam zog sie zu sich heran und drehte ihr Gesicht so, dass sie sie ansehen konnte.

»Ich hatte einen wirklich beschissenen Tag«, antwortete Sheridan. Ihre Stimme brach. Und dann hatte sie keine Kraft mehr, weiterzulächeln und ihre Tränen zurückzuhalten.

Sam zog Sheridans Kopf an ihre Schulter und hielt sie fest im Arm. Sie standen einen Moment lang so da, bis Sheridan den Kopf hob. Ihre Lippen berührten sich. Der Kuss war erst sanft und langsam, aber als Sam sie in die Wohnung hineinzog, wurde er drängender. Sheridan spürte ein Ziehen im ganzen Körper. Sie presste Sam gegen die Flurwand, und sie küssten sich, hart und begierig. Dann nahm Sam ihre Hand und führte sie ins Schlafzimmer.

KAPITEL 53

Sam spürte Sheridans Atem, als sie den Kopf auf ihre Brust legte, und lächelte mit geschlossenen Augen. »Alles okay?«, flüsterte sie.

Sheridan drehte sich zu ihr, küsste sie auf den Scheitel und flüsterte zurück: »Absolut.«

Sam stützte sich auf einen Ellbogen, küsste Sheridan weich auf den Mund und strich ihr sanft über die Haare.

»Sagst du mir, was vorhin mit dir los war?« Sie sah ihr in die Augen.

»Ich hatte einen beschissenen Tag. Mein DCI hatte einen Herzinfarkt.« Sheridan schluckte.

»DCI?«

»Detective Chief Inspector.« Sheridan erzählte kurz, was passiert war, und schielte auf die Nachttischuhr. »Wann kommt Joni nach Hause? Es ist halb neun.«

Sam setzte sich auf. »Jederzeit.«

»Wir sollten aufstehen. Ich wirke nicht besonders professionell, wenn ich in deinem Bett rumliege.« Sheridan grinste. »Auch wenn ich sehr gerne in deinem Bett rumliege.«

***

Sie saßen kaffeetrinkend im Wohnzimmer, als sie Jonis Schlüssel in der Tür hörten.

»Hallo!«, rief Joni, warf ihre Tasche im Vorübergehen auf ihr Bett und kam ins Wohnzimmer. »Oh, hallo.« Sie sah von Sheridan zu Sam. »Ist was passiert?«

Sam warf Sheridan einen Blick zu und senkte den Kopf, als sie spürte, dass sie rot wurde. *Ja, allerdings ist was passiert.*

»Es gibt eine neue Entwicklung, und ich wollte mich kurz mit Ihnen darüber unterhalten. Ich hoffe, Sie haben nichts dagegen, dass ich vorbeigekommen bin?« Sheridan vermied es, Sam anzusehen.

»Nein, natürlich nicht.« Joni setzte sich auf das Sofa.

Sheridan räusperte sich. »Ich kann noch nicht viel sagen, aber ich will Kathryn Pullman bitten, Ellie noch einmal zu besuchen, und es wäre sehr gut, wenn Sie weiter mit Ellie arbeiten könnten. Verbringen Sie so viel Zeit mit ihr wie möglich und versuchen Sie bitte, immer wieder über die Schießerei zu sprechen.«

»Okay. Darf ich fragen, warum?« Joni schlug die Beine übereinander.

»Sicher, wenn ich auch nicht viel sagen kann. Es sind ja laufende Ermittlungen. Wir tun alles dafür, uns die Presse vom Hals zu halten, also müssen Sie das, was ich Ihnen sage, für sich behalten.« Sheridan sah Sam an. »Ich weiß, dass ihr beide als enge Freundinnen darüber reden werdet. Aber bitte sorgt dafür, dass es hinter verschlossenen Türen bleibt.« Sie räusperte sich erneut und zögerte, bevor sie fortfuhr. »Im Grunde ist es so: Wenn Ellie tatsächlich sagen will, dass John Lively nicht auf sie geschossen hat, dann ändert das die Richtung unserer Ermittlungen. Und wir müssen herausfinden, ob sie etwas darüber sagen kann, wer es sonst gewesen sein könnte.«

»Haben Sie nicht gesagt, dass alle Indizien beweisen, dass John Lively der Täter war?«, fragte Joni.

»Stimmt. Aber es ist ein Indiz hinzugekommen, das in eine andere Richtung geht.«

»Sie haben Ellie selbst gesehen, ihr Sprechvermögen ist wirklich schlecht. Trotzdem kommt ab und zu ein ziemlich klares Wort heraus. Meiner Meinung nach hat sie gesagt, dass John Lively sie nicht angeschossen hat.«

»Okay, dann hoffen wir, dass Kathryn Pullman und Sie Ellie irgendwie dazu bringen können zu sagen, wer es war.«

Sheridan versprach, Yvonne Lopes zu bitten, Joni von einigen ihrer anderen Aufgaben zu entbinden, damit sie sich auf die Arbeit mit Ellie konzentrieren konnte.

»Ich kläre das morgen früh.« Sheridan stand auf. »Wir telefonieren morgen und sehen dann weiter. Wenn Kathryn und Sie noch einmal mit Ellie sprechen, möchte ich dabei sein.«

»Ja, klar.« Joni stand auf.

»Okay, ich gehe jetzt.« Sie lächelte Sam an.

»Ich bringe Sie hinaus«, sagte Joni und ging voran.

Sheridan nickte Sam zu. »Tschüss, und danke für den ... Kaffee.«

»Es war mir ein Vergnügen.«

Joni schloss die Haustür hinter Sheridan und ging in die Küche. »Also doch! Ellie versucht, uns was zu sagen, *was Sinn ergibt*! Willst du einen Drink?«

Sam lehnte sich gegen den Schrank. »Ja. Ein Bier, bitte.«

»Wann ist Sheridan denn gekommen?«, fragte Joni, während sie Sam ein Bier aus dem Kühlschrank reichte.

»Gegen halb sieben«, sagte Sam verlegen.

»Was? So früh? Warum hat sie mich nicht einfach angerufen?«

»Ich habe mit ihr geschlafen.«

Joni drehte sich um. »Was?«

»Eben gerade ... Wir sind im Bett gelandet.«

»Du machst Witze.« Joni starrte Sam an. »Ehrlich jetzt?«

»Ehrlich.«

Joni schüttelte den Kopf. »Ihr Lesben lasst nichts anbrennen!«

KAPITEL 54

Donnerstag, 13. Januar

Sheridan setzte sich gerade an den Schreibtisch, als ihr Handy klingelte. »DI Holler.«

»Hallo Sheridan. Ich bin's, Sheila Hall. Ich wollte dir nur sagen, dass Max eine gute Nacht hatte. Jetzt ist er wach und guter Stimmung.« Sie klang sehr zuversichtlich.

»Das sind ja tolle Neuigkeiten, Sheila.« Sheridan strahlte und sah auf, als Anna hereinkam. »Bitte grüß ihn von uns und sag ihm, dass hier alles in Ordnung ist. Er soll sich keine Sorgen machen. Und ich komme ihn ganz bald besuchen. Wie lange muss er denn im Krankenhaus bleiben?«

Anna und Sheridan hoben gleichzeitig die Daumen und nickten sich zu.

»Das wissen sie noch nicht, mindestens eine Woche oder zehn Tage.«

»Okay, ich komme in ein paar Tagen vorbei. Brauchst du irgendetwas?«

»Nein, vielen Dank. Unsere Tochter bleibt eine Weile bei mir. Bedankst du dich bitte bei allen für alles, was sie gestern getan haben?«

»Mache ich. Pass auf dich auf und ruf mich an, wenn du irgendetwas brauchst.«

»Danke, Sheridan.«

»Es geht ihm gut. Er ist wach und in guter Stimmung«, sagte sie zu Anna.

»Das ist ja toll«, sagte Anna. »Warst du gestern bei Joni Summers?«

»Ja, gestern Abend.« Sheridan biss sich auf die Unterlippe. »Und bei ihrer Mitbewohnerin.«

»Mitbewohnerin?« Anna zog einen Stuhl unter Sheridans Schreibtisch hervor und setzte sich.

»Ja, die Mitbewohnerin. Sam. Das ist die, die wir vor Weihnachten im Pflegeheim gesehen haben. Groß, lange Haare.« Sheridan räusperte sich. Anna sah sie verwirrt an.

»Sie ist die Mitbewohnerin von Joni?«

»Ja.«

»Das hast du verschwiegen. Also … was ist passiert?«

»Sagen wir einfach, dass Joni nicht da war, als ich kam.« Sheridan grinste.

Anna ließ sich in ihrem Stuhl zurückfallen. »Das kann nicht wahr sein.«

»Ist es aber.«

»Wow! Ihr Lesben lasst nichts anbrennen.« Anna lachte.

Sheridan stand auf. »Behalt es für dich. Joni ist eine potenzielle Zeugin. Ich muss professionell agieren.«

»Indem du ihre Mitbewohnerin vögelst?« Sie kicherten wie Schulmädchen, während sie den Korridor hinuntergingen, um die Dienstbesprechung abzuhalten.

***

Sheridan betrat das Großraumbüro der Kripo. Alle wandten sich ihr zu. »Guten Morgen zusammen. Das Wichtigste zuerst: Der Chef hatte eine gute Nacht. Er ist wach und es geht ihm gut. Ich besorge später eine Karte und irgendwas anderes. Sheila dankt allen für gestern.« Sie ging quer durch den Raum nach vorne.

»Wie ich euch gestern schon gesagt habe, wissen wir jetzt, dass John Lively nicht der Schütze gewesen sein kann. Also müssen wir den Fall neu aufrollen. Wir müssen herausfinden, wer ihn getötet hat und wer auf Kate Armitage und Ellie Sands geschossen hat. Möglicherweise handelt es sich um dieselbe Person. Möglicherweise hat diese Person erst Lively erschossen und dann die Schüsse auf Kate und Ellie Sands abgegeben. Ich arbeite mit Joni Summers zusammen, sie ist Ellies Bezugspflegerin und bemüht sich schon seit einer ganzen Weile, sie zu verstehen. Vor ein paar Tagen hat Ellie ihr wohl zu sagen versucht, dass John Lively nicht auf sie geschossen hat.«

Im Raum wurde gemurmelt.

»Ellies Sprachvermögen ist durch die erlittene Gehirnverletzung stark in Mitleidenschaft gezogen worden. Man kann nie ganz sicher sein, was sie sagt. Aber nach dem, was wir jetzt wissen, hat sie recht. Selbst wenn die Möglichkeit besteht, dass sie den Namen John Lively nur wiederholt, weil sie ihn schon einmal gehört hat und in letzter Zeit noch mal. Dazu kommt, dass sie den Namen Lively nie wirklich ausgesprochen hat. Nur Wörter, die ähnlich klangen wie: *John Live nich schieß mich.* Ich will bewusst nicht ausschließen, dass es eine Verbindung zwischen Ellie Sands und John Lively geben könnte. Was auch heißt, dass es eine Verbindung zwischen allen dreien geben könnte. Ich werde noch einmal mit Kathryn Pullman sprechen und hoffe, dass Joni und sie Ellie veranlassen, etwas Eindeutiges zu sagen. Mir ist klar, dass das alles noch etwas vage ist. Anna teilt euch zu Gesprächen mit Sands'

Familie, ehemaligen Kollegen und Freunden ein. Findet heraus, ob sie ihnen gegenüber von John Lively gesprochen hat. Ich bin sicher, dass sich diese Leute damals, als sie angeschossen wurde, gemeldet hätten, aber ich möchte absolut nichts unversucht lassen. Das Wichtigste ist aber, dass wir herausfinden, wer ein Motiv hatte, Kate Armitage und John Lively zu töten.« Sie hielt inne und blickte auf das Whiteboard.

»Wir sollten auch nicht ausschließen, dass es sich um mehr als einen Täter handeln könnte. Eine Person könnte Lively erschossen und begraben haben, und eine andere könnte Kate getötet und Sands angeschossen haben. Unwahrscheinlich, aber möglich. Wer auch immer es gewesen sein mag: Erst musste derjenige sich eine Schusswaffe beschaffen, wahrscheinlich von Lively selbst, dann musste er Lively erschießen und begraben. Auch hier könnte es sich um mehr als eine Person gehandelt haben. Es wäre viel Kraft nötig gewesen, um ihn zum Friedhof zu bringen und zu begraben. Es sei denn, er ist auf dem Friedhof in der Nähe von Heather Walters' Grab getötet worden. Unwahrscheinlich, aber möglich.«

Sheridan ließ sich einen Moment Zeit, bevor sie fortfuhr.

»Der Täter ist später auf Livelys Motorrad gestiegen, er musste also Motorrad fahren können, möglicherweise hat er selbst eins besessen. Er hat sich den Helm aufgesetzt, ist zum Supermarkt gefahren, hat Kate erschossen, die Waffe fallen lassen. Dann ist er zurück zu Livelys Wohnung gefahren und hat das Motorrad dort abgestellt, Sturzhelm und Schlüssel aber mitgenommen.

Wir können davon ausgehen, dass die Waffe absichtlich fallen gelassen wurde, weil der Schütze wusste, dass Livelys Fingerabdrücke darauf waren, die ihn als Mörder von Kate Armitage identifizieren würden. Der Täter setzte die Polizei auf Livelys Spur, den sie nicht finden würde, weil er zu dem

Zeitpunkt bereits tot und begraben war.« Sie schaute sich im Raum um. Alle hörten aufmerksam zu.

»Der potenzielle Verdächtige für den Mord an Lively, Alan Martin, passt nicht zur Beschreibung des Schützen. Seine Frau ebenso wenig. Wir wissen, dass Lively keinen sexuellen Übergriff angezeigt hat. Vielleicht hat Alan Martin ihn vorher erwischt oder jemanden dazu gebracht, ihn umzubringen.« Sie dachte laut nach. »Es ist eher unwahrscheinlich, aber vielleicht hat Lively Kate berichtet, dass Martin ihn sexuell missbraucht hat, und das hat er ihm dann erzählt. In dem Fall hätte Martin beide umbringen müssen, Lively und Kate. Als ich Howard Cooke befragt habe, hat er gesagt, dass Lively weder ihm noch Kate gegenüber erwähnt hat, sexuell missbraucht worden zu sein. Es kann trotzdem sein, dass er es getan hat und dass Kate es ignoriert und auch Howard nie erzählt hat. Ich möchte Kates Ruf nicht beschädigen, aber wir können zu diesem Zeitpunkt nichts ausschließen.«

Sie deutete auf Anna. »Okay, machen wir weiter. Anna, du beauftragst jemanden, die Zeugin Sally Doneghy erneut zu befragen. Sie hat damals nach der Schießerei ausgesagt, dass der Schütze irgendwas Komisches mit der Hand hatte. Ich möchte wissen, ob sie heute etwas Genaueres sagen kann. Wir sprechen auch noch einmal mit Howard Cooke. Vielleicht fallen ihm Zusammenhänge oder Informationen ein, die ihm damals unwichtig vorkamen.«

Sie holte tief Luft. »Irgendwelche Fragen oder Kommentare?«

Dipesh Mois hob die Hand. »Nur ein kurzes Update, Ma'am. Wir haben Streifenpolizisten von Haus zu Haus gehen und mit den Anwohnern des Bordersfield-Friedhofs sprechen lassen, um herauszufinden, ob sich jemand an irgendetwas aus der Zeit erinnert, in der Lively getötet wurde. Die meisten Häuser grenzen nicht direkt an den Friedhof, und die

Anwohner, mit denen wir bisher gesprochen haben, erinnern sich an nichts. Aber wir bleiben dran.«

»Okay, danke, Dipesh.« Sheridan streckte den Rücken durch. »Gut, und jetzt kramt mal ein paar Münzen zusammen. Wir sammeln für den DCI. Oder macht einen Schein draus, Leute, das ist besser.«

Danach eilte sie zurück in ihr Büro, gefolgt von Anna.

»Ich rufe jetzt Yvonne Lopes vom Drei Linden und Kathryn Pullman an, um einen Termin zu vereinbaren. Ich möchte dabei sein, wenn sie mit Ellie sprechen.«

Anna setzte sich. »Soll ich auch mitkommen?«

»Nein, ist schon in Ordnung, ich habe dich eh schon mit Aufgaben überhäuft. Apropos, wir bekommen drei Leute zur Verstärkung. Übernimmst du deren Einweisung und bringst sie auf den neuesten Stand?«

»Klar, kein Problem.«

KAPITEL 55

Howard öffnete seine Haustür. »Kommen Sie rein.«

Anna betrat den Flur. »Danke, dass Sie so schnell Zeit für mich hatten, Howard. Wie geht es Ihnen?«

»Mir geht es gut … Bitte kommen Sie rein.«

Anna folgte ihm ins Wohnzimmer und setzte sich.

»Es gibt eine neue Entwicklung in unserem Fall. Detective Inspector Holler hat mich beauftragt, ein paar Dinge mit Ihnen zu klären.«

Howard setzte sich ihr gegenüber. »Okay.«

»John Lively wurde mit derselben Waffe erschossen, mit der auch Kate getötet wurde.« Sie hielt inne und wartete auf seine Reaktion.

»Wie ist das möglich?« Er runzelte die Stirn.

»Tja, es war so. Das wurde zweifelsfrei festgestellt. Deshalb müssen wir jetzt die Verbindung zwischen den Morden an John Lively und Kate finden. Lively kann sie nicht getötet haben, weil er bereits tot war, als sie erschossen wurde. Wir überprüfen auch, ob es eine Verbindung zwischen Lively und Sands gibt.«

Howard schien das sacken lassen zu müssen. »Das heißt, wer John Lively umgebracht hat, hat auch Kate getötet. Das verstehe ich, aber warum denken Sie, dass es eine Verbindung zu Ellie Sands geben könnte? Sie war doch nur ein unschuldiges Opfer. Das verstehe ich nicht.«

»Wie Sie wissen, hat Ellie Sands eine schwere Kopfverletzung erlitten, und sie kann kaum sprechen. Sie redet, um ehrlich zu sein, ganz schön wirres Zeug. Aber wir gehen davon aus, dass sie neulich gesagt hat, dass John Lively nicht auf sie geschossen hat. Wenn das stimmt, dann weiß sie vielleicht, wer es gewesen ist, kann es uns aber nicht sagen.«

»Ich verstehe.« Er lächelte schief. »Na ja, jedenfalls bin ich jetzt aus dem Schneider.«

Anna lächelte zurück. »Wir mussten alle Möglichkeiten in Betracht ziehen, Howard, das verstehen Sie doch, oder?«

»Natürlich. Es wäre naheliegend gewesen, dass ich Lively aus Rache für Kate erschossen haben könnte. Ich habe sie sehr geliebt, und ja, was passiert ist, hat mein Leben ruiniert. Aber ich bin nicht der Typ, der sich eine Waffe schnappt und drauflosballert.« Er schaute Anna in die Augen. »Kann ich Ihnen sonst mit irgendetwas helfen? Ich will natürlich auch wissen, wer Kate getötet hat.«

»Fällt Ihnen irgendwas ein, das die drei miteinander verbinden könnte? Oder fällt Ihnen irgendjemand ein, der wenigstens Lively und Kate lieber tot als lebendig gesehen hätte?«

Howard schüttelte den Kopf. »Nein, nichts und niemand.« Er griff nach seiner Zigarettenschachtel. »Rauchen Sie?«

»Nein. Nicht mehr. Ich habe es vor vier Jahren aufgegeben.«

»Stört es Sie, wenn ich rauche?«

»Nein, natürlich nicht.«

Howard zündete sich eine Zigarette an und nahm einen tiefen Zug. »Was ist mit dem Kerl, bei dem Lively aufgewachsen ist, Martin irgendwas? Hatten Sie den nicht im Auge?«

»Alan Martin. Ja, wir sind noch dabei, ihn und seine Frau zu überprüfen. Aber wir gehen nicht mehr davon aus, dass sie eine aktive Rolle gespielt haben, es sei denn, sie haben jemanden beauftragt, die Morde auszuführen.«

»Wie kommt das?«

»Sie passen nicht auf die Beschreibung des Schützen. Sie haben beide ganz andere Staturen. Er ist zu groß und sie ist zu klein.«

»Klar.« Howard stand auf und nahm den Aschenbecher vom Couchtisch neben Anna. »Der Fall klingt nach einem Albtraum.«

»Da ist was dran. Aber wir kriegen es raus.«

»Ach, Entschuldigung, ich habe Ihnen nicht einmal was zu trinken angeboten.«

»Das macht nichts. Ich wollte sowieso gerade gehen.« Anna stand auf. »Wenn Ihnen noch etwas einfällt, sagen Sie uns bitte Bescheid.«

»Ja, mache ich.« Howard begleitete sie zur Tür. »Ich bin ein paar Tage bei meinen Kindern zu Besuch, aber ich rufe Sie an, wenn mir etwas einfällt. Und bitte sagen Sie mir, wenn ich etwas tun kann. Ich meine es ernst.«

»Das weiß ich. Danke, Howard. Und wo sind Ihre Kinder?«

»In Norfolk. Meine Ex-Frau ist vor Kurzem dorthin gezogen, deswegen sehe ich sie nicht oft.«

»Na dann, gute Reise.«

»Danke. Sie können mich auf dem Handy erreichen.«

Howard sah ihr hinterher und fragte sich, ob er in den Augen der Polizei nicht doch noch verdächtig war.

KAPITEL 56

Sheridan parkte vor dem Drei Linden. Als sie aus dem Auto stieg, klingelte ihr Handy.

»Ich will dich nur kurz auf den neuesten Stand bringen«, sagte Anna. »Ich war bei Howard Cooke, aber ihm fällt nichts und niemand ein, der sich den Tod von beiden, von Kate und Lively, gewünscht hätte. Er kann sich auch keine Verbindung zwischen ihnen und Ellie vorstellen. Er fährt für ein paar Tage zu seinen Kindern nach Norfolk, aber er ist auf seinem Handy erreichbar, falls wir ihn brauchen. Er möchte uns wirklich helfen.«

»Hat er etwas darüber gesagt, dass er jetzt nicht mehr verdächtig ist?«

»Ja.«

»Wie hat er reagiert?«

»Er war ganz entspannt. Er versteht, dass wir nichts ausschließen konnten. Er will nur wissen, wer Kate getötet hat. Wie wir alle.«

»Na gut.«

»Ich habe Sally Doneghy erreicht«, fuhr Anna fort. »Sie arbeitet bis sechs, ich gehe um sieben zu ihr nach Hause.«

»Toll, danke.«

»Warst du schon im Drei Linden?«

»Bin gerade angekommen.«

»Okay. Viel Glück! Hoffentlich bekommt ihr dieses Mal etwas Brauchbares aus Ellie raus.«

KAPITEL 57

Sheridan und Joni saßen still in Ellies Zimmer, während Kathryn Pullman mit ihr arbeitete. »Ellie, sagen Sie Ja, wenn Sie wissen, wer auf Sie geschossen hat.« Kathryns Stimme war sanft und ruhig.

Ellie hob ihre Hand. »Soooo sorry, Jooo.«

»Warum tut es Ihnen leid?« Kathryn stellte kurze, direkte Fragen.

»Sooo, neeiin Jooo.«

»Können Sie sie fragen, ob ›Jooo‹ John ist?«, flüsterte Sheridan.

»Ellie, ist Jooo John?«

»Joooo, nein.«

»Ist Jooo John?«, fragte Kathryn erneut.

»Jooon, nein, schieß.« Ellie hob ihren Kopf und sah zu Sheridan hinüber. »Pissi aua schieß mich.« Ihr Kopf fiel zurück auf das Kissen.

»Ellie, kennen Sie John Lively?« Kathryn arbeitete eine Liste von Fragen ab, die Sheridan für sie vorbereitet hatte.

»Jaaa, Joo.«

»Sie kennen John Lively?«

»Jooon jaaa, schieß, sorry.«

Ellie hob ihre Hand. »Pissi.«

»Ellie, wer hat auf Sie geschossen?«

»Pissi aua.«

»Okay, Ellie.« Kathryn stand langsam auf und gab Joni ein Zeichen, sich neben sie zu stellen. »Ellie, wer ist das?«

»Jooo, Joo, schieß.«

»Ist das Joni?«

»Jaaa, Jooon.«

»Hat Joni auf Sie geschossen?«

»Jooon, jaaa.«

Kathryn setzte sich wieder und wartete einen Moment, bevor sie die nächste Frage stellte. »Ellie, kennen Sie Kate Armitage?«

»Pissi neeiin.«

»Ellie, sehen Sie mich an, wenn Sie Kate Armitage kennen.«

Ellie hob ihren Kopf aus dem Kissen und schloss für einen Moment die Augen. »Kat.«

Sheridan und Joni sahen geduldig dabei zu, wie Kathryn mit Ellie arbeitete, wie sie sie freundlich aufforderte, auf Buchstaben zu zeigen oder sie anzuschauen. Schließlich stand Kathryn auf, verabschiedete sich von Ellie und nickte den beiden zu, die ihr aus dem Raum folgten.

Joni zog die Tür zu. »Es tut mir so leid, dass ich Ihre Zeit verschwendet habe«, sagte sie entschuldigend.

»Nein, davon kann absolut keine Rede sein«, sagte Sheridan. »Sie kümmern sich so gut um sie. Wirklich.«

Kathryn Pullman sagte: »Ich bin mir hundertprozentig sicher, dass Ellie versucht, etwas zu sagen. Auch wenn sie es nicht schafft.« Sie wandte sich an Joni. »Aber Sie sollten trotzdem weiter versuchen, mit ihr zu kommunizieren. Jeden Tag ein bisschen, wenn Sie können.«

Sie gingen hinunter zu Yvonnes Büro. »Können Sie weiter aufschreiben, was sie sagt?«, fragte Sheridan.

»Ja, kein Problem.«

Sie erreichten den Haupteingang. Sheridan dankte Kathryn für ihr Kommen.

»Ich versuche gerne, Ihnen zu helfen. Bitte zögern Sie nicht, mich anzurufen, wenn Sie mich noch einmal brauchen.«

»Vielen Dank«, sagte Sheridan lächelnd. Dann wandte sie sich an Joni: »Wir sollten Yvonne auf den neuesten Stand bringen.«

»Ja, natürlich.« Joni grinste breit. »Kommst du heute Abend vorbei?«, fragte sie dann ohne Umschweife.

Sheridan schaute sich um und sah auf einmal irgendwie schuldbewusst aus. »Hatte ich eigentlich nicht vor … Hm, dann nehme ich an, Sam hat dir gesagt …«

»Ja, aber keine Sorge, ich bin diskret.«

»Ich rufe sie später an. Das ist dir doch nicht unangenehm, oder?«

»Nein, überhaupt nicht. Und ich kann gut verstehen, dass du dich professionell verhalten musst. Mach dir meinetwegen keine Sorgen.«

Yvonnes Bürotür öffnete sich.

Sheridan flüsterte: »Danke«, und Joni flüsterte zurück: »Gern geschehen.«

»Wie ist es gegangen?«, fragte Yvonne.

Sheridan informierte Yvonne über die Einzelheiten des Besuches von Kathryn Pullman.

»Glaubt Kathryn, dass Ellie je in der Lage sein wird, Ihnen zu sagen, wer den Schuss auf sie abgegeben hat?«, fragte Yvonne, als sie den Haupteingang erreichten.

»Ich weiß es nicht. Wahrscheinlich nicht.«

»Nie?«

»Ich denke, man sollte nie nie sagen. Aber … im Moment nicht.«

KAPITEL 58

Mo Chase saß in einer Ecke des Pubs und schaute jedes Mal zur Tür, wenn sie geöffnet wurde.

Dann kam Harry Minton – ihr Harry Minton – herein und entdeckte sie sofort. Er gestikulierte, ob sie etwas trinken wolle. Sie nickte lächelnd.

Als er die Getränke abgestellt hatte, küsste er sie auf die Wange. »Schön, dich zu sehen. Wie ist es dir ergangen?«

»Mir geht's gut. Warum wolltest du mich unbedingt sehen?«

»Erzähl mir doch erst mal von deinem Tag.«

Mo nahm einen Schluck von ihrem Drink und seufzte. »Mein Tag war beschissen, wie alle Tage in dem Laden. Jetzt muss ich auch noch die Arbeit von Joni Summers übernehmen, während sie auf die Pissnelke aufpasst.«

»Oje, was ist denn jetzt schon wieder mit der?« Er trank aus seinem hohen Bierglas und wischte sich mit dem Handrücken über die Lippen.

»Keine Ahnung, Joni soll mehr Zeit mit ihr verbringen und versuchen, sie zum Reden zu bringen. Yvonne hat mir aufgetragen, Jonis Arbeit zu übernehmen, während die die Alte bespaßt. Dabei ist das reine Zeitverschwendung. Ich habe ja gesehen, wie viele Leute im Lauf der Jahre was mit Ellie versucht haben. Sie macht keine Fortschritte. Ihr Hirn ist futsch. Und jetzt schikaniert Yvonne mich auch noch.«

»War Yvonne nicht immer okay? Warum glaubst du, dass sie dich schikaniert?«

»Sie mag mich nicht. Ich glaube, sie findet mich hochnäsig.«

Harry beugte sich zu ihr hinüber. »Das kann ich mir nicht vorstellen.«

Mo tätschelte seinen Oberschenkel. »Ich krieche ihr eben nicht in den Arsch wie die anderen.«

»So ist's recht.«

»Ich arbeite seit zehn Jahren da. Zehn Jahre meines Lebens habe ich Ärsche abgewischt und Kotze weggeputzt. Ich habe es satt. Und wie!«

»Dann ist es vielleicht Zeit, den Job zu wechseln. Oder dir klarzumachen, dass es schlimmere Arbeitsplätze gibt. Willst du zehn Jahre Erfahrung wegwerfen, um irgendwo anzufangen, wo es noch schlimmer sein könnte?«

Mo wandte ihm das Gesicht zu. »Tja, kann sein. Aber warum bist du auf einmal so diplomatisch?«

»Ich spiele nur des Teufels Advokat.«

»Sag mal, worüber wolltest du eigentlich mit mir reden?«

Harry nahm noch einen Schluck Bier. »Es gibt Neuigkeiten. Ich habe einen Job in Kanada angenommen.«

Mo blickte in ihr Glas hinab. »Das heißt … wir treffen uns nicht mehr?« Sie versuchte, ihre Enttäuschung zu verbergen.

»Genau. Tut mir leid. Aber wir hatten es doch schön miteinander, oder?«

Sie unterhielten sich noch eine Stunde, bevor Mo ging. Auf dem Heimweg dachte sie über ihre gemeinsame Zeit nach; die Beziehung hatte ihr gefallen, keine Verpflichtungen, keine Versprechungen, einfach nett und zwanglos. Sie dachte an die Kolleginnen und daran, was sie ihnen sagen würde. Nicht, dass es sie etwas anging. Sie musste grinsen. Sie wusste genau, dass ihre Kolleginnen davon ausgingen, dass Harry verheiratet war, und dass sie sich darüber das Maul zerrissen. Für wie bescheuert hielten die sie eigentlich? Natürlich war er verheiratet. Mo war nie bei ihm zu Hause gewesen, sie waren nie zusammen verreist, und er tauchte auf und ab, wie und wann es ihm passte. Man brauchte kein Quantenphysiker zu sein, um sich einen Reim auf sein Verhalten machen zu können. Mo war das vollkommen schnuppe. Sie hatte eine schöne Zeit gehabt. Es gab noch viele andere da draußen. Noch viele andere verheiratete Männer.

***

Nachdem Mo gegangen war, blieb Harry Minton noch eine halbe Stunde in der Kneipe. Erst als er in seinem Auto saß, holte er sein Handy heraus und rief seinen Kunden an.

KAPITEL 59

»Hier ist Jack Lawson. Ich habe mich gerade mit Mo Chase getroffen und unsere *Beziehung* beendet. Ich habe ihr gesagt, ich hätte einen Job in Kanada. Sie behauptet nach wie vor, dass es ein gutes Pflegeheim ist. Die Bewohner werden definitiv gut behandelt. Mo hat ein Problem mit der Besitzerin Yvonne Lopes, die meint, dass Mo hochnäsig ist. Was auch stimmt. Aber das ist ja völlig nebensächlich. Mo ist sauer, dass sie zusätzliche Arbeit übernehmen muss, weil eine andere Betreuerin Zeit mit der Frau mit den Sprachproblemen verbringt. Ich glaube, sie versuchen, sie zum Reden zu bringen oder so. Aber Mo würde nie einem Bewohner etwas antun. Die anderen dort auch nicht. Klar, sie ist aufbrausend, aber sie würde nie jemanden absichtlich verletzen.« Er lehnte sich zurück. »Ich fahre jetzt wieder nach London. Ich habe das Geld bekommen, damit sind wir quitt. Es war mir ein Vergnügen, für Sie zu arbeiten. Ich hoffe, ich konnte Sie davon überzeugen, dass Drei Linden ein gutes Pflegeheim ist und dass es keinerlei Anzeichen für eine Misshandlung der Bewohner gibt, Mr Smith.«

»Danke für alles, Jack«, sagte die Stimme am anderen Ende der Leitung.

»Kein Problem. Dafür haben Sie mich ja bezahlt.«

»Okay, bis dann.«

Beim Fahren dachte Jack Lawson über seine Arbeit nach. Er liebte seinen Job, hatte ihn immer geliebt. Seine Reisen hatten zwar nichts Exotisches, aber er war nicht an einen Ort gebunden. Er schlüpfte immer wieder in andere Rollen und legte sich mit neuen Aufträgen neue Namen zu. Sicher, manchmal wurde er auch dafür bezahlt, seltsamen Scheiß für seltsame Leute zu tun, aber wenn sie bereit waren, ihn zu bezahlen, dann war er normalerweise bereit, es zu tun.

So wie *dieser* Job. Er hatte herausfinden sollen, ob das Pflegeheim Drei Linden gut genug für die alte Mutter seines Kunden war. Jack Lawson hatte ihm gesagt, dass es einige Zeit dauern könnte, aber dass er einen Weg finden würde. Es war einfach gewesen. Am ersten Tag, als er behauptet hatte, er wolle sich das Haus für seine eigene Mutter ansehen, war er auf Mo Chase getroffen, die sein Zwinkern gleich mit einem Lächeln beantwortet hatte. Er hatte draußen auf sie gewartet und mit ihr geplaudert, als ihre Schicht zu Ende war. Die Aufmerksamkeit hatte ihr geschmeichelt. Er hatte ihr erzählt, er wäre ein erfolgreicher Geschäftsmann, der oft auf Reisen müsse und nichts Ernstes suche. Nur ein bisschen Spaß, wenn er nicht im Ausland sei. Das hatte Mo gepasst.

Es war leicht gewesen, von ihr Informationen zu bekommen. Sie meckerte ununterbrochen über das Heim, redete endlos über das Personal, die Bewohner, Ellie Sands, die berühmte Ellie Sands, die von einem Typen angeschossen worden war, der vor sieben Jahren eine Polizistin getötet hatte. Mo nannte sie Pissnelke.

Sein Kunde hatte alles über das Heim erfahren wollen. Vor allem wollte er hundertprozentig sicher sein, dass man sich gut um seine Mutter kümmern würde, falls er sie dort unterbrachte. Jack Lawson stellte keine Fragen; er wollte die Antworten nicht wissen.

Nach ein paar Monaten hatte er seinem Auftraggeber mitgeteilt, dass er sicher sei, dass es sich um ein sehr gutes Heim handelte. Aber der hatte darauf bestanden, dass er dranblieb, nur um sicherzugehen. Jack war es egal gewesen, für ihn war es ideal. Er konnte nach Liverpool reisen, wenn er keine andere Arbeit hatte, sich von Mo Chase halbwegs anständig einen blasen lassen, bekam die Informationen, die er brauchte und für die er bezahlt wurde. Sein Leben war gut. Er hatte weder Frau noch Kinder, um die er sich kümmern musste. Der Gedanke an eine Ehe machte ihm eine Heidenangst. Für den Rest seines Lebens an einen anderen Menschen gebunden zu sein? Nein, danke. Er zündete sich eine Zigarette an und sinnierte vor sich hin. Ja, er liebte sein Leben.

KAPITEL 60

Howard warf seine Taschen auf das Bett und wählte Carlys Nummer.

»Hallo«, meldete sich Carly schon nach kurzem Klingeln.

»Hallo, ich bin's, Howard. Ich wollte dich nur wissen lassen, dass ich gut angekommen bin.«

»Jetzt erst? Keine gute Reise?«

»Nein, alles in Ordnung. Ich musste nur noch ein paar Dinge vor der Abreise erledigen. Ich bin in einem B&B in Downham Market. Ich freue mich richtig darauf, die Kinder zu sehen. Wollen die mich noch sehen?«

»Ja, alles in Ordnung. Kannst du morgen Vormittag vorbeikommen? Ich möchte mit dir reden, wenn sie in der Schule sind, und ein paar grundsätzliche Regeln festlegen.«

»Klar, kann ich verstehen. Um wie viel Uhr?«

»So gegen elf?«

»In Ordnung. Bis dann.«

Howard setzte sich auf das Bett und sah sich im Zimmer um. Nichts passte zusammen. Dem Bett gegenüber standen ein weißer Schminktisch und in der Ecke ein großer

Kleiderschrank aus Kiefernholz. Der Teppich war grau-rot gestreift und scheußlich. Sauber, aber scheußlich. Er packte aus und hängte seine paar Anziehsachen in den Kleiderschrank. Dann duschte er und machte sich auf die Suche nach der nächsten Kneipe.

KAPITEL 61

Sheridan rief Sam an.

»Hallo Columbo.«

Sheridan lachte. »Sehr witzig. Alles okay bei dir?«

»Mir geht's gut, ich wische gerade Tomatenketchup von Mauds Schwanz.«

»Ich frage lieber nicht.«

»Ja, ist eine lange Geschichte.«

»Hast du Lust, sie mir bei einem Glas Wein zu erzählen?«

»Auf jeden Fall! Ich bin in einer Stunde bei dir.«

Als Sam durch den Kingsway-Tunnel fuhr, wurde ihr bewusst, wie lange sie nicht mehr in Wirral gewesen war. In Bidston Hill stellte sie die Musik leiser, kurz darauf parkte sie vor der angegebenen Adresse. Es war ein großes frei stehendes Haus mit einer Eingangstür aus dunklem Holz. Der Weg war von kleinen Koniferen gesäumt, und auf dem Rasen stand ein Vogeltisch.

Sie läutete und trat einen Schritt zurück. Als Sheridans Silhouette hinter dem Milchglasfenster auftauchte, fuhr sie sich noch mal mit den Händen durch die Haare.

»Hi, komm rein.« Sheridan trug eine hellblaue Jeans und ein leuchtend orangefarbenes T-Shirt.

»Wie geht es Maud?«

»Sie ist das Ketchup los.« Sam lächelte.

Sie gingen ins Wohnzimmer, wo Sheridan Sam ein Glas Wein reichte, bevor sie es sich auf dem Sofa gemütlich machten.

Sie waren glücklich und erzählten sich Geschichten aus ihrem Leben. Irgendwann fragte Sam: »Erzählst du mir, warum du Polizistin werden wolltest?« Sie bemerkte, wie sich Sheridans Kiefer anspannte. Es wurde still im Raum, dann antwortete sie schließlich.

»Mein Bruder wurde ermordet, als er zwölf war.«

KAPITEL 62

Sam spürte, wie ihr Herz einen Schlag aussetzte. Doch statt sofort zu reagieren, wartete sie geduldig, bis Sheridan fortfuhr.

»Ich bin zur Polizei gegangen, weil ich seinen Mörder finden wollte.«

Sam fragte fast flüsternd: »Hast du ihn gefunden?«

»Nein, noch nicht.« Und dann erzählte Sheridan Sam die Einzelheiten über den Tod ihres Bruders. Wie Matthew Holler am Samstag, den 19. März 1977, mit zwei Freunden zum Fußballspielen in den Birkenhead Park gegangen war, von wo er nie mehr nach Hause zurückgekehrt war.

Um 14.30 Uhr war ein Freund namens Chris Hoe nach Hause gegangen. Der zweite Freund, der vierzehnjährige Andrew Longford, hatte der Polizei erzählt, dass er noch etwa eine halbe Stunde lang mit Matthew Fußball gespielt habe. Dabei hätten sie einen Mann gesehen, der sie aus der Nähe beobachtet habe.

Der Mann war weiß gewesen, mittelgroß, hatte einen Bart, einen braunen Mantel und blaue Jeans getragen. Andrew sagte, dass Matthew und er beschlossen hätten, nach Hause zu gehen. An einer kleinen Brücke trennten sich ihre Wege. Andrew sah

Matthew nie wieder. Am Abend meldeten Sheridans Eltern ihren Sohn Matthew als vermisst.

Am nächsten Tag wurde seine Leiche in der Nähe der Brücke gefunden, wo Andrew Longford ihn zuletzt gesehen hatte. Er war durch einen schweren Schlag gegen die Stirn gestorben. Er war nackt, aber es gab keinen Hinweis darauf, dass er sexuell missbraucht worden war. Die Kleidung wurde nie gefunden. Und sein Mörder auch nicht. Andrew Longford und Chris Hoe sagten bei der Polizei aus. Chris Hoe sagte der Polizei, er habe niemanden im Park bemerkt. Elf Jahre später fiel er bei der Arbeit von einem Gerüst an einem Wohnblock in Bootle. Drei Wochen später starb er.

»Ich habe meinen Eltern versprochen, dass ich den Mörder von Matthew finden werde. Vor ein paar Jahren hat das Cold-Case-Team ein paar ungelöste Morde wieder aufgerollt, unter denen auch Matthews Fall war. Sie haben ein wenig daran gearbeitet, aber sie sind der Lösung kein Stück näher gekommen.« Sheridan seufzte. Nach kurzem Zögern fuhr sie fort. »Ich parke manchmal vor Andrew Longfords Haus. Ich schaue hinüber und versuche, den Mut aufzubringen, an seine Tür zu klopfen und ihn zu fragen, ob er sich noch an irgendetwas erinnert. An irgendetwas über den Kerl mit dem Bart. Aber bisher habe ich es noch nicht geschafft. Andrew ist der Einzige, der noch helfen könnte.«

Sam sagte nichts. Sie hätte es gern getan, aber sie fand keine Worte. Sheridan und sie hatten sich gerade erst kennengelernt, sie hatten ihre Reise gerade erst begonnen, und schon hatte Sheridan ihr dies anvertraut. Die tragische Wahrheit hinter dem, was sie antrieb. Sam hätte sie am liebsten in die Arme geschlossen und nie wieder losgelassen. Sie nahm Sheridans Hand zärtlich in ihre.

In diesem Moment klingelte Sheridans Handy. »Tut mir leid, das wird jemand von der Arbeit sein. DI Holler«, sagte sie.

»Hallo, ich bin's, Anna. Ich störe doch nicht, oder?«

»Warte mal kurz.« Sheridan stand vom Sofa auf und setzte sich auf den Couchtisch. »Nein, ist schon okay, was ist los?«

»Ich war bei Sally Doneghy. Sie hat gesagt, dass sie sich bei ihrer ersten Aussage nur daran erinnern konnte, dass irgendwas mit der Hand des Schützen war, aber sie stand verständlicherweise unter Schock und hatte das alles noch nicht verarbeitet. Jedenfalls wurde ihre Mutter einige Monate später krank, und sie verbrachte viel Zeit bei ihr im Krankenhaus. Irgendwann sah sie einer Krankenschwester bei der Pflege ihrer Mutter zu und erkannte, dass der Schütze einen Einmalhandschuh getragen haben musste. Und dann sah sie es vor ihrem inneren Auge: An der einen Hand trug er einen schwarzen Handschuh und an der anderen – der, die die Waffe hielt – einen Latexhandschuh. Nachdem er auf Kate und Ellie Sands geschossen hatte, fummelte er an der Waffe herum. Er ließ sie fallen und raste weg.«

»Hat sie das damals gemeldet?« Sheridan stand auf und zwinkerte Sam zu, bevor sie ins andere Zimmer ging und die Tür hinter sich schloss.

»Sie hat es versucht. Sie ist zur Polizei gegangen und hat gesagt, dass sie ihrer ersten Aussage noch etwas hinzufügen wollte. Aber niemand hat sich je bei ihr gemeldet. Dann ist ihre Mutter gestorben, und sie musste sich damit auseinandersetzen. Sie hat gesagt, dass sie davon ausgegangen ist, dass wir kein Interesse hätten, weil sich niemand bei ihr gemeldet hat.«

Sheridan gelang es nur mit Mühe, nicht laut zu werden. »Verdammt noch mal, das wäre damals wirklich wichtig gewesen! Wenn wir diese Information gehabt hätten, hätte sie vielleicht sogar Zweifel daran aufkommen lassen, ob John Lively wirklich der Schütze gewesen ist. Wir hätten uns gefragt, warum er einen Latexhandschuh trug und warum er offenbar die Waffe fallen lassen *wollte*. Jetzt wissen wir, dass er es nicht gewesen ist, aber damals …« Sheridan schüttelte den Kopf. »Danke, dass du mich angerufen hast. Wie war Sally Doneghy sonst so?«

»Sie war richtig lieb.«

»Okay, dann geh jetzt nach Hause. Wir sehen uns morgen und dann sprechen wir das im Einzelnen durch.«

»Okay, einen schönen Abend noch.«

Sheridan ging zurück ins Wohnzimmer. »Tut mir leid.«

Sam hob die Hand. »Du musst dich nicht entschuldigen. Alles okay?«

»Ja. Es ging nur um einen komplizierten Fall.«

»Willst du darüber reden?« Sam reichte Sheridan ihr Glas.

»Geht leider nicht.«

»Sorry, natürlich nicht. Es muss schwer sein … Kanntest du die Polizistin, die ermordet wurde?«

»Nein, anders als viele meiner Kolleginnen und Kollegen.«

»Das muss schlimm für sie sein. War sie verheiratet?«

»Nein, sie war …« Sheridan zögerte. »Sie war mit jemandem zusammen, einem anderen PC. Howard Cooke.«

»O Mann, das muss ihn umgehauen haben. Ist er noch Polizist?«

»Nein, er hat den Job aufgegeben, kurz nachdem Kate ermordet worden ist.« Sie hob eine Augenbraue, bevor sie hinzufügte: »Er war verheiratet.«

»Ach so. Eine Affäre? Muss ihn trotzdem umgehauen haben.«

»Ja.« Sheridan nahm einen Schluck Wein und erwärmte ihn langsam im Mund, bevor sie ihn herunterschluckte. »Ja, so war's auch.«

»Du bist nicht überzeugt?« Sam trank ihr Glas aus. »Ich stelle zu viele Fragen. Tut mir leid, ich höre jetzt auf damit.«

Sie grinsten sich an.

»Schon gut, ich habe dir ja nichts erzählt, was nicht allgemein bekannt war. Es stand damals in allen Zeitungen. Es ist nur … irgendetwas ist mit ihm …« Sheridan stand abrupt auf und küsste Sam auf den Mund. »Komm, genug von der Arbeit. Wir trinken noch was, ja?«

»Hört sich nach einem guten Plan an.« Sam folgte ihr in die Küche, wo ihr ein Foto ins Auge fiel. Sie betrachtete es näher.

»Bist du das mit deiner Familie?«

»Ja. Matthew, meine Eltern und ich.«

»Wie alt warst du da?« Sam wandte sich Sheridan zu und sah den Schmerz in ihren Augen.

»Dreizehn. Es wurde ein Jahr vor Matthews Ermordung aufgenommen.«

Sie standen einen Moment lang schweigend da. Dann legte Sam Sheridan den Arm um die Schulter und tippte mit dem Finger gegen den Rahmen.

»Darf ich was sagen?«, fragte sie.

»Natürlich.«

»Geh und klopf an die Tür von Andrew Longford.« Sie sah Sheridan direkt in die Augen. »Bald. Tu es bald.«

KAPITEL 63

Anna schloss die Haustür von innen ab und hängte ihren Mantel an die Flurgarderobe. Plötzlich wurde die Wohnzimmertür aufgerissen. Sie zuckte zusammen.

»Wo bist du gewesen? Ich war krank vor Sorge«, lallte Steve und lehnte sich gegen den Türrahmen.

Anna hob die Hand. »Ich will keinen Streit, Steve. Ich habe bis eben gearbeitet und bin müde.«

Sie drängte sich an ihm vorbei zur Küche, nahm unterwegs die leere Weinflasche und warf sie ins Altglas.

»Ich frage dich nur einmal.« Er stand direkt hinter ihr, sein Atem in ihrem Nacken. »Triffst du dich mit einem anderen?«

Anna stützte sich auf dem Spülbecken ab und drehte sich dann langsam um. »Ich habe gearbeitet. Ich bin Polizistin, ich habe lange Arbeitszeiten, und wenn das ein Problem für dich ist, dann musst du gehen.« Sie deutete auf die Tür.

Er küsste sie auf die Lippen. »Ich habe nur einen Scherz gemacht.« Er legte die Hände um ihre Hüften und zog sie an sich.

»Du stinkst nach Alkohol.« Sie stieß seinen Kopf weg und versuchte, sich aus seinem Griff zu winden. Er presste ihr zwei Finger so fest zwischen die Rippen, dass sie zusammenfuhr.

»Gib mir einen Kuss.« Er hauchte sie grinsend an.

Sie küsste ihn schnell auf die Lippen. »Du bist betrunken. Überhaupt trinkst du in letzter Zeit mehr. Glaub nicht, dass mir das nicht auffällt.« Als er die Augen verdrehte und ihr die Zunge herausstreckte, musste sie wider Willen lächeln.

»Ich bin nicht betrunken, ich bin high vom Leben.« Er küsste sie noch einmal und drehte sich um, um die Ofentür zu öffnen.

»Warum trinkst du so viel? Stimmt etwas nicht?«

»Nein. Es ist alles in Ordnung. Ich trinke nur ein bisschen, wenn ich nach Hause komme und darauf warte, dass du von der Arbeit nach Hause kommst. Es ist deine Schuld. Denn wenn du mehr Zeit mit mir verbringen würdest, würde ich mir nicht die Leber kaputt machen.« Er grinste breit. »Nein, komm, ich habe nur einen Witz gemacht. Nicht darüber, dass du die ganze Zeit bei der Arbeit bist, sondern darüber, dass du dafür verantwortlich bist, wenn ich zum Alkoholiker werde.«

»Das ist nicht lustig. Ich weiß genau, wann du scherzt und wann du vor mir zu verbergen versuchst, dass du sauer bist. Ich weiß, dass es dir zu schaffen macht, dass ich so viel arbeite, aber mein Job geht nun mal nicht von neun bis fünf. Und das wird sich auch nicht ändern.«

»Ich weiß. Und das war völlig in Ordnung, als wir nicht zusammengelebt haben, aber jetzt, wenn ich darauf warte, dass du nach Hause kommst, vermisse ich dich. Und meistens habe ich keine Ahnung, wann du kommst oder was du gerade tust.«

»Ich erledige meinen Job. Meistens habe ich auch keine Ahnung, wann ich nach Hause kommen werde. Ich schreibe dir, wenn ich kann, und wenn es wirklich spät wird …«

»Anna, es ist alles in Ordnung. Jetzt setz dich hin, ich schenke dir ein Glas ein. Das Essen ist ein bisschen verkocht, aber es wird schon gehen.« Er schlug ihr mit dem Geschirrtuch auf den Hintern, als sie ins Wohnzimmer ging, die Schuhe abstreifte, sich auf das Sofa fallen ließ und die Augen schloss.

»Ich hätte gerne einen Tee. Ich will keinen Alkohol trinken. Und ich glaube, du hast auch genug getrunken, oder?«

Steve spürte, wie sich sein Kiefer anspannte. Er wickelte das Geschirrtuch um seine Faust. Ihm stieg das Blut zu Kopf, als er sein Weinglas vom Küchentisch riss und in einem Zug hinunterkippte. Dabei packte er das Glas so fest, dass es in seiner Hand zerbrach. Ein paar Splitter blieben im Geschirrtuch hängen, die restlichen fielen zu Boden.

»Was war das?«, rief Anna und öffnete die Augen.

»Tut mir leid, Schatz, mir ist gerade ein Glas zerbrochen. Bleib da, ich räume es weg.«

»Verdammt noch mal, Steve.« Anna massierte sich die Kopfhaut. »Ich gehe mich umziehen.« Sie stand vom Sofa auf und spähte in die Küche.

»Ich habe gesagt, dass es mir leidtut, Anna. Es war ein Versehen. Wenn du wieder runterkommst, ist hier alles wieder in Ordnung.« Er griff unter die Spüle und holte Kehrblech und Handfeger heraus.

Kopfschüttelnd machte sie sich auf den Weg nach oben.

Steve stand mit geballten Fäusten mitten in der Küche. Er war so wütend und so betrunken, dass ihm Tränen über das Gesicht liefen. Und um ihn herum war alles voller Scherben.

KAPITEL 64

Freitag, 14. Januar

Als Sam nach Hause kam und die Haustür öffnete, wurde sie sofort von Maud begrüßt. »Hallo Maud.« Sie streichelte ihr den Kopf und ging in die Küche. Die Katze tänzelte um ihre Füße herum.

»Hey, du Rumtreiberin!«, dröhnte Jonis Stimme aus ihrem Schlafzimmer. »Ich nehme auch einen Kaffee, wenn du welchen machst.«

Sam setzte Wasser auf und ging in Jonis Zimmer. »Guten Morgen«, sagte sie grinsend.

»Ich nehme an, du hast die Nacht durchgevögelt?«

»Falsch geraten. Wir haben die halbe Nacht geredet.« Sie ließ sich auf Jonis Bett plumpsen. Maud gesellte sich zu ihnen.

Joni setzte sich auf und zog die Knie an die Brust, während Sam ihr die Geschichte von Sheridans Bruder erzählte, die Einzelheiten, die sie erfahren hatte und wie offen und verletzlich Sheridan sich Sam gezeigt hatte. Sheridan war groß und sah sich als stahlharte Kriegerin, geistig und körperlich stark.

Unzerbrechlich. Aber Sam hatte eine verletzliche Seite an ihr gesehen, von der mit Sicherheit nur wenige etwas ahnten.

Joni stand auf, und Sam folgte ihr in die Küche.

»Triffst du dich heute Abend wieder mit Sheridan?« Joni öffnete den Kühlschrank und schnupperte an der Milch.

»Nein, sie fährt ins Krankenhaus zu ihrem Kollegen.«

»Dann könnten wir uns eine Pizza holen und uns besaufen?«

»Auf jeden Fall.«

KAPITEL 65

Howard setzte sich an den Küchentisch und sah zu, wie Carly kochendes Wasser in die Teekanne goss.

»Du machst ihn immer noch auf die altmodische Art?«

Carly drehte sich um und sagte: »Natürlich.«

»Geht es deinen Eltern gut?«

»Ja, sie machen einen Tagesausflug nach King's Lynn.«

»Ich nehme an, sie wollten mich nicht sehen?«

»So ist es. Du weißt, was sie von dir halten, Howard. Und du kannst es ihnen nicht verdenken.«

»Tue ich auch nicht. Und wie ist es so, in einem verschlafenen Dorf zu leben?«

»Gut.« Carly hatte keine Lust auf Small Talk. Howard war kein Freund, mit dem sie bei einer Tasse Tee plaudern wollte. Howard war ihr Ex-Mann, der sie betrogen und ihre Welt aus den Angeln gehoben hatte. Eigentlich wollte sie ihn nicht mal in ihrer Nähe haben. Und schon gar nicht in der Nähe ihrer Kinder. Sie hatte sich eingelebt und war glücklich. Sie lebte gerne mit ihren Eltern zusammen. Menschen, denen sie vertraute. Der Mann an ihrem Küchentisch war wie ein gefährliches Insekt. Er mochte harmlos aussehen, aber wenn man ihm vertraute, stach er zu. Er hatte sie und ihre Kinder verletzt. Und jetzt war er hier, in ihrem Haus, in ihrer Küche. Sie hatte das Gefühl, dass er durch seine bloße Anwesenheit ihren keimfreien und sicheren Rückzugsort kontaminierte.

Sie schenkte den Tee ein und setzte sich. »Howard, ich weiß, du willst die Kinder sehen, aber ich muss sicher sein, dass du sie nicht belastest.«

»Das verspreche ich dir. Ich will sie nur sehen. Ich weiß, dass ich all die Jahre, in denen ich nicht da war, und all die Male, in denen ich sie im Stich gelassen habe, nicht wieder gutmachen kann. Ich möchte einfach nur etwas Zeit mit ihnen verbringen.«

»Wie lange willst du bleiben?«, fragte Carly, ohne aufzuschauen.

»Nur zwei Tage. Ich versuche, die Polizei im Fall Lively zu unterstützen.«

Carly wollte nicht über John Lively sprechen. Wenn sie den Namen hörte, musste sie an Kate Armitage und die Affäre denken. Sie hatte es satt. »Ach so«, war alles, was ihr dazu einfiel. Dann versuchte sie, ein anderes Gesprächsthema zu finden, irgendein Thema.

Howard nippte an seinem Tee. »Sie haben mich gefragt, woran ich mich erinnere, als wir mit ihm zu tun hatten. Kate und ich, meine ich.« Er starrte auf seinen Tee. »Du darfst es niemandem sagen, aber sie haben Beweise, dass Lively Kate nicht erschossen hat. Der ganze Fall steht auf dem Kopf.« Er schaute sie kurz an, um ihre Reaktion auf die Erwähnung von Kates Namen zu prüfen.

Carly schaute unverbindlich aus dem Küchenfenster. »Ich bin sicher, sie werden den Fall aufklären«, sagte sie dann abrupt.

»Ja, das glaube ich auch.«

»Hast du denn mittlerweile wen kennengelernt?«, fragte Carly. Sie wusste, dass es nicht so war, aber sie wollte es von ihm hören. Zu wissen, dass zu Hause niemand auf ihn wartete, verschaffte ihr Genugtuung.

»Nein.« Howard schüttelte den Kopf.

»Du kannst aber auch nicht den Rest deines Lebens damit verbringen, darüber zu brüten«, sagte Carly. »Sie ist nicht mehr da, und damit musst du klarkommen.«

Howard wurde rot. Er schluckte.

»Du bist nie über sie hinweggekommen, stimmt's?« Carly nahm wahr, wie sich sein Gesicht veränderte. Sie sah den Schmerz in seinen Augen und wie er in sich zusammensackte. Nein, sie wollte nicht über Kate Armitage sprechen. Aber wenn sie sehen konnte, wie weh es ihm tat, würde sie es tun. Es war ihm scheißegal gewesen, als er Kate gevögelt und sie, seine Frau, angelogen hatte. Und ihr war es scheißegal, wenn es ihm jetzt wehtat.

Er schüttelte den Kopf. »Nein, nie.«

»Du musst loslassen, Howard. Wenn du es nicht tust, wird es dich kaputtmachen.« Sie beobachtete ihn und sah, wie ihm Tränen in die Augen stiegen. »Bereust du die Affäre?«

»Ich bereue, dass ich dir und den Kindern wehgetan habe.«

»Aber die Affäre nicht?«

»Was bringt es, jetzt noch zu lügen? Ich habe sie geliebt, ich vermisse sie und ich wünsche mir, sie wäre noch hier. Ich bereue nicht, sie gekannt zu haben, aber ich bereue den Schmerz, den das verursacht hat. Ich würde alles geben, um das rückgängig zu machen.«

»Du hast dich verändert, als ihr zusammen Streife gefahren seid. Du warst wie ausgetauscht.« Carly fuhr mit dem Finger über den Rand ihrer Teetasse. »Du wolltest nicht mehr zu Hause sein. Du wolltest nur noch arbeiten. Mir hast du gesagt, du machst Überstunden wegen einer Drogenrazzia oder sonst irgendeinem Blödsinn. Und dabei warst du die ganze Zeit bei ihr.«

Er sah auf. »Ich streite nichts ab.«

»Du hast sie gefickt, während ich zu Hause war und mich um unsere Kinder gekümmert habe. Das kann ich dir nie verzeihen. Und das weißt du auch, oder?«

Er nickte, atmete tief ein und versuchte mühsam, die Fassung zu wahren. Seine Brust zog sich zusammen, und er hätte am liebsten geschrien, damit sie endlich den Mund hielt. Hätte er das Thema doch nie angesprochen! Aber jetzt musste er ihr zuhören. Das war das Mindeste, was sie verdient hatte.

»Und euer Kumpel, Tom Hudson, das Alibi? Wie oft hat er für dich gelogen? Oder habt ihr alle drei unter einer Decke gesteckt? Wusste Kate, dass Tom dein Alibi war? Oder hat er sie auch gefickt? Ich wette, ihr habt alle drei über mich gelacht. Über die dumme kleine Hausfrau.«

»Nein. So ist es nicht gewesen!«, fuhr Howard auf.

Carly schüttelte den Kopf. »Es gab Zeiten, da habe ich mir gewünscht, du wärst tot. Du hast mir das Gefühl gegeben, wertlos und lächerlich zu sein. Du hast unser Leben zu einer Farce gemacht. Ich habe dich gehasst. Und das, was du getan hast. Und ich habe sie gehasst.« Sie schloss die Augen. »Mittlerweile habe ich viel Zeit gehabt, um darüber hinwegzukommen. Ich kann das nicht vergeben. Trotzdem lasse ich dich die Kinder sehen. Aber ich schwöre bei Gott, Howard, wenn du es vermasselst oder irgendetwas sagst oder tust, was sie erschreckt oder verletzt, sorge ich dafür, dass du sie nie wieder zu Gesicht bekommst … Hast du das verstanden?«

»Ja.« Er sah ihr in die Augen. »Das habe ich verstanden.«

»Dann kannst du sie morgen sehen. Sei um zehn Uhr hier.«

KAPITEL 66

Sheridan rieb sich die Schläfen, während sie sich im Großraumbüro der Kripo auf eine Besprechung mit dem Team vorbereitete. Ihren Leuten stand die Erschöpfung ins Gesicht geschrieben. Sie arbeiteten auf Hochtouren, verfolgten Spuren und versuchten fieberhaft, die Verbindung zwischen Ellie Sands und John Lively zu finden. Bis jetzt hatten sie einfach noch nicht den dringend benötigten Durchbruch geschafft. Das eine Puzzlestück, mit dem sich alle anderen zusammenfügen ließen, fehlte ihnen noch immer.

Rob Wills hatte mehrere Stunden mit den Eltern von Kate Armitage über die Ermittlungen gesprochen und ihnen versichert, dass das ganze Team alles daransetzte, den Mörder ihrer Tochter zu finden.

Andere Kollegen hatten Ellies Familie, Freunde und ehemalige Kollegen überprüft. Niemand war auf eine Verbindung zwischen Ellie und John Lively gestoßen.

Sheridan war das Beweismaterial durchgegangen, hatte es geprüft und dann nochmals überprüft. Als sie sich jetzt im Raum umsah, war offensichtlich, wie deprimiert ihr Team war.

»Okay, Leute. Ich weiß, dass das alles ein bisschen frustrierend ist, aber ich bin zuversichtlich, dass wir einer Antwort näher kommen.« Sie trank einen Schluck Kaffee.

»Rob? Wie läuft's mit Kates Familie und Freunden?«

»Da sind nur noch zwei Cousins, mit denen ich noch reden muss. Laut ihren Eltern hatte sie nicht viele Freunde außerhalb der Arbeit.«

»Okay.« Sheridan wandte sich an Dipesh. »Wie sieht es bei Ellie aus?«

»Wir haben mit den Kollegen gesprochen, die noch bei der ›Liverpool Post‹ arbeiten – nichts. Heute befragen wir einige, die nicht mehr bei der Zeitung arbeiten. Ich habe mit Ellies Neffen Miles und seiner Frau gesprochen. Sie wissen nichts über John Lively. Vor der Schießerei hatten sie noch nie etwas von ihm gehört. Ellies Bruder Edward lebt in Kanada, mit dem hat Jules telefoniert. Er hatte nicht viel Kontakt zu Ellie, bevor sie angeschossen wurde, und auch nie etwas von Ellie über Lively gehört.«

»Okay.« Sheridan nickte. »Irgendwer wird irgendwas wissen. Wenn Ellie Lively kannte, dann wird irgendwer davon gewusst haben. Folgt so vielen Spuren von Ellie, Lively und Kate wie möglich. Wir kommen der Sache näher, wir schaffen das.«

Sie nahm ihren Kaffeebecher. »Ich gehe heute Abend zu Max. Unterschreibt bitte alle die Karte für ihn.«

»Wie geht es ihm?«, fragte Rob.

»Ziemlich gut, soweit ich weiß. Ich werde euch morgen Bescheid geben.«

»Du hast morgen frei.«

»Stimmt ja. Also, dann rufe ich an, wenn es große Neuigkeiten gibt. Und ruft mich an, wenn sich irgendetwas ergibt. Und das meine ich so.«

KAPITEL 67

Sheridan saß auf dem Krankenhausparkplatz und schrieb Sam eine SMS:

> Bin gerade am Krankenhaus angekommen. Geht's dir gut?

Sam antwortete:

> Ja. Hoffentlich geht's deinem Chef besser. Joni und ich bestellen Pizza und besaufen uns X

Sheridan tippte lächelnd:

> Guter Plan X

Die Vorhänge um Max Halls Bett waren zugezogen, deswegen ging sie zurück zum Empfangstresen, um zu warten.

Fünf Minuten später zogen zwei Ärzte die Vorhänge auf. Sheridan ließ sie vorbei, bevor sie zu Max ging. »Hallo Chef.«

»Sheridan, du hättest nicht kommen müssen. Aber es ist trotzdem schön, dich zu sehen.« Max hievte seinen massigen Körper in eine sitzende Position.

»Wie fühlst du dich?«

»Ich hab Glück gehabt.« Er griff nach einem Glas Wasser. »Wie läuft es mit dem Fall?«

»O nein! Wir reden nicht über den Job. Ich habe dir eine Karte von allen mitgebracht. Falls es irgendwelche unpassenden Kommentare geben sollte, entschuldige ich mich im Voraus.« Sie legte die Karte auf die Bettdecke. »Wir haben für dich gesammelt. Leider habe ich es Jules Mayfield überlassen, dir das Geschenk zu besorgen. Sie hat einen Büchergutschein besorgt. Liest du Bücher?«

»Nein, aber das ist schon in Ordnung. Ich schenke ihn meiner Frau zum Geburtstag.«

»Du Geizhals.« Sheridan grinste.

Max flüsterte: »Hast du meinen Arsch gesehen?«

»Was?«

»Meinen Arsch. Du warst doch auf der Toilette, bevor die Sanitäter kamen? Ich habe mich gefragt, ob du meinen Hintern gesehen hast.«

Sheridan hielt sich die Hand vor den Mund, um nicht laut herauszulachen. »Du hast vielleicht Probleme!«

»Ich hab hier Zeit zum Grübeln.«

»Nein, habe ich nicht. Du lagst andersrum.« Sie beugte sich vor und flüsterte: »Aber deinen Pimmel, den habe ich gesehen.«

»Und?«

»Bisschen mickrig geraten. Nicht, dass ich eine Expertin wäre.«

»Ich wusste, dass du mich aufheitern würdest. Alle anderen glotzen mich an, als würde ich gleich tot umfallen.«

»Sie machen sich eben Sorgen. Um ehrlich zu sein, hast du in letzter Zeit ziemlich fertig ausgesehen. Als müsstest du das Gewicht der ganzen Welt auf deinen Schultern tragen.« Sie zwinkerte ihm zu. »Jetzt siehst du viel besser aus.«

»Mir geht es schon eine ganze Weile nicht mehr so gut.« Max seufzte. »Ich habe niemandem was gesagt, weil ich natürlich gehofft habe, dass es nichts weiter ist. Nichts, worüber man sich Sorgen machen müsste, aber …« Er hustete. »Wie auch immer, nun komm schon, erzähl mir von dem Fall.«

Sheridan schüttelte den Kopf. »Kommt nicht infrage.«

»Na los, gib mir was anderes, woran ich denken kann, als an mein unberechenbares Herz.«

»Wahrscheinlich hat dir der Job dein unberechenbares Herz erst beschert. Deswegen rede ich nicht mit dir über den Fall.« Sheridan verschränkte die Arme.

»Wenn du mich lieben würdest, würdest du es tun.« Er schmollte.

»Ich liebe dich, aber ich spreche trotzdem nicht über den Fall.«

Max sah sie stirnrunzelnd an. »Blöde Tussi.«

Sheridan zeigte auf ihn. »Oller Saftsack.«

Max zeigte zurück. »Arschloch.«

Sheridan hob eine Augenbraue. »Schlappschwanz.«

KAPITEL 68

Samstag, 15. Januar

Sheridan atmete tief durch, bevor sie aus ihrem Auto ausstieg. Ihr war flau im Magen, als sie zögerlich auf das Haus zuging. Einen Moment lang verspürte sie den Drang, wieder ins Auto zu steigen und wegzufahren. Aber Sams Worte hallten nach. Und bevor sie es sich anders überlegen konnte, klingelte sie.

Er öffnete die Tür. »Ja, bitte?«

»Hi, es tut mir wirklich leid, dass ich Sie am Samstag störe. Sie heißen doch Andrew, oder?«

»Ja.«

»Mein Name ist Sheridan Holler.« Sie zögerte, weil sie nicht so recht wusste, was sie als Nächstes sagen sollte. Sie hatte diesen Moment schon so oft in ihrem Kopf durchgespielt, aber jetzt, wo er gekommen war, fehlten ihr die Worte.

»Matthews Schwester.« Er trat einen Schritt zurück. »Bitte, komm rein.«

Sheridan folgte ihm ins Wohnzimmer.

Andrew Longford deutete auf das Sofa, bevor er sich in einen Sessel setzte, der aussah, als käme er vom Sperrmüll.

Überall im Zimmer türmten sich Berge von Zeitungen, und neben dem Fernseher stapelten sich alte VHS-Kassetten.

»Matthews Schwester«, wiederholte er, und Sheridan fand es seltsam, seine Stimme zu hören.

»Genau«, antwortete sie und fühlte sich plötzlich sehr unbehaglich. »Ich hoffe, es macht … dir nichts aus, dass ich gekommen bin?«

»Überhaupt nichts. Ich denke oft an Matthew und daran, was mit ihm passiert ist.« Seine Stimme wurde leiser.

»Ich weiß, dass man dir immer wieder dieselben Fragen gestellt hat. Aber ich frage mich, ob du dich noch an irgendetwas anderes bei dem Mann erinnerst, der sich an diesem Tag da herumgedrückt hat. Der Mann mit dem braunen Mantel?«

Andrew nahm seine Brille ab und rieb sich das Gesicht. »Wenn es bloß so wäre! Vor ein paar Jahren war die Polizei noch mal hier und wollte alles Mögliche wissen. Sie haben mir erklärt, dass sie ein paar ungelöste Fälle aufarbeiten. Sie wollten genau das Gleiche wissen: Ob ich mich noch an irgendetwas anderes erinnern könnte, was an dem Tag passiert ist, aber ich konnte ihnen nicht wirklich helfen. Es ist schon so lange her.«

»Hattest du den Mann schon mal gesehen oder hast du ihn danach noch mal gesehen?« Sheridan wusste, dass ihm diese Fragen mittlerweile schon x-mal gestellt worden waren. Aber sie musste es mit eigenen Ohren hören.

»Nein, das haben sie mich auch gefragt. Ich habe ihn nur dieses eine Mal gesehen und nie wieder. Blaue Jeans, brauner Mantel, Bart.«

»Und da war sonst niemand?«

»Nicht, dass ich wüsste. Es tut mir sehr leid.« Andrew Longford stand auf. »Entschuldigst du mich einen Moment? Ich muss mir Insulin spritzen.«

»Klar.«

Sie sah zu, wie er langsam in die Küche ging. Er war groß und kräftig gebaut. Sein einst blondes Haar war grau meliert, und am Hinterkopf hatte er eine kahle Stelle. Er bewegte sich so schwerfällig, als wäre er viele Jahre älter. Sie stand auf, um durch die Gardinen auf die Straße zu schauen, und dann wanderte ihr Blick durch den Raum, zu dem Nippes aus Glas, der auf dem Kaminsims aufgereiht war, und zu dem Gemälde einer Bauernhofszene darüber. Gerahmte Fotos zeigten ein älteres Paar auf einer Hochzeit, Andrew als Jungen, in weißen Shorts und Unterhemd, wie er voller Stolz einen Fisch hochhielt. An der gegenüberliegenden Wand hing ein Bild von einer jungen Fußballmannschaft in roten Trikots, das Sheridan sich genauer ansah. Auf einem anderen Foto war Andrew mit einer lila Pudelmütze oben auf einer Rutsche zu erkennen, während ein Mann in einer Schlagjeans – wahrscheinlich sein Vater – unten stand, bereit, ihn aufzufangen. Daneben hing eine riesige Fotocollage, ein Sammelsurium aus Erinnerungen, eingeklemmt in einen Rahmen.

»Tut mir leid.« Andrew Longford ließ sich auf seinen Sessel nieder und trank einen Schluck Wasser. Auf dem Beistelltisch stapelten sich Medikamentenpackungen, aus einer Tüte zu seinen Füßen guckten weitere Schachteln hervor. »Ich hatte vor ein paar Jahren Krebs. Es sieht im Moment gut aus, aber ein paar gesundheitliche Probleme habe ich schon«, erklärte er.

»Das tut mir leid. Macht es dir wirklich nichts aus, dass ich gekommen bin?«

»Nein. Ich habe mich immer gefragt, ob du mal vorbeikommen würdest.«

Sheridan wandte sich wieder den Fotos zu. »Sind einige davon im Birkenhead Park aufgenommen worden? Irgendwie kommt mir der Park bekannt vor.«

Andrew stand wieder auf und kam zu ihr hinüber. »Ja, ich habe da als Kind viel gespielt, und mein Vater hatte immer eine

Kamera dabei.« Er holte tief Luft. »Nachdem das mit Matthew passiert ist, sind wir nie mehr hingegangen.«

Sheridan nickte. »Bist du das?« Sie zeigte auf einen pummeligen blonden Jungen, der einen Fuß auf einen Fußball gesetzt hatte und mit verschränkten Armen dastand und in die Kamera strahlte.

»Ja«, sagte er lächelnd.

Sheridan fiel ein anderes Bild von einem Fußballspiel ins Auge. Im Vordergrund jagten vier Jungen an einer lächelnden Zuschauerin vorbei einem Ball hinterher. An der Seitenlinie standen ein paar stolze Väter, die ihre Söhne anfeuerten. Plötzlich erkannte sie, dass einer der Jungen Matthew war. Als sie sich das Bild noch genauer ansah, bemerkte sie einen älteren Mann, der hinter dem Tor stand, die Hände in den Hosentaschen. Er war klein und hatte braunes Haar mit grauen Strähnen. Sein Pullover spannte über dem Bauch, seine Jeans hatte einen Schlag.

»Wer ist das?« Andrew ging näher an das Foto heran und zog seine Brille aus der Hemdtasche.

»Das ist …« Er studierte das Foto und ließ sich Zeit, bevor er antwortete. »Warte mal … Den kenne ich nicht.«

»Erkennst du alle anderen Leute?«

Andrew ging alle Personen auf dem Bild durch. Die einzige unbekannte Person war der Mann hinter dem Tor.

Sie machte eine Bemerkung darüber, wie seltsam es war, Matthew auf einem Foto zu entdecken, das ihr ganz unbekannt war, und fragte ihn, ob er noch mehr Fotos habe. Er sagte, dass es auf dem Dachboden noch Kisten seines verstorbenen Vaters gab, in denen sich wahrscheinlich noch alte Fotos befanden.

Die hätte sich Sheridan am liebsten auf der Stelle angesehen. Aber sie hielt sich zurück. Sie konnte ihn schlecht bitten, sie jetzt vom Dachboden zu holen. Sie bot ihm auch nicht an, selbst hinaufzuklettern, obwohl sie es eigentlich unbedingt wollte. Dann machte Andrew von sich aus den Vorschlag, dass er seinen Freund bei seinem nächsten Besuch bitten würde, sie herunterzubringen. Er schrieb sich Sheridans Nummer auf und versprach, sie anzurufen. Ihre Frage, ob sich die Polizei die Fotos angesehen hatte, als sie den Fall vor ein paar Jahren wieder aufgerollt hatte, konnte er weder mit Ja noch mit Nein beantworten. Damals hatte er eine Chemotherapie gemacht und alles war etwas verschwommen gewesen.

Sie unterhielten sich noch fast eine Stunde. Die ganze Zeit über musste Sheridan an das Foto denken, das Andrew aus dem Rahmen genommen und ihr gegeben hatte.

»Ich kann mir nicht vorstellen, was deine Familie durchgemacht hat, und es tut mir so leid, dass ihr nicht damit abschließen könnt.« Andrew schaute zu Boden.

»Hast du Familie?«, fragte Sheridan, die auf der Kante des unbequemen Sofas hockte.

»Ich habe mit siebenundzwanzig geheiratet, aber es hat nicht geklappt. Wir hatten keine Kinder, sie wollte keine. Dann bin ich ziemlich viel umgezogen, bis ich mich wieder hier niedergelassen habe.«

»Woran ist dein Vater gestorben?«

»An Bauchspeicheldrüsenkrebs. Vor elf Jahren.«

»Das tut mir leid.«

»So ist das eben.« Er hielt inne. »Und erzähl mal, wie geht es deinen Eltern? Ich erinnere mich ziemlich genau an sie. An dich natürlich sowieso, du siehst noch genauso aus wie damals.«

Sheridan lächelte. »Ich bin auch älter geworden, wie wir alle. Meinen Eltern geht es ganz gut, danke.«

»Arbeitest du? Bist du verheiratet? Kinder?«

»Ja, ich arbeite. Ich bin nicht verheiratet und habe keine Kinder.«

»Und was machst du beruflich?«

»Ich bin Polizistin.«

»Ach, wirklich?« Er räusperte sich. »Magst du deinen Job?«

»Ja. Aber ich bin heute nicht als Polizistin hier, das verstehst du doch, oder?«

»Natürlich. Du bist eine Schwester, die herausfinden will, was mit ihrem Bruder passiert ist. Bist du wegen Matthew zur Polizei gegangen?«

»Ja. Ich will wissen, was geschehen ist. Und eines Tages wird es so weit sein.«

»Ich hoffe es, wirklich. Das mit Matthew hat mich mein ganzes Leben verfolgt.« Er hielt inne. »Ich fühle mich schuldig. Schon seit damals.«

»Es war nicht deine Schuld, Andrew. Nur einer ist schuld: der Mann, der ihn getötet hat.«

Andrew begann zu husten; er griff mit einer Hand nach seinem Glas Wasser und klopfte sich mit der anderen leicht auf die Brust. Sein Gesicht lief rot an, und er rang nach Atem. »Verzeihung.«

Sheridan saß still da und wartete, dass er sich erholte. Als er ein Taschentuch aus einer Schachtel vom Beistelltisch zog und sich den Mund abwischte, stand sie auf.

»Ich lasse dich jetzt in Ruhe. Vielen Dank, dass du mit mir gesprochen hast, Andrew.«

»Gern geschehen.« Er schrieb ihr seine Telefonnummer auf. »Ich rufe dich an, sobald ich die Fotos habe. Und du kannst dich immer melden, wenn du Lust zum Reden hast.«

Sheridan stieg wieder in ihr Auto und hob grüßend die Hand, als sie an seinem Haus vorbeifuhr. Er winkte ihr zu, bevor er hineinging.

KAPITEL 69

Sheridan schlängelte sich durch den üblichen dichten Samstagsverkehr in Liverpool. Sie kannte sich gut genug aus, um die Nebenstraßen in Richtung Mersey-Fähre nehmen zu können. Dort parkte sie das Auto, stieg aus und schlenderte mit den Händen in den Taschen zum Fluss hinunter.

Sie sah zu, wie die Fähre in Richtung Wirral ablegte. Sie betrachtete die Passagiere an Bord, unter ihnen einen winkenden kleinen Jungen. Das erinnerte sie an die Zeit, als Matthew und sie noch klein gewesen waren und oft mit ihren Eltern auf der Fähre nach Liverpool hinübergefahren waren. Es war eins von Matthews Lieblingsvergnügungen gewesen. Er hatte Sheridans Hand gehalten und auf die Orientierungspunkte gedeutet, die ihr Vater ihnen gezeigt hatte.

Nachdem Matthew ermordet worden war, war Sheridan immer wieder mit der Fähre hin- und hergefahren. Sie hatte die Passagiere gemustert. Vielleicht war der Mann, den Andrew Longford beschrieben hatte, unter ihnen. Blaue Jeans, brauner Mantel, Bart. Vielleicht war er früher irgendwann auf der Fähre gewesen und hatte Matthew gesehen. Vielleicht war er ihnen gefolgt, als sie in Wirral ausstiegen. Vielleicht hatte er ihr Haus beobachtet und war Matthew zum Birkenhead Park gefolgt. Damals war in Sheridans Augen jeder verdächtig. Und jetzt, als die Fähre über den Mersey glitt, sah sie, wie Matthew ihr zuwinkte.

Nur, dass es nicht Matthew war. Es war ein anderer kleiner Junge. Der Sohn von anderen Leuten, der Bruder von anderen Leuten. Sie drehte sich um, ging zurück zu ihrem Auto und fuhr in Richtung Hale-Street-Revier.

KAPITEL 70

Sheridan ging über den Hinterhof und stieg die Treppen hinauf. Wie samstags üblich waren die Korridore leer, abgesehen von vereinzelten uniformierten Beamten. Rob und Dipesh blickten auf, als sie das Kripobüro betrat.

»Was machst du denn hier? Geht es Max gut?«, fragte Rob.

»Ja, es geht ihm gut. Er sieht besser aus und hat mich damit genervt, dass ich ihm alles über den Fall erzählen soll. Also, was gibt's Neues?«

Dipesh lehnte sich zurück. »Ich habe gestern mit drei Ex-Kolleginnen von Ellie gesprochen. Nichts.«

Sheridan wandte sich an Rob. »Was ist mit Kates Cousins? Habt ihr sie erreicht?«

»Ja, aber sie wussten nicht mehr als das, was sie damals zu Protokoll gegeben haben.«

»Okay.« Sheridan seufzte. »Sonst noch was?«

»Ich bin noch dabei, die Überwachungsvideos durchzugehen, mal sehen, ob sich da noch was findet. Wie wäre es, wenn du dich vom Acker machst und dein freies Wochenende genießt?« Rob sah sie prüfend an. »Du siehst kaputt aus.«

»Ich bin auch kaputt.« Sheridan starrte auf das Whiteboard, dabei war sie in Gedanken noch bei ihrem Bruder. Und als ihr Sam in den Sinn kam, hatte sie plötzlich das dringende Bedürfnis, sie zu sehen.

»Danke, Leute. Ich bin auf meinem Handy zu erreichen, falls ihr mich braucht.« Sie ging hinaus und machte sich auf den Weg in ihr Büro, um Sam eine SMS zu schreiben:

Guten Morgen. Bist du verkatert?

Sam schrieb:

Guten Morgen. Nein, bei meinem dritten Kaffee. Willst du zu uns kommen?

Nur wenn du noch Pizza übrighast X

Sams Antwort brachte sie zum Lächeln:

Ja, aber sie ist kalt und Maud hat ein Auge darauf geworfen X

* * *

Als Sheridan an die Tür klopfte, kam Sam heraus, um sie auf den Mund zu küssen.

»Findet Joni das okay? Dass ich vorbeikomme?«

»Na klar. Mach dir keine Sorgen.«

»Guten Morgen.« Joni kam im Pyjama aus dem Bad. »Ich koche gerade richtigen Kaffee. Möchtest du auch einen?«

»Richtigen Kaffee?« Sheridan spähte durch die Küchentür.

»Joni hat ein neues Spielzeug.« Sam rollte mit den Augen.

Stolz legte Joni die Hand auf ihre hypermoderne voll ausgestattete Kaffeemaschine. »Sie macht alles Mögliche. Cappuccino?«, fragte sie aufgeregt.

»Das klingt toll. Sehr gerne.« Sheridan ging grinsend ins Wohnzimmer, um sich neben Sam aufs Sofa zu setzen. Maud sprang sofort auf ihren Schoß. »Hallo Maud, ich habe gehört, du hast Pizza gegessen«, sagte sie und streichelte ihren Kopf.

»Nur die Kruste … Und es tut mir leid, wenn ihr Atem stinkt. Sie hat das Knoblauchbrot abgeleckt.«

Joni kam herein. »Ihr zwei habt die Wohnung später für euch. Ich gehe mit einer netten Kollegin aus.« Sie schaute Sam an. »Ja, ich habe noch andere Freundinnen.«

»Treulose Tomate. Aber geh nicht unseretwegen aus«, sagte Sam.

»Mache ich nicht. Ich hatte nur Lust, mal ein anderes Gesicht als deines zu sehen.«

»Na dann.«

Joni verschwand wieder in der Küche.

»Musst du heute zur Arbeit?«, fragte Sam Sheridan.

»Ich war schon da. Es ist nicht viel los, und sie können mich auf dem Handy anrufen, wenn sie mich brauchen.«

»Hast du Lust, etwas zu unternehmen?«

»Wir könnten später Mittagessen gehen. Ich lade dich ein.«

In diesem Moment hörten sie ein lautes Zischen aus der Küche. »O Scheiße!« Sie sprangen auf, um nachzusehen, was los war. Maud folgte ihnen auf den Fersen.

Joni kniete unter der Maschine und wischte eine Pfütze aus Milch mit einem Geschirrtuch auf. »Ich habe vergessen, den blöden Einsatz reinzuschieben.« Sie sah Sam und Sheridan an, die sich alle Mühe gaben, nicht loszuprusten. »Das ist nicht lustig.«

Maud beschloss zu helfen und schleckte die Milch mit langen Zungenbewegungen auf. Sie fand Jonis neue Kaffeemaschine großartig.

KAPITEL 71

Carly öffnete die Haustür. »Komm rein.«

Howard folgte ihr in die Küche, wo seine zwölfjährige Tochter Amy saß und ein Buch las.

»Hallo, mein Schatz.« Howard ging auf sie zu und legte seine Arme um sie. Er spürte, wie sie sich anspannte, und trat zurück.

»Es ist so schön, dich zu sehen! Wo ist dein Bruder?«

»Drüben, vor dem Fernseher«, antwortete Amy, ohne von der Seite aufzusehen.

»Cal, dein Vater ist hier!«, rief Carly.

»Hi, Cal.« Howard lächelte, als sein Sohn hereingeschlendert kam. Er umarmte ihn. Sie setzten sich an den Tisch.

»Also, erzählt mal, was ihr so getrieben habt.«

Carly beschäftigt sich damit, eine Kanne Tee zu machen, und beobachtete, wie ihre Kinder nach und nach mit ihrem Vater ins Gespräch kamen. Der vierzehnjährige Cal erzählte ihm von seiner Fußballmannschaft in der Schule und davon, dass er mal Torwart der Nationalmannschaft werden wollte. Amy berichtete, dass sie Klavierunterricht nahm und eine Klarinette haben wollte. Carly beobachtete genau, wie der Mann, der sie betrogen und seine Familie auseinandergerissen hatte, mit den

Kindern sprach, die er im Stich gelassen hatte. Sie unterhielten sich eine Stunde lang und später gingen sie in den Garten, wo Cal und Howard Fußball spielten.

Das ist alles so aufgesetzt, dachte Carly. *Die Art, wie Howard Fragen stellt.* Er lachte zu laut, als Cal auf dem Rasen herumalberte. Er war ihnen nicht wirklich nah. Sie versuchte, über ihre Vorbehalte hinwegzusehen. Sollte ihr Ex-Mann doch für einen Tag den Vater spielen. Danach konnte er sein armseliges Leben weiterführen und sie konnten sich wieder ihrem Leben zuwenden. Sie willigte ein, dass Howard die Kinder zum Mittagessen einlud, und winkte ihnen hinterher. Er würde sie Junkfood essen lassen und ihnen dann blödsinnige Geschenke kaufen – eine armselige Geste für so viele verlorene Jahre.

Dann würde er mit dem Gefühl nach Hause fahren, dass er seine Pflicht erfüllt hatte. Carly wollte einfach nur, dass der Tag vorbeiging. Sie fühlte sich lausig, wenn er da war. Jeder Augenblick mit ihm versetzte sie um sieben Jahre zurück. Sie hatte die Zeitungsberichte über den Mord an Kate Armitage aufbewahrt und sie immer und immer wieder gelesen. Das Gesicht der Polizistin hatte sich in ihr Gedächtnis eingebrannt.

Und jetzt, als sie im Garten stand, zündete sie das Streichholz an und sah zu, wie die Flammen Kate Armitages Gesicht in Asche verwandelten.

KAPITEL 72

Sheridan und Sam saßen am Fenster des Blue Bird und blickten hinaus auf das Albert Dock. Das Café war voller Menschen, die hier eine Pause vom Weihnachtseinkauf in der Stadt machten. Im Sommer konnte man draußen vorm Lokal essen und das Treiben beobachten. Heute, im kalten Januarwind, war es Sam und Sheridan gelungen, einen Tisch für zwei Personen am Fenster zu bekommen.

Sie bestellten die Getränke, und Sam nahm sich die Speisekarte vor.

Sheridan atmete tief ein: »Ich war heute Morgen bei Andrew Longford.«

Sam legte die Speisekarte weg und starrte sie mit großen Augen an. »Wirklich? Hat er mit dir gesprochen?«

Sheridan erzählte ihr von dem Besuch und zeigte ihr das Foto mit dem Mann, den Andrew nicht identifizieren konnte.

Sam betrachtete es genau. »Ich verstehe, was du meinst. Er sieht irgendwie unheimlich aus, und so, als würde er nicht dazugehören. Aber er trägt keinen braunen Mantel und er hat auch keinen Bart. Was natürlich nichts heißt. Vielleicht hatte er mehrere Mäntel und hat sich ab und zu den Bart abrasiert.«

»Du hast das Zeug zur Ermittlerin.«

»B B B«, sagte Sam und hob die Augenbrauen.

»B B B?«

»Blaue Jeans, brauner Mantel, Bart.«

Sheridan steckte das Foto in die Tasche und warf einen Blick auf die Speisekarte. Sie sprachen über Matthew, der so glücklich gewesen war und so viel gelacht und so gern mit seinen Freunden im Park gespielt hatte. Genauso gern hatte er mit seiner Familie Liverpool erkundet. Ihre Eltern hatten jedes Mal ein Abenteuer daraus gemacht, wenn sie die Fähre über den Mersey nahmen und durch die Stadt streiften. Beim Erzählen spürte Sheridan das vertraute Ziehen in ihrer Brust und ließ die Erinnerungen an das, was mit ihm geschehen war, hochkommen.

»Wie geht es dir?« Sam griff über den kleinen Tisch nach Sheridans Hand.

»Gut.« Sie wechselte das Thema mit einem Lächeln. »Wie habt ihr euch eigentlich kennengelernt, Joni und du?«

»In der Schule. Ein Kind hat auf sie eingetreten, und ich bin dazwischengegangen wie Superwoman und habe ihr das Leben gerettet. So ungefähr. Seitdem hängt sie mir am Rockzipfel …«

Sheridan lachte. »Ihr habt eine tolle Beziehung. Sie ist ein guter Mensch.«

»Ja, das stimmt. Ich wohne auch unglaublich gerne mit ihr zusammen. Und so sehr sie auch so tut, als wäre es nicht so, ich weiß, dass sie Maud liebt.«

»Kein Wunder! Maud ist cool.«

Nach dem Mittagessen schlenderten sie auf Sheridans Auto zu. »Hast du Lust auf einen Spaziergang am Crosby Beach, bevor wir wieder zu mir fahren?«, fragte Sam und hakte sich bei Sheridan unter.

»Große.« Als niemand hinsah, küsste sie Sheridan schnell auf die Wange.

***

Am Crosby Beach wehte ein bitterkalter Wind. Sie liefen am Mersey entlang und spürten das Knirschen von Muschelschalen unter ihren Füßen. Sie blieben stehen, und Sheridan wies auf ihre Heimat jenseits des Mersey auf der Halbinsel Wirral, auf den kleinen geschäftigen Ort New Brighton, der sich an die Spitze der Halbinsel schmiegte. Es war ein kalter, aber klarer Tag, und in der Ferne konnten sie die Umrisse von Nordwales erkennen.

»Es ist wunderschön, nicht wahr?« Sheridan sog die Seeluft tief in ihre Lunge ein.

»Ja, das stimmt.« Sam putzte sich die Nase. »Es ist allerdings auch verdammt kalt. Sollen wir umkehren?«

»O ja! Ich spüre mein Gesicht schon gar nicht mehr.« Sheridan lachte.

Als sie nach Hause kamen, wollte Joni gerade los.

»Du gehst aber früh aus«, sagte Sam.

»Ich muss morgen arbeiten, deshalb will ich nicht zu spät wiederkommen. Maud hat drei Jaffa Cakes gefressen, und jetzt sitzt sie auf dem Toilettendeckel und starrt in die Badewanne.«

Sheridan setzte sich ins Wohnzimmer und lauschte dem Geplänkel zwischen den beiden. Als sie die Augen schloss, schlich sich Andrew Longford in ihre Gedanken. Und zum ersten Mal seit Ewigkeiten merkte sie, dass sie jetzt nicht an ihn denken wollte. In diesem Moment, hier in Jonis Wohnung, nach dem Nachmittag mit Sam, hatte sie Frieden gefunden. Sie wollte ihn auskosten, wenn auch nur für ein paar Sekunden.

»Willst du einen Kaffee?« Sam steckte den Kopf zur Tür herein.

Sheridan öffnete die Augen. »Total gerne.«

Als Joni gegangen war, machte Sam es sich neben Sheridan auf dem Sofa gemütlich.

Maud gesellte sich zu ihnen und beschloss, sich zwischen sie zu quetschen. Sie schnurrte leise. Dann furzte sie laut, was Sheridan zum Lachen brachte.

»Wie nett«, bemerkte Sam.

Sheridans Handy klingelte. Sie stand sofort auf und wedelte den Geruch weg.

»Sheridan, ich bin's, Rob Wills. Entschuldige die Störung. Kannst du reden?«

»Ja, natürlich, Rob, was gibt es?«

»Ich habe mir die Überwachungsvideos von damals angesehen. Und ich glaube, ich habe etwas gefunden.«

KAPITEL 73

Sheridan presste das Telefon ans Ohr. »Leg los.«

»Das Überwachungsvideo ist ziemlich körnig, aber an einer Stelle ist Kate Armitages Auto zu erkennen. Ich habe es mir genauer angesehen, und ich bin fast sicher, John Lively auf seinem Motorrad identifizieren zu können, wie er ihr folgt. Zumindest sieht es nach ihm und seinem Motorrad aus.«

»An welchem Datum ist das?«, fragte Sheridan.

»Am 11. Dezember, zwei Tage bevor sie erschossen wurde. Es ist früh am Morgen.«

»Und wo ist das?« Sheridan sah Sam an, legte den Kopf schief und murmelte »Entschuldigung«, bevor sie in die Küche ging. Sam zuckte lächelnd mit den Schultern. Schon zu diesem frühen Zeitpunkt ihrer Beziehung wurde ihr klar, dass Sheridan nie außer Dienst war.

»Dove Street, das ist am Arsch der Welt. Sie biegt von der Hauptstraße ab. Ab da gibt es keine Kameras mehr. Ein paar Augenblicke später sieht man Lively, jedenfalls glaube ich, dass es Lively ist, in dieselbe Richtung fahren. Fünfzehn Minuten darauf taucht sie wieder auf. Lively kommt etwa eine Minute später wieder ins Bild.

»Wohin fahren sie?«

»Keine Ahnung. In dieser Gegend gibt es so gut wie keine Videoüberwachung.«

»Kannst du erkennen, ob der Typ auf dem Motorrad Handschuhe trägt?«

»Ja, möglicherweise. Dunkle.«

»Das könnte also entweder Lively sein oder einer, der sein Motorrad nach seinem Tod gefahren ist. Wer auch immer es war, er hätte Handschuhe tragen müssen. Schließlich war es Dezember.« Sie dachte einen Moment darüber nach. »Wenn es also Lively war, wäre er am 11. noch am Leben gewesen. Wie konnte das bei den ursprünglichen Ermittlungen übersehen werden?«

»Ich weiß es nicht. Aber fairerweise muss man sagen, die Aufzeichnung ist wirklich schlecht. Vielleicht sind es gar nicht Kate und Lively.«

»Aber sie könnten es sein?«

»Ja, ich denke schon.«

»Ich komme. Bin in einer Stunde da.«

KAPITEL 74

Sheridan und Rob saßen nebeneinander und sahen sich konzentriert die Aufzeichnungen der Überwachungskameras an.

»Glaubst du, es ist Kate?« Rob stand auf und streckte sich.

»Ja.«

»Was ist mit dem Kerl auf dem Motorrad?«

»Ich denke, es *könnte* Lively sein. Schwer zu sagen. Wenn er bloß seinen verdammten Sturzhelm mal abgenommen hätte! Er hat die richtige Statur und ich glaube, es ist sein Motorrad. Aber wenn er es nicht ist, dann wäre es wahrscheinlich der Mörder von Kate.«

»Und von Lively.«

»Genau.« Sheridan spielte die Aufnahme erneut ab und beugte sich noch weiter vor. Als die männliche Figur ins Bild kam, hielt sie den Film an.

»Wir müssen die Techniker fragen, ob sie das hier für uns verbessern können.«

»Habe ich schon gemacht. Sie sehen es sich gerade an.« Rob lächelte.

»Was? Wie hast du das geschafft?«

»Ich hatte bei denen noch was gut.« Er zwinkerte.

»Ich liebe dich, Rob.« Sie nahm seine Hand und küsste sie. »Was hältst du davon, wenn wir zur Dove Street fahren? Vielleicht finden wir heraus, wohin Kate gefahren ist?«

»Nur, wenn du mir auf dem Rückweg ein Stück Kuchen kaufst. Weil ich der beste Detektiv aller Zeiten bin.«

»Aber hallo!«

***

Als sie die Dove Street hinunterfuhren, deutete Rob auf eine Seitenstraße, kaum mehr als ein Feldweg. Sheridan bog ein. Sie musste sehr langsam fahren, um Schlaglöchern und zurückgelassenen Einkaufswagen auszuweichen.

»Mein Gott, was für ein Höllenritt!« Der Weg führte durch Felder, die von Bäumen begrenzt wurden.

»Ich habe immer gedacht, dass ich diese Gegend ziemlich gut kenne … Aber hier war ich noch nie.« Rob spähte durch die Windschutzscheibe.

Etwa hundert Meter weiter versperrte ihnen ein großes Metalltor den Weg, an dem ein handgekritzeltes »Geschlossen«-Schild hing. Sie stiegen aus und sahen sich um. Rechts hinter dem Tor befand sich ein kleines Backsteingebäude und links davon eine Reihe von Garagen.

»Was ist das?« Sheridan rüttelte am Schloss. »Hallo?«

Schweigen.

»Hallo?«, rief Rob. »Ist jemand da?«

»Vielleicht ist am Wochenende geschlossen. Wir kommen am Montag wieder.« Sheridan schaute sich das Gelände noch einmal an.

»Bis dahin kriegen wir heraus, wer der Besitzer ist.«

»Super, Rob. Wir müssen alles über dieses Grundstück wissen.«

KAPITEL 75

Sonntag, 16. Januar

Howard Cooke fuhr in die Tankstelle und reihte sich in der Autoschlange ein. Nachdem er die Nummer seiner Eltern gewählt hatte, fiel ihm eine Frau an der Zapfsäule ins Auge, die ihr Auto betankte. Sie sah Kate so ähnlich, dass er seinen Blick nicht von ihr abwenden konnte.

Seine Mutter nahm den Anruf entgegen. Er erzählte ihr roboterhaft, wie es mit den Kindern gewesen war, während er die Frau anstarrte. Sogar die Art und Weise, wie sie ihr Haar zurückstrich, erinnerte ihn an Kate. Er war so fasziniert, dass er gar nicht bemerkte, wie ein Tankwart auf ihn zukam. Erst als der Mann an sein Fenster klopfte, zuckte er zusammen.

»Das Telefon muss ausgeschaltet werden, bevor Sie tanken«, sagte der Tankwart barsch.

»Mum, ich muss auflegen, aber ich schaue auf dem Heimweg bei euch vorbei. Ich müsste in einer Stunde oder so da sein.« Howard beendete das Gespräch und hielt sein Handy vor das Gesicht des Tankwarts.

»Glücklich?«, fragte er sarkastisch.

Der Tankwart zeigte auf ein Schild. »Das Benutzen von Mobilgeräten beim Betanken ist nicht gestattet.« Er klopfte auf Howards Autodach und schlenderte zufrieden davon. Dem Kerl hatte er es gezeigt.

»Scheiß Pedant!«, schnaubte Howard.

***

Eine Stunde später parkte er vor seinem Elternhaus.

Er setzte sich an den großen Küchentisch, und seine Mutter stellte eine Tasse Tee vor ihn.

»Wie geht es meinen Enkelkindern?«, fragte sein Vater und setzte sich Howard gegenüber.

»Gut. Es war wirklich schön, sie zu sehen. Und sogar Carly war nett zu mir«, sagte Howard, der noch immer an die Frau an der Tankstelle dachte. Sie hatte Kate so ähnlich gesehen. Ihr Gesicht hatte ihn bis hierher verfolgt.

»Das sind wirklich gute Neuigkeiten. Ich vermisse die Kinder. Wir vermissen sie alle beide. Carly wollte ja nie, dass wir viel Kontakt mit ihnen haben, aber vielleicht dürfen wir sie jetzt ab und zu sehen.«

»Ja, vielleicht.« Howard nippte an seinem Tee. »Sie hasst mich, aber sie hätte es nicht an euch beiden auslassen dürfen. Ihr seid die Großeltern, und sie sollte euch erlauben, die Kinder zu sehen.«

»Wenn du jetzt eine Brücke zu ihr gebaut hast, ist sie vielleicht etwas entgegenkommender«, sagte sein Vater.

»Ja, hoffentlich.« Howard seufzte. »Wie auch immer, ich habe beschlossen, mal von allem wegzukommen und Urlaub zu machen.«

»Gut, das wurde ja auch mal Zeit! Wie bist du jetzt plötzlich darauf gekommen?«, fragte sein Vater mit einem Seitenblick auf

Deirdre. Howards Mutter putzte den Herd, als hinge ihr Leben davon ab.

»Wahrscheinlich durch die Kinder. Ich habe das Gefühl, dass sich die Dinge in die richtige Richtung bewegen. Ich will versuchen, ein bisschen weiterzukommen. Es sind kleine Schritte, aber mir geht es ein bisschen besser.«

»Gut zu hören. Und wo willst du hin?«

»Weiß ich noch nicht genau. Vielleicht gucke ich mal, was last minute angeboten wird.« Er sah seinen Vater an. »Ist das okay, oder soll ich was für dich erledigen?«

»Nein, nein, fahr du mal in den Urlaub. Die Arbeit wird noch hier sein, wenn du zurückkommst.«

Howard trank seinen Tee aus, verabschiedete sich und winkte den beiden noch einmal zu, als er losfuhr.

KAPITEL 76

Joni trug gerade Wäsche die Treppe hinunter, als sie hörte, dass sie gerufen wurde. Sie stellte den Wäschekorb ab und lauschte.

»Joni, bist du da unten?«

Sie schaute die Treppe hinauf. Yvonne wartete oben auf sie. »Entschuldige, kannst du zu Ellie kommen? Es geht ihr nicht gut.«

Joni nahm zwei Stufen auf einmal. Als sie sich Ellies Zimmer näherte, hörte sie lautes Schreien. Ellie sah fürchterlich aus. Ihr Haar war zerzaust, sie schwitzte und fuchtelte mit den Armen herum. Dazu schrie sie etwas wie: »Pissi, aua, guck!«

Joni hielt ihr sanft die Arme fest, so vorsichtig wie möglich, um ihr nicht wehzutun. »Ist ja gut, Ellie, ist ja gut.« Sie sah Yvonne an. »Ist sie nass?«

»War sie. Wir haben sie frisch gemacht.«

»Okay, Ellie, beruhige dich doch.« Jonis Stimme war leise und sanft.

»Schieß mich! Schieß mich!« Ellie ließ den Kopf auf das Kissen sinken. Langsam normalisierte sich ihre Atmung wieder.

Joni nahm den Notizblock aus dem Nachttisch und schrieb die Worte auf.

»Sie wird ruhiger, aber ich bleibe noch eine Weile bei ihr.«

»Okay, danke, Joni«, antwortete Yvonne. »Sag mir Bescheid, wenn sie irgendetwas sagt, das Sinn macht.« Sie verließ das Zimmer und ging wieder nach unten.

Joni setzte sich zu Ellie, die immer wieder langsam den Kopf schüttelte und etwas wie »Pissi« wiederholte.

Joni stand auf und legte die großen Buchstaben auf Ellies Bettdecke. »Okay, Ellie, ich will verstehen, was du sagst. Zeig auf die Buchstaben.«

Ellie stieß einen Schrei aus und zeigte auf den Buchstaben P.

»Das ist gut, Ellie.« Joni schrieb den Buchstaben P auf und wartete dann auf den nächsten Buchstaben. Immer wieder zeigte Ellie auf scheinbar beliebige Buchstaben. Joni schrieb sie auf.

***

Kurze Zeit später kam Yvonne mit einer Tasse Kaffee herein. »Kommt ihr voran?«

Joni stand auf und streckte sich. »Langsam, aber wenigstens ist sie ruhig. Sie hat es geschafft, auf ein paar Buchstaben zu zeigen, aber für mich ergeben sie nicht viel Sinn. Sie versucht wirklich, uns etwas zu sagen, weißt du. Ich wünschte nur, ich könnte draufkommen, was es ist.«

»Pissi, ahhh, schieß«, schrie Ellie.

»Irgendwann wirst du draufkommen.« Yvonne legte Joni eine Hand auf die Schulter. »Übrigens, ich bin morgen nicht da, aber du kannst mich auf dem Handy erreichen.«

»Hast du was Schönes vor?«, fragte Joni und trank einen Schluck Kaffee.

»Ich besuche Freunde im Süden.«

»Wie schön! Wo wohnen die?«

»In London.«

KAPITEL 77

Montag, 17. Januar

Anna betrat das Großraumbüro mit einem breiten Grinsen.

»Alles Gute zum Geburtstag!« Das ganze Team klatschte.

Sheridan ging mit einem großen Kuchen auf sie zu, in den eine Kerze gesteckt war. »Alles Gute zum Vierzigsten.«

»Hey, ich werde neununddreißig«, sagte Anna mit gerunzelter Stirn.

»Du wirst vierzig. Find dich damit ab. Und wünsch dir was.« Sheridan stellte den Kuchen auf den Tisch.

»Okay … Ich wünsche mir, neununddreißig zu werden«, sagte sie und blies die Kerze aus.

Nachdem sie den Kuchen gegessen hatten, gingen die Leute wieder an die Arbeit. Sheridan und Anna sahen sich das Überwachungsvideo an; dem Technikteam war es gelungen, es etwas nachzuschärfen.

»Es ist wirklich schwer zu erkennen, weil es immer noch unscharf ist, aber es sieht so aus, als könnte das Kate sein. Und der Typ sieht Lively ähnlich. Wenn er es ist, dann hat er am 11. Dezember, zwei Tage vor der Schießerei, noch gelebt. Wenn er es nicht ist, dann könnte das der Typ sein, der sie beide getötet hat.« Anna kniff die Augen zusammen. »Es überrascht mich nicht, dass die beiden bei den ersten Ermittlungen übersehen wurden.«

»Lass uns mal rausfahren und nachsehen, ob heute jemand da ist.« Sheridan schnappte sich ihren Mantel von der Stuhllehne.

***

Sheridan schüttelte den Kopf, als sie sich dem hohen Metalltor näherten. »Das ›Geschlossen‹-Schild hängt immer noch dran.«

Sie stiegen aus und gingen zum Tor. Sheridan rief laut, aber es war niemand zu sehen.

»Mist.« Sie rüttelte am Schloss, während sie abwog, ob sie drüberklettern sollte.

»Was meinst du?«

»Da kommst du nicht drüber.« Anna grinste. Sheridan gab ihr einen Klaps auf den Arm.

»Doch, klar, wenn du mir eine Räuberleiter machst.«

»Mache ich nicht.« Anna schüttelte den Kopf.

»Das ist ein Befehl.«

»Nein, das ist kein Befehl.«

Sheridan lachte und rüttelte am Schloss. »Rob sieht nach, wem der Laden gehört. Hoffentlich findet er etwas.«

Sie fuhren zurück aufs Revier.

KAPITEL 78

Sie suchte sich einen ruhigen Waggon im Zug, setzte sich auf einen Fensterplatz, atmete langsam durch die Nase und versuchte, sich zu beruhigen. Ihre Hand zitterte, als sie sie wieder auf die Hosentasche legte. Es war noch da. Natürlich war es noch da. Sie hatte es in ein Taschentuch eingewickelt und in eine Plastiktüte gesteckt. Form und Größe waren von außen nicht zu erkennen. Sie hätte es am liebsten herausgenommen, ausgepackt und in der Hand gehalten.

Sie schloss die Augen und schluckte nervös. Das Herz klopfte ihr bis zum Hals. Was, wenn etwas schiefging? Was, wenn sie sich verhaspelte und ihre Geschichte nicht richtig rüberbringen konnte? Dabei hatte sie sie oft genug geprobt. Sie atmete langsam und tief bis in die Lungenspitzen ein, bevor sie noch langsamer ausatmete. Vielleicht wäre es am besten, wenn sie aus dem Zug stieg, nach Hause fuhr und es sich noch einmal überlegte. Vielleicht war es noch zu früh.

Sie starrte konzentriert auf die Gleise, als könnten sie ihr die Antwort geben. Sie musste es wissen. Nur wenn sie es wusste, konnte sie planen, was sie als Nächstes tun würde. In diesem Moment ging ein Ruck durch den Zug, und er setzte sich langsam Richtung London in Bewegung.

KAPITEL 79

Anna steckte ihren Kopf in Sheridans Büro. »Wäre es okay, wenn ich früher Schluss mache? Steve hat einen Tisch im Mamma B reserviert.«

»Im Mamma B?« Sheridan lachte. »Diese beschissene Pizzeria?«

»Ja, ich mag sie.« Anna verdrehte die Augen. »Und es ist Steves Vorstellung von einem romantischen Geburtstagsessen.«

»Vielleicht will er dich nur verarschen und hat einen Tisch in irgendeinem stinkfeinen Nobelschuppen gebucht.«

»So viel Glück habe ich nicht. Glaub mir.« Sie seufzte. »Manchmal ist er einfach nicht zu gebrauchen.«

»Alles in Ordnung mit euch beiden?«

»Ja, alles in Ordnung. Er ist nur kacke in Romantik. Und du? Machst du bald Schluss?«, fragte sie und lehnte sich gegen den Türrahmen.

»Ja.« Sheridan warf einen Blick auf die Uhr. »Ich muss nur noch ein paar Dinge erledigen.«

»Und wie läuft es mit Sam?« Anna kam nun doch herein und setzte sich auf die Kante von Sheridans Schreibtisch.

»Wahnsinnig gut. Fast zu gut, um wahr zu sein. Sie ist unglaublich.«

»Du bist anders, weißt du … seit du sie kennengelernt hast. Fröhlich und glücklich.«

»War ich denn vorher nicht fröhlich und glücklich?«

»Nicht wirklich. Es ist schön, dich so zu sehen.«

Sheridan lehnte sich zurück. »Sie ist unwahrscheinlich cool, und wir verstehen uns so gut. Ich weiß, es klingt wie ein abgedroschenes Klischee, aber ich habe das Gefühl, dass wir uns schon seit Jahren kennen. Sie ist irgendwie perfekt.«

Anna lächelte. »Wow. Unglaublich. Ich freue mich so für dich. Es wurde auch Zeit, dass du die Richtige triffst.« Sie stand auf. »Du denkst, sie ist es?«

»Es ist noch zu früh, aber sie hat das Zeug dazu. So etwas habe ich … ehrlich gesagt … noch nie gefühlt. Wir telefonieren stundenlang, und damit meine ich stundenlang. Sie bringt mich immer wieder so zum Lachen.«

»Wenn sie dich glücklich macht, dann bin ich auch glücklich.«

»Danke, Anna.«

»Wie auch immer, ich muss los. Genieß den Abend, was auch immer du vorhast.«

»Und du genieß deine Lebensmittelvergiftung«, antwortete Sheridan grinsend.

Sie nahm ihr Handy und wählte die Nummer von Howard Cooke. Besetzt.

DC Rob Wills erschien an der Tür zu ihrem Büro. »Was war das mit der Lebensmittelvergiftung?«

»Steve hat Anna ins Mamma B zum Geburtstag eingeladen.« Sheridan schnitt eine Grimasse.

»O Gott!« Rob streckte die Zunge heraus. »Kommentar überflüssig. Übrigens, ich habe herausgefunden, dass das Gelände in der Dove Street in Privatbesitz ist. Ich war vorhin bei der Stadtverwaltung und habe mir einen Download der Überwachungsaufzeichnungen besorgt, die decken das Gebiet ab. Es könnte sich ja lohnen, sich die jüngsten Aktivitäten anzusehen. Vielleicht geht dort etwas Zwielichtiges vor sich. Das Material wird nur zwei Wochen gespeichert, und nach dem, was ich bisher gesichtet habe, sind kaum Autos oder Menschen drauf. Ich werde höchstwahrscheinlich nicht lange dafür brauchen.«

»Super, Rob, das ist spitze. Halt mich auf dem Laufenden.«

»Wird gemacht, Chefin.«

»Ich habe versucht, Howard Cooke zu erreichen. Ich will ihn fragen, ob er etwas über Kate und die Garagen weiß.«

»Gehst du dann nach Hause?«, fragte Rob.

»Ja.«

»Okay.« Rob klopfte gegen den Türrahmen und ging ins Großraumbüro.

Sheridan wählte erneut die Nummer von Howard Cooke. Immer noch besetzt.

Sie schnappte sich ihre Jacke und schrieb Sam eine SMS:

Hey du, wie war dein Tag?

Alles gut. Wie geht's dir?

Sheridan tippte:

Gut. Bin unterwegs, brauche nur noch eine Information.
Rufe dich später an, ja? X

Ich bin zu Hause X

Sheridan stieg ins Auto und versuchte es erneut bei Howard Cooke. Immer noch besetzt. Sie startete den Motor und fuhr zu ihm.

KAPITEL 80

Joni hatte die letzte Stunde mit Ellie verbracht. Die üblichen, scheinbar zufälligen Buchstaben starrten sie von ihrem Notizblock an. Sie stand gähnend auf, um sich die Beine zu vertreten. Ellie war eingenickt. Joni schaute auf die Uhr. Genug. Sie hob den Notizblock auf und richtete die Bettdecke. »Bis morgen, Ellie.«

Im Personalraum traf sie auf Mo.

»Hi, Mo.«

»Alles klar?«

»Alles klar. Ich gehe jetzt nach Hause. Hast du Nachtschicht?«

»Ja, ich habe getauscht.«

»Wie geht's Loverboy?«

»Ich habe ihn abserviert.«

»Oh, warum?«

»Weil er angefangen hat, mich zu langweilen.«

»Verständlich«, antwortete Joni. »Geht es dir gut damit?«

»Ja, alles easy. Wie geht's der alten Pissnelke?«

»Ich möchte nicht, dass du sie so nennst. Sie ist ein Mensch, weißt du.«

»Ja, aber ihr Hirn ist im Arsch.« Mo tippte sich schielend an die Stirn.

»Ich gehe nach Hause.«

***

Sam goss sich einen Kaffee ein und ließ sich aufs Sofa fallen. Maud setzte sich zu ihr und schnupperte an der Tasse. Das war nichts für sie.

Sam sah auf, als Joni hereinkam und ihre Tasche auf den Sessel schleuderte. »O je, da hat jemand einen schlechten Tag gehabt.«

»Die blöde Mo Chase kotzt mich so was von an! Was für ein Arschloch! Soll sie doch kündigen, wenn es ihr nicht gefällt. Sie ist faul und jammert ununterbrochen. Und wenn sie Ellie Sands noch einmal ›alte Pissnelke‹ nennt, trete ich ihr in ihr verfettetes Heck. Ich schwöre es!«

Sam prustete vor Lachen den Kaffee aus, der größtenteils auf Mauds Kopf landete. Maud starrte sie angewidert an.

»Ihr verfettetes Heck?« Sie lachte wieder. »Das ist vielleicht das Lustigste, was du *je* gesagt hast.«

»Da siehst du mal, wie wütend sie mich macht.« Joni stapfte in die Küche.

»Vergiss sie, lass sie nicht an dich heran. Erzähl mir von deinem Tag.«

»Er war scheiße. Ich brauche einen Drink.«

Sam stand auf, ging in die Küche und riss drei Blätter Küchenpapier ab. »Lass mich Maud abtrocknen, dann schenke ich dir einen großen ein.«

»Schon gut, ich kümmere mich um meinen Drink, geh du nur und trockne deine Muschi.«

Sam lachte wieder. »Du solltest öfter schlechte Tage haben, du bist urkomisch, wenn du sauer bist.«

KAPITEL 81

Howard öffnete die Tür. Er sah Sheridan überrascht an. »Oh, hallo, tut mir leid, ich dachte, Sie wären wer anderes.«

»Ich habe versucht anzurufen, aber es war immer besetzt. Haben Sie vielleicht zwei Minuten Zeit?«

»Ja klar, kommen Sie rein.«

Sheridan ging ins Zimmer zur Straße. Howard folgte ihr.

»Ich wollte nur fragen, ob Sie etwas über Garagen in der Dove Street wissen, wo Kate vielleicht mal war.«

Howard stemmte die Hände in die Hüften und schüttelte den Kopf. »Nein, darüber weiß ich nichts. Warum?«

»Wir haben Videoaufnahmen vom 11. Dezember gefunden, zwei Tage vor der Schießerei. Und wir nehmen an, dass die Aufzeichnungen zeigen, wie Kate von John Lively dorthin verfolgt wird. Sie sind unscharf, aber es könnte Kate sein.« Sheridan setzte sich. »Ich war dort. Es sieht alles ziemlich heruntergekommen aus. Ein Backsteingebäude und eine Reihe von Garagen.«

Howard runzelte die Stirn. »Dove Street? Ich weiß noch nicht mal, wo das ist.«

»Es liegt mitten im Nirgendwo, noch hinter Speke, in der Nähe der Docks. Wenn es wirklich Kate auf dem

Überwachungsvideo ist, muss ich nur herausfinden, was sie dort gemacht hat. Und wenn es nicht Lively ist, der ihr folgt, dann könnte es ihr Mörder sein.«

»Erfasst die Videoüberwachung das gesamte Gebiet?« Howard setzte sich auf die Armlehne eines Sessels.

»Nein, nur die Hauptstraße, aber wenn man von der Dove Street abbiegt, kommt man eigentlich nirgendwo anders hin als zu den Garagen. Auf beiden Seiten Felder. Am Tor hängt ein ›Geschlossen‹-Schild, also ist da vielleicht gar nichts mehr. Das Grundstück befindet sich jedenfalls in Privatbesitz.«

Howard trommelte mit den Fingern auf seinem Oberschenkel. »Weiß der Geheimdienst denn nichts darüber? Das ist doch normalerweise kein Problem für die.«

»Tja, sie wissen nur, dass es in Privatbesitz ist. Wir stellen Nachforschungen an, und einer meiner Kollegen, Rob Wills, überprüft gerade die jüngsten Aktivitäten auf den Überwachungskameras. Vielleicht ergibt sich daraus etwas.«

»Hm.« Howard nickte.

»Sie können sich nicht daran erinnern, dass Kate jemals darüber gesprochen hätte oder da hingefahren wäre?«

»Nein, definitiv nicht.«

Sheridans Handy klingelte. »Entschuldigen Sie mich.« Sie stand auf, um den Anruf entgegenzunehmen. »DI Holler.«

»Sheridan, hier ist Rob. Kannst du sprechen?«

»Ja, kann ich, Rob. Was ist?« Sie sah zu Howard auf, der abwinkte und flüsterte: »Ich gehe eben aufs Klo.«

Sie nickte, und während Howard nach oben ging, schlenderte sie zum Fenster.

»Hast du Howard Cooke erreicht?«, fragte Rob.

»Ja. Ich bin jetzt bei ihm zu Hause. Er weiß nichts über die Garagen.«

»Kannst du wirklich sprechen?«

»Ja doch.«

»Ich habe mir die Videoüberwachung angesehen. In den letzten zwei Wochen sind nur vier Autos von der Dove Street zu den Garagen abgebogen. Ich habe sie in der Datenbank geprüft. Eines davon gehört Howard Cookes bestem Freund Tom Hudson.«

»Wirklich? Wann war das?«

»Letzten Donnerstag um zehn Uhr morgens.«

»Bist du absolut sicher?«

»Absolut. Es ist ein weißer Ford Focus Kombi. Ich habe etwas nachgeforscht, und ich habe noch etwas anderes entdeckt.«

»Was denn?«

»Du hast vorhin gesagt, dass derjenige, der John Lively getötet hat, Motorrad fahren können muss oder vielleicht sogar eines besitzt.«

»Ja.«

»Tom Hudson besitzt ein Motorrad.«

»Scheiße.«

»Ja, das habe ich eben auch gedacht.«

»Wie lautet das Kennzeichen von Tom Hudsons Ford Focus?«

Rob las es vor und fragte dann: »Warum?«

»Weil dieses Auto gerade hier vorm Haus angehalten hat.« Sheridan trat schnell vom Fenster zurück.

»Ist es Tom Hudson?«

»Ja. Er steigt aus.«

»Sheridan, sag nichts über die Garagen. Sieh erst mal zu, wie du da rauskommst. Wir können später überlegen, wie wir vorgehen.«

Sheridan sah Tom Hudson auf das Haus zukommen. Einen Moment später klingelte es an der Tür. Howard Cooke lief die Treppe herunter.

»Howard hat ihm gerade aufgemacht«, flüsterte Sheridan. Sie hörte, wie sich die Haustür schloss. Tom Hudson erschien in der Wohnzimmertür.

»Inspector Holler«, sagte er und öffnete den Reißverschluss seiner Jacke.

»Hallo Tom«, antwortete Sheridan.

Rob hörte am anderen Ende der Leitung zu. Und dann brach die Verbindung ab.

KAPITEL 82

Rob Wills rief Sheridan sofort zurück, das Telefon ans Ohr gepresst. Sie musste rangehen! Aber das Klingeln ging ins Leere.

»Scheiße.« Er rief erneut an und schloss die Augen. »Komm schon, Sheridan.«

»Hallo?«

»Ich bin's, Rob. Ist alles in Ordnung?«

»Ja, tut mir leid, dass wir unterbrochen wurden. Ich komme gerade aus dem Haus von Howard Cooke. Ich bin jetzt auf dem Weg zum Revier.«

»Du hast mich zu Tode erschreckt.«

»Tut mir leid.«

»Wo sind Howard und Tom jetzt?«

»Bei Howard. Männerabend.«

»Okay. Dipesh und ich durchleuchten Tom Hudson mal.«

»Gute Idee.«

»Wir sehen uns gleich.«

»Okay.«

Rob sah auf, als Dipesh mit zwei Bechern Kaffee das Büro betrat.

»Sheridan ist auf dem Weg hierher.«

»Warum?«, fragte Dipesh.

Rob berichtete ihm von seinem Gespräch mit Sheridan über Tom Hudson.

»Mein Gott, haben wir bei den Ermittlungen etwas übersehen?« Dipesh setzte sich an seinen Schreibtisch. »Wir hatten Tom Hudson überhaupt nicht auf dem Schirm.«

»Dazu hatten wir auch keinen Grund. Aber wenn wir sofort anfangen, haben wir vielleicht schon was, bevor Sheridan wieder da ist.«

»Ja, okay.« Dipesh nahm einen Schluck Kaffee und loggte sich in seinen Computer ein. »Schade, dass wir nichts mehr von Annas Geburtstagskuchen haben. Ich habe einen richtigen Heißhunger.«

Rob öffnete seine Schreibtischschublade und holte einen kleinen Teller mit zwei Stückchen Kuchen heraus.

Dipesh schüttelte den Kopf. »Das ist Diebstahl. Hast du denn kein Schamgefühl?«

»Willst du nun ein Stück oder nicht?«

»Natürlich will ich eins. Aber schneide meins durch, eine Hälfte ist für Sheridan.«

»Du verdammter Arschkriecher«, kam es gedämpft durch einen Mund voll Marzipan.

***

Eine halbe Stunde später wandte sich Dipesh an Rob. »Was hast du gesagt? An welchem Tag wurde Tom Hudsons Auto bei den Garagen aufgenommen?«

»Letzten Donnerstag. Warum?«

»Sieh dir das an.« Dipesh machte eine Kopfbewegung zu seinem Bildschirm. Rob reckte den Hals, um einen Blick darauf zu werfen.

»Wow! Wie merkwürdig.«

KAPITEL 83

Maud schlief auf Sams Schoß, als Joni nach der Dusche in ihrem kuscheligen Morgenmantel hereinkam.

»Ich gehe früh ins Bett«, sagte sie. »Triffst du dich heute Abend mit Sheridan?«

»Nein, ich glaube nicht. Aber sie will mich anrufen.« Sam lächelte.

Joni gähnte laut: »Wie läuft's mit ihr? Seid ihr schon total verliebt?«

»Sie ist unheimlich cool.«

»Ihr scheint gut zusammenzupassen.«

»Sie ist perfekt. Ich bin wahnsinnig gerne mit ihr zusammen. Sie macht mich glücklich.«

Joni holte ihr Notizbuch aus der Tasche und ließ es auf den Couchtisch fallen. »Gut. Wenn sie anruft, kannst du ihr sagen, dass ich mir bergeweise Notizen bei der Arbeit mit Ellie gemacht habe. Sie ergeben aber nicht viel Sinn.«

»Ja, sage ich ihr.«

»Gut, ich gehe ins Bett.« Joni gähnte noch einmal und ging. Maud folgte ihr verstohlen.

Sam griff gelangweilt nach dem Notizblock und begann, die Seiten durchzublättern. Sie musterte die Buchstaben, die

Joni aufgeschrieben hatte, nahm einen Stift zur Hand und begann, die Buchstabenfolgen aufzuschreiben. Ihr fiel auf, dass sie meistens mit einem P oder einem S begannen.

Dann überflog sie die Zeilen, tauschte Buchstaben aus und versuchte, irgendwelche Wörter zu erkennen. SWRHWRD. Die nächste Zeile war ähnlich. PCHWRDCK. Offensichtlich fehlten die Vokale, alles, was bei ihr rauskam, war Unsinn: SOWIERUHEWIRD oder PECHWURDECOKE Sie machte weiter und versuchte, andere Wörter zu bilden.

Ihre Augen wurden müde. Sie legte den Kopf in den Nacken, streckte die Arme und gähnte. Ihr Mund war trocken. Sie besorgte sich ein Glas Wasser, stand vor dem Tisch und blickte auf die Notizen hinunter.

Und dann sah sie es. So klar wie den hellen Tag.

KAPITEL 84

»Oh, mein Gott!« Sam sog die Luft ein und starrte ungläubig auf die Buchstaben.

ESWARHOWARD

Sie trennte die Wörter voneinander.

ES WAR HOWARD

Und: PCHOWARDCOOKE

PC HOWARD COOKE

Sie stürzte in Jonis Zimmer. »Joni, das musst du dir ansehen! Ich hab's! Ich weiß, was Ellie uns mitteilen will!«

Joni setzte sich mit einem Ruck auf. »Was? Wirklich?«

»Ja, sie hat nicht gesagt: ›Essa aua!‹« Sie holte tief Luft. »Sie hat gesagt: ›Es war Howard.‹ Und weißt du, was ›Pissi, aua, guck‹ bedeuten soll? ›PC Howard Cooke.‹«

»Was? … Wer ist PC Howard Cooke?« Joni blinzelte, als Sam das Licht einschaltete.

»Howard Cooke? Das ist der Polizist, der eine Affäre mit Kate Armitage hatte, als sie erschossen wurde.«

»Woher kennt Ellie seinen Namen? Woher kennst *du* seinen Namen?«

»Keine Ahnung.« Sam raufte sich die Haare. »Aber Sheridan hat mir erzählt, dass dieser Kerl, PC Cooke, irgendetwas an sich hat, was sie misstrauisch macht. Sie war zurückhaltend, als sie über ihn gesprochen hat. Wahrscheinlich durfte sie mir nichts sagen … Ich muss sie anrufen. Sie hat mir am Telefon gesagt, dass sie noch eine Information braucht. Wahrscheinlich ist sie noch auf der Arbeit.«

Joni warf die Bettdecke zurück, sprang aus dem Bett und begrub Maud unter dem Bettzeug.

Sam rief Sheridans Nummer an. Da sie nicht ranging, schickte sie ihr eine SMS.

KAPITEL 85

Rob schaute auf die Uhr und stellte fest, dass Sheridan schon vor einer halben Stunde von Howard Cooke losgefahren war und mittlerweile im Revier hätte ankommen müssen. Er wählte ihre Nummer.

»Hallo?«

»Sheridan, ich bin's, Rob. Bist du am Steuer?«

»Ja, aber ich telefoniere über Lautsprecher.«

»Steckst du im Stau oder so?«

»Ja, viel Verkehr.«

»Okay. Dipesh und ich haben uns Tom Hudson genauer angesehen. Er ist letzten Donnerstag nicht mit seinem eigenen Auto gefahren. Er war im Dienst, zusammen mit PC James Greenhall. Er hat sich um 07.00 Uhr bei der Arbeit eingeloggt und um 19.10 Uhr ausgeloggt. Um 10 Uhr morgens, als sein Auto von der Überwachungskamera in der Nähe der Garagen aufgenommen wurde, war Hudson mit einem Verkehrsunfall sechs Meilen entfernt beschäftigt. Jemand anders hat sein Auto gefahren.«

»Okay. Wir besprechen das, wenn ich wieder im Revier bin.«

»In Ordnung. Was sollen wir jetzt machen?«

Es herrschte einen Moment lang Schweigen, bevor Sheridan antwortete. »Du kannst mir einen Gefallen tun. Bitte ruf meinen Mann Sam an. Er hat einen Tisch bei Mamma B für meinen Geburtstag reserviert. Richtest du ihm aus, dass er das absagen soll? *Dich* wird er nicht anschreien.«

Rob zögerte kurz, bevor er sagte: »Klar, mache ich.«

Und damit brach die Verbindung zum zweiten Mal an diesem Tag ab.

Rob sah Dipesh an. »Wir haben ein riesiges Problem.«

KAPITEL 86

Dipesh rief den Chef der Leitstelle an, der Sheridans Wagen sowie die Fahrzeuge von Howard Cooke und Tom Hudson zur Fahndung ausschrieb.

Ihre Handys wurden geortet. Ein Einsatzkommando wurde zum Haus von Howard Cooke geschickt.

Der Korridor schwirrte plötzlich vor uniformierten Beamten aus allen Richtungen. Sie rannten die Treppe zum Hinterhof hinunter, sprangen in die Streifenwagen und rasten los.

Rob rief Anna an, die zehn Minuten später ins Büro gestürzt kam. Steve hatte sie vor dem Revier abgesetzt. Sie war außer Atem, nachdem sie zwei Treppenstufen auf einmal genommen hatte. Die Panik stand ihr ins Gesicht geschrieben.

»Erzähl mir ganz genau, was passiert ist.« Sie warf ihren Mantel auf einen Stuhl und baute sich direkt vor Rob auf.

»Das Letzte, was wir wissen, ist, dass sie bei Howard Cooke war, der abgestritten hat, irgendetwas über die Garagen zu wissen. Dann rief ich sie an, um ihr mitzuteilen, dass ich Tom Hudsons Auto auf der Überwachungskamera erkannt habe und dass es letzten Donnerstag in Richtung Garagen unterwegs war. Während sie telefonierte, tauchte Tom Hudson bei Cooke auf. Ich sagte ihr, sie solle ihn nicht befragen, sondern einfach zurückkommen, dann würden wir weitersehen. Ich hörte, wie sie Tom begrüßte. Dann wurde unser Gespräch unterbrochen. Ich rief sie zurück, aber sie ging nicht ran. Als ich wieder anrief, sagte sie, dass sie auf dem Weg hierher ist und dass Howard und Tom sich einen Männerabend bei Howard machen.« Rob holte tief Luft. Mit halbem Ohr lauschte er dem knisternden Funkgerät auf seinem Schreibtisch. »Dann haben wir Tom Hudson noch einmal überprüft. Es hat sich herausgestellt, dass er letzten Donnerstag nicht mit seinem Auto unterwegs gewesen sein kann, weil er Dienst hatte und mit einem Verkehrsunfall beschäftigt war. Also muss jemand anderes seinen Wagen gefahren haben.«

»Howard Cooke.« Anna schlug sich die Hand vor die Stirn. »Verdammt, es könnte Howard Cooke sein.« Anna erinnerte sich daran, wie überzeugt Sheridan davon gewesen war, dass er irgendwie in den Mord an John Lively verwickelt war. Und es sah ganz so aus, als ob sie recht hatte. »Vielleicht haben Tom und Howard beide was damit zu tun.« Sie sah Rob an. »Was *genau* hat sie zu dir gesagt? Warum glaubst du, dass sie in Gefahr ist?«

»Sie hat gesagt, dass sie über Lautsprecher telefoniert und auf dem Weg ins Revier ist. Am Ende des Gespräches hat sie mich gebeten, ihren Mann Sam anzurufen und ihm zu sagen, er solle die Reservierung zu ihrem Geburtstag bei Mamma B absagen.«

Anna hielt sich die Hand vor den Mund und spürte, wie ihr die Tränen in die Augen stiegen. »Mein Gott. Sie hat etwas gesagt, von dem du genau wusstest, dass es nicht stimmen konnte. Sie wusste, dass ich gerade bei Mamma B esse. Auf die Art hat sie dir aufgetragen, mich anzurufen. Sie hat Sam ins Spiel gebracht, weil wir sicherstellen müssen, dass Sam sie nicht anruft oder zu ihr fährt. Für den Fall, dass derjenige, mit dem sie im Auto ist, aus irgendeinem Grund zu ihr fährt. Vielleicht sind beide mit Sheridan im Auto, Tom und Howard. Scheiße.«

»Sorry, wer ist Sam?«, fragte Rob.

Anna loggte sich in einen Computer ein. »Sheridans *Freundin*. Ich muss sie sofort anrufen.« Anna wurde plötzlich klar, dass sie Sams Nummer nicht hatte. Aber sie hatte die von Joni Summers.

Anna wählte deren Nummer. Sie atmete langsam aus und versuchte, sich zu beruhigen.

»Hallo?«

»Hi, sind Sie das, Joni?«

»Ja.«

»Hallo, hier ist Detective Anna Markinson. Tut mir leid, dass ich Sie störe. Ist Sam da?«

»Bleiben Sie dran.« Joni reichte das Telefon an Sam weiter.

»Hallo, hier ist Anna Markinson.«

»Oh, hi. Hat Sheridan meine Nachricht erhalten?« Sam griff nach dem Notizblock.

»Welche Nachricht?« Annas Augen weiteten sich.

»Über Ellie Sands. Über das, was sie zu sagen versucht.«

»Das weiß ich nicht, Sheridan ist nicht hier. Was ist mit Ellie Sands?«

»Sie hat versucht zu sagen: ›Es war Howard.‹ Ich bin Jonis Notizen durchgegangen und habe es gerade entziffert. Sie hat nicht ›Pissi, aua, guck‹ gesagt, sondern ›PC Howard Cooke‹.« Und eigentlich kann sie doch gar nicht wissen, wer er ist. Das habe ich Sheridan getextet.«

»Okay. Was genau haben Sie ihr geschrieben?«

»*Hi. Sorry, aber ich muss dir texten. Ich habe rausgefunden, was Ellie Sands gesagt hat. ›Pissi, aua, guck‹ heißt ›PC Howard Cooke‹. Ich habe die Notizen. Wir telefonieren später, wenn du fertig bist. XX*«

Anna dachte nach. *Wenn Howard Cooke mit Sheridan im Auto ist, hat er Sams Nachricht wahrscheinlich gesehen. Er könnte Sheridan zwingen, zu Sam zu fahren, damit er sie ausschalten kann.*

»Sind Sie zu Hause?«, fragte Anna.

»Ja.«

»Sie haben nicht vor, irgendwo hinzugehen?«

»Nein.«

»Wollte Sheridan heute Abend zu Ihnen kommen?«

»Nein. Sie wollte mich anrufen, aber sie musste erst noch irgendwas überprüfen.«

»Okay, Sam, hören Sie mir gut zu und machen Sie sich keine Sorgen. Bleiben Sie zu Hause. Joni und Sie dürfen die Wohnung nicht verlassen. Ich schicke einen Streifenwagen vorbei. Es ist Routine, ich verspreche Ihnen, es gibt keinen Grund zur Sorge.«

»Ist alles in Ordnung mit Sheridan?«

»Ja, es ist alles in Ordnung. Aber was auch immer Sie tun, rufen Sie Sheridan auf keinen Fall an. Bleiben Sie in der Wohnung, ich melde mich wieder.« So sehr Anna sich auch bemühte, es gelang ihr nicht, mit ruhiger Stimme zu sprechen.

»Okay.«

Als Anna das Gespräch beendete, wandte sich Sam an Joni. »Das hört sich alles gar nicht gut an. Sie schicken einen Streifenwagen vorbei, verdammt.«

KAPITEL 87

Rob stellte das Funkgerät lauter und hörte mit, wie das Einsatzkommando vor dem Haus von Howard Cooke eintraf. Sheridans Auto war nicht da. Die Fahrzeuge von Howard Cooke und Tom Hudson standen vor der Tür.

Die Polizisten umstellten das Grundstück. Ein Sergeant näherte sich dem Fenster und spähte durch einen winzigen Spalt in den Vorhängen. Das Licht aus dem Flur fiel ins Wohnzimmer. Und plötzlich sah er es.

»Hier liegt eine reglose Person mit dem Gesicht nach unten auf dem Boden«, rief er seinen Kollegen zu.

Das Kommando verschaffte sich Zugang zum Haus und sicherte es. Der Einsatzleiter schaltete das Licht im Wohnzimmer an und ging auf die Leiche am Boden zu. Er funkte den Kontrollraum an. »Wir brauchen einen Krankenwagen. Männliches Opfer mit Schusswunde im Kopf.«

PC James Greenhall stand in der Tür. »Mein Gott!« Er schüttelte sich bei dem Anblick, der sich ihm bot. Der Mann lag mit dem Gesicht nach unten, ein Arm war unter dem Körper eingeklemmt, der andere lag schützend über dem Kopf. Sein Handy lag nur ein paar Zentimeter entfernt. Blut und Hirnmasse waren an die Wand gespritzt, sein Haar war blutverkrustet.

James Greenhall bemerkte, dass eine Brieftasche aus der Gesäßtasche des Opfers ragte, zog sie vorsichtig heraus und öffnete sie. Darin befanden sich eine Bankkarte und das Foto von einem Mädchen und einem Jungen, die glücklich mit eisverschmierten Gesichtern in die Kamera lächelten. Der Beamte drehte es um. Auf der Rückseite standen zwei Namen. *Amy und Cal.* Er las den Namen auf der Bankkarte.

»Sergeant.«

Der Sergeant reckte den Hals, sah die Karte und griff sofort wieder zum Funkgerät. »Oscar Delta 19 an Leitstelle.«

»Nur zu«, kam die Antwort.

»Das männliche Opfer ist Howard Cooke.«

KAPITEL 88

Anna und Rob hörten die Nachricht über Funk. Anna stand auf. »Mein Gott, es ist Cooke!«

Rob lehnte sich zurück. »Dann hat Tom Hudson Sheridan.«

»Aber Ellie Sands glaubt, dass Howard Cooke sie angeschossen hat.«

»Sie sehen sich sehr ähnlich.«

»Aber woher sollte sie den Namen PC Cooke haben?«

Dipesh stellte sich zu ihnen und drehte das Funkgerät lauter, als Inspector Mike Jacobs hereinkam. »Einsatzkommandos sind am Tatort in Howard Cookes Haus, vor Sheridans Wohnung und auf dem Weg zu Sam Sloan«, sagte Mike Jacobs. »Wir haben Sheridans Auto auf einer Überwachungskamera entdeckt und wissen, dass sie in Richtung Dock Road fährt. Es sieht so aus, als ob sie fährt und Tom Hudson auf dem Beifahrersitz sitzt.«

»Sie fahren zu den Garagen«, stellte Anna fest.

»Ja. Eine Einheit ist auf dem Weg dorthin. Sheridans Telefon hat sich exakt zur selben Zeit mit demselben Sendemast wie das von Tom Hudson verbunden, also sind zumindest ihre Handys noch aktiv. Sieht so aus, als hätte Howard Cooke sein Telefon in der Hand gehabt, als auf ihn geschossen wurde. Vielleicht hat er versucht, Hilfe zu rufen.«

»Ist er tot?«, fragte Anna.

»Ein Krankenwagen ist auf dem Weg. Aber ja, er ist tot.«

»Mein Gott.« Rob rieb sich mit einer Hand übers Gesicht.

Mike Jacobs' Handy klingelte. Er ging sofort ran und verließ schnell den Raum.

»Wir lagen komplett falsch. Wir haben Tom Hudson nie verdächtigt.« Annas Gesicht zog sich vor Schmerz zusammen. Sie kämpfte mit den Tränen. »Und jetzt ist er bewaffnet und fährt mit Sheridan zu diesen Garagen. Er wird sie umbringen. Oder?«

»Sie ist blitzgescheit«, versuchte Rob sie zu beruhigen. »Wenn es einen Ausweg gibt, wird sie ihn finden. Sieh mal, wie sie es geschafft hat, mich wissen zu lassen, dass etwas nicht stimmt. Sie muss ja dabei gewesen sein, als Tom seinen Kumpel erschossen hat. Trotzdem ist sie ruhig genug geblieben, um mir ihre Nachricht zu übermitteln. Sie schafft das. Das halbe Revier ist auf der Suche nach ihr.«

Rob stand auf, um sich Wasser aus dem Automaten in der Ecke zu holen.

»Ich fühle mich so hilflos. Ich will raus und sie holen.« Anna atmete aus und legte ihre Hände flach auf den Tisch.

»Kann ich verstehen. Geht mir auch nicht anders. Aber die Kollegen vom Einsatzkommando sind nun mal am besten dafür ausgebildet.«

»Wenn es andersherum wäre, wenn ich in Gefahr wäre, was würde Sheridan tun?«

Rob kehrte zu seinem Schreibtisch zurück und setzte sich. »Sie würde alle Regeln brechen und alles dransetzen, um dich rauszuholen.«

»Und warum sitze ich dann wie ein Trottel hier rum und drehe Däumchen?«

Rob lehnte sich über den Schreibtisch und drückte Annas Hand. »So kann man das nicht sagen. Du wartest hier ab, während die Experten ihre Arbeit machen. Und wenn es vorbei ist, bist du hier, wenn sie wieder ins Revier kommt.«

Anna nickte beklommen. »Wahrscheinlich macht sie Tom Hudson fertig, bevor irgendwer sonst eine Chance dazu kriegt, oder?«

»Auf jeden Fall.« Rob lächelte. Wenig überzeugend.

KAPITEL 89

Der Krankenwagen parkte quer mitten auf der Straße zwischen den blinkenden Blaulichtern der Polizeifahrzeuge vor Howard Cookes Haus. Zwei Sanitäter stiegen aus und machten sich auf den Weg. PC James Greenhall stand mit seinen Kollegen im Wohnzimmer. »Ich kann nicht glauben, dass Tom Hudson so etwas getan haben soll.« Er schüttelte langsam den Kopf.

»Kennen Sie ihn gut?«, fragte der Sergeant mit dem Blick auf die Sanitäter, die nach Lebenszeichen suchten. Auf dem Teppich hatte sich ein dicker Blutfleck gebildet, und als die Sanitäter den Toten umdrehten, schmatzte es ekelhaft.

»Wir haben ein paarmal zusammengearbeitet. Erst letzte Woche war ich mit ihm bei einem schlimmen Verkehrsunfall. Er schien so ein netter Kerl zu sein, einer von den ruhigen, wissen Sie. Ich kann das absolut nicht fassen.« James Greenhall starrte auf das Blut an der Wand, bevor er sich wieder auf die Sanitäter konzentrierte.

»Können Sie den Ärmel ein wenig hochziehen?« Er bückte sich und musterte die Leiche.

Der Sanitäter sah zu ihm auf. »Er ist tot.«

»Ja. Aber ich muss etwas überprüfen.« James Greenhall ging in die Hocke. »Ziehen Sie den Ärmel hoch.«

Der Sanitäter zuckte mit den Schultern und streifte den blutgetränkten Ärmel zurück.

James Greenhall starrte auf die Tätowierung und dann auf das, was vom Gesicht des Opfers übrig geblieben war. »Verdammte Scheiße, Sergeant.«

»Was?«

»Das ist Tom Hudson.«

»Das kann nicht sein. Wir haben festgestellt, dass es sich um Howard Cooke handelt ...« Der Sergeant zögerte, dann fragte er: »Woher wissen Sie das?«

»Weil er mir letzte Woche diese Tätowierung gezeigt hat.«

»Cooke könnte ein ähnliches Tattoo haben.«

»Tom hat noch ein anderes auf dem anderen Arm. Ein Porträt seiner verstorbenen Mutter.«

Der Sanitäter zog den anderen Ärmel zurück.

James Greenhall stand auf. »Das ist das Tattoo«, sagte er. »Das ist Tom Hudson.«

KAPITEL 90

Sheridan hielt das Lenkrad fest umklammert, damit ihre Hände nicht zitterten. Sie warf Howard einen Blick zu. »Überstürzen Sie nichts, Howard. Worin Sie auch verwickelt sind, es wird sich klären lassen.«

»Ich führe nur Kates perfekten Plan aus.«

»Welchen Plan?«

»Egal. Klappe halten und fahren.« Er klopfte rhythmisch mit der Waffe auf sein Bein; mehr eine unwillkürliche Bewegung als eine Drohgebärde. Und er vergewisserte sich andauernd, dass ihnen keine Autos folgten. Seine Augen waren geweitet, alle paar Sekunden biss er sich auf die Unterlippe. Er dachte nach.

»Fahren wir nicht zu den Garagen?«

»Wir machen einen Umweg. Keine Sorge, ich tue Ihnen nichts, Sheridan.«

Sie schluckte. Sie hatte Tom Hudsons zerfetztes Gesicht vor Augen und wusste jetzt genau, wozu Howard Cooke fähig war. Sie hatte sich bis zuletzt auf ihren Instinkt verlassen. Bis zu dem Moment, als sie sein Haus betreten hatte. In dem Moment war sie unvorsichtig geworden. Und jetzt war sie ihm ausgeliefert.

Als sie in die Dock Road einbogen, gab er ihr ein Zeichen anzuhalten. Sie stiegen aus. Er hielt sie am Arm und führte sie eine Steintreppe zum Ufer des Mersey hinauf. Oben angekommen, nahm er ihre beiden Handys und das von Tom Hudson und warf sie in den Fluss. Dann schleuderte er Tom Hudsons Brieftasche, die er gegen seine eigene getauscht hatte, ins Wasser.

In der Ferne hörte Sheridan Sirenen. Ein vertrauter Klang, der ihr kurz Mut einflößte.

Hatte Rob sie verstanden? Er wusste ja genau, dass sie weder einen Mann noch Geburtstag hatte. Ob er Anna angerufen hatte? Sheridan stellte sich vor, was in der Zwischenzeit passiert sein konnte. Waren ihre Kollegen zu Howard Cooke gefahren und hatten Tom gefunden? Wenn ja, dann wussten sie, dass Cooke sie mitgenommen hatte und dass er bewaffnet war. Und bereit, zu töten.

Die Sirenen schienen jetzt näher zu kommen. Oder bildete sie sich das nur ein?

»Los, weiter geht's!« Er schubste sie auf das Auto zu, die Waffe auf sie gerichtet.

Sie fuhren die kurze Strecke bis zur Abzweigung. Bewegungsstrahler schalteten sich ein, als sie sich dem Tor näherten. Er wies sie an, rechts davor auf einem Kiesplatz zu parken.

»Wenn wir am Tor sind, zeigst du deinen Dienstausweis.« Er hatte ihr den Ausweis vorher abgenommen und gab ihn ihr jetzt zurück. »Sag dem Typen, dass wir nur kurz mit ihm reden wollen. Mach ihm keine Angst. Wichtig ist, dass er das Tor öffnet. Du bleibst neben mir. Ich sage dir dann, was du tun sollst.«

»Und wenn niemand da ist?«, fragte Sheridan.

»Es ist jemand da. Nachts ist immer einer von der Security vor Ort.«

Sie stiegen aus dem Auto. Er ließ sie vorgehen, die Hand an der Waffe in seiner Jackentasche.

Als sie sich dem Tor näherten, kam ein hinkender junger Mann von drinnen auf sie zu. Er schaute sie mit zusammengekniffenen Augen an. »Was wollen Sie?« Er stank nach Bier.

»Ich bin Detective Inspector Holler. Können wir kurz reinkommen und mit Ihnen sprechen? Es wird nicht lange dauern.« Sheridan hielt ihren Dienstausweis hoch. Er beugte sich vor, um einen Blick darauf zu werfen.

»Worum geht es? Ich darf niemanden reinlassen.« Er sprach langsam und überdeutlich.

»Es ist okay. Wie heißt du?«, fragte Howard lächelnd.

»Billy Doyle.«

»Okay, Billy, es dauert nur zwei Minuten, dann lassen wir dich in Ruhe.« Howard machte eine beschwichtigende Geste. »Wir sind im Handumdrehen wieder verschwunden.«

Billy Doyle sah zwischen Howard und Sheridan hin und her. »Können Sie nicht hier mit mir reden?«

»Nein, wir müssen kurz reinkommen.«

»Ich rufe meinen Onkel an, ich darf niemanden reinlassen.«

Sheridan spürte, wie Howard sich anspannte. »Du willst doch nicht, dass wir mit einem Durchsuchungsbefehl zurückkommen, oder? Wir sind nicht hier, um rumzuschnüffeln, wir müssen nur zwei Minuten mit dir sprechen. Wir können deinen Onkel vom Büro aus anrufen, wenn du willst.«

Billy Doyle dachte darüber nach. Und dann öffnete er das Tor.

KAPITEL 91

Anna sprang auf, als Inspector Mike Jacobs den Raum betrat, um sie auf den neuesten Stand zu bringen.

»Sheridan und Cooke sind auf den Überwachungsvideos zu sehen. Erst sind sie die Dock Road hinuntergefahren, dann über die Hove Close runter in die Dove Street. Es gibt keine Anzeichen dafür, dass sie diese Gegend verlassen haben könnten. Ihre Handys sind nicht mehr zu orten. Das von Tom Hudson auch nicht.«

»Sie waren definitiv auf dem Weg zu den Garagen.«

»Ja. Das Einsatzkommando ist noch zwei Minuten entfernt.« Mike Jacobs atmete tief ein. »Wie geht es euch?«

»Gut, Sir«, log Rob für Anna und Dipesh gleich mit. Mike Jacobs nickte, verließ das Büro und ließ die drei vor dem Funkgerät zurück.

»Cooke muss sich das wirklich gut überlegt haben«, meinte Rob.

»Was meinst du?«, fragte Dipesh.

»Er hat Tom Hudson seine Brieftasche in die Hose gesteckt, sodass es zu der Verwechslung kommen musste.«

»Das hat ihm etwas Zeit verschafft. Aber er musste doch davon ausgehen, dass jemand von uns Tom Hudson erkennt«, sagte Dipesh.

»Er hat ihm ins Gesicht geschossen. Gott weiß, wie entsetzlich Tom ausgesehen hat«, sagte Rob. Ihm wurde plötzlich eins klar: Wenn Howard Cooke keine Skrupel hatte, seinen Kumpel einfach so zu töten, welche Chancen hatte Sheridan dann? Annas Gesichtsausdruck nach zu urteilen, dachte sie das Gleiche.

»Tut mir leid, Anna.« Rob legte den Arm um Anna und machte Dipesh ein diskretes Zeichen, nichts zu sagen.

Auf den Fluren draußen war es still geworden. Es waren keine Stiefel mehr von Einsatzkräften zu hören, die zu ihren Autos liefen. Das Revier hielt den Atem an. Liverpool hielt den Atem an. Die Polizisten saßen in ihren Streifenwagen, hörten Funk und warteten. Einer von ihnen war getötet worden. Sie beteten, dass es dabei blieb. Es würde eine lange Nacht werden. Kein Einziger war nach Hause gegangen, als die Nachtschicht begann. Kein Auszubildender, kein junger Streifenpolizist, keiner von den alten Hasen, die kurz vor der Pensionierung standen. Und keiner würde es tun, bis sie wussten, dass Sheridan Holler in Sicherheit war.

Anna schloss die Augen. Sie sah Sheridans Gesicht, sie hörte ihre Stimme, die ihr sagte, dass Howard Cooke irgendwas damit zu tun hatte. Plötzlich knisterte das Funkgerät. »Oscar Delta 23, voraussichtliche Ankunftszeit der Einheit bei den Garagen, eine Minute.«

Anna öffnete die Augen. Jetzt kam es darauf an.

KAPITEL 92

Billy Doyle ging vor Howard und Sheridan her und drehte sich mehrfach misstrauisch zu ihnen um. Als sie im Büro waren, fiel Howard ein kleiner Überwachungsmonitor auf. Die Kameraperspektive sagte ihm, dass das Gerät an einem der Bäume angebracht sein musste, die die Straße zum Tor säumten.

»Zeichnen die auf?« Howard deutete auf den Monitor.

Billy Doyle warf einen Blick auf den Monitor, während er auf das Handy auf dem Schreibtisch zuging. »Nein, man sieht nur, wer kommt.«

Howard schnellte vor und schnappte sich das Handy. »Was soll das?«, fragte Billy. Seine Worte klangen verwaschen.

»Wir rufen deinen Onkel gleich an, aber erst brauche ich den Hauptschlüssel für das Tor vor den Garagen. Wo ist er?« Howard klang ruhig und beherrscht.

Billy zeigte auf einen Metallkasten an der Wand. »Da drin. Aber Sie wollten sich doch gar nicht umsehen!«

Howard ging zu dem Metallkasten. »Wie lautet der Code?«

Billy verschränkte die Arme. »Sage ich nicht. Nicht, bevor ich meinen Onkel angerufen habe.«

Howard zog kopfschüttelnd die Waffe und richtete sie auf Billy. »Erst der Code, dann der Anruf.«

»Mann, was soll der Scheiß?« Billy breitete die Arme aus und streckte Howard die Hände entgegen, wie um sich zu ergeben.

»Wie lautet der Code?« Howard machte einen Schritt auf ihn zu.

»Eins, zwei, drei, fünf«, stieß Billy hervor.

Howard tippte den Code ein. Der Kasten sprang auf. Er nahm den Schlüssel heraus und wandte sich an Billy. »Ist das der einzige Schlüssel, den ich brauche, um an die Garagen zu kommen?«

»Ja, aber Sie brauchen einen eigenen Schlüssel, wenn Sie drin sind. Jede Garage hat ihren eigenen.«

Howard hatte seinen eigenen Schlüssel. Er ging auf Billy zu, die Waffe auf sein Gesicht gerichtet.

Und dann drückte er ab.

Billy Doyle flog einen halben Meter rückwärts und sackte auf dem Boden zusammen. Sheridan stieß einen Schrei aus und hielt sich die Hand vor den Mund.

»O mein Gott!« Ihr Herz pochte bis zum Hals, als Howard sich umdrehte und die Waffe auf sie richtete.

»Es tut mir leid, Sheridan, wirklich. Aber ich brauche dich auch nicht mehr.«

KAPITEL 93

Howard ging auf Sheridan zu, die Waffe direkt auf ihren Kopf gerichtet.

In dem Moment leuchtete der Überwachungsmonitor hinter ihr auf: Scheinwerfer beleuchteten den Feldweg.

»Verdammt! Wer ist das?« Er packte sie am Arm und zerrte sie vor den Monitor. Sie sahen, wie die Lichter näher kamen. Dann schalteten sich die Bewegungsstrahler ein, die die Einfahrt beleuchteten. Sie erkannten Umrisse von Fahrzeugen, die auf dem Weg parkten.

Howard schlug auf den Schreibtisch. »Verdammt! Das sind die Cops!« Er schob ihr die Waffe unters Kinn. »Du Schlampe.« Er schaute wieder auf den Monitor und rief: »Beweg dich!« Dann drückte er ihr die Pistole gegen die Schläfe und schlang seinen Arm von hinten um ihren Hals. »Los. Zur Garage. Ich warne dich: Wenn du irgendwas versuchst, schieße ich dir ein ganz großes Loch in den Kopf.«

Er manövrierte sie zur Tür und zögerte kurz, als er sah, dass sich schwer bewaffnete Einsatzkräfte dem Tor näherten.

»Ich erschieße sie, wenn ihr näher kommt!«, schrie er.

»Okay, Howard. Verstanden.« Die Polizisten zogen sich ein Stück zurück.

Howard hielt Sheridan wie einen Schild vor sich und stapfte auf die Garagen zu. Dort ließ er sie kurz los, um den Generalschlüssel aus der Hosentasche zu holen. »Mach das Tor auf.« Sheridan zitterte am ganzen Körper, als sie an dem Schloss hantierte. Das Tor sprang auf. Howard bugsierte sie zu seiner Garage, zwang sie, sie aufzuschließen, und schubste sie hinein. Aus dem Bürogebäude fiel ein schwaches Licht in das dunkle Innere. Er stieß Sheridan zu Boden. Sie landete so hart auf den Knien, dass sie aufschrie.

»Howard, bitte …« Sie versuchte aufzustehen, aber er stieß sie wieder zu Boden.

»Halt bloß die Klappe.« Er spähte kurz aus der Tür. Er sah zwar niemanden, aber er wusste genau, wie es lief. Er saß in der Falle, und die einzige Chance, aus dieser Situation herauszukommen, bestand darin, mit Sheridan zu fliehen. Er lehnte sich mit dem Rücken gegen die Wand und zündete sich eine Zigarette an, während er die Mündung der Waffe auf Sheridan zu seinen Füßen richtete.

»Howard, bitte denken Sie darüber nach, was Sie tun«, bat Sheridan ihn.

»Ich gehe jedenfalls nicht ins Gefängnis. Das steht fest.« Er zog an seiner Zigarette.

»Sagen Sie mir, was los ist. Ich kann Ihnen helfen.«

»Soll das ein Witz sein?«, schrie er. Seine Spucke spritzte ihr ins Gesicht. Sie wischte sie automatisch ab. »Du hast keine Ahnung, was passiert ist. Du kannst mir nicht helfen! Niemand kann das. Ich bin komplett am Arsch!«

»Howard, sagen Sie mir, was los ist. Ich schwöre, dass ich alles tun werde, um Ihnen zu helfen. Was es auch ist.«

Er schüttelte den Kopf. »Du hörst mir nicht zu!« Seine Stimme bebte, und seine Augen füllten sich mit Tränen der Wut. Eigentlich hätte Sheridan ihm Fragen stellen und ihn zum Reden bringen müssen. Aber ihr Kopf sagte ihr, dass sie ihn nicht verärgern durfte. Sie hatte gesehen, was er mit Tom Hudson und Billy Doyle getan hatte. Ohne eine einzige Sekunde zu zögern. Es gab nur einen Grund, warum sie noch am Leben war: Als Geisel bot sie ihm die letzte Chance zu entkommen. Aber sie würde nur überleben, wenn sie keinen Fehler machte. Das Einzige, was sie von dem rettenden Einsatzkommando trennte, war eine dünne Backsteinmauer, eine Tür und ein in die Enge getriebener Mörder mit einer Waffe.

»Ich hatte alles perfekt geplant, und dann kamst du und hast mir alles versaut. Du hast keine Ahnung, wie nahe ich dran war, zu entkommen.« Er musterte die beiden großen Segeltuchtaschen auf dem Boden. »Das ist meine Zukunft.«

Howard hielt ihr die Waffe an den Kopf. Sheridan schloss die Augen.

»Ich habe sieben Jahre gewartet, und dann entdeckst du die Garagen.« Howard klopfte mit der Waffe gegen sein Bein. »Du hättest heute Abend nicht zu mir kommen dürfen. Als du mir erzählt hast, dass Rob Wills sich die Überwachungsvideos von der Gegend hier ansieht, war mir klar, dass er bald rausfinden würde, dass Toms Auto letzten Donnerstag hier war. Als Tom dann bei mir ankam, wusste ich, dass du ihn danach fragen würdest. Er hätte dir gesagt, dass ich mir sein Auto letzten Donnerstag ausgeliehen hatte, weil meins zur Reparatur war. Und da wusste ich, dass ich am Arsch war. Und zu allem Überfluss hat dir dein verdammter Mann auch noch eine SMS geschickt, als wir auf dem Weg hierher waren. Er hat es rausgefunden.«

Sheridan sah auf die Reisetaschen und dann auf Howard. »Was hat er herausgefunden?«, fragte sie mit leiser Stimme. Der Schmerz in ihren Beinen war fast unerträglich, aber sie versuchte, ihn zu ignorieren.

»Er ist darauf gekommen, was Ellie Sands zu sagen versucht.« Howard lehnte an der kalten Garagenwand.

Sheridan spürte, wie sich ihr Herzschlag beschleunigte, während sie schweigend in der Dunkelheit warteten. Nur ein Lichtschimmer drang aus dem Bürofenster durch die geöffnete Tür der Garage.

In der nervenaufreibenden Stille spürte Sheridan, wie eine seltsame Ruhe über Howard kam, obwohl er aufmerksam Wache hielt. Sie hörte, dass sich draußen etwas bewegte, und wusste, dass die Beamten in Position gehen und die Verhandlungsführerin herbringen würden. Sie schloss die Augen. Sams Gesicht erschien vor ihr. *Wie hat Sam herausgefunden, was Ellie Sands gesagt hat?* Sie stellte sich vor, wie sie jetzt zu Hause in Sicherheit darauf wartete, dass Sheridan sie anrief. *Weiß Sam, dass ich bei Howard Cooke bin? Weiß sie, dass ich in Gefahr bin?*

Schließlich sagte Howard: »Na, was die alte Pissnelke immer sagt.« Er legte den Kopf zurück und seufzte tief. »Es war die ganze Zeit so offensichtlich, und keiner hat es kapiert.« Er starrte die Wand an. »Ellie Sands hat versucht, euch zu sagen, dass ich sie angeschossen habe: ›PC Howard Cooke‹, nicht ›Pissi, aua, guck‹.«

Sheridan starrte ihn an. Sie öffnete den Mund, aber es kamen keine Worte heraus.

Howard zündete sich noch eine Zigarette an. Der Rauch hing in der Luft. »Jetzt verstehst du wahrscheinlich langsam, dass sich gar nichts mehr in Ordnung bringen lässt.« Er sah sie an. »Alles im Arsch. Wegen dir und deinem verdammten Mann.« Er kaute auf der Innenseite seiner Wange, bevor er an seiner Zigarette zog. »Wenn du heute Abend nicht zu mir gekommen wärst, wäre Tom Hudson noch am Leben. Dann hätte ich ihn nicht umbringen müssen. Wir wollten nur ein paar Bierchen trinken.« Er schüttelte den Kopf. »Ich war so gut wie weg.«

Sheridan versuchte, nicht zu reagieren. Eine Million Fragen schossen ihr durch den Kopf, aber sie konnte nicht zulassen, dass ihre Gefühle sie überwältigten. Nicht jetzt. Sie musste sich konzentrieren, ihn am Reden halten und die Polizisten draußen einen Weg finden lassen, wie sie sie lebend aus der Garage rausbekommen konnten. Sie sah, wie Howard langsam an der Wand hinunterrutschte und sitzen blieb, seitlich zur Tür. Die Waffe ruhte in seinem Schoß. Er sah leer aus, kraftlos, gebrochen. Er saß in der Falle. Er ließ den Kopf sinken.

»Ich habe sie geliebt. Ich habe Kate wirklich geliebt. Ich habe vorher nie eine Frau wie sie kennengelernt.« Er verlagerte sein Gewicht. »Ich hatte sie schon öfter im Revier gesehen, und wir haben uns immer angelächelt. Und als ich zum Streifendienst gegangen bin, wurden wir zusammen eingeteilt.«

KAPITEL 94

Samstag, 3. November 1996 – Besprechung Nachtschicht im Streifendienst, Polizeistation Hale Street

»Okay. Ich bitte um Ruhe.« Sergeant Ricky Pope wandte sich an die Polizisten der Nachtschicht und informierte sie über die örtlichen Einbruchsschwerpunkte, darüber, wer gesucht wurde und wer mit wem Streife fahren sollte.

»Heißen wir Howard Cooke in unserem Team willkommen. Er kann sich jetzt ansehen, wie man es wirklich macht.«

Howard Cooke verdrehte lächelnd die Augen.

Sergeant Pope zeigte auf Kate Armitage. »Kate, du fährst mit dem Neuen.«

Kate Armitage lehnte sich zurück und musterte Howard Cooke in aller Ruhe. Er erwiderte ihr Lächeln.

Irgendwann im Lauf der Nachtschicht parkten sie hinter der Holmes-Siedlung. Die Gegend war wegen der Drogendealer berüchtigt. Und Kate kannte alle.

»Du bist verheiratet, stimmt's?«, sagte Kate grinsend.

»Ja«, antwortete Howard und sah sie an. »Und du bist geschieden?«

»Schon lange. Die übliche Geschichte. Wir waren viel zu jung. Und alle haben das vorausgesehen.« Kate machte eine Pause. »Nur gut, dass wir keine Kinder hatten.«

»Carly und ich haben zwei. Die sind ganz schön anstrengend.«

Sie saßen einen Moment lang schweigend da, bis Kate fragte: »Bereust du es?«

»Die Ehe und die Kinder?« Howard starrte aus dem Fenster. »Manchmal.«

Sie sprachen über ihre Karrieren bei der Polizei. Kate war zweimal durch die Prüfung zur Sergeantin gefallen und hatte sich mittlerweile damit abgefunden. Dann erzählten sie sich Geschichten. Über die Leute, die sie im Laufe der Jahre verhaftet hatten, und darüber, wie Howard sich in die Hose gemacht hatte, als er das erste Mal vor Gericht aussagen musste.

»Buchstäblich?« Kate wieherte vor Lachen.

»Ja, ich war noch im Zeugenraum und hab gemerkt, dass ich Dünnschiss kriegte. Ich habe geschwitzt wie ein Schwein. Die Boxershorts gingen nicht mehr, die musste ich wegwerfen. Deswegen habe ich ohne Unterwäsche vor Gericht ausgesagt.« Howard grinste Kate an, die sich bestens amüsierte. Er fand sie umwerfend. Und er fühlte sich wohl mit ihr. Er konnte sich nicht daran erinnern, wann er das letzte Mal so viel gelacht hatte.

Sie legte ihre Hand auf sein Knie. »Ich kann es kaum erwarten, den Jungs diese Geschichte zu erzählen.«

»Wage es ja nicht.« Er hob eine Augenbraue und drohte ihr mit dem Zeigefinger. »Unser Geheimnis.«

***

Um zwei Uhr nachts waren die Straßen totenstill. Sie waren schon auf dem Rückweg, als Kate einen Mann sah, der eilig mit tief in den Taschen vergrabenen Händen an der Hausmauer entlanglief.

»Na, sieh mal einer an. Wenn das nicht Michael Holding ist. Den gucken wir uns mal näher an.« Kate hielt an und sprang aus dem Auto. Howard war sofort neben ihr.

Michael Holding drehte sich um, entdeckte sie und rannte los. Kate und Howard nahmen die Verfolgung auf. Michael bog um eine Ecke und rannte in eine Sackgasse hinein. Howard rief in sein Funkgerät: »Alpha Charlie eins, eins. Flüchtiger auf der Main Street. Michael Holding.«

Als er Kate erreichte, stand Michael Holding vor einem hohen Zaun, die Arme in die Luft gestreckt. »Okay, ich gebe auf.«

Kate Armitage zückte ihren Schlagstock und hieb ihm mit voller Wucht auf den Arm.

»Was zum Teufel!« Michael Holding umklammerte seinen Arm und sank schmerzverkrümmt auf die Knie. Kate stieß ihn vor die Brust, sodass er hintenüberfiel.

»Warum rennst du vor uns weg, Michael?« Sie stellte ihm den Stiefel auf die Brust. »Durchsuch ihn, Howard.«

Howard Cooke streifte sich Handschuhe über und durchsuchte Holding. »Er ist sauber«, sagte er mit einem Blick auf Kate.

Sie drehte ihn auf den Bauch und legte ihm Handschellen an. Dann griff sie in die Innentasche ihrer Uniformjacke und zog ein Messer heraus. »Ach, was haben wir denn hier?«

Holding drehte den Kopf über die Schulter. »Das ist nicht meins! Das könnt ihr mir nicht unterschieben, ihr Arschlöcher.«

Sirenen näherten sich heulend; Howard sagte in sein Funkgerät: »Alpha Charlie eins, eins. Männlicher Verdächtiger festgenommen. Mitführen eines Klappmessers und Widerstand gegen Vollstreckungsbeamte.« Er sah Kate an, die breit grinste.

»Ich habe keinen Widerstand geleistet«, protestierte Michael Holding.

»Klar hast du das. Warum hätte ich dich sonst schlagen sollen? Nächstes Mal rennst du nicht vor uns weg, du kleines Arschloch.«

Eine Stunde später saßen sie an ihren Protokollen.

Sergeant Ricky Pope kam herein. »Habt ihr gut gemacht. Alles klar bei euch?«

Kate nickte. »Ja, alles klar.«

»Holding geht die Wände hoch, er behauptet, ihr hättet ihm was untergeschoben. Du hättest ihn geschlagen.« Sergeant Ricky Pope grinste Kate an.

»Ach, wirklich? Er hat versucht, mir einen Kinnhaken zu verpassen. Zum Glück hatte er sein Messer noch nicht gezogen.« Kate zwinkerte Howard zu.

»Seid ihr bald fertig mit dem Schreibkram?«

»Ja. Sekunde noch.«

Kate erklärte Howard, was er schreiben sollte, und las beide Berichte durch, bevor sie sie in die Akte hefteten. Die Tagesschicht würde Holding befragen.

Als sie nach der Arbeit durch den Hinterhof gingen, blieb Howard an Kates Auto stehen. »Machst du das immer so?«

»Ich habe zwei Dinge über diesen Job gelernt. Erstens: Kenne deine Pappenheimer. Und zweitens: Du wirst es nie zu etwas bringen, wenn du dich an die Regeln hältst. Bis heute Abend.« Sie gab ihm einen Kuss auf die Wange und stieg in ihr Auto.

Auf dem Heimweg dachte er an Kate. Er mochte ihre Art zu arbeiten, er mochte *sie*. Es würde ihm Spaß machen, mit dieser Powerfrau Streife zu fahren. Breit grinsend dachte er an die Nachtschicht, daran, wie risikofreudig sie war, und das erregte ihn. Als er zur Haustür hereinkam, war seine Frau Carly schon wach. »Wie war deine Schicht?«

»Gut.« Er ließ seine Tasche auf den Küchenboden fallen.

»Kannst du dir später den Wasserhahn im Bad ansehen? Er ist wieder undicht.« Carly hob seine Tasche auf und nahm die leere Brotdose heraus. »Und kannst du bitte auch den Weihnachtsbaum vom Dachboden holen?«

»Jetzt schon?«

»Ich habe gestern mit dieser Alison aus unserer Straße gesprochen. Ihre Schwester arbeitet in einem Frauenhaus und möchte es für Weihnachten dekorieren. Ich habe ihr gesagt, dass sie unseren Baum haben können. Wir kaufen einen neuen.«

Howard stellte den Wasserkocher an, setzte sich auf den Hocker und schnürte seine Stiefel auf. »Kannst du das nicht machen? Er ist doch nicht schwer.«

»Aber du weißt doch, dass ich da nie raufgehe. Zu viele Spinnen.« Nachdem Carly das Geschirr abgetrocknet hatte, warf sie das Küchentuch in die Waschmaschine.

»Gut.« Howard stand auf. »Mache ich später.«

»Wolltest du Tee oder Kaffee?«

»Eigentlich gar nichts. Ich gehe lieber gleich ins Bett.«

KAPITEL 95

Howard zündete sich noch eine Zigarette an und warf die leere Schachtel auf den Boden.

Sheridan hatte es geschafft, langsam in eine bequemere Position zu rutschen. Der Schmerz in ihren Beinen hatte etwas nachgelassen. Sie saß schweigend da und ließ Howard reden.

»Danach wurden Kate und ich ständig zusammen eingeteilt und haben was miteinander angefangen. Kate war wie keine andere, sie war aufregend. Wir konnten nicht genug voneinander bekommen. Ich fing an, Carly anzulügen, dass ich länger arbeiten müsste oder mit den Kollegen noch was trinken ging, aber ich war immer bei Kate. Es ging alles sehr schnell. Ich wollte immer mit ihr zusammen sein, sie gab mir das Gefühl, lebendig zu sein.« Beim Sprechen starrte er auf die Waffe.

»Carly schimpfte los, sobald ich zur Haustür reinkam. Dass ich nichts im Haus machen würde, dass die Kinderzimmer renoviert werden müssten. Ich war furchtbar zu ihr. Ich fühlte mich gefangen und wusste nicht, was ich tun sollte. Wenn ich mit Kate zusammen war, haben wir gelacht und uns amüsiert. Tom Hudson war der Einzige, dem ich mich wirklich anvertraute. Er war zwar nicht der Hellste, aber er war ein guter Kerl. Ich habe ihn ein paarmal gebeten, mich zu decken, wenn ich mit Kate zusammen war. Dann habe ich Carly gesagt, dass ich noch mit ihm in eine Kneipe gehen würde, und sie kaufte es mir ab. Als Kate mich fragte, ob ich Carly verlassen würde, sagte ich, ohne zu zögern, Ja. Wir sprachen stundenlang über unsere gemeinsame Zukunft. Ich wusste, dass sie Männern nicht wirklich vertraute – sie war verletzt und enttäuscht worden –, aber das machte sie irgendwie noch stärker. Und mir vertraute sie. Und sie glaubte mir, als ich ihr sagte, dass ich Carly verlassen würde. Und ich hätte es auch getan.«

Sheridan wagte nicht zu sprechen, als er sie direkt ansah. »Warst du schon einmal so verliebt in jemanden, dass du buchstäblich alles für ihn getan hättest?«

Sie antwortete nicht, spürte aber, wie sich ihre Brust zusammenzog. Howard wirkte auf eine unheimliche Art ruhig und kontrolliert. Sein Benehmen hatte sich völlig verändert, und diese Veränderung beunruhigte Sheridan. Ihr fiel auf, dass Howard Tom wie nebenbei und ohne jede Emotion erwähnte. Tom war sein bester Kumpel gewesen, und doch hatte er ihm vorhin kurzerhand den Kopf weggeblasen.

Sie wusste, dass sie eine sehr gute Menschenkenntnis besaß. Sie war bekannt dafür und sie lag selten falsch. Von Anfang an hatte sie gespürt, dass Howard irgendetwas vor ihnen verbarg. Er hatte versucht, aufrichtig zu wirken, und vorgegeben, bei den Ermittlungen helfen zu wollen, aber sie hatte ihn durchschaut. Die Maske, die Fassade. Und sie hatte sich nicht getäuscht.

Sie hatte dieses Verhalten schon x-mal bei Häftlingen gesehen und war immer wieder erstaunt gewesen. Das überzeugende Auftreten und das komplette Abstreiten, irgendetwas Falsches getan zu haben. Und dann die Veränderung, wenn man es ihnen nachweisen konnte, die plötzliche Veränderung. Das Eingeständnis – rückhaltlos und offen –, dass sie schuldig waren, bevor sie munter alle Einzelheiten ihres Verbrechens ausplauderten, als wäre es etwas, worauf sie stolz waren. Sie hatte es allzu oft erlebt.

Aber niemals mit einer auf ihren Kopf gerichteten Waffe.

»So war es bei mir mit Kate. So verliebt war ich in sie.« Howard wischte sich über den Mund.

»Wir haben John Lively ein paarmal durchsucht. Eines Tages, irgendwann in dem November vor der Schießerei, fanden wir eine kleine Tüte mit Heroin bei ihm. Wir fragten ihn nach seinem Dealer. Wir wollten Informationen von ihm. Kate erzählte ihm einen Haufen Blödsinn und sagte, wir würden ihn beschützen und vor dem Gefängnis bewahren. Er war auf Bewährung draußen und wollte nicht zurück. Es war bekannt, dass er im Gefängnis gar nicht gut zurechtgekommen war und sich ein paarmal selbst verletzt hatte. Aber Lively sagte, dass er einflussreiche Leute kennen würde, die sich um ihn kümmerten. Er würde unsere Hilfe nicht brauchen.« Howard hielt inne und fuhr sich mit der Hand über den Kopf.

»Kate sagte, dass sie ihn jederzeit wieder in den Knast bringen könne, wenn sie wollte. Lively war ziemlich unterbelichtet und Kate wollte ihn als Informanten. Er sollte uns zu den großen Dealern führen. Zuerst wollte Lively nichts davon wissen. Danach haben wir ihn noch ein paarmal verhaftet, und Kate hat die Drogen, die wir bei ihm gefunden haben, behalten und ihn gehen lassen. Wir haben ihn noch mal aufgefordert, für uns zu spitzeln, aber er hat wieder gesagt, dass er Leute hätte, die auf ihn aufpassen, und dass er kein Verräter sei. Sie hat ihm gedroht, ihm Drogen unterzuschieben und ihn mitzunehmen, sodass er garantiert wieder im Gefängnis landen würde. Er hat gesagt, er würde darüber nachdenken. Aber es war schwer, ihn zu erreichen. Er hasste Handys und benutzte nur Telefonzellen.«

KAPITEL 96

Samstag, 29. November 1997

Kate Armitage hatte dienstfrei. Sie machte einen Einkaufsbummel in der Stadt und gönnte sich ein Mittagessen am Albert Dock. Am Morgen hatte sie Howard gefragt, ob er Zeit hätte, aber er musste Bäume im Garten zurückschneiden. An seiner Stimme erkannte sie, dass er die Nase voll hatte und lieber mit ihr zusammen gewesen wäre. Zum Schluss hatte er geflüstert, dass er sie liebe, und sie hatte die Augen geschlossen und es zurückgeflüstert. Sie liebte ihn wirklich. Sonst hätte sie es nicht gesagt.

Kate hatte mit neunzehn Jahren geheiratet und sich zwei Jahre später scheiden lassen. Ihre Eltern hatten sie mit Vorwürfen überhäuft, dass sie niemals so jung hätte heiraten dürfen. Bei der Trennung waren sie keine Hilfe gewesen. Im Gegenteil. Kate hatte ihretwegen länger an der Beziehung festgehalten, obwohl sie schon wenige Wochen nach der Hochzeit die ersten Risse bemerkt hatte.

Sie hatte ihre Eltern enttäuscht, aber sie hatte sie schon immer enttäuscht, solange sie zurückdenken konnte. Sie hatte keinen Kopf für Bücher, und ihre Eltern erwarteten nicht, dass sie sich in irgendeiner Weise hervortun würde. Kate glaubte ihnen das. Nach der Scheidung ließ sie sich von einer lieblosen Männergeschichte zur nächsten treiben. Sie wachte morgens neben Fremden in ihrem Bett auf, neben irgendwelchen namenlosen, gesichtslosen Fremden. Sie verlor die Kontrolle, und sie verabscheute das. Sie bemerkte, wie die Männer sie ansahen, wie ihre Eltern sie ansahen, und irgendwann wurde ihr bewusst, dass sie sich nicht ein einziges Mal von irgendjemandem respektiert gefühlt hatte, niemals. Und so bewarb sie sich am 8. April 1977 im Alter von zweiundzwanzig Jahren bei der Polizei, ohne jemandem davon zu erzählen.

Damals war es schwer, als Frau in dem Job zu arbeiten, aber Kate passte sich an und erwarb sich schnell den Ruf, »eine von den Jungs« zu sein. Sie war furchtlos, willensstark und kämpferisch, und ihre männlichen Kollegen respektierten sie. Und in der Öffentlichkeit respektierte man sie auch. Sie hatte ihr Leben in die Hand genommen, traf ihre eigenen Entscheidungen und war niemandem außer ihren Vorgesetzten Rechenschaft schuldig.

Sie hatte alles geplant: Sie würde befördert werden, zunächst zum Sergeant, dann zum Inspector. Das wäre ein paar Jahre vor der Pensionierung. Danach würde sie Rente beziehen, ihre Hypothek abbezahlen, reisen und sich an all den Annehmlichkeiten erfreuen, für die sie so hart gearbeitet hatte. Sie hatte alles geplant. Und dann fiel sie durch die Prüfung zum Sergeant.

Das warf sie um Jahre zurück. Sie ließ sich wieder gehen. Sie schlief mit Kollegen, verheiratete Männer, die nur einen schnellen Fick wollten und von denen sie wusste, dass sie ihre Frauen niemals für sie aufgeben würden. Sie war desillusioniert – von ihrem Job, ihrem Leben, ihren Plänen.

Aber Kate Armitage war eine Kämpferin, und sie verlor nicht gern. Deswegen machte sie mit siebenunddreißig Jahren erneut die Prüfung.

Und fiel wieder durch.

Das änderte alles. Jetzt beschloss sie, sich zu nehmen, was ihr zustand. Auf ihre Art.

Sie dachte an Howard. Es passte alles so perfekt. Sie war zweiundvierzig, und er war in ihr Leben getreten, als sie sich wünschte, mit jemandem an ihrer Seite in die Zukunft zu gehen. Mit jemandem, der sie liebte und respektierte. Howard musste nur noch seine Frau verlassen, dann wäre ihr Leben perfekt. Genau wie sie es geplant hatte.

***

Auf dem Heimweg vom Einkauf stand sie vor einer roten Ampel, drehte das Radio auf und trommelte den Rhythmus auf das Lenkrad. Im Rückspiegel sah sie ein Motorrad an der Autoschlange vorbeifahren. Das war John Lively. Er überholte sie und bog an der ersten Querstraße nach links ein. »Na, wo willst du hin, du kleiner Scheißer?«, murmelte sie vor sich hin. »Das ist doch gar nicht dein Revier.«

Sie hupte laut, als die Ampel umschaltete, und bog zügig in die Oak Avenue. Lively hielt gerade vor einem gepflegten Doppelhaus an. Sie fuhr so nah heran, dass sie alles gut im Blick hatte. Lively klopfte an die Haustür und eine zierliche Frau öffnete; sie war Ende vierzig, vielleicht schon fünfzig und hatte kurzes blondes Haar. Kate beobachtete, wie die Frau die Arme verschränkte und etwas zu Lively sagte, während sie sich umschaute. Lively wirkte erregt, dann ging er. Er stieg wieder auf das Motorrad, wendete und fuhr davon. Kate duckte sich, als er an ihr vorbeifuhr, und dann betrachtete sie das Haus.

»Und wer bist du?«, murmelte sie vor sich hin. Sie sah auf ihre Uhr: 15.10 Uhr. Sie war neugierig und wartete. Um 17.35 Uhr erschien die Frau im Mantel, stieg in ein Auto und fuhr los. Kate duckte sich erneut, dann ließ sie den Motor an und folgte ihr vorsichtig. Zwanzig Minuten später fuhr die Frau auf den Parkplatz vom Mason's Supermarkt. Sie parkte, stieg aus und ging zielstrebig auf den Eingang zu. Kate beobachtete sie, so gut das von außen ging.

Die Frau war fast eine Stunde im Laden. Als sie herauskam, sah Kate, wie sie ihr Auto belud, bevor sie ihr nach Hause folgte.

Freitag, 5. Dezember 1997

Howard Cooke betrat den Dienstraum und setzte sich neben Kate Armitage. »Wir sollen losfahren, sagt der Chef. Bist du bereit?« Er legte ihr eine Hand aufs Bein.

Kates Augen wanderten durch den Raum, als sie ihm zuflüsterte: »Ich habe die Frau, die Lively in der Oak Avenue besucht hat, überprüft. Sie heißt Ellie Sands.«

»Hab nie von ihr gehört«, antwortete Howard.

»Ich habe recherchiert. Sie ist Redakteurin der ›Liverpool Post‹.« Kate sprach mit leiser Stimme. »Ich muss wissen, warum Lively sie besucht.«

»Mist.« Howard sah sie an. »Meinst du, er erzählt den Medien was über uns?«

»Ich weiß es nicht. Vielleicht. Aber wer würde ihm schon glauben? Wer will seine Zeit mit einem runtergekommenen Drogensüchtigen vergeuden?«

Howard nickte. »Hoffentlich hast du recht.« Er stand auf. »Komm, wir gehen.«

***

Eine Viertelstunde später deutete Howard aus dem Autofenster. »Sieh mal, wer da ist: John Lively persönlich! Wollen wir uns mit ihm unterhalten?«

Howard stoppte vor Lively. Kate stieg aus dem Auto und stellte sich dem Mann in den Weg. »Hallo John, wo willst du hin?«

»Ich gehe spazieren, das ist doch nicht verboten, oder?«

»Wo ist dein Motorrad?«

»Die Kupplung ist im Arsch. Ein Kumpel schraubt dran rum.«

»Und sonst alles klar, John?«, fragte Howard.

»Ja, danke der Nachfrage«, antwortete John Lively sarkastisch.

»Was hast du heute dabei?«

»Nichts, Sie können mich ja durchsuchen, wenn Sie wollen.«

Kate lächelte. »Wir brauchen dich nicht zu durchsuchen, John, steig ins Auto.«

»Oh, verdammte Scheiße! Ich habe nichts dabei. Mann! Ich bin verabredet.«

»Steig ins Auto. Jetzt.«

John Lively zögerte, betrachtete die Schlange gaffender Autofahrer, die den Verkehr behinderte, und stieg ins Auto.

»Du hast mich nicht angerufen. Ich wüsste gern, ob du auf unser Angebot eingehen willst.« Kate drehte sich nach hinten um, um seine Reaktion zu sehen. Sie genoss das Gefühl der Macht über ihn.

»Welches Angebot? Dass ich euer Spitzel sein soll?« John Lively starrte nervös aus dem Fenster.

»Nein, nur eine Quelle. Du informierst uns. Wir kümmern uns um dich.«

»Also ein Spitzel. Nicht mein Ding.«

»Eine Schande. Na dann, John Lively. Ich nehme Sie vorläufig wegen Besitzes von Heroin und Kokain fest, Sie müssen …«

»Okay.« Lively senkte den Kopf. »Ich mache es.« Er war wütend und resigniert. Es gab keinen Ausweg, entweder er gab nach und spielte den Spitzel oder er musste zurück ins Gefängnis. Und ins Gefängnis würde er nie wieder gehen.

»So ist's recht. Also, was kannst du uns sagen?«

Lively kratzte sich schniefend die Nase, bevor er antwortete. »Ich soll nächsten Mittwoch um dreiundzwanzig Uhr etwas auf dem Bordersfielder Friedhof abholen. Sie legen eine Tasche hinten bei den hohen Bäumen ab. Direkt am Hauptweg steht ein großer ausgehöhlter Baum, und dort wird diese Tasche deponiert. Ich soll sie mit zu mir nehmen. Ein paar Tage später wird sie abgeholt.« Er seufzte. »Im Zaun ist ein Loch, das groß genug für einen Mann ist.«

»Wer ist ›sie‹?«, fragte Kate.

»Ich kenne keine Namen. Wirklich nicht.«

»Na gut, das reicht fürs Erste«, sagte Kate.

»Sie sind da, um die einzubuchten? Und dann kriege ich mein Geld?«

»Genau.« Kate zwinkerte Howard zu, der sich ein Grinsen nicht verkneifen konnte.

»Wie viel?« Lively beugte sich vor.

»Kommt darauf an, wie viel das Zeug wert ist. Keine Sorge, John, wir haben dir versprochen, dass wir uns um dich kümmern und dich vor dem Gefängnis bewahren, und das tun wir auch. Wir beschützen dich jetzt.«

»Ich will mindestens zweihundert.«

»Gut. Ich besorge dir auch ein Handy.«

»Nein, danke, ich mag keine Handys, ich benutze lieber Münztelefone. Kann ich jetzt gehen?«

»Ja, du kannst jetzt gehen.« Howard stieg aus dem Auto und öffnete die Hintertür für Lively, der machte, dass er wegkam.

»Was denkst du?« Howard sah John Lively hinterher, der die Straße überquerte. Er startete den Wagen, schaute nach hinten und fuhr los.

»Ich glaube, er verarscht uns«, sagte Kate. »Damit wir ihm nicht auf die Nerven gehen.« Sie rieb sich über das Gesicht. »Wir überprüfen es trotzdem. Es ist schon ziemlich konkret, die Tasche, der ausgehöhlte Baum und all das. Vielleicht ist da was drin für uns. Schauen wir mal. Wir treffen uns gegen halb zehn auf dem Friedhof, falls es wirklich eine Übergabe gibt. Was wirst du Carly erzählen?«

»Ich sage, dass ich Überstunden mache oder zu einem Spezialeinsatz muss. Oder dass ich zu Tom gehe. Sie glaubt mir alles.«

»Hast du später was vor? Ich möchte gerne mit dir zusammen sein.« Sie strich langsam über seinen Oberschenkel.

»Ich kann nicht, Carlys Schwester kommt zum Abendessen.« Er nahm ihre Hand und holte tief Luft. »Ich habe über uns nachgedacht, Kate. Wir lieben uns. Ich will nicht in einem Jahr hier sitzen und darüber reden, wie wir zusammenkommen können. Ich will, dass wir *jetzt* zusammen sind.« Er schaute ihr in die Augen. »Ich sage Carly, dass ich mich trennen will. Ich warte auf den richtigen Moment, und dann sage ich es ihr.«

Kate drückte seine Hand. »Bist du ganz sicher?«

»Ja. Ich ertrage es nicht, von dir getrennt zu sein.«

Kate lächelte. »Ich werde dich glücklich machen, Howard.«

»Das machst du jetzt schon.«

Samstag, 6. Dezember 1997

Es war drei Uhr nachmittags. Kate Armitage stieg ins Auto, schaltete das Radio ein und fuhr los.

Als sie in die Oak Avenue einbog, bemerkte sie, dass Ellie Sands' Auto nicht vor ihrem Haus stand. Kate parkte weiter oben an der Straße und wartete. Sie dachte über John Lively nach und darüber, ob er ihretwegen nicht doch zur Zeitung gegangen sein könnte.

Aber warum besucht er Ellie Sands zu Hause? Kennt er sie? Ist sie diese höhergestellte Person, die ihn angeblich schützt?

Sie wartete fast eine Stunde, dann fuhr sie zurück auf die Hauptstraße. Sie wollte nicht, dass irgendein argwöhnischer Nachbar der Polizei ein verdächtiges Fahrzeug in der Gegend meldete. Beim zweiten Mal fuhr sie am Haus vorbei und parkte an einer anderen Stelle, wo sie noch eine Stunde wartete. Als sie um kurz nach fünf auf ihre Uhr schaute, kam ihr plötzlich ein Gedanke und sie fuhr zu Mason's Supermarkt.

Ellie Sands' Auto war nirgends zu sehen. Kate parkte in der Nähe der Stelle, an der sie in der Woche zuvor geparkt hatte. Vielleicht war diese Frau ein Gewohnheitstier.

Kate war genervt, und je länger sie wartete, desto genervter wurde sie. Sie hätte diesen beschissenen John Lively auf den Mond schießen können. Sie hatte wirklich was Besseres zu tun, als stundenlang darauf zu warten, dass diese verdammte Frau auftauchte.

Langsam wurde ihr kalt. Sie stellte den Motor an, pustete in die Hände und rieb sie aneinander. Es war fünf Minuten vor sechs, als sie ein Auto sah, das dem von Ellie Sands ähnelte. Und tatsächlich wendete die Fahrerin und parkte in der gegenüberliegenden Reihe.

Kate beobachtete, wie Ellie Sands ausstieg und zum Haupteingang ging. Wieder kaufte sie etwa eine Stunde lang ein, bevor sie ihr Auto belud und nach Hause fuhr.

Kate wartete die nächsten beiden Stunden vor ihrem Haus. Ellie Sands bekam keinen Besuch. Kate fuhr nach Hause, machte sich Toast und kippte eine Tasse Kaffee runter, bevor sie wieder Stellung vor Ellies Haus bezog. Um Viertel nach zehn an diesem Abend sah Kate, wie die Lichter im Erdgeschoss aus- und im Obergeschoss angingen.

»Ab ins Bett?« Kate biss sich auf die Unterlippe und dachte auf dem Heimweg über ihren nächsten Schritt nach.

Mittwoch, 10. Dezember 1997

Kate Armitage parkte ihren Wagen am Hintereingang des Friedhofs von Bordersfield und sah auf die Uhr am Armaturenbrett: 21.15 Uhr. Howards Auto war nicht zu sehen.

Um 21.25 Uhr sah sie Scheinwerfer und beobachtete, wie Howard weiter oben auf der Straße parkte. Er stieg aus und kam auf sie zu, blickte sich nach allen Seiten um und stieg schnell auf der Beifahrerseite ein. Er lehnte sich zu ihr hinüber und küsste sie. »Geht es dir gut?«

»Ja, so weit okay. Ich hoffe nur, das wird hier keine sinnlose Warterei. Was hast du Carly erzählt?«

Howard grinste. »Ihr habe ich gesagt, dass ich mit Tom Hudson was trinke. Ihm habe ich gesagt, dass ich mit dir zusammen bin. Ihn habe ich also nicht angelogen.«

»Ziemlich praktisch, so einen Kumpel zu haben. Du vertraust ihm?«

»Ja, er ist eine ehrliche Haut.« Plötzlich kamen Scheinwerfer auf sie zu.

Sie duckten sich so tief wie möglich und warteten. Eine Autotür wurde zugeschlagen. Howard hob den Kopf und sah, wie ein großer, dunkel gekleideter Mann mit einer Reisetasche auf die Lücke im Zaun zuging und hindurchkletterte.

»Unser Mann. Er ist früh dran.« Sie streiften Handschuhe über, stiegen aus dem Auto, zwängten sich durch die Lücke im Zaun und schlichen rechtsherum, um nicht gesehen zu werden.

Sie beobachteten, wie der Mann stehen blieb, sich nach allen Seiten umsah und lauschte. Dann ging er auf den ausgehöhlten Baum zu und ließ die Tasche in das Loch plumpsen. Er blieb dort stehen, still, reglos und lauschend. Kate und Howard kauerten hinter einem Grabstein und bewegten sich nicht.

Der Mann drehte sich um und schlüpfte durch das Loch im Zaun. Etwas später leuchteten Scheinwerfer auf, ein Wagen fuhr davon. Sie warteten noch etwas, dann gab Kate Howard ein Zeichen und sie gingen zu dem Baum.

Howard griff hinein, tastete nach dem Griff der Reisetasche und zog sie heraus. »Ich habe sie«, flüsterte er.

Er stellte die Tasche auf den Boden, öffnete den Reißverschluss und leuchtete mit seiner Taschenlampe hinein. Kate vergewisserte sich nach allen Seiten, dass niemand da war.

»Heilige Scheiße!« Howards Augen weiteten sich.

Kate kniete neben ihm nieder. »Verdammt.«

Sie zog einen großen Beutel mit weißem Pulver und einen noch größeren Beutel mit braunem Pulver heraus. Dann ein Bündel Zwanzig-Pfund-Noten. Und noch eins. Und ein drittes.

»Was glaubst du, wie viel es ist?«, flüsterte Howard.

Kate zählte die Pakete. »Etwa zehn Riesen.« Sie riss die Augen auf und grinste.

»Heilige Scheiße.« Howard starrte sie mit offenem Mund an.

Sie knieten zu beiden Seiten der Ledertasche und sahen sich nervös um.

»Was machen wir jetzt?«, fragte Howard und starrte auf das Geld.

»Wir behalten es.«

Er lachte leise. »Ernsthaft? Wo sollen wir hin damit? So viel Geld … und dann die Drogen?«

»Überlass das mir. Ich habe ein sicheres Versteck etwas außerhalb. Da bringe ich das morgen früh hin. Komm schon, wir müssen hier weg.«

Sie quetschten sich durch den Zaun und gingen zu Kates Auto. Kate warf die Ledertasche in den Kofferraum ihres Autos. »Komm mit zu mir.«

Etwas später saßen sie in ihrer Küche und freuten sich über ihre Beute. Kate machte ihnen Kaffee.

»Sieht so aus, als hätte Lively die Wahrheit gesagt.« Sie küsste Howard und setzte sich auf seinen Schoß.

»Was sollen wir ihm sagen?« Howard schlang die Arme um ihre Taille.

»Wir sagen ihm, dass wir zum Friedhof gefahren sind, gewartet haben und dass nichts passiert ist.«

»Und wenn die Typen vorbeikommen, die die Tasche abholen wollen?« Howard griff nach seinem Kaffee.

»Lively hat sie ja nicht. Entweder sie machen ihn fertig, oder er macht sich aus dem Staub. So oder so sind wir ihn los. Und um zehn Riesen reicher.« Lachend warf sie den Kopf in den Nacken.

»Und wenn Lively denen sagt, dass wir die Tasche haben?«

»Er wird seinen Drogenkumpels wohl kaum erzählen, dass er sie bei den Bullen verpetzt hat.«

»Da ist was dran. Und dieses Versteck, ist das sicher?«

»Hundert Prozent. Ich benutze es schon seit ein paar Jahren. Der Typ, der die Anlage betreibt, ist reichlich zwielichtig. Aber er stellt mir keine Fragen, und ich stelle ihm keine Fragen. Liverpools bestgehütetes Geheimnis.«

»Weiß er, dass du bei der Polizei bist?«

»Natürlich nicht.« Sie stand auf und nahm einen Schlüssel aus einer Schublade. »Ich klingele, nenne den Namen Julie Smith, sage das Codewort *Candy*, und dann lässt mich der Typ rein.« Sie ließ den Schlüssel vor ihm hin und her baumeln. »Das ist der Schlüssel zu meiner Zukunft. *Unserer* Zukunft.«

»Woher weiß er, dass du es bist, die da auftaucht? Da könnte ja jeder kommen.« Howard betrachtete den Schlüssel einige Augenblicke lang ehrfürchtig und legte ihn dann auf den Küchentisch.

»Ihm langt der Name und das Codewort. Er übernimmt keine Verantwortung für die gelagerten Sachen. Das ist sowieso alles entweder geklaut oder gefälscht. Solange er bezahlt wird, ist es ihm egal.« Kate legte den Schlüssel zurück in die Schublade und setzte sich.

»Hast du keine Angst, dass er dich erkennt?«

»Wie meinst du das?«

»Na ja, er könnte dich im Dienst erkennen. Und dann weiß er, dass du bei den Cops bist.«

Kate stand auf und nahm eine Perücke und eine Brille aus der Schublade. »Nein, ich trage die hier«, sagte sie, streifte die Perücke über und setzte die Brille auf. »Sexy, was?«

Sie redeten bis in die frühen Morgenstunden über ihre gemeinsame Zukunft. Wenn sie als Team zusammenarbeiteten, konnten sie auf dem aufbauen, was Kate bereits in ihrer Garage angesammelt hatte. Sie erzählte ihm, dass alles mit einem plötzlichen Todesfall vor fünf Jahren angefangen hatte.

***

Als Kate Armitage ankam, waren die Sanitäter bereits im Haus gewesen. Der Notarzt hatte den Tod festgestellt. Nachdem sie sich vergewissert hatte, dass keine verdächtigen Umstände vorlagen, forderte sie den Bestatter über Funk an und sprach mit der Nachbarin des alten Mannes, die ihn im Schlafzimmer gefunden hatte.

»Hat er Angehörige?«, fragte Kate und inspizierte den Raum.

»Nein, er hat niemanden«, sagte die Nachbarin beklommen, als sie auf den alten Mann hinunterblickte. »Ich komme jeden zweiten Tag vorbei, bringe ihm eine warme Mahlzeit und mache ihm eine Tasse Tee. Seine Frau ist vor zwei Jahren gestorben, und danach hat er sich ganz zurückgezogen. Um ehrlich zu sein, war er ein streitsüchtiger alter Knacker, aber er tat mir leid. Er hatte nichts zu beißen und niemanden außer mir.« Sie sah Kate an. »Seine Frau war reizend.«

Kate nickte. »Zumindest hatte er so etwas Gesellschaft. Das war sehr nett von Ihnen.« Sie lächelte. »Geht es Ihnen gut? Es muss ein Schock für Sie gewesen sein, ihn so zu finden.«

»Ja, ich habe mich sehr erschrocken. Er kniete auf dem Boden neben seinem Bett, als ob er beten würde. Ich habe erst gemerkt, dass er tot war, als ich ihn berührte.«

»Kommen Sie damit zurecht?«

»Ja. Muss ich wegen irgendetwas hierbleiben?«

Nachdem die Nachbarin Kate alle notwendigen Informationen gegeben hatte, verließ sie das Haus. Kate ging wieder nach oben. Sie sah den alten Mann an, der von den Sanitätern auf den Rücken gelegt worden war, und fragte sich, ob er tatsächlich gebetet hatte, als er starb.

Sie setzte sich auf einen kleinen Holzstuhl und wartete auf den Bestatter. Sie sah ungeduldig aus dem Fenster, drehte sich wieder um und bemerkte etwas Glänzendes direkt unter dem Bett. Sie kniete sich hin und fischte es hervor. Es war ein kleiner silberner Schlüssel. Als sie noch tiefer unter das Bett spähte, entdeckte sie eine schwarze Schatulle, die sie vorsichtig hervorzog. Sie war staubbedeckt und verschlossen. Kate probierte den Schlüssel aus. Das Etui sprang auf und enthüllte unterschiedliche goldene Ringe, die in vier Reihen in den schwarzen Samt gesteckt waren. Dann war da noch ein flacher, mit einer Kordel zugebundener Stoffbeutel. Sie löste den Knoten und schaute hinein. Einunddreißig Diamanten funkelten ihr entgegen.

»Verdammte Scheiße!«, murmelte sie, sprang hoch und schaute aus dem Fenster, ob der Bestatter kam. Sie spähte die Straße hinauf und hinunter, bevor sie den Schlüssel in ihre

Hosentasche und die Schatulle in ihre Uniformjacke steckte. Sie ging hinunter, aus dem Haus hinaus und stieg mit zitternden Händen in den Streifenwagen. Dort schob sie das Etui unter die Matte vorm Beifahrersitz und kehrte zum Haus zurück.

***

Kate nippte an ihrem Kaffee, während Howard verarbeitete, was sie ihm erzählt hatte.

Nach einer Weile fuhr sie mit ihrer Geschichte fort. »Es stellte sich heraus, dass der alte Mann und seine Frau vor längerer Zeit Inhaber eines Juweliergeschäftes gewesen waren. Er wird wohl einen Teil des Inventars behalten haben, als sie in Rente gingen.« Kate fuhr sich durch die Haare. »In den Jahren nach seinem Tod habe ich mir dauernd irgendwelche Gedanken gemacht. Was, wenn der alte Mann ein Testament hinterlassen hatte oder wenn sich jemand meldete? Aber nichts geschah. Irgendwann habe ich einen der Diamanten prüfen lassen. Er war echt. Alle zusammen sind etwa zweihunderttausend wert.«

»Was? Das gibt's doch nicht!« Howard setzte sich auf. »Was hast du mit ihnen gemacht?«

»Ich habe sie behalten, sie sind in der Garage. Mittlerweile habe ich zwei Ringe verkauft.« Sie atmete aus. »Im Lauf der Zeit habe ich alles Mögliche geklaut.«

Sie erzählte ihm, wie sie Leute bestohlen hatte, bei denen gerade eingebrochen worden war. Sie war immer vorsichtig und nahm nur etwas mit, wenn sie sicher sein konnte, dass das Opfer es nicht bemerken würde. Dann waren da noch die immer gut erpressbaren Drogenkonsumenten. Sie beschlagnahmte die Drogen und das Bargeld und gab ihnen das Gefühl, ihnen einen Gefallen zu tun, weil sie sie nicht mit zum Revier nahm. Die

Drogen entsorgte sie. Bei Durchsuchungen nahm sie mal eine teure Uhr, mal eine wertvolle Kette mit, die sie geschickt in ihrer Tasche verschwinden ließ. Leichte Beute.

»Sagen wir einfach, dass ich nicht vorhabe, bis zum Rentenalter bei der Polizei zu bleiben. In ein paar Jahren habe ich genug beieinander, um den Job an den Nagel zu hängen und irgendwo in der Sonne zu leben. In der Garage sind jetzt schon Sachen im Wert von rund dreihunderttausend gebunkert. Und wenn wir beide an einem Strang ziehen, haben wir bald so viel, dass wir abhauen können.« Sie küsste ihn auf den Mund. »Wir werden ein herrliches Leben haben.«

Er nickte. »Worauf du dich verlassen kannst.« Er nahm ihre Hand über den Küchentisch hinweg. »Aber warum bewahrst du das Zeug nicht einfach hier auf? Warum in der Garage?«

»Ich denke einfach, wenn ich einen Fehler mache und mir jemand auf die Schliche kommt, könnte meine Wohnung durchsucht werden. Und dann würde man nichts finden.«

»Du bist so unglaublich. Weißt du das eigentlich?« Howard sah sie aus großen Augen an. »Du bist den anderen immer einen Schritt voraus, und das ist noch ein Grund mehr, warum ich dich so liebe.«

»Gut so!« Sie küsste ihn wieder. »Jedenfalls muss ich die Tasche morgen zur Garage bringen. Der Typ hat nur dienstags, mittwochs und donnerstags auf.«

»Was für ein Geschäft hat nur an drei Tagen in der Woche geöffnet?«

»Eins von der zwielichtigen Sorte.« Sie warf einen Blick auf die Wanduhr. »Wann musst du gehen?«

»In etwa einer Stunde.« Er küsste sie hart auf den Mund und legte sie rücklinks auf den Küchentisch. Dann öffnete er ihre Jeans.

Donnerstag, 11. Dezember 1997

Kate Armitage zog die Haustür zu und sah sich nach allen Seiten um. Sie ging zu ihrem Auto und legte die Ledertasche vom Friedhof in den Kofferraum, bevor sie sich hinter das Lenkrad setzte. Einen Moment lang dachte sie daran, was passieren würde, wenn sie angehalten und durchsucht werden würde. *Wie soll ich die Tasche dann wegerklären?*

So funktionierte ihr Verstand. Nachdenken, prüfen, planen und Umwege finden. Darin war sie gut. Sie hatte immer Ideen, war gerne einen Schritt voraus. Es war kurz nach neun, als sie ein Stück vor den Garagen am Straßenrand hielt. Sie setzte die Perücke und die dunkle Brille auf, wie sie es immer tat, fuhr zum Haupttor und klingelte.

»Hallo?«, kam die knisternde Antwort.

»Julie Smith, Candy. Was abzuliefern.«

Ein Mann kam aus dem niedrigen Backsteingebäude auf der rechten Seite und öffnete das Haupttor. Kate fuhr hinein und parkte nicht weit von ihrer Garage entfernt. Sie ließ den Mann das zweite Tor öffnen, dann ging sie hinein. Er sah sie nicht direkt an und sprach auch nicht mit ihr. Nachdem er weggegangen war, schloss Kate ihre Garage auf, vergewisserte sich, dass alles so war, wie sie es verlassen hatte, und verstaute die Ledertasche auf einem Regal. Sie klappte eine kleine Plastikkiste auf und nahm eine Pistole heraus.

Sie erinnerte sich daran, wie sie sie vor ein paar Jahren bei einer Drogenrazzia eingesteckt hatte. Sie war damals allein in einem Zimmer gewesen, und die Waffe hatte unter einem Sofakissen hervorgelugt. Im selben Raum fand sie zwei Tausender, die sie ebenfalls an sich nahm. *Das war ein guter Tag*, dachte sie. Nachdem sie die Pistole einen Moment lang betrachtet hatte, packte sie sie wieder ein. Dann schloss sie ab, stieg in ihr Auto und wurde durch das große Tor gelassen. Sie wusste, dass es auf der Hauptstraße Überwachungskameras gab, aber auch, dass die Garagen nicht überwacht wurden.

Sie hatte schon daran gedacht, dass die Polizei eines Tages eine Razzia in den Garagen durchführen und die Überwachungskameras überprüfen könnte. Dann würde ihr Auto identifiziert werden. Aber sie hatte eine Antwort, falls es jemals dazu kommen sollte. Die Garagen lagen abseits der Hauptstraße inmitten von Feldern. Sollte sie jemals befragt werden, würde sie einfach sagen, dass sie dort als Kind gespielt habe und manchmal dorthin fahre, wenn sie einen nostalgischen Tag habe.

Sollte es jemals zu einer Durchsuchung der Garagen kommen, bestand kaum eine Chance, dass die Sachen mit ihr und den Einbrüchen, bei denen sie im Einsatz gewesen war, in Verbindung gebracht werden würden. Keiner der Scheißkerle, bei denen sie etwas hatte mitgehen lassen, würde sich melden. Außerdem musste sie das Zeug nur noch ein oder zwei Jahre lagern, dann wäre sie weg. Um ein neues Leben zu beginnen. Es war das Risiko wert.

Sie war schon fast zu Hause, als ihr Handy klingelte. »Hallo.«

»Ich bin's. John Lively.«

»Hi, John. Wie geht's?«

»Gut. Haben Sie es gestern Abend bekommen?«

»John, ich kann jetzt nicht reden.« Sie überlegte, ob sie ihm sagen sollte, dass nichts deponiert worden war, aber sie entschied sich dagegen.

»Aber ich muss mit Ihnen sprechen.«

»Mach es kurz.«

»Ich hatte gestern Abend Besuch. Sie wollen, dass ich heute Abend wieder was abhole. Am selben Ort, aber es sind andere Typen als die von gestern. Was soll ich machen?«

Kate fuhr an den Straßenrand. »Überlass das mir, John. Um wie viel Uhr ist die Übergabe?«

»Abends um elf.«

»Okay, du lässt die Finger davon, ich kümmere mich darum. Und übrigens, wenn ich dich das nächste Mal sehe, habe ich einen Scheck dabei.«

»Einen Scheck?«, schnauzte er.

»Das habe ich nur so gesagt. Keine Sorge, ich bringe natürlich Bargeld mit. Ich melde mich bei dir.« Sie beendete das Gespräch, ließ das Handy in den Schoß fallen und saß einen Moment still da. Sie dachte nach. Dann rief sie Howard auf dem Handy an. Sie vereinbarte, dass sie ihn um zehn vor seinem Haus abholen würde.

***

Kate gähnte und verschränkte die Arme hinter der Kopfstütze. »Wo zum Teufel sind die denn? Es ist schon nach Mitternacht.«

»Vielleicht haben wir sie verpasst?« Howard rieb sich die Augen.

»Vielleicht. Wir warten noch eine Stunde, dann sehen wir uns das mal näher an.«

Eine Stunde verging und nichts geschah. Kate und Howard stiegen aus dem Auto und zwängten sich durch den Zaun. Sie bewegten sich vorsichtig, alle Sinne geschärft. Howard spähte zu allen Seiten. In der Nähe des Baumes blieben sie stehen. Der ganze Friedhof war still und unheimlich. Kate gab ihm ein Zeichen. Er ging zu dem Baum hinüber und griff in die Höhle.

»Da ist nichts«, flüsterte er.

»Scheiße. Vielleicht sind sie spät dran. Lass uns zurückgehen.« Kate drehte sich um.

»Ihr verdammten Lügner!«

Sie wirbelten herum. Dort stand John Lively, den Sturzhelm an die Brust gepresst, das Gesicht vor Wut verzerrt.

»John? Was ist los?« Kate versuchte, in der Dunkelheit zu erkennen, ob noch jemand bei ihm war.

»Ihr habt das Geld genommen und wollt es behalten. Ihr habt mich angelogen!« Lively ging auf sie zu.

»John, ich weiß nicht, wovon du sprichst. Als wir gestern hier angekommen sind, war nichts da, wir müssen …«

»Lüge! Ich war nämlich auch hier, ich habe gesehen, wie Sie die Tasche genommen haben. Und ich habe gehört, wie Sie zu ihm gesagt haben, ihr würdet sie behalten.« Er zeigte mit dem Finger auf Howard.

Kate konnte die Panik auf Howards Gesicht sehen und konzentrierte sich ganz auf Lively. Sie streckte die Hände vor sich aus: »John, hör zu …«

»Wissen Sie, was die mit mir machen, wenn die Tasche weg ist? Die bringen mich um. Sie haben gesagt, Sie kümmern sich darum, aber das stimmt nicht. Sie haben gesagt, Sie kümmern sich um mich, aber Sie wollen mich nur verarschen. Ich bin ein toter Mann, wenn die Tasche weg ist.« Die Wut und die Angst in seiner Stimme waren unüberhörbar.

»Okay, John, wir bringen sie zurück, keine Sorge. Ich bringe sie am Dienstag zu dir nach Hause.« Kate wusste, dass sie vorher nicht in die Garage konnte. Das musste sie Lively nur irgendwie klarmachen. Dann wäre alles in Ordnung.

»Das geht nicht. Die kommen am Samstagabend zu mir. Dann muss ich die Tasche haben.«

»Ich kann sie dir bis dahin nicht bringen, John. Frühestens am Dienstag, du musst ihnen sagen …«

Lively unterbrach sie. »Wissen Sie, was das für Typen sind? Keine, die warten. Deswegen müssen Sie jetzt in Ihr kleines Versteck fahren und mir meine Sachen zurückbringen.«

Kate spürte, dass sie rot wurde. »Wovon redest du?«, fragte sie ihn.

»Ich habe doch gesagt, dass ich gestern Abend hier war. Ich habe alles gesehen und gehört, dass Sie eine Garage haben. Dann bin ich euch gefolgt und habe gesehen, wie Sie mit meiner verdammten Tasche in Ihre Wohnung gegangen sind. Und heute Morgen bin ich hinter Ihnen her zur Garage gefahren, wo Sie sich Ihre megablöde Perücke aufgesetzt haben und reingefahren sind. Und als ich Sie später angerufen habe, um Ihnen zu sagen, dass heute Abend wieder was abgeworfen wird, wusste ich schon, dass ihr das Geld und die Drogen für euch behalten wolltet. Deswegen habe ich mich um eine Art Garantie gekümmert.« Er umklammerte seinen Sturzhelm.

Kate nahm wahr, dass Howard hektisch zwischen ihr und Lively hin und her sah. Sie hörte, wie schwer er atmete.

»Was soll das heißen, eine Garantie?«, fragte sie und bemerkte die Panik in ihrer eigenen Stimme. Sie hätte Lively am liebsten gewürgt, so wütend war sie, dass er sie in Panik versetzen konnte.

»Ich habe Ihnen schon mal gesagt, dass jemand auf mich aufpasst. Und ich habe zu ihr gesagt, dass sie zur Polizei gehen und denen alles über Ihre kleinen Betrügereien erzählen soll, wenn ich sie nicht bis Sonntagmorgen angerufen habe.«

»Du lügst, verdammt.« Kate ballte die Hände zu Fäusten.

»Ach, wirklich?« Lively lächelte und hob die Augenbrauen.

Keiner von ihnen sagte etwas.

»Wer ist diese Frau? Sag bloß … Ach, deine kleine Freundin, die Zeitungsredakteurin in der Oak Avenue? Ellie Sands?« Kate spuckte die Worte aus, wütend darüber, dass Lively ihr einen Schritt voraus gewesen war.

Livelys Gesichtsausdruck änderte sich. Er zögerte, bevor er antwortete. »Ja. Sie geht zur Polizei und zeigt Sie an. Und sie wird über Ihre Garage schreiben und darüber, dass Sie ein korruptes Bullenschwein sind.« Er lächelte wieder. »Sie halten mich für einen Trottel, stimmt's? Ich bin aber keiner. Sehen Sie zu, dass die Tasche bis Samstag wieder bei mir ist, sonst sind Sie am Arsch.«

Kate machte einen Schritt auf ihn zu und fuchtelte mit dem Finger vor seinem Gesicht herum. »Wag es nicht, mir zu drohen, du Stück Scheiße.«

Doch als sie noch einen Schritt auf ihn zu machte, zog er eine Pistole aus seinem Sturzhelm. Ohne nachzudenken, packte sie seinen Arm und drehte ihn auf den Rücken. Dabei warf sie sich mit ihrem ganzen Gewicht gegen ihn.

Dann knallte ein Schuss. Sie wich ungläubig zurück, als Lively zu Boden sackte und mit dem Kopf hart auf dem Boden aufschlug.

»O Gott! O nein! Kate!« Howard hielt sich die Hand vor den Mund.

Kate stand da und sah zu, wie Lively sich krümmte. Er schnappte nach Luft und versuchte, am Boden Halt zu finden, und dabei gab er einen ekelerregenden, quietschenden Laut von sich, wie ein Tier, das in einer Falle gefangen war. Dann verstummte das Geräusch abrupt, und um sie herum wurde es still.

Kate bewegte sich nicht. Howard bewegte sich nicht. Sie standen da und starrten auf Livelys toten Körper im Mondlicht.

Plötzlich schlug sich Howard die Hand vor den Mund, eilte zu einem Baum und erbrach sich. Er hatte das Gefühl zu ersticken, rang nach Luft und stützte sich mit einer Hand am Stamm ab, um nicht zu fallen. Dann würgte er wieder und erbrach sich noch einmal.

Als sein Magen leer war, wischte er sich mit dem Ärmel über den Mund. Er richtete sich auf und atmete tief ein. Die kalte Luft schmerzte in seiner Lunge, als er tief durchatmete. Er sah zu Kate hinüber.

»Was sollen wir tun?«

»Gib mir noch einen Moment. Ich muss nachdenken.« Ihre Stimme war nur ein Flüstern. Ihr Puls hämmerte. Sie schloss die Augen und versuchte, sich einen Plan auszudenken.

»Wir müssen ihn hier wegbringen.« Sie strich sich durch die Haare. »Geht es dir jetzt besser?« Sie legte ihm die Hand auf den Arm, aber er antwortete nicht. »Howard, er muss hier weg«, wiederholte sie.

Howard starrte auf Lively hinunter. »Okay.«

»Fahr mein Auto näher an die Zaunlücke.« Sie reichte Howard den Autoschlüssel und sah ihm nach.

Jetzt musste sie nachdenken. Von diesem Moment an musste sie alles richtig machen. Sie brauchte einen Plan. Einen perfekten Plan.

Sie streifte Handschuhe über, ging in die Hocke und zog vorsichtig die Pistole unter Lively hervor. Dabei achtete sie darauf, seine Fingerabdrücke nicht zu verschmieren. Sie entnahm das Magazin. Es waren noch fünf Schuss übrig. *Mann! Er hat eine vollgeladene Waffe mitgebracht. Ich habe ihn unterschätzt. Absolut unterschätzt.*

Ihre Gedanken rasten. Sie durchsuchte seine Taschen. Schlüssel, Portemonnaie, Feuerzeug und ein Stück Papier mit einer Handynummer darauf.

Mit *ihrer* Handynummer.

Sie zerrten Livelys Leiche langsam über den Friedhof und hielten sich dabei vom Hauptweg fern. Es war anstrengend. Sie hielten alle paar Meter an, lauschten und sahen sich um. Wenn sie sich vergewissert hatten, dass niemand da war, ging es weiter, bis sie schließlich den Zaun erreichten. Kate öffnete den Kofferraum ihres Autos, und nach zwei Versuchen schafften sie es, ihn hineinzuhieven.

Kate lehnte sich gegen das Auto und schnappte nach Luft. »Gut, hör zu. Du fährst sein Motorrad zurück zu seiner Wohnung. Ich folge dir.«

»Was machen wir mit ihm?« Howard zitterte am ganzen Leib. Ihm war schwindelig.

»Ich brauche etwas Zeit zum Nachdenken. Keine Sorge, ich kümmere mich darum. Sein Motorrad muss hier weg. Bring es zurück, und ich überlege mir, wie es weitergeht.«

Auf der Fahrt zu Livelys Wohnung dachte Kate fieberhaft nach. Sie versuchte, sich ganz genau zu erinnern, was er über Ellie Sands gesagt hatte. *Hat er es ihr wirklich gesagt? Hat er das alles so gut geplant? Hat er geblufft? Was, wenn nicht? Was, wenn er ihr alles erzählt hat? Lively ist tot, und deshalb wird Ellie Sands am Sonntagmorgen keinen Anruf von ihm erhalten. Was ist, wenn sie über die Garage Bescheid weiß? Ich komme bis Dienstag nicht an die Sachen ran!* Sie schlug mit der flachen Hand auf das Lenkrad. Sie konnte nicht mal dort rein und die Sachen alle loswerden.

»Verdammte Scheiße!«, schrie sie.

Sie hielt gegenüber von Livelys Wohnung an und stellte den Motor ab. Die Straße war menschenleer, aber sie blieb noch einen Moment sitzen, um sicherzugehen. Dann stieg sie aus dem Auto und wartete in der Seitengasse auf Howard, der Livelys Motorrad abstellte. Er reichte Kate die Schlüssel. Sie gingen hinein.

Die Vorhänge waren geschlossen. Kate tastete an der Wand nach dem Lichtschalter. Es war erstaunlich sauber und aufgeräumt. Sein Bett war gemacht. Die schwarze Bettdecke war etwas zu klein, um die Matratze ganz zu bedecken. Auf dem Nachttisch stand eine kleine schirmlose Lampe. Die Dielen waren kahl, abgesehen von einem Fransenteppich neben dem Bett.

»Wie geht's dir jetzt?«, fragte Kate.

»Ich komme schon klar.« Howard sah sich um.

Sie waren jetzt beide ruhiger. Schließlich waren sie in Livelys Wohnung, ohne dass die Gefahr bestand, dass er plötzlich hereinkam.

Kate ging in die winzige Küche, schaltete das Licht an und setzte sich auf einen Hocker in der Ecke. Howard blieb in der Tür stehen. »Was machen wir jetzt, Kate?«

»Ich denke nach. Ich brauche ein bisschen Zeit.« Sie brachte ein Lächeln zustande. »Hey.« Sie sah ihn an. »Wir kriegen das hin.«

Er nickte.

»Wir müssen seine Wohnung durchsuchen, um nachzusehen, ob es irgendetwas gibt, das ihn mit uns in Verbindung bringt. Du fängst hier an. Ich nehme mir das Schlafzimmer vor.«

KAPITEL 97

Anna schluckte und stellte ihr Funkgerät lauter. Sie verfolgte den Dialog zwischen der Einsatzleitstelle und dem Kommando vor den Garagen. Mittlerweile war eine ausgebildete Verhandlungsführerin gefunden worden, die sich auf dem Weg befand.

Anna sah auf, als Rob Wills einen Becher Kaffee vor sie stellte. Sie wollte keinen Kaffee, aber sie wusste die Geste zu schätzen.

Er legte ihr die Hand auf die Schulter. »Die holen sie da raus. Die Jungs wissen ganz genau, was sie tun.«

Anna zwang sich zu einem Lächeln.

Sie dachte an Sheridans Eltern. Sie wollte abwarten, wie die Sache ausging, bevor sie mit ihnen sprach. Allein der Geruch von Kaffee drohte, ihr den Magen umzudrehen.

KAPITEL 98

Sheridan hörte zu und versuchte, Howards Geschichte nicht zu sehr an sich ranzulassen. Es kam ihr sehr unwirklich vor. Im Laufe der Jahre hatte sie oft von misshandelten Frauen gehört, dass es ihnen vorgekommen war, dass ihr Partner zwei Personen in einer zu sein schien – wie bei Jekyll und Hyde. Meistens waren diese Männer ruhig und freundlich, aber ihre Stimmung konnte von einem Moment zum anderen kippen. Und dann waren sie wie besessen. Ohne Vorwarnung und ohne Grund waren sie plötzlich wie von Sinnen und gewalttätig.

Howard hatte in der vergangenen Stunde seinen besten Freund und einen jungen hilflosen Burschen mit gezielten Kopfschüssen getötet. Jetzt saß er mit geradezu stoischer Ruhe an die Wand gelehnt da und redete, als ginge es um alltägliche Ereignisse. Beim Sprechen starrte er geradeaus, wobei er ab und zu den Kopf reckte, um aus der Tür zu spähen. Sie hörten leise Geräusche von den Einsatzkräften, die sich in einiger Entfernung bewegten. Howard Cooke war bewaffnet und hatte Sheridan als Geisel genommen. Sie mussten es richtig angehen. Eine falsche Entscheidung, ein Fehler – und alles war vorbei.

Für Sheridan.

Howard fuhr fort. »Wir haben Livelys Wohnung durchsucht. Und dabei haben wir einen Brief gefunden, durch den uns seine Beziehung zu Ellie Sands klar geworden ist.«

KAPITEL 99

Kate Armitage durchsuchte sorgfältig die Kommode in Livelys Schlafzimmer, während Howard die Küche auf den Kopf stellte. Beide hatten in ihrem Job genug Hausdurchsuchungen mitgemacht, um zu wissen, welche Verstecke Kriminelle gern nutzten.

»Schau mal, was ich gefunden habe.« Kate kam mit einem handgeschriebenen Brief in die Küche.

»Was ist das?« Howard spähte kniend unter die Küchenschränke. Er stand auf und folgte Kate ins Schlafzimmer, wo sie sich auf Livelys Bett setzten, während sie ihm den Brief vorlas. Er war vom 16. Juni 1985.

> Mein geliebter John,
> lass mich damit anfangen, wie sehr ich dich liebe. Du bist ein wunderbarer Junge, und ich weiß, dass du mich stolz machen wirst, indem du stark bist, wenn ich nicht da bin. Mir geht es nicht gut, und bald, nachdem du diesen Brief gelesen hast, werde ich im Himmel sein. Sei nicht traurig. Ich habe keine Angst, hab du auch keine. Es wird dir gut gehen. Denk daran, dass ich immer bei dir bin, auch wenn du mich nicht siehst.

Ich wollte sichergehen, dass sich jemand um dich kümmert, wenn ich nicht mehr da bin, und deshalb habe ich dafür gesorgt, dass meine liebe Freundin Ellie Sands dich bei sich aufnimmt. Seit der Schulzeit ist sie mir eine wunderbare Freundin. Obwohl sich unsere Wege später nicht mehr so oft gekreuzt haben, wie wir es uns gewünscht hätten, sind wir immer in Kontakt geblieben. Ellie hat mir versprochen, dass sie sich um dich kümmern wird. Du wirst bei ihr wohnen, und ich spüre in meinem Herzen, dass du es gut haben wirst. Ellie ist eine kluge Frau. Sie war immer die Klügere von uns beiden. Sie will Journalistin werden. Wer weiß, vielleicht ist sie eines Tages im Fernsehen und berichtet von irgendeinem weit entfernten Ort. Vielleicht nimmt sie dich mit und du wirst die Welt sehen.

Was auch immer geschieht, bei ihr bist du gut aufgehoben. Du wirst ein gutes Leben haben, mein Liebling. Bewahr mich immer in deinem Herzen. Sei ein guter Junge. Halte dir Ärger vom Leib, suche dir einen guten Job und versuche immer, dein Bestes zu geben. Lass nie jemanden glauben, er sei besser als du. Eines Tages wirst du ein Mann sein und ein hübsches Mädchen kennenlernen, heiraten und Kinder bekommen und eine liebevolle Familie gründen. So, wie ich dich geliebt habe und immer lieben werde. Ich habe nicht immer gute Entscheidungen getroffen. Ich habe mein Leben nicht immer so gelebt, wie ich es hätte tun sollen. Ich bin von zu Hause weggelaufen und habe meiner Familie den

Rücken zugekehrt. Ich habe dumme Dinge getan, Drogen genommen und mich auf falsche Freunde eingelassen. Das kann ich jetzt nicht mehr ändern. Es war, wie es war. Umso mehr möchte ich, dass Ellie sich um dich kümmert. Sie ist ein guter Mensch, sie hat bessere Entscheidungen getroffen als ich.

Liebe sie so, wie sie dich lieben wird.

Ich weiß, dass du mich nicht vergessen wirst. Ich werde immer in deinem Herzen sein.

Ich liebe dich, John.

Immer deine Mum xxx

Kate sah Howard an. »So ist das also mit Lively und Sands.«

»Ich dachte, er wäre in einem Heim aufgewachsen?«

»Vielleicht hat sich Ellie Sands eine Zeit lang um ihn gekümmert und ihn dann in eine Pflegeeinrichtung gegeben?«

»Ja, vielleicht.« Howard seufzte.

»Wir wissen jetzt jedenfalls, dass Ellie Sands ein riesiges Problem für uns darstellt. Wahrscheinlich hat Lively ihr alles erzählt.« Kate stand auf. »So. Ich habe mir jetzt überlegt, wie wir Ordnung in dieses verdammte Chaos bringen können.«

»Und?«

»Ich habe einen Plan.« Sie blieb stehen. »Als Erstes muss Lively raus aus meinem Kofferraum. Und es darf keine Spuren geben, dass seine Leiche jemals da drin gewesen ist. Wir haben sein Motorrad, seine Schlüssel, seinen Sturzhelm und seine Waffe, auf der nur seine Fingerabdrücke sind. Ich gehe morgen früh zum Friedhof und suche nach einem frischen Grab. Und morgen Abend begraben wir ihn darin. Außerdem sage ich dem Chef, dass Lively mich neulich bedroht hat. Ich sage, dass ich es aktenkundig machen will, nur für den Fall, dass etwas passiert. Dann parke ich mein Auto hinter meinem Haus und stecke es in Brand. Alle Hinweise, dass je eine Leiche im Kofferraum war, werden in Flammen aufgehen. Und alle werden annehmen, dass Lively mein Auto abgefackelt hat.« Sie hielt inne und ordnete ihre Gedanken. »Hätte ich doch, verdammt noch mal, vorhin daran gedacht, als wir auf dem Friedhof waren! Dann hätten wir ihn auf der Stelle begraben können.« Sie schüttelte den Kopf.

»Was ist, wenn dich jemand fragt, warum du dein Auto hinterm Haus geparkt hast und nicht vorne, wie du es sonst immer machst?«, fragte Howard.

»Die Antwort ist ganz einfach: Ich habe mir Sorgen gemacht, dass Lively mein Auto vor meiner Wohnung sehen könnte. Dann wüsste er, wo ich wohne, und ich wäre vorsichtig gewesen. Ich melde morgen auf dem Revier, dass er mir in der Stadt über den Weg gelaufen ist und mir gedroht hat. Dann wird niemand mehr hinterfragen, warum ich mein Auto hinten geparkt habe.« Sie zog die Augenbrauen hoch. »Es gibt keine Überwachungskameras in der Nähe meiner Wohnung. Niemand wird mir nachweisen können, dass ich mein Auto angezündet habe. Und man kann auch nicht überprüfen, ob sich Lively in der Nähe herumgetrieben hat.«

»Wir legen ihn in ein frisch gegrabenes Grab?« Howard runzelte die Stirn.

»Ja, ich suche eins, in dem gerade jemand begraben wurde, und da verbuddeln wir ihn. Da ist die Erde locker.«

»Mein Gott, Kate.« Howard rieb sich das Gesicht und holte tief Luft. »Tut mir leid, es ist schlimm, dass wir darüber reden, Lively zu verscharren.« Er sah sie an. »Tut mir leid, sprich weiter.«

Kate fuhr fort. »Okay, jetzt kommt der Teil, in dem wir uns gegenseitig voll und ganz vertrauen müssen.« Sie atmete tief ein. »Wir müssen Ellie Sands töten. Und es muss so aussehen, als hätte Lively es getan. Und dann gibt es noch eine andere Sache, die wir tun müssen oder, vielmehr, die du tun musst.«

Sie zögerte: »Du musst auf mich schießen.«

KAPITEL 100

Howard stand langsam auf. Sheridan bewegte vorsichtig ihre Beine. Sie musste auch aufstehen; ihre Füße waren taub, und sie spürte, wie die Kälte von unten in ihren Körper drang.

»Howard, kann ich bitte auch aufstehen? Ich schwöre, dass ich nichts versuche. Aber ich muss meine Beine bewegen.«

Er schien ganz woanders zu sein, als würde er gerade einem Fremden in einer Kneipe seine Erinnerungen erzählen. Es erleichterte ihn, reden zu können und ein Publikum zu haben. Und Sheridan konnte nichts tun als zuhören.

Er nickte.

Sie stemmte die Handflächen auf den harten Boden und kam langsam hoch. Als das Blut wieder zu zirkulieren begann, wurde ihr schwindelig, sodass sie sich an der Wand abstützen musste. Howard beobachtete sie. Dann fuhr er fort.

»Wir haben aufgepasst, dass Lively nicht mit uns in Verbindung gebracht werden konnte. Deswegen haben wir ihn auch bis auf die Boxershorts ausgezogen. Nachdem wir ihn begraben hatten, gingen wir zu Kate, um den Plan für den nächsten Tag zu besprechen. Da hat sie mir den Schlüssel zur Garage und ihre Perücke und Brille gegeben.«

Er spähte kurz hinaus. »Ihr war klar, dass die Polizei sie nach der Schießerei nicht mehr aus den Augen lassen würde, aus Angst, dass Lively noch einmal versuchen würde, sie zu töten. Sie konnten ja nicht wissen, dass er tot war. Kate machte sich Sorgen, irgendetwas übersehen zu haben. Vielleicht müssten wir aus irgendeinem Grund ganz schnell die Sachen aus der Garage holen, und sie wollte sichergehen, dass ich an sie rankomme. Sie hatte alles genau geplant.«

Howard schniefte und wischte sich mit dem Ärmel über das Gesicht. »Kate erzählte mir, dass Ellie Sands an zwei Samstagen ungefähr zur gleichen Zeit im selben Supermarkt gewesen war. Der Plan ging so: Ich verstecke die Waffe in meinem Auto, sage Tom Hudson, dass ich mich am Samstagabend mit Kate zu einem romantischen Abendessen bei ihr treffe. Carly sage ich, dass ich mich mit Tom auf ein Bier verabredet habe. Dann fahre ich mit meinem Auto zu Livelys Wohnung und von dort mit seinem Motorrad zum Supermarkt. Kate geht direkt neben Ellie Sands auf den Haupteingang des Supermarkts zu, damit ich weiß, auf wen ich schießen soll. Ich rase auf die beiden zu, ziehe die Waffe und Kate schreit so laut, dass es alle hören: ›Nein, Lively!‹ Später wollte sie dann sagen, dass sie ihn auf dem Motorrad erkannt hatte.

Ich ziele auf ihr Bein, und wenn sie auf dem Boden liegt, schieße ich weiter, um ganz sicherzugehen, dass ich Ellie Sands auch wirklich töte. Dann lasse ich die Waffe fallen, damit Livelys Fingerabdrücke am Tatort zurückbleiben, fahre auf seinem Motorrad zu seiner Wohnung und weiter mit meinem Auto zu Tom Hudson.« Er hielt inne.

»Tom sage ich, dass Kate nicht zu Hause gewesen ist, dass sie mich versetzt oder vergessen haben muss. Laut Plan wäre ich dann bei Tom, wenn die Polizei zu mir nach Hause käme, um mir mitzuteilen, dass Kate erschossen worden ist. Carly würde der Polizei sagen, dass ich bei Tom sein müsste. Und so war es auch. Sie haben mir dort die Nachricht von Kates Tod überbracht. Sobald ich konnte, bin ich zu der Garage gefahren und habe Livelys Klamotten entsorgt, seinen Helm, die Schlüssel, die Brieftasche und das Handy, das Kate zum Telefonieren mit ihm benutzt hatte.«

Sheridan sagte nichts. Ihre Angst, wie das hier enden sollte, steigerte sich immer mehr. Howard erzählte ihr alles. Hatte er sich damit abgefunden, dass er mit dem, was Kate und er getan hatten, nicht davonkommen würde? Oder hatte er die Absicht, ihr alles zu sagen, bevor er sie tötete und sich aus dem Staub machte?

Aber er war umzingelt. Er saß in der Falle, und er brauchte sie. Er brauchte seine Geisel. Nur wenn er sie am Leben ließ, hatte er eine Chance, hier lebend rauszukommen. Glaubte er wirklich, dass das realistisch war?

Sie würde nichts sagen oder tun, was ihn irritieren könnte. Sie musste einfach nur zuhören. Und sie konnte auch nichts anderes tun. Nichts von dem, was sie in all den Jahren bei der Polizei gelernt hatte, hätte sie auf dieses Szenario vorbereiten können.

Howard warf wieder einen kurzen Blick durch die Tür und trat dann zurück. Ihm war klar, dass das Einsatzkommando die Garage nicht stürmen würde. Hier wurde kein Film gedreht. Das hier war real.

»Kate hatte alles bis ins kleinste Detail geplant, sogar meine Route zum Supermarkt und zurück zu Livelys Wohnung, damit ich Videokameras vermied.« Howard hielt inne. »Der Plan war praktisch perfekt.«

Sheridan wartete. Howard war weit weg, erinnerte sich an alles und versuchte es zu ordnen.

Sie nutzte die Gelegenheit. »Howard, ich weiß, dass Sie Kate geliebt haben, ich weiß, dass Sie sie nicht umbringen wollten. Was Sie beide getan haben, war falsch. Aber Sie wussten ja nicht, dass es so enden würde.« Sheridan hätte nie so mit ihm gesprochen, wenn sie einen anderen Weg gesehen hätte. Wenn er nicht seine Waffe auf sie gerichtet hätte, hätte sie Howard Cooke gesagt, dass er ein Monster war.

Er hob den Kopf und sah ihr direkt in die Augen. »Nur eins ist schiefgegangen: Ellie Sands ist nicht tot.«

»Was? Wie meinen Sie das?«

Seine Augen verengten sich. »Nur eins ist schiefgegangen: Ellie Sands ist nicht tot«, wiederholte er roboterhaft und kam ganz nah an Sheridans Gesicht heran.

»Ich habe Kate absichtlich getötet.«

KAPITEL 101

Sheridan versuchte, sich nichts anmerken zu lassen. Howard durfte keine Gefühlsregung in ihrem Gesicht wahrnehmen. Sie hatte von Anfang an richtiggelegen, was Howard Cooke anging. Sie hatte ihm nicht getraut, und ihr Instinkt hatte sie nicht getäuscht. Aber dies hier hatte sie nicht kommen sehen.

Er trat einen Schritt zurück und erzählte weiter. Dabei starrte er auf die Pistole.

»Ich wollte raus aus meiner Ehe. Und anfangs wollte ich wirklich mit Kate zusammen sein und Carly für sie verlassen. Aber in dem Moment, als Lively tot auf dem Friedhof lag, hat sich etwas in mir verändert. Es war, als hätten sich all die Dinge, über die Kate und ich gesprochen hatten – unsere gemeinsame Zukunft, all das Geld, das großartige Leben –, in Luft aufgelöst. In diesem Moment sah ich Kate plötzlich mit anderen Augen und ich erkannte sie nicht wieder. Fast wünschte ich mir mein normales, langweiliges Leben zurück. Ich wollte jedenfalls keine Pläne machen, wie wir die Leiche loswurden. Ich wollte mein Leben nicht damit verbringen, mich zu fragen, ob Kate einen Fehler machen oder ihre Meinung über die Beziehung mit mir ändern würde. Sie war so manipulativ, so unglaublich gerissen. Wenn es irgendwann zwischen uns nicht mehr so laufen sollte oder wenn wir irgendwie mit der Erschießung von Lively in Verbindung gebracht werden würden, konnte sie mir den ganzen Schlamassel anhängen. Ich wusste, dass sie schlau genug dazu war. Vor Livelys Tod vertraute ich ihr voll und ganz. Und danach überhaupt nicht mehr.« Howard rieb sich das Gesicht. Er sah erschöpft aus.

»Als Kate mir das erste Mal von den Garagen erzählte und was sie dort gebunkert hatte, wollte ich sie nicht bescheißen. Aber mit Livelys Tod änderte sich alles. Ich würde mir alles unter den Nagel reißen und Kate irgendwie loswerden. Ich wusste nur nicht, wie. Als sie dann den Plan entwickelte, Ellie Sands zu töten und es so aussehen zu lassen, als hätte Lively es getan, sah ich meine Chance. Kate hatte alles vorbereitet. Am Tag nachdem sie ihr Auto in Brand gesetzt hatte, fuhr sie mit einem Mietwagen zum Supermarkt. Sie wusste, wo Ellie Sands normalerweise parkte, und wollte in der Nähe auf sie warten. Ich bin mit Livelys Motorrad zum Supermarkt gefahren. Ich hatte Kate vorher gefragt, was der Plan wäre, wenn Ellie Sands nicht auftauchen würde. Sie sagte, dann müssten wir zu Sands' Haus fahren, sie dort erschießen und die Waffe am Tatort zurücklassen, damit die Polizei Lively mit der Schießerei in Verbindung brachte. Aber das passte mir nicht. Ich musste Kate töten, und der Plan mit dem Supermarktparkplatz war dafür viel geeigneter.

Ich hielt mich an die Route, die Kate geplant hatte. Ich kannte Ellie Sands nur von einem Schwarz-Weiß-Foto aus der Zeitung, aber Kate hatte sie mir sehr genau beschrieben. Und sie hatte auch gesagt, wenn Ellie Sands nicht wie erwartet auftauchte, dann würde sie selbst auch nicht aus ihrem Auto aussteigen. Dann sah ich die beiden Frauen und wusste, dass es jetzt darauf ankam. Ich musste genau zielen und Kate und Ellie erschießen.«

Howard hielt kurz inne, runzelte die Stirn und atmete tief ein.

»Genau in dem Augenblick, in dem ich die Waffe zog, sah ich ein kleines Mädchen, das an der Hand ihrer Mutter direkt hinter Kate und Ellie herlief. Ich muss einen kurzen Moment von Panik gehabt haben. Ich wollte die Mutter mit der kleinen Tochter nicht versehentlich erwischen. Dann sah ich Ellie Sands direkt an. Sie fixierte mich. Als ob sie mich erkennen würde. Ich war so verwirrt, dass ich nicht genau gezielt habe. Wahrscheinlich hat sie deshalb überlebt. Als ich weggefahren bin, war mir klar, dass ich es geschafft hatte, Kate zu töten. Ich kam ganz ruhig bei Tom Hudson an. Es war merkwürdig. Etwa zwei Stunden später tauchten zwei Kollegen auf und teilten mir mit, dass Kate erschossen worden war und dass sie nach John Lively suchten. Eine Unbeteiligte sei angeschossen worden, die in kritischem Zustand im Krankenhaus lag. Ihre Chancen standen nicht gut.«

Howard kramte nach seinen Zigaretten, bevor ihm einfiel, dass er keine mehr hatte. »Du hast nicht zufällig eine Zigarette, oder?«, fragte er. Sie schüttelte den Kopf.

»Vielleicht besorgen die Ihnen ein Päckchen.« Sie nickte in Richtung Tür und hoffte, dass er es sich überlegen würde. Zumindest würde es dann eine Kommunikation zwischen ihm und den Polizisten draußen geben. Vielleicht konnten sie ihn überzeugen, sie gehen zu lassen.

Aber er redete weiter, als ob er sie nicht gehört hätte. »Ein paar Tage nachdem ich Kate erschossen hatte, geriet ich in Panik und kam hierher. Ich habe mir eingeredet, dass Kate irgendwann einen Fehler gemacht haben könnte und die Polizei alles finden würde. Also packte ich das Bargeld, die Ringe und die Diamanten, die Kate aus dem Haus des alten Mannes mitgenommen hatte, in diese beiden Taschen, nahm sie mit nach Hause und versteckte sie auf dem Dachboden.« Er trat gegen die Tasche, die ihm am nächsten lag. »Carly ging nie da rauf, deswegen waren sie dort sicher. Bei den Ermittlungen kam natürlich meine Affäre mit Kate ans Licht, woraufhin Carly mich rausgeschmissen hat.«

Er legte den Kopf zurück und schaute zur Decke. »Ich wollte nicht zu meinen Eltern und habe Tom Hudson gefragt, ob ich vorübergehend bei ihm unterkommen könnte, bis ich was Eigenes gefunden hätte. Ich konnte die Taschen natürlich nicht mitnehmen, deswegen habe ich sie wieder hergebracht.« Er seufzte.

»Nachdem ich erfahren hatte, dass Ellie Sands überlebt hatte, musste ich rausfinden, ob sie in der Lage war, jemandem etwas von Kate und mir zu erzählen. Ich musste wissen, ob Lively uns die Wahrheit über sie gesagt hatte. Ich musste nur abwarten, bis der richtige Zeitpunkt gekommen war, bis die Ermittlungen zu der Schießerei abgeschlossen waren und ich mir sicher war, dass Ellie Sands nie mehr sprechen konnte, und dann würde ich abhauen. Irgendwo hinjetten und ein neues Leben beginnen. Von Tom Hudson wusste ich, dass Ellie Sands nicht mehr vernünftig sprechen konnte und in ein Heim namens Drei Linden verlegt worden war. Ich war bereit für den Abflug. Aber dann hatte mein Vater einen verdammten Schlaganfall, und ich musste mich um das Familienunternehmen kümmern.«

Er hustete und spuckte auf den Boden. »Also musste ich den Plan auf Eis legen. Vor rund einem Jahr war ich dann bereit zum Durchstarten. Aber ich musste sichergehen, dass Ellie Sands nicht plötzlich wieder zu sich kommen und reden würde. Also heuerte ich einen Privatdetektiv an, einen Typen namens Jack Lawson. Ich erzählte ihm, dass ich meine Mutter in ein Pflegeheim geben wollte, weil sich ihr Gesundheitszustand verschlechterte, und ich wollte, dass er das Heim heimlich für mich überprüfte. Er sagte, es könne schwierig werden, aber er würde einen Weg finden. Wie es der Zufall wollte, freundete er sich mit einer Frau an, die dort arbeitete, einer Mo Chase. Er begann eine Art Beziehung mit ihr. Sie erzählte ihm alles über das Heim und redete andauernd über Ellie Sands, die nichts sagen konnte als: ›Pissi, aua, guck‹. Als Jack Lawson mir das zum ersten Mal erzählt hat, bin ich nicht gleich draufgekommen, erst eine Weile später wurde mir klar, dass das natürlich ›PC Howard Cooke‹ hieß. Mir lief die Zeit davon. Ich musste etwas unternehmen.« Er seufzte wieder.

»Aber dann wurde die Leiche von John Lively gefunden. So einen Scheiß kann man doch nicht erfinden, oder? Ich wusste, dass du herausfinden würdest, dass Lively Kate nicht erschossen haben konnte, und dass du alles neu aufrollen würdest. Gleich bei der ersten Befragung im Revier habe ich gemerkt, dass du mir nicht traust. Ich konnte es in deinen Augen sehen. Als du mich verdächtigt hast, Lively erschossen zu haben, wusste ich, dass ich hierbleiben musste. Es wäre einfach zu verdächtig gewesen, wenn ich plötzlich abgehauen wäre. Aber ich fing an zu überlegen, wo ich neu anfangen könnte, auf welches Konto ich einen Teil des Geldes aus den Garagen einzahlen könnte, wann und wie ich den Schmuck und die Diamanten verkaufen und dies hier loswerden könnte.« Er betrachtete die Waffe, als hätte er sie gerade erst bemerkt.

»Als ich die Waffe hier gefunden habe, habe ich sie mit nach Hause genommen. Nur für den Fall, dass Lively einem seiner Drogenkumpel was von Kate und mir erzählt hatte und sie mir einen Besuch abstatten wollten. Ich wollte auf alles vorbereitet sein.« Er rieb sich die Schläfen. »Mir lief die Zeit davon. Ich musste abhauen. Deswegen habe ich Carly und die Kinder in Norfolk besucht und auf dem Rückweg meine Eltern. Natürlich haben sie nicht geahnt, dass ich mich von ihnen verabschieden wollte. Ich habe meinen Eltern gesagt, dass ich einen Urlaub plane, dass ich für eine Weile wegfahren will. Heute Abend hatte ich Tom auf ein paar Bier eingeladen. Er war ein guter Kumpel.

Er hat mich oft gedrängt, was zu unternehmen und mit ihm was trinken zu gehen. Ich wollte mich von ihm verabschieden, ohne dass er es mitkriegt.« Howard dachte einen Augenblick nach, bevor er fortfuhr. »Das Zeug in diesen Taschen war meine Zukunft. Und dann hast du die Garagen gefunden.« Er schloss die Augen. »Und jetzt bin ich am Arsch.«

Sheridan schluckte. Ihr Mund war trocken. Für ein Glas Wasser hätte sie einen Mord begangen. »Aber was hätte Sie mit den Garagen in Verbindung bringen sollen?«

Howard schüttelte den Kopf. »Ich wollte in der Lage sein, jederzeit abhauen zu können, egal wo ich war oder was ich tat. Alles stehen und liegen zu lassen, hierherzukommen, die Taschen zu nehmen und zu verschwinden. Also packte ich alles da rein. Auch meinen Pass.« Er deutete auf die Taschen. »Wenn der Laden zu der Zeit geschlossen gewesen wäre, hätte ich mich in der Nähe versteckt und hätte gewartet, bis er geöffnet wurde.«

Plötzlich hob er die Waffe und schlug sie sich gegen den Kopf. »Aber *du* hast alles kaputtgemacht!«, schrie er sie an.

»Howard, hören Sie mir zu …«

Sheridan machte einen zaghaften Schritt vorwärts. Aber er packte sie bei der Kehle, setzte die Waffe an ihren Mund und zwängte sie hinein. Sheridan würgte und versuchte, seine Hand wegzuschieben, aber er drückte ihr die Waffe nur noch tiefer in den Mund, den Finger am Abzug. Dann zog er sie plötzlich heraus.

»Sag meinen Kindern, dass ich sie liebe«, sagte er. Dann steckte er sich selbst die Waffe in den Mund.

Sheridan hielt sein Handgelenk noch umklammert. Das würde sie nicht zulassen. Sie zog an seiner Hand, so fest sie konnte. Er würde sich jetzt nicht umbringen.

Er versuchte, sich von ihr wegzudrehen, und trat ein paarmal gegen ihre Beine. Sie versuchte verzweifelt, die Kontrolle über die Waffe zu bekommen. Irgendwie gelang es ihr, sein

Handgelenk so zu verdrehen, dass die Mündung auf den Boden gerichtet war. Aber dann trat er sie so heftig gegen ein Bein, dass ein brennender Schmerz aufflammte. Sie knallte auf den Boden, und er stürzte mit seinem ganzen Gewicht auf sie. Sheridan hörte den Schuss und spürte, wie die Kugel sie zerriss.

Und dann spürte sie nichts mehr.

KAPITEL 102

Die Einsatzkräfte hatten ihre Waffen auf die Tür gerichtet. Sie würden kommen, und zwar bald. Als sie die Garage stürmten, versuchte Howard aufzustehen. Sie überwältigten ihn sofort, und als die Waffe zu Boden fiel, wurde er gegen die Wand geknallt und die Handschellen klickten. Sie hatten ihn erwischt. Es war vorbei.

Als Anna die Geräusche über das Funkgerät hörte, sackte sie in sich zusammen und brach in Tränen aus. Rob kniete sich neben sie und zog sie an sich, während ihr ganzer Körper von lauten Schluchzern durchgeschüttelt wurde.

»O Gott, Rob! Er hat sie erschossen«, weinte sie. »Er hat sie erschossen.«

KAPITEL 103

Zwei Wochen später

Anna gehörte zur Ehrengarde: zweiunddreißig Polizeikräfte, die schweigend den Weg von der Straße zur Kirche säumten. Es hatte die ganze Nacht durchgeregnet. Schwere Wolken verdunkelten den Himmel, und der Wind peitschte ihnen eiskalten Regen ins Gesicht. Aus dem Augenwinkel sah Anna, wie die Klappe des Leichenwagens geöffnet wurde. Vier Kriminalbeamte in Uniform, unter ihnen Dipesh Mois und Rob Wills, zogen den Sarg ehrfurchtsvoll heraus und hoben ihn auf ihre kräftigen Schultern. Als er mit gemessenen Schritten an Anna vorbeigetragen wurde, senkte sie wie alle anderen den Kopf. Sie biss sich auf die Unterlippe und kämpfte vergeblich gegen die Tränen an, die ihr über das Gesicht liefen.

Dann nahm Steve ihre Hand und sie folgten dem Sarg in die brechend volle Kirche, in der sich Familie, Freunde, ehemalige und jetzige Arbeitskollegen versammelt hatten. Und natürlich die gesamte Belegschaft der Hale Street. Mit ernsten Mienen sahen sie zu, wie der Sarg vor den Altar gestellt wurde. Er verschwand fast unter einem Meer gelber Rosen. Die ganze

Kirche war voller Blumen, es mussten Hunderte sein. Ein farbenfrohes, überwältigend schönes Blumenmeer an so einem dunklen Tag.

Der Pastor trat neben den Sarg, die aufgeschlagene Bibel in der Hand.

»Ich heiße Sie alle an diesem traurigen Tag herzlich willkommen. Wir beginnen mit dem Lied ›Der Herr ist mein Hirte‹.«

***

Sam schloss die Augen und kämpfte gegen die Tränen an. Sie hatte versucht, stark zu sein, aber die letzten zwei Wochen waren fast unerträglich gewesen. Sie spürte die Hand von Sheridans Mutter auf ihrer.

Sie war auf die Knie gefallen, als Anna Markinson zwei Wochen zuvor zu ihr gekommen war. Anna, die mit aschfahler Miene vor der Tür gestanden hatte und ihr erzählt hatte, was passiert war. Wie die schwer bewaffneten Einsatzkräfte Cookes Garage gestürmt hatten, unmittelbar nachdem er auf Sheridan geschossen hatte. Und dass Howard Cooke wegen Mordes festgenommen worden war.

Sam schüttelte unbewusst den Kopf, als könne sie sich so von der Erinnerung an diesen schrecklichen Tag befreien. Sie stützte den Kopf in die Hände und blinzelte die Tränen weg. Sie konnte nicht mehr weinen.

***

Als die letzten Töne des Liedes verhallten, begann der Pastor.

»Wir sind heute hier zusammengekommen, um das Leben eines hochgeschätzten und engagierten Polizeibeamten zu würdigen, der sein Leben dem Dienst an der Öffentlichkeit gewidmet hat. Ehemann und Vater, Kollege und Freund, Maxfield Hall, der von den meisten kurz Max genannt wurde.«

Sheila Hall hielt die Hand ihrer Tochter und wischte ihr mit einem Taschentuch übers Gesicht. In der Woche vor seinem Tod war sie nicht mehr von der Seite ihres Mannes gewichen. Nach dem ersten Herzinfarkt hatte er so gute Fortschritte gemacht, dass er entlassen worden war. Doch dann hatte er einen zweiten Herzinfarkt erlitten, von dem er sich nicht mehr erholt hatte.

Die Unterstützung, die Sheila von Max' Kollegen nach seinem Tod erhalten hatte, war ebenso überwältigend wie die große Anzahl der Anwesenden. Beamte im Ruhestand, Beamte im Dienst, alte und neue Kolleginnen und Kollegen waren gekommen, um Abschied von ihm zu nehmen. Max Hall war von allen, die mit ihm zusammengearbeitet hatten, respektiert worden, und der heutige Tag war der Beweis dafür. Sheilas Gedanken schweiften zu der Kollegin und Freundin ihres Mannes, die unter den versammelten Trauergästen fehlte: Sheridan Holler.

Vor zwei Tagen war Sheila bei Sheridan im Krankenhaus gewesen. Sie hatte ihren Anblick inmitten all der Maschinen, Schläuche und Apparate kaum ertragen. Nicht zuletzt, weil er sie daran erinnerte, wie Max vor seinem Tod dort so gelegen hatte. Als die Trauerfeier zu Ende war und sie auf dem Kirchvorplatz standen, sprach sie mit Anna.

»Wie geht's Sheridan?« Sie nahm Annas Hand.

»Immer noch sehr schlecht. Ich fahre später ins Krankenhaus. Und wie geht es Ihnen?«

»Ich komme irgendwie klar. Unglaublich, wie viele Leute heute hier sind! Max wäre so stolz gewesen.« Ihre Stimme bebte. Anna nahm sie instinktiv in den Arm.

»Es tut mir so leid, Sheila.« Anna wischte sich verstohlen eine Träne weg.

»Er hat euch alle geliebt, wisst ihr. Er wäre entsetzt gewesen, wenn er das mit Sheridan noch erfahren hätte.« Sie sah sich in der Menge um. »Bitte richte ihrer Familie aus, dass ich an sie denke. Und dieser arme junge Mann, Tom Hudson. Wie grauenvoll! Wissen Sie, Anna, ich war so viele Jahre mit einem Polizeibeamten verheiratet und habe gedacht, dass mich nichts mehr schockieren könnte, aber was in den letzten Wochen passiert ist, hat mich doch sehr getroffen. Sheridan wird viel Unterstützung bei ihrer Genesung brauchen. Sie ist eine der stärksten Frauen, die ich kenne, aber sie ist auch nur ein Mensch. Und daran muss man sie ab und zu erinnern.« Sie drückte Annas Hand und ging auf den Pastor zu.

***

Sam legte den Kopf auf das Bett, als Sheridans Eltern das Zimmer verließen. Joni stand auf, um sich die Beine zu vertreten. Sie schaute Sheridan an. In dem Moment öffnete sie die Augen.

»Sam«, flüsterte Joni.

Sam hob den Kopf und sah, wie Sheridan blinzelte. Ihre Lippen bewegten sich, sie versuchte zu sprechen. Sam setzte sich kerzengerade auf. »Hey«, sagte sie mit leiser und weicher Stimme.

Sheridan blickte sie an, bevor ihr die Augen wieder zufielen.

»Kannst du mich hören?« Sam nahm Sheridans Hand. »Drück meine Hand, wenn du mich hören kannst.«

Als sie spürte, wie sich Sheridans Finger um ihre schlossen, trieb es ihr die Tränen in die Augen. »Du wirst wieder gesund.«

Sheridan drückte ihre Hand dreimal und lächelte schwach.

»Ganz bestimmt.«

KAPITEL 104

Anna trank den letzten Schluck Kaffee und nahm ihre Jacke von der Stuhllehne. »Okay, ich bin weg. Es dauert nicht lange.«

Jules Mayfield sah auf. »Wohin gehst du?«

»Zur Beerdigung von John Lively.« Sie verließ eilig das Büro.

Die Trauerfeier war kurz. Anna sah zu, wie der Sarg von John Lively hinter dem Vorhang verschwand, und dachte über ihn und sein Leben nach. Nach dem Tod seiner Mutter war er in eine Pflegefamilie gegeben worden und in eine Spirale aus Drogensucht und Beschaffungskriminalität geraten. Eine Geschichte, die Anna so oder ähnlich schon hundertmal gehört hatte. Warum war sie überhaupt gekommen? Sie war die Einzige. Sie verließ die Kirche und setzte sich auf eine ruhige Bank vor eine Reihe stummer Grabsteine.

Die Ermittlungen liefen noch. Howard Cooke war dreimal befragt worden und hatte sich jedes Mal geweigert, auch nur seinen Namen zu nennen. Auf alle Fragen, die man ihm stellte, hatte er mit »Kein Kommentar« geantwortet. Am Ende sagte er immer nur vier Worte: »Fragen Sie Sheridan Holler.« Während seiner ersten Gerichtsanhörung hatte er mit verschränkten Armen und gesenktem Kopf dagesessen. Und so wartete er in

Untersuchungshaft auf die Anklage wegen Entführung und versuchten Mordes an Sheridan Holler, wegen der Morde an Tom Hudson und Billy Doyle sowie wegen Verstoßes gegen das Schusswaffengesetz.

***

Anna dachte an Sheridan. Hatte Howard Cooke ihr etwas erzählt? Alles? Vielleicht wusste sie, warum er auf Kate und Ellie geschossen hatte. Sheridan hatte Glück, noch am Leben zu sein. Sie musste verzweifelt mit Howard gekämpft haben. Wären mehr als drei Kugeln im Magazin gewesen, hätte er sie vielleicht beide erschossen. Doch er hatte zwei Kugeln für Tom Hudson und Billy Doyle gebraucht und musste gewusst haben, dass nur noch eine übrig war. Er hatte sich entscheiden müssen, entweder sich selbst oder Sheridan zu erschießen.

Jetzt mussten sie warten, bis Sheridan wieder sprechen konnte. Anna dachte wieder an John Lively. Sie hatte keine Achtung vor ihm, aber sie wusste, dass er weder auf Kate Armitage noch auf Ellie Sands geschossen hatte. John Lively war einem Mord zum Opfer gefallen, und sein Mörder war nicht gefasst. Noch nicht. Sie seufzte. Was für eine tragische Geschichte! Lively war ein Gauner gewesen, klar, und er hatte mit kleineren Diebstählen und Drogen zu tun gehabt. Aber niemand wusste, wie seine Kindheit verlaufen war. War er missbraucht worden? War er immer ein Opfer gewesen? Ein Opfer seiner Lebensumstände?

KAPITEL 105

Dezember 1989

John Lively spürte den Schlag ins Gesicht und zuckte zusammen. Jetzt schnürte ihm sein Pflegevater Alan Martin die Luft ab. »Raus mit dir, du Jammerlappen!«

John umklammerte Alan Martins Handgelenke und schaffte es, sich seinem Griff zu entwinden. »Bin schon weg!« Er flitzte in die Küche, riss einen schwarzen Müllbeutel aus dem Schrank und stürmte die Treppe hinauf. Er warf die paar Klamotten hinein, die ihm gehörten, und die wenigen Erinnerungsstücke an seine Mutter. Zwei Fotos, eine Halskette und den Brief, den sie ihm vor ihrem Tod geschrieben hatte. Und dann rannte er runter zur Haustür.

»Und komm bloß nicht mehr zurück!«, schrie Alan Martin ihm hinterher. John antwortete nicht. Er schlug die Tür hinter sich zu und verschwand in der Dunkelheit.

Er schlief zwei Nächte unter einem Baum im Sefton Park, hing mit Drogensüchtigen ab und klaute in Geschäften, um seinen Cannabiskonsum zu finanzieren. Er stahl für andere, verdiente Geld zum Überleben und pennte bei Zufallsbekanntschaften. Das Leben, zu dem er sich gezwungen sah, verbitterte ihn, und wenn er wieder einmal den Brief las, den ihm seine Mutter vor ihrem Tod geschrieben hatte, wurde er wütend. Wie anders hätte sein Leben verlaufen können, wenn ihre Freundin Ellie Sands ihn bei sich aufgenommen hätte!

Und so beschloss er acht Jahre nach dem Rauswurf bei den Martins, ihr einen Besuch abzustatten. Er suchte ihre Adresse im Telefonbuch heraus, und an einem Sonntag lungerte er zwei Stunden unschlüssig vor ihrem Haus herum. Er war nervös und wiederholte im Geiste, was er sagen wollte. Würde er ihr die Schuld für sein Leben geben? Würde sie sich entschuldigen und ihn bei sich aufnehmen, selbst wenn es Jahre zu spät kam? Hatte sie eine Familie? War sie verheiratet?

Er läutete an der Tür.

Die Frau, die ihm die Tür öffnete, war ganz anders, als er sie sich vorgestellt hatte. Sie war klein, hatte schulterlanges blondes Haar und ein hübsches und feines Gesicht. Sobald sie die Tür geöffnet hatte, nahm er den Bratengeruch wahr. Sein Magen knurrte vor Hunger.

Sie runzelte die Stirn, als sie die Gestalt auf ihrer Türschwelle musterte. Er musste furchtbar aussehen. Kein Wunder, denn er hatte seit einer Woche nicht mehr geduscht und seine Klamotten schlackerten an seinem mageren Körper.

»Ja, bitte?«, fragte sie und stellte instinktiv den Fuß gegen die Innenseite der Tür.

»Sind Sie Ellie Sands?«

»Ja, und wer sind Sie?«

»Ich bin John Lively, Angelas Sohn.«

Ellie Sands starrte ihn einen Moment an. Dann räusperte sie sich. »Oh, hallo John, wie geht es dir?«

»Mir ist eiskalt. Kann ich reinkommen?«

»Ich fürchte, das ist jetzt kein guter Zeitpunkt.«

»Bitte, ich möchte nur mit Ihnen reden. Ich bleibe nicht lange.«

Ellie zögerte, dann öffnete sie die Tür. »Na gut, aber wirklich nur für einen Moment.« Sie deutete zur Küche, und als er eintrat, umhüllte ihn eine wohlige Wärme. Das Haus war klein, aber makellos sauber und gut in Schuss gehalten. Welten entfernt von den Orten, an denen er lebte.

Sie stand mit verschränkten Armen da. »Also, was führt dich her, John?«

Er griff in die Tasche, holte den Brief seiner Mutter heraus und reichte ihn ihr.

»Was ist das?« Sie sah ihn an.

»Ein Brief, den mir meine Mutter vor ihrem Tod gegeben hat.«

Ellie bat John, sich zu setzen, während sie den Brief ihrer alten Freundin im Stehen las. Als sie fertig war, gab sie ihm das Blatt zurück. Er faltete es sorgfältig zusammen und steckte es wieder in die Tasche.

»John, es tut mir leid, dass ich dich nicht bei mir aufnehmen konnte, als deine Mutter starb. Aber wenn ich ehrlich bin, habe ich das auch nur gesagt, um sie zu beruhigen. Sie hat sich solche Sorgen um dich gemacht – wie jede Mutter es an ihrer Stelle getan hätte. Aber ich war damals nicht in der Lage, ein Kind aufzunehmen.«

Ellie machte ihm eine Tasse Tee und setzte sich ihm gegenüber an den Küchentisch. Sie erzählte ihm, dass seine Mutter und sie in der Schule gute, wenn auch ungleiche Freundinnen gewesen waren. Sie stammten aus sehr unterschiedlichen Verhältnissen und waren völlig gegensätzliche Persönlichkeiten.

Angela war ein Wildfang. Sie rauchte und fluchte und war eine schlechte Schülerin. Geschichte, Biologie und alle anderen Fächer waren ihr egal, sie wollte nur Spaß haben und den Klassenclown spielen. Ellie hingegen war ruhig und fleißig, sie wollte etwas erreichen im Leben. Aber irgendwie hatten sie Freundschaft geschlossen. Angela sah zu Ellie auf wie zu einer älteren Schwester, obwohl sie fast gleich alt waren. Nach der Schule arbeitete Angela in einem Zeitungskiosk und Ellie studierte Journalismus. In dieser Zeit schrieben sie sich Briefe und trafen sich ungefähr alle zwei Jahre. Nachdem Angela mit John schwanger wurde, schrieben sie sich weiterhin; sie trafen sich aber nicht mehr. 1984 teilte Angela Ellie mit, dass bei ihr Leukämie diagnostiziert worden sei und ob Ellie sie im Krankenhaus besuchen könne.

»Da hat sie mich gefragt, ob ich dich aufnehmen würde, wenn sie stirbt.« Ellie stellte eine zweite Tasse Tee vor John. Er umschloss sie mit beiden Händen und blies den Dampf weg. »Sie hat mich angefleht. Sie hatte sonst niemanden, dem sie vertraute. Trotzdem habe ich zuerst Nein gesagt. Mein Leben drehte sich um meine Arbeit. Ich konnte dir nicht geben, was du brauchtest. Ich hatte einfach nicht die Zeit, mich so um dich zu kümmern, wie deine Mutter es sich von mir wünschte. Ein paar Wochen vor ihrem Tod bat sie mich erneut. Ich erinnere mich genau, wie entsetzlich abgemagert sie war. Ich konnte es nicht ertragen, dass sie sich Sorgen um dich machte, also sagte ich ihr, ich würde dich aufnehmen.« Ellie nahm ihre Tasse in die Hand, stellte sie aber gleich wieder ab. »Ich weiß, dass es falsch von mir war, sie anzulügen, aber ich habe mich immer damit getröstet, dass sie deswegen friedlich gestorben ist.«

Sie sah John an, der aus dem Fenster starrte. »Aber ich habe dafür gesorgt, dass du in einer Pflegefamilie untergekommen bist.«

»Mein Pflegevater hat mich fast täglich geschlagen«, sagte er und presste den Kiefer zusammen. »Ich bin obdachlos. Ich habe Hunger. Sie hätten meiner Mutter die Wahrheit sagen sollen.« Seine Stimme bebte. »Ich wäre glücklicher gewesen, wenn ich bei Ihnen gelebt hätte, dann hätte ich wenigstens ein Dach über dem Kopf gehabt.«

Er erzählte ihr von seiner Zeit in der Pflegefamilie und wie er an Alkohol und Drogen gekommen war. Dass er oft stehlen musste, um zu überleben. Wie häufig er an Selbstmord gedacht hatte. Dass er im Park oder in irgendwelchen Schuppen schlief. Er wollte sich einen Job und eine eigene Wohnung suchen, nichts Besonderes, nur einen Ort, an dem er sich sicher fühlen konnte. Die Wohnung würde er streichen und ein paar Möbel aus einem Wohltätigkeitsladen reinstellen.

Er erinnerte Ellie sehr an seine Mutter. »Ich wusste vorhin auf den ersten Blick, wer du bist.«

»Wirklich?« Er trank den Tee aus.

»Du siehst deiner Mutter sehr ähnlich.« Ellie stand auf, um das mittlerweile völlig verkochte Rindfleisch aus dem Ofen zu holen.

»Sie wissen noch, wie sie aussah? Sie haben sie nie vergessen?« John starrte hungrig auf das Fleisch, das in der Auflaufform köchelte. Sein Magen knurrte.

»Ich habe ein sehr gutes Gedächtnis für Gesichter. Vielleicht ist das die Journalistin in mir. Wer weiß? Aber natürlich weiß ich noch, wie sie aussah. Du hast viele Eigenschaften von ihr. Darauf kannst du stolz sein, John. Sie war ein guter Mensch, und sie hatte ein gutes Herz.«

Ellie fiel ein, dass sie ein Foto von Angela vom letzten Schultag hatte. Sie überlegte, ob sie es ihm geben sollte, aber es widerstrebte ihr, ihn allein in der Küche zurückzulassen, während sie oben nach dem Foto kramte. Nicht auszuschließen, dass er sie ausrauben würde.

»Können Sie mir etwas Geld leihen? Nur ein paar Pfund, um etwas zu essen zu kaufen?«

»Nein, John, ich leihe dir kein Geld. Ich will nicht, dass du dir damit Drogen kaufst.« Sie füllte Wasser in einen Topf und stellte ihn auf den Herd.

»Ich nehme keine Drogen mehr, ich schwöre. Ich will mir nur eine Packung Chips holen. Oder einen Schuss Heroin.« Er lachte über ihren Gesichtsausdruck. »War nur ein Scherz. Ich brauche wirklich nur etwas zu essen.«

Eine Weile später legte er Messer und Gabel hin und lehnte sich zurück. »Das war wirklich gut, danke.« Er wischte sich mit dem Handrücken über den Mund.

»Gern geschehen.« Ellie nahm seinen Teller und stellte ihn in die Spüle, bevor sie sich setzte. »Ich werde dir nie Geld leihen, aber ich kann versuchen, eine Wohnung für dich zu finden.«

Eine Stunde später stand sie an der Haustür und sah ihm nach, wie er über die Straße ging, die Hände tief in den Jackentaschen vergraben. Einerseits wünschte sie sich, er wäre nie wieder aufgetaucht, andererseits war sie froh, dass er da gewesen war. Ihre Vorbehalte konnte sie nicht einfach ablegen, sie wollte keinen Ärger. Sie hatte hart gearbeitet, um dorthin zu gelangen, wo sie jetzt war, und obwohl es nicht die hochfliegende Karriere war, die sie sich erhofft hatte, liebte sie ihren Job. Sie liebte ihr Leben, sie mochte die geregelten Bahnen und ihre tägliche Routine, und sie hatte nicht die Absicht, John Lively zu gestatten, Chaos in ihr Leben zu bringen. Sie hatte ihm klargemacht, dass sie nicht wollte, dass er unangemeldet bei ihr auftauchte, und dass er sie anrufen sollte, wenn er sie sehen wollte. Ihrer Familie würde sie nichts von ihm erzählen, beschloss sie. Ihre Freundschaft mit Angela Lively hatte sie auch immer verheimlicht. Im Gegensatz zu Angela Lively stammte sie aus gutem Hause, aus einer respektablen Familie. Ihre Eltern hätten ihr den Umgang mit Angela nicht erlaubt.

Als Ellie später am Abend auf ihrem Bett saß und das Foto von Angela betrachtete, wurde sie von Schuldgefühlen eingeholt. Johns Geschichte tat ihr weh. Es war zum Teil ihre Schuld, dass er so geworden war. Hätte sie ihr Versprechen gehalten und ihn adoptiert, hätte sie ihn durchs Leben führen können. Er hätte eine Chance gehabt. Vielleicht hätte er es dann zu etwas gebracht.

Sie betrachtete Angelas lächelndes Gesicht. »Ich werde für ihn tun, was ich kann.« Sie küsste das Bild und legte es beiseite.

KAPITEL 106

Es vergingen einige Monate, bevor John sich bei ihr meldete und sagte, er habe eine Wohnung in der Kingsway Road in Toxteth gefunden. Er fragte sie, ob sie ihm die erste Monatsmiete leihen könne, log, dass er einen Job bei einem befreundeten Mechaniker habe, aber erst am Ende des Monats bezahlt werden würde. Ellie willigte unter der Bedingung ein, die Wohnung besichtigen und die Miete direkt an den Vermieter überweisen zu können.

Zwei Tage später traf sie sich mit John vor dem Haus, wo sie im Regen auf den Vermieter warteten. Als er mit einer Stunde Verspätung auftauchte, hatte er eine Fahne. Ellie vermied es, seine schmierige Hand zu schütteln. Er zeigte ihnen die Wohnung. Sie war kalt und feucht, es gab keine Möbel, keinen Teppich.

Ellie sank das Herz. Sie wollte gerade gehen, als John sich an den Vermieter wandte: »Die Wohnung ist klasse, ich nehme sie.«

Ellie war verblüfft, wie schnell er sich für die Wohnung entschieden hatte, und widerstand ihrem Impuls, ihn rauszuzerren. Stattdessen fragte sie den Vermieter: »Was ist mit dem Mietvertrag?«

Der runzelte die Stirn. »Mietvertrag? Freitag wird die Miete gezahlt und es wird kein Krach gemacht. Basta.« Er streckte die Hand aus. »Vierzig Pfund.«

John sah Ellie an, die dem Vermieter widerwillig das Geld gab. »Ich nehme an, es gibt auch keine Quittung?«, sagte sie, als der Vermieter das Geld in seine Gesäßtasche steckte und John den Schlüssel übergab.

»Deine Mutter ist echt ein Scherzkeks.« Der Vermieter tippte sich an die Stirn und ging.

»Danke, Ellie. Ich bringe die Wohnung auf Vordermann«, sagte John und strich mit einer Hand über die Wand.

Ellie holte tief Luft. Dann sagte sie resigniert: »Ja. Ist wahrscheinlich besser, als auf der Straße zu leben.«

John nahm nur selten Kontakt mit ihr auf. Er rief sie gelegentlich an, um ihr mitzuteilen, dass es ihm gut ging, dass er noch bei seinem Freund arbeitete und eine Ausbildung als Automechaniker machen und seinen eigenen Laden aufmachen wolle. Das war weit von der Wahrheit entfernt. Er war wegen Drogenbesitzes zu einer Bewährungsstrafe verurteilt worden und arbeitete für einen Dealer. Ellie ließ ihn seine Geschichten erzählen. Sie wusste, dass er sie anlog, weil sein Name auf der Seite mit den Gerichtseinträgen in der »Liverpool Post« aufgeführt wurde.

Und eines Tages stand er wieder vor ihrer Tür.

KAPITEL 107

Samstag, 29. November 1997

Ellie öffnete die Haustür. John stand davor. »Was willst du? Ich habe dir doch gesagt, du sollst hier nie unangemeldet auftauchen. Du hättest mich vorher anrufen müssen.« Sie stand mit verschränkten Armen da.

»Darf ich reinkommen?«

»Nein, tut mir leid. Ich bin beschäftigt.«

»Nur fünf Minuten.«

»Ich habe versucht, dir zu helfen, aber du hast mich angelogen. Ich weiß, dass du Ärger mit der Polizei hattest, und ich weiß, dass du immer noch Drogen nimmst. Ich will nichts mit dir zu tun haben.« Sie war dabei, die Tür zu schließen.

»Ellie, bitte warten Sie.« Er umfasste den Türknauf. »Sie waren so gut zu mir, es tut mir leid, dass ich Sie angelogen habe. Aber ich habe die Wohnung noch und ich mache wirklich eine Lehre. Ich habe sogar ein Motorrad.« Er zeigte auf die Maschine auf der Straße. »Es ist versichert und alles. Ich schwöre, dass ich keine Drogen nehme. Da sind diese zwei Bullen, die haben mich reingelegt und die schieben mir Drogen unter.« Er ließ den Kopf hängen. »Ich weiß, dass Sie mir nicht glauben, aber ich sage die Wahrheit.« Er sah sie an. »Ich will Sie nicht enttäuschen. Bitte, können wir Freunde sein?«

Sie sagte eine Weile nichts. »Na gut, wir werden sehen. Aber jetzt musst du wieder gehen, ich erwarte jeden Moment Besuch.« Und damit schloss sie die Tür.

Als John zu seinem Motorrad ging, bemerkte er nicht, dass Kate Armitage ihn von ihrem Auto aus beobachtete.

KAPITEL 108

Freitag, 5. Dezember 1997

John wählte Ellies Nummer.

»Hallo.«

»Hi, hier ist John. Es tut mir wirklich leid, Sie zu stören, Ellie, aber die Kupplung meines Motorrads ist kaputt. Ein Kumpel von mir will das reparieren, aber ich brauche jemanden, der mich nach Bootle fährt, das Ersatzteil von so einem Typen abholen.«

Sie schwieg eine Weile. »Ich muss gleich zur Arbeit, John.«

»Es dauert nur eine Stunde. Ich würde Sie nicht darum bitten, aber ohne mein Motorrad weiß ich nicht, wie ich da hinkommen soll.«

Ellie seufzte. »Na gut, aber nur dieses eine Mal, John. Wo bist du?«

»Ich warte vor Hanley's auf der Park Street auf Sie.«

John beendete das Gespräch und machte sich auf den Weg, wobei er dauernd auf die Uhr sah. Er hatte nur eine Stunde Zeit, um nach Bootle zu kommen und zehn Packungen Heroin abzuholen. Wenn Ellie ihn in der nächsten halben Stunde abholte, würde es klappen. Auf dem Weg zur Park Street machte ihm sein schlechtes Gewissen zu schaffen. Sie war so gut zu ihm gewesen, und er hasste es, sie anzulügen, aber er musste diese Übergabe unbedingt hinkriegen. Als er in die Park Street einbog, sah er das Polizeiauto. »Scheiße«, sagte er leise, als PC Howard Cooke und PC Kate Armitage anhielten.

Kate stieg aus. »Hallo John. Wo willst du hin?«

»Ich gehe spazieren, das ist doch nicht verboten, oder?«

»Wo ist dein Motorrad?«

»Die Kupplung ist im Arsch. Ich habe einen Kumpel, der sich drum kümmert.«

***

Ellie sah John auf das Hanley's zugehen und wollte gerade hupen, als der Streifenwagen auftauchte. Sie parkte und sah zu, wie John mit den beiden Polizisten sprach und die Straße hinuntersah. Als er Ellie entdeckte, änderte sich sein Gesichtsausdruck nicht. Er sah sie kurz an, bevor er hinten in das Polizeiauto einstieg. Ellie beobachtete, wie die Polizistin sich umdrehte und mit John sprach, während der Polizist aus dem Fenster starrte. »Was ist da los, John?«, murmelte sie und seufzte. Sie wollte gerade wegfahren, als der Beamte ausstieg und die Hintertür öffnete. John stieg aus und ging ein paar Schritte die Straße hinauf, um den Streifenwagen wegfahren zu lassen. Dann überquerte er die Straße und stieg in ihr Auto.

»Es tut mir leid. Das war ein … Missverständnis.« Er legte den Sicherheitsgurt an.

»Worum ging es denn? Falls du Ärger mit der Polizei hast, musst du mir das sagen. Dann will ich nichts mit dir zu tun haben, mein Job hat Vorrang. Tut mir leid.« Ellie legte beide Hände auf das Lenkrad.

»Diese beiden Polizisten haben es auf mich abgesehen. Die halten mich dauernd an, nur um mich zu nerven. Beide sind Arschlöcher, sie nehmen sich nichts. PC Howard Cooke und PC Kate Armitage, so heißen die. Haben Sie gesehen, wie die mich angeguckt haben? Als ob ich ein Stück Scheiße wäre.«

Ellie seufzte. »Ja, das habe ich gesehen. Haben sie dich bedroht?«

»Sie versuchen, mir eine Falle zu stellen, weil sie wollen, dass ich ihnen Informationen über Drogendealer gebe. Aber ich habe ihnen gesagt, dass ich nichts mehr mit Drogen zu tun habe und einfach nur ein normales Leben führen will. Deshalb haben sie mich gehen lassen«, sagte er und hoffte, dass sie ihm das abkaufte.

»Du kannst dich über sie beschweren, wenn du das Gefühl hast, dass sie dich ständig ohne Grund anhalten.«

»Ach? Wirklich? ›Sehr geehrter Herr Polizeipräsident, ich möchte mich darüber beschweren, dass PC Cooke und PC Armitage sich so richtig danebenbenehmen und mich ständig auffordern, meine Taschen zu leeren. Ach, übrigens ... ja, ich war schon einmal im Gefängnis. Diebstahl und Drogendelikte.‹« Er zog die Augenbrauen hoch. »Die sind alle korrupt, die Bullen. Und die halten zusammen, glauben Sie mir. Können Sie sich bitte die Namen und Gesichter von den beiden merken? Denn wenn ich im Gefängnis lande, ist es eine verdammte Falle.« Er sah auf die Uhr. »Wir müssen los. Mein Kumpel wartet.«

Ellie startete den Wagen und fädelte sich in den Verkehr ein. »John, schwöre mir, dass du nicht dealst. Wenn ich rausfinde, dass du es tust, gehe ich selbst zur Polizei.«

»Nein, ich mache so einen Scheiß nicht mehr! Ich habe jetzt ein anderes Leben, einen Job und eine Wohnung. Außerdem würde ich nie auf den Gedanken kommen, Sie in irgendeinen Mist zu verwickeln.« Er schaute aus dem Fenster. »Sie sind so gut zu mir gewesen.« Er dachte darüber nach, ihr die Wahrheit über Howard Cooke und Kate Armitage zu erzählen, wie sie ihn bedroht hatten, wenn er ihnen keine Informationen gab. Vielleicht könnte er die Geschichte an ihre Zeitung verkaufen. Und wenn er Howard und Kate überzeugte, dass er Ellie alles erzählt hatte, würden sie ihn vielleicht in Ruhe lassen. Das würde ihnen einen Strich durch die Rechnung machen. Er betrachtete sie. Nein, er würde ihr nichts sagen, er wollte sie nicht hineinziehen. Er wollte sie schützen. Sie da raushalten.

Ellie wartete im Auto, während John in der Wohnung seines Kumpels verschwand. Zwei Minuten später kam er heraus und stieg wieder ein. »Er hatte doch nicht das richtige Teil. Ich muss es woanders besorgen.«

»John, ich muss zur Arbeit.«

»Ist okay, wenn Sie mich einfach irgendwo in der Stadt absetzen, komme ich klar.« Er hielt die zehn Päckchen Heroin in seiner Tasche fest umklammert.

Eine halbe Stunde später setzte sie ihn in der Park Street ab. Während sie den Motor laufen ließ, wandte sie sich zu ihm. »Bitte pass gut auf dich auf. Du bist jung und hast dein ganzes Leben noch vor dir. Ich möchte nicht, dass du das Leben, das dir gegeben wurde, vergeudest. Deine Mum soll stolz auf dich sein können.«

Er rieb sich das Gesicht. »Mein Leben ist, wie es ist, Ellie.«

Ellie seufzte. »Bist du glücklich?«

John zuckte mit den Schultern. »Schätze schon. Ja, manchmal.«

»Du solltest es gut haben und nicht dauernd vor der Polizei wegrennen müssen.«

Er sah sie direkt an. »Sind Sie glücklich, Ellie?«

»Ja, ich bin glücklich. Das Leben ist ein Geschenk, das wir nie als selbstverständlich ansehen sollten.« Sie legte ihre Hand auf seine. »Ich kenne zu viele Geschichten von jungen Männern wie dir, die vom Weg abgekommen sind und an allem

Möglichen gescheitert sind. Denk einfach darüber nach, John. Denk darüber nach, wie anders dein Leben sein könnte, wenn du lernst, es so zu genießen, wie es ist. Lebe es, denn du wirst lange tot sein.«

Er nickte ihr zu und stieg aus dem Auto, drehte sich noch einmal um, um ihr zuzuwinken, und lächelte, als sie zurückwinkte.

Als sie an diesem Abend von der Arbeit nach Hause kam, fand sie einen Blumenstrauß vor ihrer Haustür vor. Sie nahm ihn mit hinein, legte ihn auf den Küchentisch und öffnete vorsichtig die Folie. Zwischen die Blumen war eine Karte gesteckt.

> Mein geliebter Mann, ich vermisse dich jeden
> Tag. Du bist immer in meinem Herzen,
> Deine Grace. xx

Ellie schüttelte grinsend den Kopf. »O John, du bist mir so einer«, murmelte sie.

KAPITEL 109

Samstag, 6. Dezember 1997

Ellie Sands kaufte wie üblich bei Mason's ein. Nach einigem Hin und Her wählte sie ein Päckchen Weihnachtskarten aus, bei dem ein bestimmter Prozentsatz des Gewinns an eine Krebshilfsorganisation ging. Sie hielt Ausschau nach dem jungen Kassierer, der immer so nett mit ihr quatschte und einmal gesagt hatte, sie wäre nicht alt genug, um seine Mutter sein zu können. Sie genoss das Geplänkel mit ihm und war enttäuscht, dass er nicht da war. Vielleicht würde sie ihn nächsten Samstag wiedersehen. Eine Stunde später war sie durch mit dem Einkauf.

Als sie aus dem Haupteingang trat, bemerkte sie rechts neben sich eine Frau, die schnell in eine andere Richtung sah. Ellie erkannte sie sofort. Es war die Polizistin, die John am Vortag angehalten hatte. Sie war offensichtlich außer Dienst. PC Armitage, ja, so hieß sie.

Ellie dachte an John und fragte sich, ob er paranoid war. Korrupte Polizisten? Machten PC Cooke und PC Armitage nicht einfach nur ihren Job?

John war vorbestraft. Wahrscheinlich hatten sie einen Grund, um ihn auf der Straße anzuhalten. John war ihr ans Herz gewachsen; er war nicht übermäßig intelligent, aber sympathisch – genau wie seine Mutter. Er war auch so wild wie seine Mutter und so chaotisch. Ihr Herz sagte ihr, dass John ihr die Wahrheit sagte und nichts mit Drogen zu tun hatte. Ihr Kopf sagte ihr, dass es wahrscheinlich doch so war. Sie wollte nicht zu sehr in sein Leben hineingezogen werden. Sie konnte es sich nicht leisten, dass irgendetwas ihrer Karriere schadete. Sie hatte davon geträumt, Auslandsjournalistin zu werden, die Welt zu bereisen und Geschichten für eine große Zeitung zu schreiben. Aber der freie Journalismus war ein Haifischbecken, und sie hatte es nicht geschafft. Stattdessen war sie als Lokalreporterin bei der »Liverpool Post« gelandet. Nach Jahren harter Arbeit hatte sie es schließlich bis zur Redakteurin gebracht. Sie konnte nicht zulassen, dass John Lively ihre Welt auf den Kopf stellte.

Aber wenn er recht hätte mit den korrupten Polizisten, dann … wäre das eine großartige Geschichte.

KAPITEL 110

Samstag, 13. Dezember 1997

Ellie Sands stellte ihr Auto an dem üblichen Parkplatz vor Mason's ab. Sie hatte seit über einer Woche nichts mehr von John gehört und war dankbar für die Pause. Sie spürte, wie das Eis unter ihren Füßen knirschte, als sie vorsichtig auf den belebten Haupteingang zuging.

Sie hatte ein ruhiges Weihnachtsfest geplant. Ihr Neffe Miles und ihre Nachbarin würden wahrscheinlich vorbeikommen, aber ansonsten würde sie alte Filme im Fernsehen genießen und sich vielleicht eine gute Flasche Gin gönnen.

Der Gedanke wärmte sie. Im Gehen bemerkte sie ein kleines Mädchen an der Hand seiner Mutter, das eine Plüschgiraffe im Arm hielt. Ellie lächelte. Als sie sich dem Eingang näherte, wurde sie auf eine Frau neben sich aufmerksam, die plötzlich auf dem Eis ausrutschte. Instinktiv streckte Ellie ihre Hand aus. »Alles in Ordnung?«, fragte sie.

Die Frau antwortete abrupt und abweisend: »Alles in Ordnung.« Sie warf Ellie einen schnellen Blick zu, diese erkannte sie sofort. Es war PC Armitage.

Was machte sie hier? Folgte sie Ellie? Hatte sie sie mit John gesehen und dachte vielleicht, dass sie irgendwie unter einer Decke steckten?

Ellie überlegte, ob sie etwas sagen sollte, doch in diesem Moment kam ein Motorrad direkt auf sie zu. Als er näher kam, erkannte sie ihn: PC Howard Cooke. Ellie war sich sicher. Sie vergaß nie ein Gesicht. Was, zum Teufel, war hier los?

Sie starrte ihn an. Dann hob Armitage plötzlich die Hand und rief: »Nein, Lively!«

Und da sah Ellie die Waffe. Sie hörte einen Schuss und Armitage ging zu Boden. Weitere Schüsse knallten, und plötzlich spürte sie einen stechenden Schmerz im Kopf. Dann wurde alles schwarz.

KAPITEL 111

Sheridan ließ den Kopf zurück auf ihr Kissen sinken. Sie war sichtlich erschöpft, und obwohl es ihr in den letzten beiden Stunden manchmal schwergefallen war, die Fassung zu wahren, hatte sie es geschafft, alles zu erzählen, was in der Garage passiert war.

Anna hatte wie gebannt zugehört, als Sheridan sich an alles erinnerte, was Howard Cooke ihr erzählt hatte. Sie war unglaublich erleichtert, dass es Sheridan endlich gut genug ging, um sprechen zu können, und dass sie sich an alles erinnerte. Aber vor allem war sie dankbar, dass ihre beste Freundin überlebt hatte.

Immer wieder war Anna von Gefühlen überwältigt worden, als Sheridan beschrieben hatte, wie sich die Ereignisse von dem Moment an, als Tom Hudson vor Howards Haus vorfuhr, entwickelt hatten.

Montag, 17. Januar, 18.20 Uhr

Als Tom Hudson das Wohnzimmer von Howard Cooke betrat, sah er Sheridan am Fenster stehen.

»Inspector Holler«, sagte er und öffnete den Reißverschluss seiner Jacke.

»Hallo Tom«, antwortete Sheridan mit dem Diensthandy in der Hand.

Howard Cooke kam herein, machte einen Bogen um Tom, riss Sheridan das Handy aus der Hand, unterbrach das Gespräch und steckte das Handy in seine Gesäßtasche.

Dann zog er die Waffe, wich ein paar Schritte zurück und richtete sie auf Tom.

»Was soll das?« Tom ging einen Schritt auf ihn zu.

»Bleib stehen, Tom. Rühr dich nicht vom Fleck.« Howard hob die Waffe, richtete sie direkt auf Toms Kopf. »Gib mir deinen Dienstausweis.«

»Ich verstehe überhaupt nichts mehr. Was ist hier los?«

Howards Gesicht färbte sich vor Wut purpurrot. »Gib mir einfach deinen verdammten Dienstausweis.«

»Ich hab ihn nicht dabei.« In Toms Gesicht stand jetzt Angst. »Ich kann ihn holen gehen.«

»Ist er in deinem Auto?«

»Nein, er ist auf dem Revier.«

Howard ignorierte das Klingeln von Sheridans Handy in seiner Hosentasche. »Ich glaube dir nicht. Wenn du ihn mir nicht sofort aushändigst, erschieße ich sie, das schwöre ich dir.« Howard schwenkte den Arm zur Seite und richtete die Waffe auf Sheridan.

»Verdammte Scheiße, Howard, ich schwöre, ich habe ihn nicht dabei.« Tom griff in seine Tasche. »Du kannst selbst nachsehen.«

Howard Cooke schüttelte den Kopf. »Dann brauche ich dich nicht mehr.« Er schwenkte die Waffe zurück und schoss Tom mitten ins Gesicht. Blut und Knochenfetzen schlugen gegen die Wand hinter ihm, dann bäumte sich sein Körper auf und seine Beine knickten weg.

Sheridan streckte instinktiv die Hände vor sich aus, fassungslos über das, was sie gerade gesehen hatte. Sie erwartete, dass die nächste Kugel sie treffen würde. »Howard …«

Ihr Handy begann erneut zu klingeln. Mit einer Hand richtete Howard die Pistole auf Sheridan, mit der anderen holte er das Telefon aus seiner Hosentasche. Auf dem Display erschien der Name Rob Wills. »Du gehst ran und sagst Rob, dass du auf dem Weg zurück aufs Revier bist. Sag ihm, dass Tom und ich einen Männerabend machen. Wenn du auch nur andeutest, dass du in Gefahr bist, schieße ich dir ins Gesicht.« Er nahm den Anruf entgegen und stellte ihn auf Lautsprecher.

»Hallo?«, sagte Sheridan, den Blick auf Howards Finger am Abzug gerichtet.

»Ich bin's, Rob. Ist alles in Ordnung?«

»Ja, tut mir leid, dass wir unterbrochen wurden. Ich komme gerade aus dem Haus von Howard Cooke. Ich bin jetzt auf dem Weg zum Revier.«

»Du hast mich zu Tode erschreckt.«

»Tut mir leid.«

»Wo sind Howard und Tom jetzt?«

»Bei Howard. Männerabend.«

»Okay. Dipesh und ich durchleuchten mal Tom Hudson.«

»Gute Idee.«

»Wir sehen uns gleich.«

»Okay.«

Howard drückte auf »Anruf beenden« und steckte das Handy zurück in seine Hosentasche. »Wenn du deinen Ausweis nicht dabeihast, stirbst du jetzt.«

»Doch, ich habe ihn dabei.« Sheridan bewegte sich nicht, aber ihr Blick fiel auf Tom Hudson. Eine dicke blutige Masse sickerte in den Teppich und tropfte wie Lava an der Wand hinunter.

»Gib ihn mir.« Howard streckte seine Hand aus. Sheridan griff langsam in ihre Manteltasche, zog den Ausweis heraus und reichte ihn ihm. Er klappte das schwarze Lederportemonnaie auf, sah hinein und steckte es in seine vordere Jeanstasche. »Das hat dir gerade das Leben gerettet.« Howard trat einen Schritt zurück und hielt die Waffe auf Sheridan gerichtet. »Setz dich.«

Während sie sich langsam auf das Sofa hinabließ, ging Howard neben Tom Hudsons Leiche auf die Knie und durchsuchte seine Taschen. Als er den Blick kurz von Sheridan abwandte, steckte sie ihre Hand vorsichtig in ihren Mantel und stellte ihr eigenes Handy auf lautlos.

Howard legte Toms Brieftasche und sein Handy neben ihn auf den Boden. Dann drehte er ihn um, sodass er mit dem Gesicht nach unten lag. Er nahm sein eigenes Handy und legte es neben Toms Hand. Dann nahm er alles außer einer Bankkarte und einem Foto seiner Kinder Amy und Cal aus seiner Brieftasche und steckte sie so in Toms Gesäßtasche, dass sie etwas herausschaute.

»Wozu brauchen Sie meinen Dienstausweis, Howard?« Sheridan spürte, wie ihr Körper von Adrenalin durchströmt wurde.

»Um wo reinzukommen.« Er schaute auf Tom hinunter. »Wenn er seinen Ausweis bei sich gehabt hätte, hätte ich ihn benutzen können, um mich als Polizist auszugeben.« Er wandte sich ihr zu. »Aber dann hätte ich dich nicht gebraucht, und dann würdest du jetzt neben ihm liegen. Aber ich brauche dich noch, weil ich mit deinem Foto auf dem Dienstausweis nicht durchkomme. Also kommst du mit.«

»Wohin?«

»Zu den Garagen. Du fährst. Steh auf, na los!«

Sheridan warf einen letzten Blick auf Tom Hudson, bevor sie vor Howard aus dem Zimmer ging, der das Deckenlicht ausschaltete.

***

Sheridan hatte Schwierigkeiten, den Schlüssel ins Zündschloss zu bekommen, und hielt kurz inne, um durchzuatmen.

»Komm schon!«, fuhr Howard sie an.

»Meine Hände zittern.« Sie versuchte es noch einmal. Der Schlüssel ging hinein.

Sie fuhren aus Howards Straße und bogen nach rechts ab. Auf dieser Straße staute sich der Abendverkehr. Alle wollten nach Hause.

Howards Bein wippte auf und ab, während er sich nervös umsah. »Verdammt noch mal.«

Als er sich wieder umdrehte, wurde er durch ein Leuchten aus Sheridans Manteltasche aufmerksam. Er griff hinein und holte ihr privates Handy heraus. Stumme Textnachrichten blitzten auf dem Display auf.

»Ich schwöre, ich habe vergessen, dass es da drin war, Howard.«

Howard sah sich den Namen auf dem Bildschirm an. »Wer ist Sam?«

Sheridans Herz setzte einen Schlag aus. Sie musste Zeit schinden, sie musste darüber nachdenken, was sie sagen sollte.

»Ich frage dich nicht noch einmal. Wer ist Sam? Einer von deinen Leuten?«

»Ist das wichtig?«

Howard antwortete ihr nicht, sondern las mit gesenktem Kopf die SMS.

Er sah Sheridan an. »Wenn er einer von deinen Männern ist, vögelst du mit ihm. Er hat zwei Küsse ans Ende gesetzt.«

»Und die Nachricht?«

»Egal.«

Der Verkehr bewegte sich langsam vorwärts. Sie spürte Howards Blick auf sich.

Dann begann ihr Arbeitshandy zu klingeln. Howard sah wieder den Namen von Rob Wills. »Wenn ich den Anruf annehme, sagst du Rob, dass du aufgehalten wurdest, aber dass du auf dem Rückweg aufs Revier bist.«

Er nahm den Anruf an und hielt Sheridan das Handy vors Gesicht.

»Hallo?«

»Sheridan, ich bin's, Rob. Bist du am Steuer?«

»Ja, aber ich telefoniere über Lautsprecher.«

»Steckst du im Stau oder so?«

»Ja, viel Verkehr.«

Howard hörte zu, wie Rob erzählte, dass er herausgefunden hatte, dass Tom Hudson am vorigen Donnerstag nicht in seinem Auto gefahren sein konnte.

Sheridan spürte die Waffe zwischen ihren Rippen. »Okay. Wir besprechen das, wenn ich wieder im Revier bin.«

»In Ordnung. Was sollen wir jetzt machen?«

Es herrschte einen Moment lang Schweigen, bevor Sheridan antwortete. »Du kannst mir einen Gefallen tun. Bitte ruf meinen Mann Sam an. Er hat einen Tisch bei Mamma B für meinen Geburtstag reserviert. Richtest du ihm aus, dass er das absagen soll? *Dich* wird er nicht anschreien.«

Die Pistole drückte mittlerweile so tief in ihren Brustkorb, dass es wehtat.

Rob antwortete: »Klar, mache ich.«

Howard beendete das Gespräch. »Warum hast du das gesagt? Das mit deinem Mann?«

»Ich musste das sagen. Er wird mich sonst ständig anrufen, und wenn ich nicht rangehe, macht er sich riesige Sorgen.«

»Das ist mir scheißegal.«

»Schon klar.«

»Er gehört auch zu deinem Team?«

»Ich möchte lieber nicht über ihn sprechen.«

Howard drehte sich zu ihr. »Ich weiß, dass er einer von deinen Leuten ist. Wegen der SMS.«

Sheridans Gedanken rasten. *Was hat Sam mir geschrieben?* »Was hat er denn geschrieben?«, fragte sie.

»Das spielt keine Rolle.« Der Verkehr bewegte sich nun stetig vorwärts. »Tom hat gedacht, du wärst eine Lesbe. Er hat mir einmal gesagt, dass er auf dich steht, aber dass du vom anderen Ufer bist.«

»Das höre ich oft.«

Sie erreichten die Dock Road. Howard gab ihr ein Zeichen zum Anhalten. Einen Moment später warf er die Handys und Tom Hudsons Brieftasche in den Mersey. Dann setzten sie ihre Fahrt zu den Garagen fort.

***

Anna stand von ihrem Stuhl auf und setzte sich auf das Bett. Sie nickte DS Jane Edwards zu, die alles dokumentiert hatte, woran sich Sheridan erinnerte. Jane und Sheridan hatten sich auf der Arbeit kennengelernt. Irgendwann war Jane zu einer anderen Station in Merseyside gewechselt.

»Ich lasse dich jetzt in Ruhe.« Jane nahm die Akte an sich, beugte sich über Sheridan und berührte sie sanft an der Schulter. »Pass auf dich auf.« Sie lächelte.

»Danke, Jane. Danke, dass du so geduldig bist.«

»Du hast das wirklich gut gemacht. Ich weiß, wie schwer das für dich war, Sheridan. Und jetzt ruh dich aus, okay?« Sie nickte und verließ den Raum.

»Die Diamanten waren also nicht echt.« Sheridan setzte sich behutsam auf und rückte ihr Kissen zurecht. »Howard Cooke hat das alles für ein paar Tausender, ein paar goldene Ringe und einen Beutel mit Zirkoniasteinen, die praktisch nichts wert sind, gemacht.«

»Genau.« Anna nickte. »Glaubst du, Kate hat ihn angelogen, als sie gesagt hat, dass sie mit einem Stein zum Schätzen war?«

»Keine Ahnung. Vielleicht hat sie es wirklich getan und die echten woanders aufbewahrt? Vielleicht hat sie Howard doch nicht so weit vertraut.« Sheridan legte den Kopf zurück. »Der alte Mann hat den Beutel mit Zirkoniasteinen zusammen mit echten Goldringen aufbewahrt. Eigentlich ergibt es nur dann Sinn, wenn er einen zwielichtigen Laden betrieben und sie an ahnungslose Kunden verkauft hat. Vielleicht hat er die echten Diamanten gegen Imitationen ausgetauscht.«

»Vielleicht.«

»Oder … sie waren echt, Kate hat sie ausgetauscht und die Diamanten irgendwo versteckt. Wenn das der Fall ist, dann werden wir nie erfahren, wo sie sind.«

»Oder es gab nie echte Diamanten. Wenn man bedenkt, was Howard getan hat … Wie viele Leben er zerstört hat … und wofür?«

Sheridans Augen füllten sich mit Tränen. »Ich habe gedacht, ich müsste sterben, Anna. Ich konnte mir nicht mehr vorstellen, wie ich da lebendig rauskommen sollte.« Die Worte kamen nur mühsam. »Ich musste die ganze Zeit an meine Eltern denken, an dich und an Sam … Dass ich euch nie wiedersehen würde. Ich habe Matthew vor meinen geschlossenen Augen gesehen und gebetet, dass ich am Leben bleibe, damit ich seinen Mörder finden kann.« Sie wischte sich über die Augen. »Es tut mir so leid wegen Tom Hudson und Billy Doyle. Ich hätte mehr tun müssen, um sie zu schützen.«

»Hey, du hast getan, was du konntest! Du hättest Howard nicht aufhalten können. Er hatte die Waffe. Du bist nicht Superwoman. Du bist nicht kugelsicher.«

»Stimmt.« Sie atmete tief ein. »Rob und Dipesh und du, ihr wart unglaublich. Als ich mit Rob telefoniert habe, war mir klar, dass es meine einzige Chance war, ihn wissen zu lassen, dass etwas nicht stimmt.«

Es klopfte an der Tür. Sam steckte den Kopf ins Zimmer. »Kann ich reinkommen?«

»Ja, natürlich.« Sheridan klopfte auf die Bettdecke. Sam setzte sich zu ihr.

»Geht es dir gut?«, fragte sie und nahm vorsichtig Sheridans Hand, ohne die Kanüle zu berühren.

»Ja, mir geht's gut. Wir haben gerade über tolle Leute geredet und prompt kommst du herein.«

»Ich soll toll sein?«

»Du hast rausgefunden, was Ellie Sands gesagt hat.« Sie drückte Sams Hand.

»Stimmt. Dann bin ich ja eine Heldin! Wo ist meine Urkunde?« Sam grinste.

»Okay, ich lasse euch beide mal allein. Ich halte dich auf dem Laufenden.« Anna küsste Sheridan auf die Stirn und wandte sich an Sam. »Pass gut auf sie auf.« Und damit war sie weg.

Sheridan schloss ihre Augen. »Bleibst du eine Weile?«

»Hm, dann muss ich nur die Laserbehandlung absagen. Ich wollte mir den Damenbart entfernen lassen. Na gut, ich bleibe.«

Sheridan lächelte und glitt langsam in den Schlaf.

KAPITEL 112

Zwei Monate später

Auf dem Weg aus dem Gerichtssaal tippte Anna auf Sheridans Nummer.

Sheridan lag auf dem Sofa. Sam hatte das Telefon neben sie gelegt und war einkaufen gegangen. In der letzten Stunde hatte sie dreimal angerufen, um sich zu vergewissern, dass es ihr gut ging. »Hallo«, antwortete Sheridan.

»Ich bin's. Bist du bereit?« Anna ging auf ihr Auto zu.

»Ja, schieß los.« Sheridan ließ den Kopf auf ihr Kissen sinken und schloss die Augen. Howard Cooke war heute vor dem Liverpool Crown Court erschienen. Sie hatte auf Annas Anruf gewartet.

»Er hat sich in allen Punkten schuldig bekannt. Das Urteil wird nächsten Monat gefällt.«

»Das ist ja super. Danke, Anna! Fantastische Arbeit. Sag dem Team, dass ich in ein paar Tagen vorbeikomme.« Sie zögerte. »Wie hat er ausgesehen?«

»Richtig schlecht«, antwortete Anna, als sie in ihr Auto stieg. »Du hättest ihn sehen müssen, als die Rede davon war, dass die Diamanten nicht echt sind! Er sah aus, als würde er platzen vor Wut. Und wie geht's dir heute?«

»Gut. Es ist schön, einfach wieder eine Art von Normalität zu haben.« Sheridan setzte sich vorsichtig auf und hielt sich die Seite. »Ich möchte Ellie Sands besuchen. Ich mache einen Termin mit Yvonne und Joni aus. Kommst du mit?«

»Ja, auf alle Fälle. Ruf mich an, dann hole ich dich ab.«

»Mache ich. Pass auf dich auf. Danke für alles.«

Sheridan legte das Handy aufs Sofa und stand vorsichtig auf.

Das Gesicht von Howard Cooke stand ihr vor Augen. Er spukte ihr jetzt immer im Kopf herum. Sie lag nachts wach, darauf bedacht, Sam nicht zu stören, während sich all das vor ihrem inneren Auge abspielte, was in seinem Haus und in der Garage passiert war. Sie sah Tom Hudson im Wohnzimmer stehen und sie anlächeln. Und wie sich sein Lächeln in einen Ausdruck blanken Entsetzens verwandelte, als Howard Cooke die Waffe auf ihn richtete. Die Verzweiflung in seiner Stimme. Sie spürte, wie sich ihre Muskeln anspannten, als sie Toms Kopf zerfetzt vor ihren geschlossenen Augen sah. Sie erinnerte sich an alles, was Howard Cooke ihr erzählt hatte, wie er geglaubt hatte, dass Kate und er für den Rest ihres Lebens zusammenbleiben würden. Wie er bereit gewesen war, für Steine zu töten, die er für Diamanten hielt. Ein kleines Vermögen wert.

Sheridan dachte darüber nach, was in der Garage hätte passieren können. Wie in der Sekunde, in der Howard ihr die Pistole in den Mund steckte, alles hätte vorbei sein können. Wie anders alles abgelaufen wäre, wenn Tom Hudson an diesem Tag seinen Dienstausweis bei sich gehabt hätte. Er hätte zwar genauso sterben müssen, aber sie auch. Wie hätten sich ihre Eltern jemals davon erholen können? Und Sam?

Dann dachte sie an Max Hall, ihren guten Freund, ihren Kollegen. Sie war nicht bei seiner Beerdigung gewesen, sie hatte dem Mann, den sie verehrte, nicht die letzte Ehre erweisen können. Sie versuchte, die quälenden Gedanken zu verdrängen. Ihre Hände zitterten. Sie verschränkte die Finger, trat zum Fenster und schaute auf die Bäume in ihrem Vorgarten.

Es war schrecklich, sich so zu fühlen, es war schrecklich, dann allein zu sein, es machte ihr Angst. Ihre harte Schale hatte Risse bekommen, durch die ihre Verletzlichkeit offen zutage trat. Sie dachte an die Opfer, mit denen sie im Laufe der Jahre zu tun gehabt hatte. Und jetzt war sie eines von ihnen. Sie versuchte zu schlucken, aber es gelang ihr nicht. Sie geriet in Panik, wollte aus dem Haus rennen, Luft schnappen. Dann sah sie Sams Auto vorfahren und beobachtete, wie sie ausstieg und Einkaufstüten aus dem Kofferraum holte. Als Sam aufblickte und Sheridan dort stehen sah, kramte sie eine riesige Tafel Schokolade hervor und schwenkte sie in der Luft. Sheridan lächelte. Ihre Hände hatten aufgehört zu zittern. *Du schaffst das schon*, dachte sie. *Du hast ja Sam. Und Sam hat Schokolade. Du schaffst das.*

KAPITEL 113

Joni setzte sich auf Ellies Bett und hielt ihre Hand, während Sheridan noch einen Stuhl für sich heranzog. Anna stand still im hinteren Teil des Zimmers.

»Ellie, ich bin hier, um mit Ihnen über Howard Cooke zu sprechen. PC Cooke.« Sheridan sprach leise und kontrolliert, in der Hoffnung, dass sie die Frau irgendwie erreichte.

Ellie stieß einen Schrei aus: »Pissi!«

Sheridan fuhr fort. »Ellie, wir wissen, dass PC Cooke auf Sie geschossen hat.«

Einen Moment später stieß Ellie einen lauten Schrei aus. Ihre Augen füllten sich mit Tränen. Joni drückte ihre Hand.

»PC Cooke hat Sie verletzt und sitzt im Gefängnis. Wir wissen jetzt, dass Sie uns mitteilen wollten, dass Cooke Sie angeschossen hat. Vielen Dank.« Sheridan schluckte. Sie beobachtete, wie Ellie Tränen über das Gesicht liefen, während sie ihre eigenen zurückhielt.

»Wir wissen auch, woher Sie John Lively kannten. Und dass er niemandem etwas angetan hat. Das ist jetzt alles erwiesen.«

Keine Antwort.

»Was mit Ihnen passiert ist, tut mir sehr leid. Ich hoffe, es tröstet Sie etwas, dass wir jetzt alles wissen.«

Ellie schloss die Augen.

Sheridan wandte sich an Joni. »Glaubst du, sie versteht mich?«

Bevor Joni antworten konnte, öffnete Ellie die Augen und sah Sheridan direkt an. »Ank«, brachte sie hervor.

»Was hat sie gesagt?«, fragte Sheridan.

Joni lächelte. »Sie hat ›Danke‹ gesagt.«

KAPITEL 114

Drei Wochen später

Sheridan winkte Sam hinterher, die zur Arbeit ging, und machte sich einen Kaffee. Während sie aus dem Küchenfenster schaute, klingelte ihr Handy: Andrew Longfords Nummer. Sie hatte ihn nach ihrer Entlassung aus dem Krankenhaus angerufen, und er hatte gesagt, wie leid es ihm tue, was ihr und ihrem Kollegen zugestoßen war. Er hatte sich entschuldigt, dass er noch keine Gelegenheit gehabt hatte, die Fotos durchzusehen, aber versprochen, sie anzurufen, sobald sein Freund sie vom Dachboden geholt hätte.

»Hi, Andrew.«

»Hallo Sheridan, ich habe die Fotos.«

»Oh, super! Wann kann ich vorbeikommen?«

»Wann Sie wollen. Ich bin die Fotos durchgegangen, und es gibt da was, das Sie sich ansehen müssen.«

Eine halbe Stunde später kam sie bei Andrew an. Sie folgte ihm ins Wohnzimmer. Er räumte eilig ein paar Fotoalben vom Sofa, damit sie sich setzen konnte, und reichte ihr ein Foto von Matthews Fußballmannschaft vor dem Spiel. Jungs mit dünnen

Beinen, die aus übergroßen Shorts ragten. Ein größerer Junge, der die anderen überragte, grinste frech. Im Hintergrund stand derselbe Mann wie zuvor. Die Hände in den Taschen.

»Derselbe Typ.« Sheridan zeigte auf ihn. »Sieht er dem Mann ähnlich, den du an dem Tag gesehen hast, als Matthew getötet wurde?«

Andrew schüttelte den Kopf. »Ich bin mir nicht sicher. Ich habe sein Gesicht damals nicht richtig gesehen, nur das, was er anhatte. Blaue Jeans, brauner Mantel und Bart. Ich bin alle Bilder durchgegangen, und die, auf denen dieser Typ zu sehen ist, zeigen ihn glatt rasiert und ohne braunen Mantel.«

Er reichte Sheridan ein anderes Foto, das während eines Fußballspiels aufgenommen worden war. Sie erkannte die Jungs und ihre Eltern. Dann entdeckte sie Matthew, der unter einem Berg von Körpern hervorlächelte. Sie feierten ein Tor. Im Hintergrund stand der Mann. Ihre Augen weiteten sich.

Diesmal hatte er einen Bart. Und er trug einen braunen Mantel.

KAPITEL 115

Howard Cooke saß in der Kantine abseits und stocherte in seinem Essen herum, ohne die anderen Männer zu beachten. Er nahm einen Bissen Kartoffelbrei und wollte ihn gerade wieder ausspucken, als sich ein Häftling mit einem Tablett in der Hand vor ihm aufbaute. Er war an die zwei Meter groß und grinste Howard an, bevor er sich setzte.

»Ich esse lieber allein«, sagte Howard und schaute auf seinen Teller. Er hatte auf sein Recht auf Absonderung verzichtet und sich geweigert, sich im Isolationstrakt einsperren zu lassen, wo vor allem Sexualverbrecher einsaßen. In dem Komplex waren die Haftbedingungen schlimm, schlechte sanitäre Einrichtungen und eingeschränkte Möglichkeiten für die Insassen. Er würde sich nie so weit erniedrigen, sich mit einem Haufen solcher Dreckskerle einsperren zu lassen. Er war sicherer, wo er war. Den ersten Monat hatte er unter Selbstmordbeobachtung verbringen müssen, bevor man ihn als gering gefährdet eingestuft hatte. Als er schließlich in den A-Trakt verlegt worden war, waren zwei Insassen auf ihn zugekommen und hatten ihm angeboten, ihn gegen eine Gebühr zu beschützen.

Die Polizei hatte alle seine Konten bis auf eines gefunden. Und das letzte benutzte er, um seine »Jungs« zu bezahlen. Das funktionierte. Sie sorgten dafür, dass ihm niemand Kummer bereitete. Er war unantastbar. Eine Handvoll Häftlinge zollte ihm sogar etwas Respekt, weil er eine Polizeibeamtin getötet hatte.

»Howard Cooke, richtig? Man nennt mich Bones. Freut mich.«

»Verpiss dich.« Howard legte seinen Löffel ab und nahm in aller Ruhe einen Schluck Wasser.

»Du kennst mich nicht. Aber du bist mir etwas schuldig.« Bones' Stimme war so tief, als würde er aus dem Bauch heraus sprechen. Er hatte schöne weiße Zähne und einen winzigen, aber perfekt gestutzten Ziegenbart.

»Mach dich vom Acker.« Howard stellte seinen Plastikbecher ab und stand auf, um sein Tablett abzuräumen.

»Setz dich«, sagte Bones leise, stand auf und legte Howard seine Pranke auf die Schulter. Howard setzte sich.

»Was willst du?« Howard hielt Bones' Blick unbeeindruckt stand.

»Ich will das, was du meinem Jungen John Lively gestohlen hast.« Bones steckte seinen Finger in Howards Kartoffelbrei und leckte ihn langsam ab.

Howard schaute sich um. Er konnte seine Jungs nicht sehen, aber er wusste, dass sie nicht weit sein konnten. Deswegen schob er sein Tablett zu Bones rüber, stand auf und ging zurück in seine Zelle.

Er saß lesend auf seiner Pritsche, als Bones sich bückte und in die Zelle hereinkam, die er mit seiner massigen Gestalt fast ausfüllte. »Nicht gut, wenn du vor mir wegläufst. Gar nicht gut.«

Howard stand auf und stellte sich direkt vor ihn. »Ich habe gesagt, du sollst dich verpissen. Also los: Verpiss dich.«

»Hier gibt es nur dich und mich, Cooke.« Bones griff nach Howards Kinn und grub seine Fingernägel hinein. »Weißt du, warum man mich Bones nennt?«

Howard antwortete nicht.

»Weil ich das knackende Geräusch mag, wenn ich Knochen breche.« Er lächelte. »Die von anderen natürlich, nicht meine eigenen.«

»Du kannst mir nichts. Ich habe Schutz.« Howard sah zwei Gestalten in der Tür; seine Jungs waren immer da, wenn er sie brauchte. »Hier sind meine Jungs.« Er trat zurück und lehnte sich gegen seine Pritsche. »Schafft dieses Stück Scheiße aus meiner Zelle!«

Seine beiden Jungs kamen in die Zelle, quetschten sich an Bones vorbei und stellten sich zu beiden Seiten von Howard auf, der grinsend die Arme verschränkte. »Siehst du, Bones, ich bezahle diese Jungs, damit sie dafür sorgen, dass ich hier drin sicher bin.« Er wandte sich an den zu seiner Linken. »Alles klar, Joe? Kriegt deine Frau das Geld?«

»Ja, das klappt«, antwortete Joe und packte Howards linken Arm.

Howard runzelte die Stirn, als er spürte, wie der andere seinen rechten Arm umfasste. »Hey, was soll das?«

Bones kam Howards Gesicht mit seinem ganz nah. »Du hast diese Jungs nicht bezahlt, damit sie sich um dich kümmern, Cooke. Du zahlst das, was du mir schuldest, was du meinem Sohn John Lively weggenommen hast.« Er rieb seine Bartstoppeln an Howard Cookes Wange. »Siehst du, die arbeiten für mich, nicht für dich.« Bones warf seinen gewaltigen Kopf zurück und lachte. »Du bist ein verdammter Verlierer, Cooke. Du hältst dich für wer weiß wen. Was hast du noch mal gestohlen? Ach ja, warte mal, einen Beutel mit Glassteinen oder so was. Und du hältst dich für einen Diamantenschmuggler?« Bones lachte wieder. »Oder hast du die Diamanten doch noch? Hast *du* sie ausgetauscht? Wenn ja, wirst du mir eines Tages sagen, wo sie sind.« Er atmete tief ein. »Ich kann dich nicht leiden, Cooke. Ich verzeihe dir nicht, was du meinem Jungen,

John Lively, angetan hast.« Er packte Howards Gesicht mit seiner schaufelgroßen Hand und leckte ihm über die Wange. »Aber ich bin ein vernünftiger Mann. Wenn du weiterzahlst wie bisher und daran denkst, mir zu sagen, wo die Diamanten sind, dann lasse ich dich in Ruhe. Aber wenn dir das Geld ausgeht, dann gehören deine Knochen mir.«

Ohne ein weiteres Wort verließen sie die Zelle. Bones warf Howard vom Gang aus einen Luftkuss zu. Howard ließ sich auf seine Pritsche fallen, wischte sich mit dem Ärmel den Speichel aus dem Gesicht und schlug die Faust mit voller Wucht gegen die Wand. Sein Knöchel knackte und schwoll sofort an.

Sein Gesicht verzerrte sich vor Wut. Er atmete schwer, sein Brustkorb hob und senkte sich und füllte seine Lunge mit abgestandener Gefängnisluft. »Verdammte Schlampe!« Er raufte sich die Haare. Wenn er die Augen schloss, sah er, wie Kate Armitage ihn auslachte. Er hatte so darüber gegrübelt. Sie hatte ihm gesagt, dass die Diamanten echt waren. Hatte sie das nur getan, damit er sich mit ihr einließ? War alles, was sie ihm erzählt hatte, gelogen gewesen?

»Du verdammte Schlampe«, wiederholte er leise und rollte sich zu einem Ball zusammen, wobei ihm Tränen der Wut über das Gesicht rannen.

KAPITEL 116

Sheridan und Sam guckten in das Schaufenster.

»Wenn du dir einen aussuchen könntest, welchen würdest du nehmen?« Sheridan schaute sich die Auslage genauer an.

»Ich bin mir nicht sicher, ich wusste nicht, dass es eine solche Auswahl gibt.« Sam holte tief Luft. »Meinst du, wir sind bereit dafür?«

»Ich glaube schon.«

»Es ist eine große Verpflichtung. Ich habe es noch nie gemacht, und ich will es richtig machen.« Sam drückte Sheridans Hand.

»Wir werden es richtig machen. Wir nehmen uns Zeit beim Auswählen. Länger können wir es nicht aufschieben.« Sheridan zog Sam durch die Tür.

»Kann ich Ihnen helfen?«, fragte die Verkäuferin.

»Ja«, antwortete Sheridan, »unser Wasserkocher ist heute Morgen explodiert und wir können uns nicht entscheiden, was für einen wir kaufen sollen.«

Sam lächelte die Verkäuferin an. »Es ist unser erster Wasserkocher, oder genau gesagt, hatten wir schon vorher Wasserkocher, aber getrennt voneinander, und jetzt wollen wir uns den ersten gemeinsamen kaufen.«

Die Verkäuferin grinste. »Verstehe.« Sie kam hinter dem Tresen hervor. »Dann werde ich dafür sorgen, dass die Damen einen bekommen, der Ihnen beiden gefällt.«

Eine halbe Stunde später verließen sie den Laden Arm in Arm mit ihrem neuen Wasserkocher. Und einer Kaffeemaschine.

KAPITEL 117

Sie genoss es, allein zu Hause zu sein. Ein Blick auf die Uhr verriet ihr, dass sie noch mindestens eine Stunde brauchen würden. Sie nahm einen Schluck Wein und stellte das Glas auf dem Gartentisch ab. Dann schloss sie die Augen und ließ sich von der Sonne wärmen. Eine leichte Brise wehte über das Feld.

Sie wusste, dass sie es nicht tun sollte, aber sie konnte einfach nicht anders. Vorsichtig zog sie an der Kordel des kleinen Stoffbeutels und nahm einen der schimmernden Diamanten heraus.

Sie hielt ihn hoch und beobachtete, wie das Licht mit ihm spielte. Sie erinnerte sich an den Tag, an dem sie in den Zug nach King's Cross gestiegen war und einen Stein zum Händler gebracht hatte. Der hatte ihr bestätigt, dass es sich um einen Diamanten handelte, der etwa sechstausend Pfund wert war. Sie hatte mit ihm gescherzt und gesagt, sie wünschte, sie hätte noch dreißig weitere.

Nur, dass sie noch dreißig weitere hatte. Denn so viele waren in der Tasche gewesen, die sie auf dem Dachboden gefunden hatte.

Carly Cooke hatte noch nie etwas von kubischen Zirkonias gehört. Bis sie welche gekauft hatte, die sie gegen die Diamanten austauschte, die sie in der Tasche auf dem Dachboden gefunden hatte.

Howard war ihr untreu gewesen. Der Tag, an dem sie den Entschluss gefasst hatte, ihn hinauszuwerfen, war der Tag, an dem sie den Mut gefasst hatte, auf den Dachboden zu gehen. Sie hatte alles geplant.

Sie wollte seine Koffer holen, seine Klamotten reinstopfen und sie neben die Haustür stellen. Aber als sie die Koffer neben die Dachbodenluke gestellt hatte, bemerkte sie die Schachtel mit den Hochzeitsfotos. Sie sah sie durch, Erinnerungen an glücklichere Tage. Dort oben waren so viele Erinnerungen. Der kleine elektrische Kamin, den sie sich für ihre erste Wohnung gekauft hatten, der alte Kassettenrekorder, den ihre Mutter ihnen geschenkt hatte, die Kisten mit Kinderklamotten. Carly hatte sie in die Hand genommen, an ihnen gerochen, und es hatte ihr das Herz gebrochen. Schließlich hatte sie die beiden Taschen in der Ecke entdeckt, die größere Tasche geöffnet und das ganze Geld gesehen. Ihre Gedanken waren gerast. Ihr Mann, der Polizeibeamte. Ein Krimineller? Woher stammte das Geld? Verdammt, in was war er verwickelt?

In der kleineren Tasche war noch mehr Geld, ein schwarzes Etui mit Goldringen und ein kleiner Stoffbeutel mit Diamanten. Sie hatte dagesessen und sie ungläubig angestarrt. Alle möglichen Szenarien waren ihr durch den Kopf gegangen: die Polizei anrufen, Howard zur Rede stellen oder einfach alles an sich nehmen.

In diesem Moment hatte sie den Plan gefasst.

Das Geld und die Ringe ließen sich nicht gegen Fälschungen austauschen. Das hätte er sofort gemerkt. Außerdem hatte sie keine Ahnung, wo oder wie man solche Dinge beschaffen konnte. Aber die Diamanten, die ließen sich austauschen. Sie hatte einunddreißig Zirkonia gekauft und sie zwei Wochen, nachdem sie die Taschen auf dem Dachboden gefunden hatte, ausgetauscht. Zwei Tage danach hatte sie Howard hinausgeworfen. Er würde nie darauf kommen, dass sie auf dem Dachboden gewesen war, denn er wusste ja, dass sie nie dort hinaufging.

Dann hatte sie gewartet. Weitergemacht wie bisher. Sie wusste, dass die Gefahr bestand, dass er es entdecken und sie verdächtigen würde. Aber sie hatte das Ass im Ärmel. Was auch immer er getan hatte, es war eindeutig kriminell, und sie würde ihm damit drohen, ihn anzuzeigen. Die Chancen, dass er zugeben würde, korrupt zu sein, tendierten gegen null.

Mittlerweile war der Prozess vorbei und das Urteil gegen Howard Cooke rechtskräftig. Es war vorbei. Die Polizei suchte nach niemandem und nichts.

Schon gar nicht nach Diamanten.

Epilog

Howard Cooke wurde zu lebenslanger Haft verurteilt. Der Richter verhängte Sicherungsverwahrung. Er sollte niemals wieder aus dem Gefängnis entlassen werden. Er zahlte an Bones, bis ihm das Geld ausging, dann kam er in den Trakt mit den Sextätern.

Bei der Durchsuchung der Garagen wurde Diebesgut im Gesamtwert von 1,8 Millionen Pfund sichergestellt. Drei Mitglieder der Familie Doyle wurden wegen Hehlerei zu Haftstrafen verurteilt.

Tom Hudson wurde in voller Uniform neben seiner Mutter beigesetzt, den Dienstausweis in der Hand.

Anna Markinson hat die Prüfung zum Police Inspector noch nicht abgelegt und arbeitet weiterhin als Detective Sergeant bei der Kripo in der Hale Street. Steve hat sein Versprechen bisher gehalten.

Joni Summers arbeitet noch im Drei Linden. Sie macht eine Ausbildung zur Kommunikationsexpertin für Menschen mit Sprach- und Sprechproblemen, die ihr unglaublichen Spaß macht.

Mo Chase hat Drei Linden verlassen und arbeitet jetzt in einer chemischen Reinigung. Es macht ihr überhaupt keinen Spaß.

Ellie Sands ist friedlich eingeschlafen. Ihr Neffe Miles und Joni waren bei ihr.

Sheridan hat die Fotos von Andrew Longford an das Cold-Case-Team weitergegeben. Die Identifizierung des Mannes mit dem Bart und dem braunen Mantel läuft.

Howard Cookes Vater besucht seinen Sohn weiterhin im Gefängnis. Seine Mutter weigert sich mitzukommen.

Sam und Maud sind bei Sheridan eingezogen. Maud verbringt jedes zweite Wochenende bei Joni, wo sie ihre geliebten Jaffa Cakes bekommt.

Carly Cooke lebt mit ihren Eltern und Kindern in Norfolk. Sie plant, sich eines Tages ein Haus zu kaufen. Ein ziemlich schönes Haus.

Danksagung

Zunächst einmal möchte ich Ihnen danken, meinen Leserinnen und Lesern. Wer auch immer Sie sind, wo auch immer Sie sind, ohne Sie wäre ich nur eine Frau, die an einem Laptop sitzt und Geschichten schreibt, die niemand liest. Danke, dass Sie mein Buch gekauft haben. Ich hoffe, dass Sie die ›Guten‹ lieben und die ›Bösen‹ hassen. Hoffentlich gefällt Ihnen das Buch von der ersten bis zur letzten Seite. Denn das ist der Grund für mein Schreiben. Damit Sie allem vielleicht für eine Weile entfliehen können. Und natürlich verdiene ich damit auch meinen Lebensunterhalt!

Susan Doherty, Susie, du weißt, dass ich das ohne dich nicht geschafft hätte. Du warst bei jedem Schritt dabei, vom ersten bis zum letzten Kapitel. Vergiss nie, dass du meine Stärke, meine Muse, meine Seelenverwandte … und mein IT-Genie bist, das mir hilft, wenn ich den falschen Knopf gedrückt habe und mein Bildschirm eine komische Farbe annimmt.

Danke für die endlosen Nächte, in denen wir über Plots und Charaktere gesprochen haben und darüber, wie toll es wäre, wenn meine Bücher eines Tages auf dem Markt wären, gelesen werden und *hoffentlich auch* gefallen würden.

Als Nächstes meine Torwächter: Michael Doherty, Breda Byrne, Lorraine Burns, Detective Sergeant Jane Edwards und Katharine Robinson.

Ihr seid die Ersten, die meine Manuskripte lesen, noch bevor ich sie an meinen Agenten schicke.

Michael, ich fühle mich geehrt, Sie an Bord zu haben, wertvolle Zeit mit Ihnen und Ihrem wunderbaren Wissen über … nun ja, eigentlich alles zu verbringen. Sie sind der offizielle Moogle. Vielen Dank für Ihre Begeisterung für meine Manuskripte und Ihren ansteckenden Sinn für Humor. Ich freue mich auf viele weitere Spaziergänge, Gespräche und Golfpartien mit Ihnen, und sei es nur, um Ihren seltsamen Schwung zu beobachten … Wie treffen Sie den Ball überhaupt?

Breda, so beschäftigt Sie auch sein mögen, Sie nehmen sich immer Zeit für andere, aber können Sie sich bitte mehr Zeit für mich nehmen? Ich bin nämlich wichtig. Ist Ihnen schon langweilig? Und vergessen Sie nicht, egal was passiert, ich werde immer für BBC da sein (nicht das BBC … das andere).

Lorraine, Ihre untrügliche Fähigkeit, Dinge herauszufinden, ist sowohl liebenswert als auch nervig. Ich werde Ihnen einen Stift in einer anderen Farbe als rot kaufen, damit ich mich, wenn Sie mein Manuskript zurückschicken, nicht wieder wie in der Schule fühle. Ihr Verstand funktioniert ausgezeichnet, und ich fürchte, Sie haben Ihre Berufung als Detektivin verfehlt. Vielen Dank für die Zeit, die Sie sich genommen haben, um mir Ihr brutal ehrliches Feedback zu geben. Eines Tages *kriege ich Sie*. Glauben Sie mir.

Detective Sergeant Jane Edwards (im Ruhestand), es ist dreiundzwanzig Jahre her, dass wir das Vergnügen hatten zusammenzuarbeiten. Unglaublich! Es gibt so viele tolle Erinnerungen an die damalige Zeit, und wir sind immer noch allerbeste Freundinnen. Vielen Dank für deine Hilfe bei diesem Buch. Dafür, dass du mich auf Dinge hingewiesen hast, die unwahrscheinlich waren, und mich davon abgehalten hast, mich lächerlich zu machen. Wir haben so viel gelacht und wir werden noch viel lachen – Kev und du, Susie und ich.

Katharine Robinson, wie hast du es nur all die Jahre mit mir ausgehalten? Es tut mir leid, dass ich deinen Stuhl damals so schnell gedreht habe, dass dir den Rest des Tages übel war. Es tut mir leid, dass ich dir, als wir zum ersten Mal zusammengearbeitet haben, Details meiner Morgenroutine mitgeteilt habe. Es tut mir leid, dass ich dein ganzes Büro und alles, was darin war, in Toilettenpapier eingewickelt habe. Eigentlich tut es mir auch nicht leid. Es war urkomisch. Danke, dass du so viel Zeit damit verbracht hast, mein Manuskript zu prüfen, und vor Freude gequiekt hast, wenn du einen Fehler gefunden hast. Du bist eine verdammt tolle Frau!

Sonia Humphreys, ich liebe es, dass ich Sie anrufen und die seltsamsten Fragen stellen kann und Sie mir immer unbeirrt eine Antwort geben. Ihr Wissen ist außergewöhnlich, und ich schulde Ihnen wahrscheinlich eine Menge dieser Notfall-Wurstbrötchen, auf die wir uns immer verlassen haben, um die *Morgen danach* zu überstehen.

Paul Sturman ist mein Waffenexperte und ein rundum netter Kerl. Danke, dass du immer da bist, wenn ich dich brauche. Du bist einer der vielen Menschen, die mich verarschen können und damit durchkommen. Ich habe damals gern mit dir zusammengearbeitet. (Ist das wirklich schon *so* lange her?) Wenn ich endlich wieder in Norfolk bin, gehen wir ein Bier trinken.

Rob Willis ist einer der aufrichtigsten und fleißigsten Polizeibeamten, mit denen ich je das Vergnügen hatte, zusammenzuarbeiten. Oh, und ich habe deinen Namen für eine der Figuren geklaut, nur den Nachnamen leicht geändert. Aber immerhin, kein Bösewicht.

Rosemary Wyatt, Gutachterin beim Justizministerium. Sprech- und Sprachtherapeutin. Als ich mich zum ersten Mal an Sie wandte, weil ich fachkundigen Rat zu Kopfverletzungen und Sprachtherapie brauchte, haben Sie nicht gezögert. Vielen Dank für die Zeit, die Sie damit verbracht haben, mir zu helfen, und alles, was es mich gekostet hat, war eine Tasse Kaffee und ein Stück Karottenkuchen. Sie sind ein Star und ich glaube, ich schulde Ihnen bald ein weiteres Stück Kuchen.

Fraser Ritchie, Tatort-Ermittler. Fraz, du bist so geduldig und kenntnisreich und zuckst nie mit der Wimper, wenn ich dir sehr seltsame Fragen stelle. Eines Tages werde ich dir einfach mal so eine E-Mail schicken, um zu hören, wie es dir geht und wie das Wetter ist, und sie nicht mit »*Also, wenn eine Leiche ein paar Jahre der Verwesung ausgesetzt war …*« beginnen. Vielen Dank für all deine Hilfe.

Julie Tomkins, ich weiß, Sie haben nicht erwartet, hier erwähnt zu werden, also … *Überraschung*! Was soll ich sagen? Ich könnte damit beginnen, Ihnen dafür zu danken, dass Sie die beste Lehrerin waren, die ich je hatte. Dafür, dass Sie für mich da waren (Sie wissen, wovon ich spreche) und dass Sie mich gerettet haben, als ich in der Schule so richtig betrunken war und der Direktor mich von der Schule verweisen wollte. Sie sind eine Legende.

Broo Doherty, der Große. Meine Güte, was für eine Reise … und alles begann mit dir. Ich danke dir für deinen unerschütterlichen Glauben an mich, deinen ansteckenden Enthusiasmus und dafür, dass du dich um mich sorgst, wenn ich anfange, durch den Raum zu hüpfen. Du bist ein Traum von einem Agenten und ich liebe es, mit dir zu arbeiten. Eines Tages werden wir zusammen essen gehen, und ich werde tatsächlich etwas essen.

Helen Edwards, liebe Helen, ich werde Ihnen jetzt etwas gestehen. Ich habe absolut keine Ahnung, was Sie genau tun. Ich meine, ich weiß es irgendwie, aber es ist alles ein bisschen zu technisch für mein kleines Gehirn. Ich liebe es, wenn ich Ihnen eine Frage stelle und dann nachfrage: »Muss ich wissen, wie das funktioniert?« Und Sie antworten: »Nein.« Sie sind wunderbar, ich hoffe, Sie wissen das.

Victoria Haslam, meine ganz wunderbare Lektorin. Ich danke dir so sehr für alles, du bist wirklich ein Juwel. Ich weiß, dass du Sheridan Holler genauso liebst wie ich, aber Maud noch mehr. Danke, dass du an mich geglaubt hast. Ich weiß, wir werden noch eine Menge Spaß haben.

Russel D. McLean, mein ganz wunderbarer Lektor. Sie »*verstehen*« Sheridan, und das liebe ich. Vielen Dank für all Ihre harte Arbeit und Ihren wunderbaren Sinn für Humor. Und dafür, dass Sie sich immer Sorgen um Maud machen. Es wird ihr gut gehen. Töte *niemals* die Katze.

Ihr alle von der DHH Literary Agency, was für eine wunderbare Familie ihr seid, und ich bin so stolz, ein Teil davon zu sein. Ihr wisst auch, wie man die besten Partys schmeißt. Macht weiter mit dem, was ihr tut, denn ihr seid alle ziemlich gut darin.

Abschließend möchte ich noch sagen, dass ich während des Schreibens dieses Romans viele Leute um ihren fachlichen Rat gebeten habe. Es kann jedoch sein, dass ich bei der einen oder anderen Gelegenheit die Entscheidung getroffen habe, ein wenig vom Pfad abzuweichen. Wenn ich das getan habe, dann ist das meine Verantwortung und nicht ihre. Alle Fehler sind meine. (Ich musste das sagen, damit mich die Leute nicht anschreien.)

So, ich denke, das war's. Es hat mir sehr viel Spaß gemacht, diese Danksagungen zu schreiben; es hat mich demütig gemacht, all diejenigen zu erwähnen, die mit mir auf diese erstaunliche Reise gegangen sind.

Folge der Autorin auf Amazon

Wenn dir dieses Buch gefallen hat, folge T. M. Payne auf Amazon. Dann erhältst du eine Benachrichtigung, wenn die Autorin ihr nächstes Buch veröffentlicht. Um der Autorin zu folgen, gehe bitte folgendermaßen vor:

Desktop:

1) Suche auf Amazon.de oder in der Amazon App nach dem Namen der Autorin.
2) Klicke auf den Namen der Autorin, um auf die Autorenseite zu gelangen.
3) Klicke auf den »Folgen«-Button.

Smartphone und Tablet:

1) Suche auf Amazon.de oder in der Amazon App nach dem Namen der Autorin.
2) Klicke auf einen Titel der Autorin.
3) Klicke auf den Namen der Autorin, um auf die Autorenseite zu gelangen.
4) Klicke auf den »Folgen«-Button.

Kindle eReader und Kindle App:

Wenn du dieses Buch auf einem Kindle eReader oder in der Kindle App liest, wird dir automatisch angeboten, der Autorin zu folgen, nachdem du die letzte Seite des Buches gelesen hast.

Made in the USA
Middletown, DE
11 April 2024

52780348R00248